Les amants
de la terre sauvage

Katherine Scholes

Les amants de la terre sauvage

Traduit de l'anglais (Australie)
par Françoise Rose

Titre original : *The Hunter's wife*
publié par Michael Joseph, an imprint of Penguin Group (Australia)

Une édition du Club France Loisirs,
avec l'autorisation des Éditions Belfond.

Éditions France Loisirs,
123, boulevard de Grenelle, Paris
www.franceloisirs.com

Le Code de la propriété intellectuelle n'autorisant, aux termes des paragraphes 2 et 3 de l'article L. 122-5, d'une part, que les « copies ou reproductions strictement réservées à l'usage privé du copiste et non destinées à une utilisation collective » et, d'autre part, sous réserve du nom de l'auteur et de la source, que les « analyses et les courtes citations justifiées par le caractère critique, polémique, pédagogique, scientifique ou d'information », toute représentation ou reproduction intégrale ou partielle, faite sans le consentement de l'auteur ou de ses ayants droit ou ayants cause, est illicite (article L. 122-4). Cette représentation ou reproduction, par quelque procédé que ce soit, constituerait donc une contrefaçon sanctionnée par les articles L. 335-2 et suivants du Code de la propriété intellectuelle.

© 2009 Katherine Scholes. Tous droits réservés.
Et pour la traduction française :
© Belfond, un département de Place des Éditeurs, 2009.

ISBN : version reliée : 978-2-298-02431-9
       version brochée : 978-2-298-02432-6

À ma sœur, Clare.

1

1968, dans le centre de la Tanzanie

Mara gravit lentement le coteau, ployant sous le poids du sac de jute accroché à son épaule, le dos meurtri par le canon du fusil qu'elle portait en bandoulière. L'air était immobile, le soleil de midi brillait d'un éclat incandescent dans un ciel sans nuages.

Dépassant un affleurement rocheux, elle arriva en vue d'un gros acacia, et s'arrêta pour inspecter le feuillage, cherchant à repérer le bout d'une patte tachetée dépassant d'une branche, ou des formes sombres tapies dans l'ombre. Certes, elle savait que les fauves préféraient laisser les humains tranquilles – c'était même l'une des premières choses que John lui avait enseignées. Toutefois, elle ne pouvait s'empêcher de penser que les deux pintades qu'elle transportait dans son sac la désignaient comme un carnivore, un prédateur qui chassait et devait donc s'attendre à être chassé en retour.

Ne décelant aucun signe de danger, elle s'avança sous l'épaisse frondaison pour s'abriter du soleil aveuglant. Tout en reprenant son souffle, elle contempla la plaine. Les arbres, les arbustes et les termitières dessinaient un motif d'une précision quasi géométrique sur les étendues infinies d'herbe jaune-brun. Elle fut tentée de s'attarder pour mieux profiter de la vue, mais elle s'était davantage éloignée de la maison qu'elle n'avait l'habitude de le faire dans ses expéditions en solitaire, et un coup d'œil à sa montre lui indiqua qu'elle serait en retard pour le déjeuner, si elle ne se pressait pas. Elle imaginait sans peine la scène qui s'ensuivrait : Kefa, le chef des boys, se mettrait à marcher de long en large dans la cuisine, en demandant s'il fallait ou non appeler un pisteur et envoyer des secours à sa recherche. Menelik, le cuisinier, ne lui serait d'aucun conseil et ne prononcerait pas un mot. Selon son habitude, le vieillard se contenterait de secouer la tête d'un air réprobateur, afin de bien faire comprendre à tous que cette nouvelle incartade ne le surprenait pas de la part de la femme du Bwana.

Ce fut d'abord l'odeur qui alerta Mara – une odeur végétale, âpre et forte, qui détonnait dans la chaleur et la poussière ambiantes. Avant d'avoir pu se livrer à la moindre supposition, elle arriva au sommet de la colline. Et là, elle se figea. Juste en face d'elle, un arbre adulte était couché sur le sol, ses racines pointant vers le ciel. À côté de lui gisait un autre tronc, cassé en deux. Et le carnage se poursuivait plus loin – des dizaines et des dizaines d'arbres arrachés, leurs débris dispersés à la ronde. Tout près d'elle, elle aperçut une grosse bouse de couleur sombre.

Elle inspecta rapidement les alentours, plissant les yeux pour tenter de discerner les formes grises et massives des éléphants en marche. Ils étaient étonnamment difficiles à voir, elle ne l'ignorait pas ; leur couleur foncée se fondait dans la brume de chaleur. Elle finit néanmoins par acquérir la certitude qu'ils ne se trouvaient plus dans les parages, et reporta son attention sur le paysage dévasté. Ce spectacle n'avait rien d'exceptionnel, se dit-elle : les éléphants brisaient souvent des arbres entiers pour ne manger que quelques bouchées ; ils étaient maladroits et gaspilleurs. Cependant, elle ne pouvait se défaire de l'impression qu'il s'agissait ici d'un acte conscient et délibéré. Une démonstration de force. Une présence quasi palpable flottait dans l'air – un puissant mélange de colère et de détermination, qui semblait s'enrouler autour d'elle, comme pour l'aspirer.

Elle reprit son chemin à contrecœur. Au bout de quelques pas, elle se mit à courir, zigzaguant entre les buissons et les rochers. Quand elle eut franchi la colline suivante, elle se retrouva en terrain découvert, et ralentit légèrement l'allure. Elle ne tarda pas à contourner la mare aux hippopotames, bordée de boue craquelée. Et puis, enfin, elle atteignit la piste menant au petit plateau, et aperçut le bouquet de manguiers au sombre feuillage entourant les toits rouges et familiers du lodge.

Elle traversa en hâte le parking, où le seul véhicule visible était un Land Rover découvert, à la peinture défraîchie et à la tôle cabossée. Des espaces libres, nettement délimités par des pierres blanches, s'étendaient de part et d'autre. Contournant la pancarte portant l'inscription *Bienvenue au Raynor Lodge*, Mara prit un raccourci pour franchir le portail – deux piliers de béton surmontés d'une paire de vieilles défenses d'éléphant patinées par les intempéries, et dont les extrémités se rejoignaient presque, telle une arche d'ivoire au-dessus de sa tête.

Elle suivit le sentier. Par habitude, elle examina rapidement les lieux, en essayant de se mettre à la place d'une cliente nouvellement arrivée. Elle s'assura que les fenêtres aux petits carreaux en losange, sur la façade de pierre du bâtiment principal, étincelaient de propreté, et que les allées avaient été ratissées récemment. Elle jeta un regard en direction des deux *rondavels* que l'on apercevait d'ici – des cases de terre rondes surmontées d'un toit de chaume, offrant un contraste exotique avec la demeure typiquement anglaise – et constata que les lampes à pétrole étaient à leur place au-dessus de chaque porte. Les meubles en rotin avaient été installés dans le patio, comme si on allait y servir le thé d'un moment à l'autre. Tout était en ordre. Et pourtant, l'endroit donnait une impression d'abandon : tous les rideaux étaient fermés, et il n'y avait pas de livres, de chaussures ou de tasses traînant à l'extérieur. Des fleurs s'épanouissaient encore dans le jardin ; roses d'Inde, géraniums et bougainvillées tachaient de couleurs provocantes le sol poussiéreux. Mais les parties de la pelouse qui d'ordinaire demeuraient vertes toute l'année, arrosées par l'eau des douches, étaient aussi sèches et brunes que l'herbe des plaines.

Un objet sur le bord du chemin capta son regard. L'étui à lunettes de son mari, qu'elle reconnut à son cuir bordeaux. Il avait dû le perdre lors de son départ pour Dar es-Salaam, trois jours plus tôt. Elle se pencha pour le ramasser, et le fusil glissa sur son épaule. En refermant sa main sur le cuir souple, elle repensa à l'instant de leur séparation. À la façon dont elle s'était raidie, quand John s'était penché pour l'embrasser, et au bref contact de ses lèvres sur sa joue. Elle revit son air abattu, lorsqu'il était monté dans son Land Rover. Elle savait que son propre regard reflétait la même défaite, tandis qu'elle regardait le véhicule s'éloigner en cahotant sur la piste bosselée.

Au moment où il avait pris le virage et disparu à sa vue, une nouvelle émotion s'était emparée d'elle, un sentiment indicible. Elle tenta d'en ranimer le souvenir, précautionneusement, comme elle aurait palpé une blessure. Et elle comprit enfin ce qu'elle avait éprouvé à ce moment-là : du soulagement. Oui, elle s'était sentie profondément soulagée à l'idée de leur séparation.

Elle ferma les yeux. Derrière le babil des oiseaux dans les manguiers, elle percevait des voix. Elle songea qu'elle devait apporter les pintades à la cuisine, faire savoir à Kefa qu'elle était rentrée. Mais son corps lui semblait lourd, et elle se sentait infiniment lasse.

Elle leva les yeux en entendant soudain un bruissement dans les arbres, à la lisière du jardin. Un homme déboula sur la pelouse, et elle reconnut Tomba à sa tenue familière – une chemise de cow-boy portée par-dessus le pagne traditionnel.

Il se rua vers elle, pour s'arrêter à quelques pas de distance. Malgré sa hâte manifeste, il la salua poliment, dans un mélange élaboré de swahili et d'anglais.

— Comment va le travail ? Que manges-tu ? Comment va la santé ?

Mara lui retourna les questions, en essayant de dissimuler son impatience. Elle scruta le visage de Tomba, cherchant des signes d'inquiétude, mais n'y lut que de l'excitation.

Dès que les échanges rituels furent terminés, elle demanda :

— *Namna gani ?* Que se passe-t-il ? Un problème ?

— Nous avons des visiteurs ! expliqua Tomba. Je suis venu prendre leurs bagages !

Mara le dévisagea d'un air étonné, puis secoua la tête.

— Tu te trompes. Nous n'attendons personne.

— Je dis la vérité, insista-t-il. J'ai vu leur Land Rover arriver par là, ajouta-t-il avec un geste en direction de la route de Kikuyu. J'ai couru à travers les arbres pour aller plus vite. C'est pour ça que je suis arrivé avant eux. Ce sont des chasseurs, ça se voit. Ils viennent faire un safari.

Il s'interrompit brusquement et fronça les sourcils, avant de reprendre :

— Vous n'êtes pas contente, Memsahib ? Le Bwana aime bien les visiteurs. Tout le monde les aime.

— Nous n'attendons personne, répéta Mara d'une voix ferme.

Tomba ouvrit la bouche comme pour répondre, mais se borna à la regarder fixement sans rien dire. Elle comprit qu'il tentait d'évaluer la mesure exacte du respect qu'il lui devait. Elle était l'épouse du patron, une Blanche. D'un autre côté, elle était plus jeune que lui, et pas encore mère.

Mara contemplait l'étui à lunettes, évitant son regard. Elle compatissait à sa déception. Il s'était écoulé des semaines, peut-être même des mois, depuis la venue du dernier client de John. Mara savait que, au fil des années, les habitants du village voisin avaient fini par compter sur les droits qu'ils percevaient pour le gros gibier abattu en zone tribale. Et les plus jeunes d'entre eux, sur le travail saisonnier qui leur était ainsi fourni.

— Ils ne vont pas tarder à arriver, reprit Tomba.

— Quand les gens veulent faire un safari, répondit patiemment Mara, ils font une réservation. Et l'agent de John à Dar nous contacte alors par radio.

— Ah! s'exclama Tomba d'un air entendu. Mais votre radio ne marche pas. J'ai vu Bwana Stimu en train d'essayer de la réparer.

— Quand la radio est en panne, l'agent de John transmet un message à la mission, qui nous envoie un coursier. Si tu as vu un Land Rover venir dans notre direction, c'est qu'il s'agit d'une erreur. Les gens se sont égarés. Ou alors ils ont entendu parler du lodge et ils s'imaginent qu'il fonctionne comme un hôtel.

Elle eut un sourire ironique à la pensée qu'un voyageur quelconque, un géologue ou un fonctionnaire, pût faire halte ici dans l'espoir de s'offrir un repas correct. À part les deux pintades dans sa gibecière, et les quelques légumes qui survivaient dans le potager, il n'y avait pratiquement rien à manger. Peut-être pourrait-elle leur servir du chou sauvage bouilli – ce plat que les Tanzaniens des villes appelaient *sukuma wiki*, « fin de semaine » ou parfois « fond du porte-monnaie »...

Tomba croisa les bras et demeura planté là, l'air résolu.

— Je reste pour porter les bagages.

Mara regarda au loin, par-dessus l'épaule du jeune homme. En elle, l'incertitude grandissait. Et si une réservation avait bel et bien été effectuée, mais que le message se soit perdu en route ? Que ferait-elle, dans ce cas ? Elle n'avait pas de quoi acheter des provisions. Et John n'était pas là.

Le vrombissement d'un moteur, au loin, rompit soudain le silence.

— Ils arrivent, déclara Tomba avec un large sourire.

Mara tourna les talons et se rua vers les communs, à l'arrière du lodge.

Ouvrant la porte moustiquaire à la volée, elle pénétra en trombe dans la cuisine.

— Bonjour à toi, Menelik, dit-elle d'un ton précipité.

Penché sur son fourneau, le cuisinier se retourna avec lenteur. Ce n'était pas dû à l'âge, même s'il avait presque soixante-dix ans : il agissait de manière délibérée, pour lui transmettre un message. Ignorant son affolement manifeste, il dirigea ostensiblement son regard vers la porte de devant, celle qu'elle aurait dû utiliser. Qui était-elle donc, pour entrer par la porte de service ? L'épouse du Bwana, ou une aide-cuisinière ?

— Je cherche Kefa, poursuivit Mara, qui jeta le sac de jute sur la table, en regrettant fugacement de n'avoir pas le temps de faire admirer ses pintades. Nous avons des clients. Il faut absolument que tu le trouves. Dis-lui de les faire entrer et de leur servir du *chai*.

Elle prit conscience de la note implorante dans sa voix. Il lui était toujours difficile de donner des ordres au vieillard. Comme la plupart des Amharas des hauts plateaux éthiopiens, il avait une allure imposante, avec ses pommettes hautes, son port de tête altier, et sa longue robe blanche d'une élégante simplicité.

— Nous n'avons plus de lait, déclara Menelik. Plus une goutte. La femme masai est venue, mais je n'avais pas de quoi la payer.

Mara, qui était en train de passer la courroie du fusil par-dessus sa tête, suspendit son geste.

— Avons-nous de la bière ?

— Il nous reste deux bouteilles, répliqua le cuisinier en arquant les sourcils. Les dernières.

— Dis à Kefa de les apporter, dit Mara, haussant les épaules en signe d'impuissance.

Une fois dans sa chambre, elle mit sous clé le fusil et les munitions, avant d'ouvrir sa penderie et de décrocher de son cintre sa robe d'hôtesse. Tout en se battant contre la fermeture à glissière, elle se pencha par la fenêtre, et vit un Land Rover crème flambant neuf déboucher sur le parking. Elle se détendit un peu, pratiquement certaine, à présent, qu'il ne pouvait s'agir de clients de John.

Leur agent recourait toujours au même loueur, et celui-ci ne fournissait que des véhicules déjà bien usagés.

Elle se pencha davantage pour déchiffrer l'inscription peinte sur le flanc de l'engin. Manyala Hotel. Ses lèvres s'arrondirent sous l'effet de la surprise. Pourquoi un pensionnaire de cet établissement éprouvait-il le besoin de venir au Raynor Lodge ? Elle défit sa tresse et recoiffa rapidement ses longs cheveux bruns, à grands coups de brosse rageurs. Car c'était à cause du Manyala Hotel que John se trouvait en ce moment même à Dar es-Salaam, afin de tenter une dernière fois d'emprunter de l'argent.

Le grand hôtel avait ouvert deux ans et demi plus tôt, au moment même où l'on finissait de construire les nouvelles cases du Raynor Lodge. Mara gardait un souvenir vivace de ce jour où ils avaient effectué le long trajet, John et elle, pour aller y jeter un coup d'œil. Ils s'étaient engagés dans une large allée qui les avait conduits, à travers un jardin de la taille d'un parc, jusqu'à une cour pavée abritée par un auvent à rayures bleues et blanches. Ils avaient garé leur Land Rover en face de la réception. Mara revoyait encore l'expression de John, tandis qu'il parcourait du regard la façade moderne aux lignes lisses.

Ils n'avaient pas tardé à découvrir que le Manyala Hotel n'offrait pas seulement à ses clients des courts de tennis, une piscine et même une plate-forme d'observation de la faune, aménagée au-dessus d'une mare éclairée par des projecteurs, mais qu'il organisait aussi des safaris itinérants, avec une équipe de cuisiniers français, et la possibilité de choisir son guide parmi trois chasseurs professionnels.

Ils s'étaient assis au bar et avaient commandé à boire. Pendant que le serveur préparait leurs boissons, ils avaient attendu dans un silence morose. L'hôtel n'était qu'à cinq heures de route de l'aéroport d'Arusha, alors que leur lodge se trouvait à une bonne demi-journée de plus, et qu'il fallait rouler sur des pistes difficilement carrossables. Et, même si le Raynor Lodge était situé dans un environnement superbe – entre des vallées cachées, de profondes gorges et une enfilade de lacs –, il n'y avait cependant dans la région aucune curiosité naturelle que leur agent aurait pu vanter aux clients potentiels. Et rien en tout cas qui pût rivaliser avec le panorama que les pensionnaires du Manyala pourraient contempler depuis la plateforme d'observation. Un spectacle à nul autre pareil dans toute l'Afrique – les cimes enneigées du Kilimandjaro se découpant sur l'horizon.

Mara donna à ses cheveux un dernier coup de brosse, et secoua la tête, comme pour chasser les images du passé. Puis, rejetant sa chevelure en arrière, elle s'examina dans le miroir d'un œil critique. La robe toute simple soulignait sa silhouette longue et mince, et ses yeux sombres, surmontés de sourcils bien dessinés, étaient mis en valeur par sa peau bronzée. Mais son visage était encore luisant de sueur, et elle avait quelque chose sur la joue... Humectant le bout de son doigt, elle ôta un bout de duvet gris collé à une tache de sang. Elle n'avait pas le temps de s'apprêter davantage.

Kefa et les visiteurs ne se trouvaient pas dans le salon. Machinalement, Mara redressa un coussin au passage, puis sortit sur la véranda.

Ce fut le boy, Kefa, qu'elle vit en premier. Il se tenait à proximité des cases, en train de discuter avec deux hommes, un Noir et un Blanc. Tout en se dirigeant vers eux, Mara fut frappée, une fois de plus, par l'incongruité de cette appellation. Car, bien qu'il eût la silhouette svelte, dégingandée presque, d'un jeune garçon, Kefa était un homme d'âge mûr, un chef de famille, et il s'adressait aux visiteurs d'un air empli de dignité et d'autorité.

Avant de rejoindre le petit groupe, elle prit le temps de jauger les nouveaux arrivants. Le Blanc avait l'apparence prospère et suralimentée qui caractérisait les clients de John, mais au lieu d'une tenue de safari, il portait une ample chemise à manches courtes, imprimée de palmiers et de fleurs aux couleurs vives. À côté de lui, le Noir paraissait petit en comparaison, et semblait avoir trop chaud dans son costume marron d'une élégance déplacée. Le Blanc donnait tous les signes d'une vive agitation. Il passa une main dans ses cheveux, qui se hérissèrent sur son crâne.

— Comment allez-vous ? s'enquit Mara, en se rendant compte qu'elle s'efforçait de copier l'accent anglais de John.

La formule lui semblait encore étrangement cérémonieuse; chez elle, en Australie, on se contentait d'un simple «hello», mais elle savait que c'était ainsi qu'il convenait de saluer une personne qu'on rencontrait pour la première fois.

L'homme la considéra d'un air absent pendant quelques secondes, sans lui répondre, et elle se dit qu'il ne parlait peut-être pas anglais.

Le Noir s'avança et répondit aimablement:

— Nous allons très bien, merci. Je m'appelle Daudi Njoma. Permettez-moi de vous présenter M. Carlton Miller, qui vient d'Amérique.

Le visage de l'Américain s'éclaira brièvement d'un sourire.

— Salut. Ravi de faire votre connaissance, m'dame.

— Je suis Mme Sutherland, dit Mara en lui rendant son sourire. La femme du chasseur.

Carlton parut alors la voir pour la toute première fois, et il la dévisagea avec attention pendant un long moment, en silence.

Gênée, Mara lissa sa jupe, comme pour en effacer des plis imaginaires.

— Malheureusement, reprit-elle, mon mari est actuellement à Dar, pour affaires.

Elle attendit, puis, comme aucun d'eux ne réagissait, elle s'enquit en hésitant:

— Avez-vous effectué une réservation auprès de notre agence? Nous n'avons pas été prévenus, mais la radio est en panne. Temporairement. Cela n'arrive que rarement…

Elle sourit de nouveau, d'un air contrit, puis, avec un geste de la tête en direction du Land Rover, ajouta d'un ton interrogatif :

— Je vois que vous venez du Manyala...

— C'est exact, répondit Daudi Njoma. Il était prévu que nous séjournions là-bas. Mais cet établissement ne nous convient pas. Le directeur de l'Office de la chasse et de la faune, M. Kabeya, nous a conseillé de venir ici.

En entendant cette explication, énoncée dans un anglais châtié, Mara fixa Daudi Njoma d'un air ahuri, se demandant ce qu'ils pouvaient bien reprocher au Manyala. Toutefois le nom de Kabeya lui était familier. C'était un vieil ami de John, né dans la tribu voisine, qui avait travaillé comme porteur de fusil pour M. Raynor pendant une grande partie de sa jeunesse. Elle décida néanmoins de ne pas mentionner ce fait, au cas où Kabeya n'aimerait pas se voir rappeler qu'il avait jadis été au service d'un chasseur blanc.

— Vous le remercierez de notre part, répondit-elle poliment. Et vous voudrez bien lui transmettre nos salutations.

En prononçant ces mots, elle avait conscience que Carlton Miller, les yeux toujours rivés sur elle, détaillait son visage et son corps. Ils s'arrêtèrent soudain sur ses mains, et elle les dissimula honteusement derrière son dos : elles étaient durcies par les travaux de jardinage, leurs ongles noircis et cassés.

Faisant de son mieux pour ignorer l'Américain, elle entreprit de leur vanter le lodge. Elle ne prit pas la peine de mentionner les six bungalows de seconde catégorie ; c'étaient en réalité des baraques en tôle que John avait rachetées à une compagnie minière. Mais on les avait garnies d'un toit de chaume, en ménageant un espace pour l'aération, de sorte qu'à l'intérieur, elles étaient étonnamment fraîches. Mara préféra leur montrer les deux rondavels, en expliquant qu'ils étaient chacun dotés d'une salle de bains et d'une terrasse. Elle attira ensuite l'attention de ses visiteurs sur les fenêtres équipées de moustiquaires toutes neuves. Ce faisant, elle vit le regard de Daudi Njoma glisser des rideaux à sa robe, taillée dans le même tissu *kitenge* à motifs bleus. Elle hocha imperceptiblement la tête, en espérant qu'il comprendrait que ce n'était pas une coïncidence, mais un choix délibéré, une sorte d'uniforme, pour ainsi dire. (Pour le soir, elle possédait une version longue de la même robe.) Cette tenue la distinguait des épouses, filles ou fiancées des clients, qui exhibaient parfois plusieurs toilettes dans la même journée – et aussi, éventuellement, des rares chasseresses. C'était une façon de leur rappeler qu'elle était l'hôtesse des lieux, et qu'elle ne cherchait en aucune façon à rivaliser avec les pensionnaires, même auprès de leur guide – son propre mari.

— Tout cela me semble très bien, déclara Carlton Miller.

Puis, se tournant vers le grand trou qui avait été creusé non loin de là, il haussa les sourcils d'un air interrogateur.

— C'est la piscine, expliqua Mara. Comme vous pouvez le voir, elle n'est pas encore terminée.

Elle prit une voix enthousiaste, qui semblait impliquer que, d'ici à quelques semaines, le trou serait devenu une piscine remplie d'une eau fraîche et bleue. Elle espérait que ses visiteurs ne s'apercevraient pas que des plantes avaient commencé à poindre dans les fissures.

En toute hâte, elle passa au chapitre de la nourriture, un sujet qui intéressait toujours la clientèle.

— Notre cuisinier prépare tous les repas, aussi bien ici que dans les safaris itinérants. Il est spécialisé dans la cuisine anglaise traditionnelle.

Elle sourit à Carlton Miller, en songeant qu'il avait l'air d'apprécier la bonne chère. Tandis qu'elle contemplait son corps massif, ses yeux se posèrent sur la chemise à ramages : elle n'était pas repassée, et les trois boutons du haut étaient défaits, laissant voir les poils noirs sur la poitrine. Il vaudrait mieux qu'il aille se changer avant que Menelik ne l'aperçoive, se dit-elle avec un certain amusement. Le cuisinier avait été formé aux bonnes manières européennes par son précédent employeur, une baronne anglaise, et le nouveau venu lui ferait très mauvaise impression.

— Je vais contacter mon mari pour lui dire de revenir dès que possible. Peut-être même est-il déjà en route. Sinon, il lui faudra deux jours pour rentrer.

Elle s'efforça d'adopter un ton assuré, mais ses pensées étaient en effervescence. Le garde-manger était pratiquement vide. Il n'y avait presque plus de kérosène ni de gazole. Ils seraient bientôt à court de bougies. Et cela ne lui servirait à rien de se rendre à Kikuyu, car aucun magasin ne lui ferait crédit. Il y avait déjà trop de factures impayées.

— Allons voir l'intérieur de cette vieille bâtisse, dit soudain Miller. C'est le plus important.

Sans attendre son invitation, il se dirigea résolument vers la véranda.

Planté au milieu de la salle principale, l'Américain inspectait l'endroit sous tous les angles. Mara essaya de voir la pièce à travers ses yeux : les coussins confectionnés en grosse toile indigène tissée à la main, les meubles en bois sombre, également de fabrication locale, les tapis orientaux fanés couvrant le sol, à côté des peaux de zèbre et de léopard, la cimaise drapée dans les lianes d'un hoya. Des têtes de buffle, de rhinocéros et d'éland[1], montées sur des socles de bois verni, étaient accrochées au mur ; certaines pendaient de guingois, mangées par les mites. Au milieu trônait une unique défense d'éléphant – le dernier vestige de la collection d'ivoire du lodge, que John ne pouvait se résoudre à vendre. Deux cartes étaient aussi fixées au mur, à hauteur d'yeux, afin qu'on puisse les étudier de près. La première était une carte topographique de la région, datant de l'époque coloniale et comprenant la concession de John. La seconde, une carte de l'Afrique de l'Est, sur

---

1. L'éland est une grande antilope africaine, de la famille des bovidés, à ne pas confondre avec l'élan d'Amérique, qui est un cervidé. (*N.d.T.*)

laquelle une vaste zone avait été colorée en rose; elle englobait le Tanganyika[2], le Kenya et une partie des pays voisins. Une inscription en caractères gras s'étalait en travers du territoire ainsi délimité: **TERRES DE CHASSE**.

Cette salle était restée pratiquement identique à ce qu'elle avait été du vivant de l'ancien propriétaire, Bill Raynor. John avait tenu à ce qu'il en soit ainsi, et, de toute façon, tout leur argent et leur énergie avaient été engloutis dans la construction des cases. Il y régnait une atmosphère de simplicité et de tradition que Mara trouvait attrayante, mais elle avait cruellement conscience qu'aux yeux de l'Américain, la pièce paraissait sans doute vieillotte et triste.

Elle tenta de déchiffrer l'expression de Carlton tandis qu'il se dirigeait vers le mur du fond, entièrement tapissé de photographies. Elle le suivit, de manière à pouvoir répondre à ses éventuelles questions. Mais il se contenta de regarder les photos sans rien dire. Gênée, elle feignit de s'intéresser également aux images jaunies, et se mit à déambuler en les examinant, comme une visiteuse dans une galerie.

Toutes les photos montraient à peu près les mêmes choses: des clients posant à côté des bêtes qu'ils avaient tuées, leurs armes à la main. Le chasseur professionnel qui les accompagnait apparaissait sur certaines d'entre elles. On pouvait voir, ici et là, le visage saisissant de Raynor, avec ses traits burinés. De même que celui de John, tel

---

2. Nom de la Tanzanie avant l'Indépendance *(N.d.T.)*.

qu'il était aujourd'hui, la trentaine passée, mais aussi du temps de son adolescence – si jeune encore qu'on aurait pu le prendre pour un collégien.

À la place d'honneur se trouvait une photo en noir et blanc, prise en 1928, au cours de la fameuse expédition de chasse du prince de Galles. On y reconnaissait Raynor derrière un autre chasseur, Denys Finch Hatton[3]. La troisième personne figurant sur l'image était l'homme d'âge mûr à la silhouette rebondie que les Africains avaient surnommé, de façon assez surprenante, *Toto wa Kingi*, l'Enfant du roi. Mara observa Carlton à la dérobée, au cas où il aurait souhaité qu'elle la lui commente – c'était généralement le cas avec leurs pensionnaires. Mais c'était un autre cliché qui avait retenu son attention.

— Qui est-ce ? dit-il en désignant la photo d'une femme posant avec la dépouille d'un lion. Les doigts passés en crochets dans les coins de la gueule de la bête, elle lui relevait la tête vers l'objectif. L'expression modeste de son beau visage aux traits délicats contrastait étrangement avec le côté macabre de la scène.

— C'est Alice, répondit Mara. L'épouse de l'homme qui a bâti ce lodge, Bill Raynor.

Elle se mit en devoir de lui raconter comment, à une époque où les femmes étaient pratiquement exclues des safaris, Alice avait été pour Bill une

---

3. Denys Finch Hatton : chasseur professionnel et amant de Karen Blixen, qui en fit l'un des personnages centraux de son roman autobiographique *Out of Africa*. Il fut incarné à l'écran par Robert Redford. (*N.d.T.*)

associée à part entière. Comment elle avait dirigé les campements de chasse, de manière aussi efficace que n'importe quel homme. Et sa fin tragique, alors qu'elle était encore jeune...

Mais l'Américain avait cessé de l'écouter. Se désintéressant visiblement des photos, il fit rapidement le tour de la salle à manger et du bar. Puis il se dirigea vers le buffet d'Alice et se mit à ouvrir les portes et les tiroirs pour regarder à l'intérieur. Mara dut refréner son envie de lui faire remarquer qu'il n'était pas chez lui. En elle-même, elle se répéta le conseil que John lui avait donné à ses débuts : *Traite-les comme des enfants. Laisse-les faire ce qu'ils veulent.* (Il voulait dire, bien sûr : tant qu'ils étaient au lodge, car, lors des expéditions de chasse, c'était tout autre chose.)

Un tintement de verres signala l'arrivée de Kefa, portant un plateau chargé de rafraîchissements. Mara invita les deux visiteurs à s'asseoir, mais Carlton ne parut pas l'entendre. Abandonnant la fouille des placards, il alla se poster devant la porte ouvrant sur la véranda, et Mara crut qu'il se disposait à partir.

Daudi Njoma, cependant, avait pris place sur le sofa. Mara s'assit face à lui, dans un fauteuil en rotin, les chevilles croisées légèrement de côté, selon les règles de la bienséance. Lorsque Kefa tendit à Daudi Njoma une chope de bière, elle s'aperçut qu'il n'y avait pas la moindre trace de condensation sur le verre, et elle jeta un regard au serveur, qui s'éloignait déjà. Pourquoi n'avait-il pas conservé la bière au réfrigérateur ? C'était pourtant l'une des règles d'or du lodge : il devait toujours y avoir des boissons fraîches à disposition. Puis elle se rappela que, sitôt après le départ de John, elle avait ordonné d'éteindre le frigo pour économiser le kérosène.

Sans avoir l'air de s'en émouvoir, Daudi avala sa bière d'un air appréciateur, tandis que Mara se forçait à boire une gorgée d'eau tiède.

L'Américain n'avait toujours rien dit. Devant ce silence prolongé, Daudi commença à paraître gêné. Posant sa chope sur une table basse, il s'éclaircit la gorge.

C'est alors que, brusquement, Carlton se tourna vers Mara, en ouvrant grand les bras pour exprimer son ravissement.

— C'est parfait ! Tellement authentique… Nous voulons tout l'établissement pour nous seuls, ajouta-t-il en se frottant les mains. Pour deux semaines, peut-être plus. Ne vous inquiétez pas, nous vous dédommagerons amplement si vous devez annuler d'autres réservations.

Il inspecta la pièce du regard une fois de plus, puis, d'un air excité, montra quelque chose au-dehors. Regardant par-delà la véranda, là où le terrain descendait en pente abrupte vers les plaines, Mara vit le point d'eau miroitant au soleil. Une famille de girafes broutait paisiblement sur la berge la plus éloignée ; non loin d'elles se tenait un troupeau de zèbres.

— Les animaux sont là…, murmura Carlton, se tournant vers Daudi d'un air enthousiaste. Nous pourrons les mitrailler d'ici !

Tressaillant d'indignation, Mara répliqua fermement :

— Je suis désolée. Il est interdit de chasser près du lodge. Le premier campement de chasse se trouve derrière ces collines, poursuivit-elle, indiquant un escarpement violet à l'horizon. Mon mari vous y emmènera dès son retour. Il vous trouvera tout le gibier que vous souhaitez. Les cinq grands[4], bien sûr. Et aussi des crocodiles, des impalas…

— Nous ne sommes pas ici pour chasser, rétorqua Carlton.

— Mais alors, que…, bégaya Mara, ahurie.

— Nous tournons un film.

Mara jeta un regard à Daudi, quêtant une explication. L'Américain plaisantait-il, ou était-il tout simplement fou ? Puis elle se mit à rire en secouant la tête. John lui avait rapporté toutes sortes d'anecdotes, qu'il tenait lui-même de Raynor, sur la façon dont les studios de Hollywood réalisaient des films en Afrique : ils dressaient des camps de trois cents tentes, avec des convois entiers de camions, des antennes chirurgicales et des salles de projection mobiles. Il y avait une dizaine d'années de cela, Raynor avait racheté tout un lot de tentes presque neuves, qui avaient servi lors du tournage de *Mogambo*, avec Clark Gable, Ava Gardner et Grace Kelly dans les rôles principaux. John ne se lassait pas de raconter aux clients que des vedettes de

---

4. *The Big Five*, c'est-à-dire les cinq grands mammifères qui étaient autrefois les cibles les plus recherchées par les chasseurs, et aujourd'hui par les touristes dans les safaris-photos : lion, léopard, éléphant, buffle et rhinocéros. (*N.d.T.*)

renommée internationale avaient jadis dormi dans leurs tentes.

— Ce n'est pas de cela qu'il s'agit, déclara Carlton, comme s'il lisait dans son esprit. Notre équipe principale a presque terminé son travail – encore deux jours de tournage à Zanzibar, et le gros de la troupe rentrera chez lui. La deuxième équipe, celle qui va venir ici, se compose d'une douzaine de personnes seulement – les techniciens les plus indispensables et les deux interprètes principaux. Nous avions réservé des chambres au Manyala, poursuivit-il d'un ton animé, en agitant les mains pour souligner ses propos. Nous avions prévu de tourner les dernières scènes à proximité de là, dans une ferme que nous aurions décorée pour en faire un relais de chasse, le genre d'endroit où Hemingway aurait pu séjourner dans les années trente. Exactement comme celui-ci ! ajouta-t-il, en regardant une nouvelle fois autour de lui, comme s'il n'arrivait pas à en croire ses yeux. La ferme avait l'air très bien, sur les photos que l'on m'avait montrées. Mais quand je suis allé vérifier sur place, ça n'allait pas du tout. Il y avait bien trop à faire pour l'aménager, et nous n'avions pas assez de temps devant nous. Sans parler du coût…, ajouta-t-il en secouant la tête, l'air soudain anxieux. Les problèmes n'ont cessé de s'accumuler. Vous n'imaginez pas…

— Mais, intervint Daudi d'une voix apaisante, tout est arrangé à présent. Nous avons trouvé le lieu idéal.

Carlton parut se reprendre.

— C'est vrai. Il faudra apporter quelques modifications au scénario. Mais dans l'ensemble, le décor est parfait. On ne pourrait pas faire mieux.

— Combien de chambres vous faudrait-il ? s'enquit Mara d'un air circonspect.

— Nous nous arrangerons avec ce que vous avez, en ajoutant quelques tentes au besoin. Quand nous filmerons à l'intérieur du lodge, nous devrons monter un chapiteau qui servira de salle à manger. Mais c'est tout à fait faisable.

Il soupira et ferma un instant les yeux.

— Dieu merci. Vous nous sauvez la vie, réellement.

Mara l'observa, médusée. À l'entendre, on aurait pu croire qu'il venait de réchapper à la mort de justesse.

— Nous aurons néanmoins besoin de votre mari, évidemment, ajouta Carlton, reprenant aussitôt un ton professionnel. Nous tournerons des scènes en extérieur, et ce n'est pas parce que nous ne chassons pas que nous ne serons pas pris en chasse par une bestiole quelconque !

Il s'esclaffa, mis en joie par sa propre plaisanterie, et Daudi esquissa un sourire poli.

— Mais il reste un point capital, reprit Carlton, en s'avançant vers Mara, le regard grave, toute trace d'humour ayant déserté sa voix. Pouvez-vous nous garantir une tranquillité absolue pendant notre séjour ?

— Cela ne devrait pas poser problème, répondit-elle. Même notre radio est en panne.

— Bien. Ne la réparez pas. Nous arrivons à la fin d'un long tournage, tout le monde est à bout.

La chaleur à Zanzibar, la foule, les scènes à bord du train. Toutes sortes de difficultés... Il nous reste quelques séquences importantes à tourner, des scènes clés. L'une des raisons pour lesquelles nous avions choisi le Manyala, c'est qu'il se trouve au bout de la route. Personne ne s'aventure plus loin... à part les gens qui se rendent ici, bien sûr, rectifia-t-il d'un air embarrassé. Bref, ce que je veux vous faire comprendre, c'est que nous ne voulons aucun contact avec le monde extérieur. Nos deux acteurs principaux sont extrêmement connus. Il s'agit de Lillian Lane et Peter Heath.

Mara étouffa une exclamation de surprise. Elle n'avait jamais entendu parler de l'acteur, mais Lillian Lane était célèbre jusqu'en Australie. Ses films attiraient les foules, et les magazines féminins publiaient fréquemment des articles sur sa vie palpitante.

Elle essaya de se représenter l'actrice, tellement belle et élégante, assise dans l'un de ces vieux fauteuils en rotin. Dégustant son thé dans une tasse ébréchée avec l'inscription *Tanganyika Railways* gravée dessus. Et soudain, tout le ridicule de la proposition lui apparut. Le Raynor Lodge n'était pas un endroit pour les stars ! Elle avait vu de simples ménagères californiennes piquer des crises de nerfs, sous prétexte que l'eau des douches était tantôt trop chaude, tantôt trop froide, et qu'elle leur poissait les cheveux. Qu'il y avait un caillou dans le riz, et qu'elles auraient pu s'ébrécher une dent...

— Écoutez, monsieur... Miller. Je suis flattée que vous souhaitiez tourner ici. Mais nous n'avons pas les installations requises pour des clients aussi prestigieux. Le Raynor Lodge ne peut offrir qu'un hébergement assez rudimentaire. Nous n'essayons pas de dissimuler le fait que nous sommes en Afrique.

— Ils vont adorer ça ! rétorqua l'Américain, balayant cette objection d'un revers de la main. Et de toute façon, ce n'est que pour deux semaines. Jusqu'à présent, ils ont séjourné uniquement dans des hôtels de luxe. Ils peuvent bien vivre à la dure pendant un petit moment. Ce que vous devez comprendre, poursuivit-il, retrouvant son sérieux, c'est que tous les membres de notre équipe se sont investis à fond dans ce projet. Lillian Lane et Peter Heath ont même accepté de se passer de maquilleuse et d'habilleuse ! Voyez-vous, ils croient en la vision de Leonard, expliqua-t-il, d'un ton radouci, presque révérencieux. Le metteur en scène. Mon frère. Nous sommes tous solidaires.

Mara fronça les sourcils d'un air sceptique.

— Je doute cependant que cela puisse...

Daudi reposa son verre sur la table d'un geste volontairement brusque, pour attirer leur attention.

— Laissez-moi vous expliquer une chose, dit-il en se tournant vers Mara. Je représente le ministère de l'Information. Le ministre a personnellement donné son appui à ce projet. Notre gouvernement veut faire savoir au monde entier que les hommes d'affaires sont les bienvenus en Tanzanie. Nous ne voulons pas entendre parler de retards ni de difficultés. Je sais que tout le monde sera soulagé d'apprendre que les problèmes de nos amis ont été résolus. Le président lui-même sera enchanté de savoir que le tournage a pu être achevé à la satisfaction de tous. Et Kabeya sera informé de la bonne volonté dont vous aurez fait preuve, glissa-t-il à Mara, avec un regard entendu.

Elle comprit parfaitement où il voulait en venir. Après la proclamation d'indépendance, le président Nyerere s'était engagé à soutenir les Tanzaniens blancs qui souhaiteraient rester dans le pays. Et c'était par l'entremise de Kabeya que John avait pu obtenir l'une des premières concessions de chasse accordées par le nouveau régime. À présent, le temps était venu de s'acquitter de cette dette.

Mara hocha lentement la tête. Avant qu'elle ait pu ouvrir la bouche, Carlton la rejoignit et lui prit la main.

— Marché conclu. Vous ne le regretterez pas, je vous le promets. Nous serons ici dans trois jours. Le tournage commencera dès le lendemain. Il n'y a pas de temps à perdre.

Il se mit à discuter avec Daudi des dispositions à prendre en vue du voyage. Mara fit semblant d'écouter, mais son esprit était déjà ailleurs. Elle était emballée à l'idée de pouvoir enfin payer aux employés les salaires en retard, et de leur apprendre qu'ils allaient pouvoir faire venir leurs fils ou leurs filles comme extras. Ensuite, elle convoquerait le porteur de fusil de John, qui était sans travail depuis deux mois. Puis elle se rendrait à Kikuyu pour régler toutes les factures en souffrance, et après cela, elle ferait une razzia dans les magasins. Les pensées se bousculaient dans sa tête. Il y avait tant de questions matérielles dont elle devrait s'occuper au plus vite, sans attendre le retour de John...

Carlton s'avança vers la porte, et ce mouvement attira l'attention de Mara, qui se leva d'un bond.

— Une minute, s'il vous plaît.

Puis elle se tut, incapable de trouver la formule adéquate. Elle ne discutait jamais des questions financières avec les clients. John non plus. C'était leur agent à Dar qui encaissait les chèques. Il y avait bien les pourboires versés au guide, en fonction de la qualité ou de la quantité des trophées, mais ils étaient remis subrepticement, ainsi qu'il convenait entre gentlemen. Mara s'arma de courage, en imaginant qu'elle était l'épouse d'un de ces riches clients. Ces femmes-là savaient toujours comment obtenir ce qu'elles souhaitaient. Elle leva le menton, comme elle les avait vues faire, puis écarquilla les yeux. Elle avait souvent eu l'occasion de constater combien cette méthode – qui consistait à jouer à la fois de la prétendue faiblesse de son sexe, et du pouvoir que lui conférait cette position – était efficace.

— Je vous demanderai un versement en liquide afin de valider la réservation, s'entendit-elle déclarer, d'un ton calme et décidé. Une partie pour couvrir les frais de nourriture et de boissons, l'autre comme avance sur le prix des chambres. Bien entendu, il y aura d'autres frais par la suite, se hâta-t-elle d'ajouter, réfléchissant à toute allure.

— Oui, oui, bien sûr, répondit Carlton. Les dépenses entraînées par le tournage en extérieur, les redevances à payer aux villageois, et tous les trucs habituels. Nous verrons tout cela à mon retour. Mais dans l'immédiat...

Il sortit de sa poche une énorme liasse de shillings tanzaniens et en détacha de gros billets.

Mara fit de son mieux pour dissimuler sa joie devant cette manne inattendue.

— Est-ce que ça suffira ? demanda l'Américain, en posant la main sur les billets.

Il leva alors les yeux vers elle, et l'examina de nouveau, des pieds à la tête, comme si elle était incluse dans la transaction.

Elle le regarda fixement, mal à l'aise, le geste hésitant.

Carlton acquiesça en souriant et poussa les billets vers elle.

— C'est entendu, alors.

Ils sortirent sur la véranda, Daudi ouvrant la marche. En se dirigeant vers l'escalier, comme ils passaient devant les pots d'aloès aux feuilles acérées, Carlton s'arrêta près d'un énorme crâne blanchi. Celui-ci lui arrivait à la hauteur des genoux, et avait été scié en deux parties bien nettes.

— Qu'est-ce que c'est ? s'enquit-il en s'accroupissant.

— Un crâne d'éléphant, répondit Mara. Vous pouvez voir l'emplacement des défenses, ajouta-t-elle en montrant une cavité béante.

— Mais pourquoi a-t-il été coupé en deux ? reprit l'Américain, en passant sa main sur l'os poli par le temps.

— Mon mari s'en sert pour montrer aux clients où se trouve le cerveau, expliqua Mara. Pour qu'ils sachent où viser. Le meilleur moyen d'abattre un éléphant, c'est de le toucher en pleine tête. Mais pas n'importe où. Vous voyez ce trou en forme de cylindre, ici, au centre ? C'est là que se trouve le cerveau. Il est à peu près de la taille d'une miche de pain.

Elle adressa un petit sourire à Carlton – son sourire d'hôtesse. Ce n'était pas à elle qu'il incombait de fournir ces explications, et elle craignait de paraître empruntée.

— Et maintenant, vous voyez ces alvéoles, juste au-dessus du cerveau ? C'est là qu'il faut loger la balle. À cet endroit exactement.

Tout en prononçant ces mots, elle revoyait en pensée les arbres piétinés, éprouvait de nouveau cette sensation de colère imprégnant l'air. Elle la sentit même s'insinuer dans sa voix.

— Évidemment, il est préférable d'ajuster le coup de face, si vous le pouvez. Vous comptez jusqu'au septième pli sur la trompe, et vous centrez le tir entre les deux défenses. Quand l'éléphant s'écroule, la tradition veut que l'on coupe la trompe d'abord, pour s'assurer que la bête ne survivra pas et ne reviendra pas se venger. J'ignore s'il s'agit d'une superstition locale, ou d'une invention des chasseurs blancs…

Elle recula et croisa les mains, son discours terminé. Elle vit Daudi et Carlton échanger un regard.

— Votre mari est un bon professeur, déclara l'Américain en se redressant, avant de contempler Mara avec une curiosité accrue.

— John Sutherland est un chasseur réputé, commenta Daudi. Kabeya m'a dit qu'il avait remporté à deux reprises le Shaw and Hunter Trophy, et qu'il était le plus jeune de tous les lauréats.

— Et de quoi s'agit-il ? voulut savoir Carlton.

— C'est un prix décerné par l'Association des chasseurs professionnels d'Afrique de l'Est à celui qui a procuré à son client un trophée exceptionnel, expliqua Daudi. Je crois qu'il n'a été accordé que dix-sept fois. Et jamais à un Africain, bien entendu, ajouta-t-il, étrécissant les yeux un bref instant, avant de reprendre son masque impassible. J'ai entendu des Européens affirmer que c'était l'oscar du monde de la chasse.

— Nous serons donc en très bonnes mains, déclara Carlton en arquant les sourcils.

— En effet, acquiesça Mara, en les précédant dans l'escalier.

Comme ils passaient devant les rondavels, elle crut déceler un doute dans l'expression de l'Américain.

— Ce serait une bonne chose si vous pouviez rendre la chambre de Lillian aussi agréable que possible, dit-il. Y mettre des fleurs, par exemple. Mais surtout pas de fleurs jaunes. Elle les déteste. Oh ! autre chose : il lui faut des serviettes de toilette assorties. Vous savez, le drap de bain et les essuie-mains... Elle est très pointilleuse là-dessus. Donnez-lui celle-ci, poursuivit-il en montrant la première case en terre, et l'autre à Peter Heath. Sont-elles tout à fait identiques à l'intérieur ?

— À peu près, répondit Mara.

— Très bien. Vous pourrez nous mettre dans l'un des autres bungalows, Leonard et moi. Nous avons partagé la même chambre pendant les dix premières années de notre vie – cela ne nous fera pas de mal de renouveler l'expérience !

Parvenu à côté du Land Rover, Carlton ouvrit la portière côté conducteur et fit signe à Daudi de s'installer sur le siège du passager. Au moment de grimper à bord, il s'immobilisa, comme frappé d'une idée soudaine.

— Ah oui… Où se trouve la piste d'atterrissage ?

Mara le regarda fixement sans rien dire, puis baissa les yeux, en faisant semblant de s'absorber dans la contemplation du système de fermeture de la portière. Le terrain d'atterrissage le plus proche se trouvait à la mission, à une heure de route au bas mot, et quelle route !

— Lillian et Peter arriveront par avion, bien sûr, reprit Carlton. On ne peut pas leur demander de faire le trajet en voiture, vu l'état des pistes.

Mara se mordilla anxieusement la lèvre. La perspective de gagner de l'argent semblait déjà s'éloigner, aussi vite qu'elle était apparue. Puis, tout à coup, elle se souvint qu'un client particulièrement riche était un jour arrivé par la voie des airs, à bord d'un avion privé, et qu'il s'était posé dans la savane.

Elle pointa le doigt vers les plaines herbeuses, dont on entrevoyait au loin les étendues mordorées à travers les arbres.

— D'habitude, les avions atterrissent là-bas, affirma-t-elle avec aplomb. Je ferai débroussailler la piste et installer une manche à air.

Elle jeta un regard oblique à Daudi. Il savait pertinemment qu'elle mentait, elle en était à peu près convaincue.

Mais il lui adressa un imperceptible hochement de tête, et se tourna vers Carlton en disant :

— Vous devrez recommander au pilote de décrire un cercle avant d'atterrir, pour que les employés aient le temps de chasser les animaux qui pourraient se trouver sur la piste.

— Bien sûr, bien sûr. Il faudra me le rappeler le moment venu, répondit l'Américain en se hissant à bord du véhicule.

Un instant après, le moteur se mit à vrombir, et le Land Rover s'éloigna dans un nuage de poussière rouge.

2

Mara roulait prudemment dans la rue principale de Kikuyu, évitant les nids-de-poule et zigzaguant entre les piétons, les cyclistes et les automobiles cabossées. Dans son rétroviseur, elle pouvait voir tressauter les têtes de la bonne douzaine de villageois entassés à l'arrière de son Land Rover. Les nouvelles circulaient vite entre le lodge et le village, et dans le bref laps de temps qu'il lui avait fallu pour se préparer, ils avaient afflué sur le parking afin de profiter du transport. En voiture, il ne fallait qu'une heure et demie pour se rendre en ville, alors que le même trajet représentait pour eux une longue journée de marche.

Elle s'engagea dans une étroite rue latérale, où s'alignaient les échoppes des vendeurs de kitenge. Les étoffes accrochées aux devantures volaient au vent, attirant le regard par leurs motifs bigarrés. Au bout de la rue, Mara aperçut le marché – un pêle-mêle de baraques en tôle et d'auvents de toile. Quand elle ralentit, ses passagers commencèrent à rassembler leurs paniers et leurs paquets et se disposèrent à descendre.

— Vous devez rester avec moi, déclara Mara d'un ton ferme aux deux garçons qui l'accompagnaient – les neveux de Kefa, qu'il avait recrutés pour porter les provisions.

Ils étaient assis avec elle dans l'habitacle, tassés l'un contre l'autre sur le siège le plus éloigné, si bien que la place du milieu était vide. Mara avait suggéré à l'un d'entre eux de s'y installer, mais il s'était contenté de lui retourner un sourire gêné, visiblement intimidé à l'idée de s'asseoir près d'elle.

— Oui, Memsahib, répondirent-ils en chœur.

— Nous avons beaucoup de courses à faire, ajouta-t-elle en regardant sa montre.

Quand ils en auraient terminé ici, elle comptait se rendre à la mission pour envoyer un message radio à John, par l'intermédiaire de son agent à Dar. Elle avait même envisagé de se rendre là-bas en premier, mais le marché aux fruits et légumes aurait été fermé le temps qu'elle revienne en ville, et il n'y en aurait pas d'autre avant samedi.

Elle tendit des paniers et des sacs vides à chacun des garçons, puis les conduisit vers le marché. L'air était imprégné d'une odeur acide de fruits blets, à laquelle se mêlaient des relents de poussière et de bouse de vache. Bientôt, ils furent entourés d'éventaires colorés – pyramides de fruits et de légumes disposées sur des tréteaux de fortune ou tout simplement sur des étoffes, à même le sol. Des femmes, assises à côté de leurs marchandises, chassaient les mouches de la main tout en bavardant et en riant avec les clients.

Aujourd'hui, Mara n'avait pas le temps de se livrer à son rituel ordinaire, qui consistait à saluer chaque marchande, et à examiner chaque éventaire tour à tour avant de faire son choix. Elle se contenta de parcourir les allées, montrant du doigt ce qu'elle voulait. Elle acheta des aubergines violettes à la peau luisante, des racines de manioc et des courges noueuses, et de petites pommes de terre poussiéreuses importées des hauts plateaux. Des tonneaux entiers de tomates locales aux formes bizarres, de pleins paniers de citrons jaunes et verts. Elle tira sur les feuilles des ananas pour voir s'ils étaient mûrs, goûta des tranches de pastèque et de goyave. Elle accepta les papayes et les fruits de la passion qu'on lui proposait, mais refusa les mangues, même si elles venaient tout droit de Kongwa : elle avait fini par s'habituer à la variété africaine, mais savait que la chair fibreuse au goût prononcé ne plairait pas aux Américains.

Après avoir fait son choix, elle payait la commerçante avec l'un des plus petits billets donnés par Carlton, mais la femme devait à chaque fois se livrer à de laborieux échanges avec ses voisines pour lui rendre la monnaie. Les garçons portaient ensuite ses emplettes jusqu'au Land Rover, allant et venant sans cesse, courbés sous le poids des paniers remplis à ras bord.

— Le Bwana doit préparer un grand safari ! commenta l'une des marchandes, qui comptait des potirons tout en mastiquant un bout de canne à sucre dont elle épluchait les fibres coriaces avec ses dents.

— En effet, répondit Mara. Nous allons avoir beaucoup de pensionnaires.

Elle préféra ne pas parler du tournage – la femme n'aurait sans doute aucune idée de ce dont il s'agissait. Mais, au moment de s'en aller, elle vit que l'un des neveux de Kefa s'attardait devant l'étal, et s'entretenait d'un ton animé avec la commerçante, dans la langue locale. Elle le vit tendre le doigt en direction des bâtiments municipaux, et en fut tout d'abord intriguée. Puis elle se rappela que l'édifice abritait une salle où l'on projetait parfois des films indiens. Mara n'en avait encore jamais vu, mais à en juger par les affiches aux couleurs criardes, c'était un cocktail grisant de sentimentalité et d'aventures, abondamment saupoudré de danses et de chants. Face aux révélations du garçon, la vendeuse de potirons parut d'abord incrédule, puis impressionnée. Elle héla sa voisine et bientôt, tout en poursuivant ses achats, Mara constata que l'histoire se propageait à travers le marché. Le mot swahili *filmi* revenait sans arrêt. *Filmi Americani mkubwa*. « Grand film américain ». Ou peut-être, « film d'un très gros Américain » ? Elle n'en était pas sûre. Quoi qu'il en soit, elle comprit que d'ici peu, tout le monde à Kikuyu saurait que des invités très spéciaux étaient attendus au Raynor Lodge. Et elle se rembrunit en songeant qu'elle avait promis à Carlton une absolue discrétion. Mais, se dit-elle pour se rassurer, quel mal y avait-il à ce que les habitants de Kikuyu soient informés de leur présence ? C'étaient les journalistes et les photographes que l'Américain devait redouter. Et il ne s'en trouvait aucun dans les parages.

**

Le New Tanzania Emporium était situé à l'angle d'une rue, en plein centre de la ville. Sa façade étroite était peinte dans des coloris pastel évoquant le glaçage d'un gâteau, et couverte d'inscriptions en caractères hindi. La boutique avait changé de nom récemment, et les mots *Comptoir Colonial* étaient encore visibles sous la peinture fraîche. Une odeur d'épices et d'huile chaude parvint à Mara par la porte grande ouverte, lui rappelant qu'elle n'avait rien mangé depuis le petit déjeuner, aux aurores.

Franchissant un rideau en perles de jonc, elle pénétra dans l'antre obscur. Une chaleur épaisse se referma sur elle, tandis qu'elle se frayait un chemin entre les bidons d'huile de table et les sacs de légumes secs et autres denrées – semoule de maïs, haricots, lentilles, arachides, riz, farine. Elle passa près d'un ventilateur fixé au mur, qui brassait l'air d'un mouvement poussif, alourdissant encore plus l'atmosphère.

Elle venait juste de sortir sa liste de provisions quand une voix lui parvint de l'arrière-boutique, derrière le comptoir.

— Oui, oui. Qu'est-ce que vous voulez ? Dites-le donc. Et dépêchez-vous.

Mara reconnut la voix véhémente – et le swahili rudimentaire – de l'épouse du propriétaire.

— Bina ! C'est moi, Mara.

Une femme corpulente émergea de l'ombre pour se diriger vers le comptoir, drapée dans un sari rose vif scintillant de broderies dorées. Elle sourit à Mara, découvrant des dents en or tout aussi étincelantes.

— J'ai de l'argent, s'empressa de déclarer Mara. Je viens régler nos dettes, et acheter des provisions.

Le sourire de Bina s'élargit.

— J'ai déjà appris la nouvelle ! répondit-elle, dans un anglais nettement plus correct que son swahili. Je sais pourquoi vous êtes ici.

Elle claqua des doigts, et une petite femme maigre apparut à son côté.

— Vous avez une liste, reprit Bina en montrant le papier dans la main de Mara. Ma belle-sœur va rassembler ce qu'il vous faut, et préparer la facture, ajouta-t-elle, avec un mouvement du coude vers son assistante. Pendant ce temps-là, nous pourrons bavarder toutes les deux.

Mara lui retourna un sourire incertain. La perspective d'un petit instant de repos n'avait rien pour lui déplaire, non plus que celle de déguster le *chai* de Bina, du thé au lait parfumé de cardamome et de clous de girofle, accompagné d'amuse-gueules fortement épicés. Mais elle n'avait pas envie d'encourir le dédain de Menelik si elle ne rapportait pas les articles souhaités. Elle parcourut du regard les étagères garnies de boîtes de conserve, de sacs et de paquets. La plupart des denrées n'étaient proposées que dans une seule marque – de la margarine Kimbo, du sucre Kilombero, du thé Brooke Bond, de sorte que le problème du choix ne se posait pas.

— Volontiers, merci, répondit-elle enfin. La liste n'est pas compliquée, mais elle est très longue.

Elle tendait déjà le papier quand elle aperçut des savonnettes alignées sur le comptoir.

— Il faut toutefois que je choisisse des savons de toilette, ajouta-t-elle.

Son regard passa des Palmolive à l'aspect crémeux, qui paraissaient plus appropriés pour une vedette de cinéma, aux barres de Lifebuoy rouge foncé, qui étaient d'ordinaire fournis aux clients du lodge. Le savon au phénol ne sentait pas très bon, mais avait l'avantage de tuer les microbes.

— Prenez les deux, suggéra Bina. Comme ça, vos clients choisiront eux-mêmes.

Elle agita une main potelée et délicate à la fois en prononçant ces mots, comme pour en marquer le tempo.

— C'est mon conseil numéro un, quand on a affaire à des gens importants, poursuivit-elle. Même si aucun des deux ne leur convient tout à fait, du moment que vous leur donnez le choix, ils sont contents !

Elle emmena Mara dans son salon, qui lui servait aussi d'atelier de couture. Des rouleaux d'étoffe étaient empilés contre les murs – des soies aux couleurs d'arc-en-ciel, rutilant de fils métalliques. Des bouts de fil et de tissu, ainsi que des fragments de patrons en papier, jonchaient les nattes de jonc couvrant le sol.

— Je sais comment traiter les personnes de haut rang, reprit Bina en se laissant choir dans un vaste fauteuil.

Elle attendit que Mara se fût lavé les mains dans le lavabo à l'angle de la pièce, puis, dès que son invitée se fut assise à son tour, elle cria quelque chose en hindi, en direction d'une porte.

— Ma famille à Udaipur travaille au palais depuis des générations. Mon conseil numéro deux, c'est que le personnel doit avoir une bonne présentation. Prenez-en quelques-uns, offrit-elle en montrant une coupe remplie de boutons cousus sur des cartes, et dites à tous vos employés de remplacer les boutons manquants sur leurs vêtements. Ils devront utiliser du coton assorti, bien entendu.

Un enfant apparut, portant un plateau chargé de deux tasses de chai et d'un plat de *samosas* garnis de rondelles de citron. À la vue des petits triangles de pâte feuilletée à la belle couleur dorée, Mara sentit l'eau lui venir à la bouche. D'avance, elle se délecta de la farce de viande hachée et de petits pois assaisonnée de *garam masala*, de piment et de coriandre fraîche, et adressa à Bina un sourire de gratitude.

— C'est votre plat préféré, déclara l'Indienne. Il faut en manger beaucoup. Vous êtes trop maigre.

Mara ne répondit pas. Elle savait que son hôtesse s'enorgueillissait des bourrelets de chair brune qui s'étageaient entre le haut de sa jupe et le bas de son corsage court ; elle était persuadée que c'était ce qui avait séduit son mari, et l'avait incité à l'épouser. Elle et Mara n'auraient jamais la même conception du corps féminin idéal.

Pour changer de sujet, Mara ouvrit son sac et en sortit un exemplaire du *Woman's Day*. Après le départ de Carlton, elle avait feuilleté les vieux magazines abandonnés par des clients, et avait fini par trouver une photo de Lillian Lane sur le pont d'un yacht, donnant le bras à un homme séduisant. Bien que l'image fût de dimensions réduites, Mara avait immédiatement reconnu le célèbre visage.

Ouvrant la revue à la page où figurait le cliché, elle la tendit à Bina.

— C'est elle, expliqua-t-elle. L'actrice qui va venir au Raynor Lodge.

— Qu'elle est belle ! s'extasia Bina, avec un soupir d'admiration. Et regardez-moi ce bateau. Et cet homme ! Elle est trop maigre, elle aussi, ajouta-t-elle en penchant la tête d'un air critique. Qu'allez-vous lui donner à manger ? Que mangent les Américains ?

— Nous servons toujours de la cuisine anglaise, répondit Mara avec un haussement d'épaules, et tout le monde en paraît satisfait.

La nourriture n'était pas ce qui la préoccupait le plus. Personne ne s'était jamais plaint de la cuisine de Menelik, qui était simple, mais de grande qualité. Et au cas où les clients ne s'en seraient pas aperçus d'eux-mêmes, Mara mettait toujours un point d'honneur à mentionner, avant le premier repas, le nom de la baronne auprès de qui il avait appris son métier, et qui lui avait transmis toutes ses recettes.

Cet argument ne parut pas convaincre Bina.

— Ils voudront peut-être des plats de chez eux, de la cuisine américaine, dit-elle. Combien de temps vont-ils rester ?

— Deux semaines.

— Deux semaines ? C'est long. Et cela fait beaucoup de repas.

Saisie d'une bouffée d'angoisse, Mara reposa son samosa, l'appétit coupé.

— Je sais ce qu'il faut faire, reprit Bina d'un air sagace. Vous devrez organiser des soirées à thème. Des dîners internationaux. Il y a un excellent chef indien à Arusha ; il vient du Gujerat, bien entendu. Je vais le contacter.

— Non ! C'est impossible, se récria Mara. Menelik n'accepterait jamais qu'un autre cuisinier officie à sa place. Vous savez comment il est.

Bina pinça les lèvres. Mara n'ignorait pas que la commerçante et le cuisinier ne s'appréciaient guère. Quand Menelik venait s'approvisionner ici, il refusait de répondre à Bina si elle lui parlait en mauvais swahili, insistant pour que leurs échanges se fassent en anglais. Il traitait l'Indienne avec le mépris ouvert qu'elle réservait elle-même aux Africains.

— Cela lui servirait de leçon, répliqua Bina. De toute façon, ce n'est pas votre problème, poursuivit-elle en haussant ses épaules rondes.

C'était l'une de ses phrases favorites ; elle s'en servait pour changer de sujet en cours de conversation, même si le problème en question était manifestement de la plus haute importance pour son interlocuteur. Se renfonçant dans son fauteuil, elle promena un regard critique sur la tenue kaki de Mara.

— Bon, annonça-t-elle, il vous faut une nouvelle robe.

Mara lui lança un regard étonné. L'idée de commander des vêtements neufs ne lui était pas venue à l'esprit. Mais à présent que Bina l'avait évoquée, elle lui paraissait tentante. Elle ne s'était rien acheté depuis que Bina avait confectionné ses tenues d'hôtesse, deux ans et demi plus tôt.

Elle se surprit à tendre la main vers le magazine, pour regarder les pages de mode. Un sentiment de culpabilité l'assaillit, car ni John ni elle ne dépensaient de l'argent en vêtements. Ce n'était pas nécessaire. Raynor avait acheté tout un stock de chemises, pantalons et vestes de chasse quand un fournisseur d'Arusha avait fermé boutique, pendant la Seconde Guerre mondiale. Pour les soirées au lodge, John portait l'un de ses deux costumes en lin crème. Et Mara, bien sûr, ses robes bleues. Lors de leurs rares sorties – quand ils étaient invités dans une ferme, ou pour assister à la messe de Noël à l'église de Kikuyu –, elle choisissait parmi les quelques robes qu'elle avait apportées d'Australie. Elles étaient un peu démodées, peut-être, et usagées, mais convenaient parfaitement à une femme de chasseur.

Elle n'avait pas vraiment besoin de vêtements neufs. Mais, avec cette liasse de billets dans sa poche, et la photo de Lillian Lane sous les yeux, elle avait l'impression de nager en pleine irréalité. Elle se mit à feuilleter le magazine. Immédiatement ou presque, une tenue attira son regard : une jupe et un haut assortis, dans un style qui, elle le savait, lui irait à merveille.

Bina approuva d'un hochement de tête.

— Mais, s'il vous plaît, implora-t-elle, pas de tissu africain cette fois-ci.

Elle commença à dérouler des soies imprimées pour les approcher du visage de Mara. Pendant ce temps, celle-ci, par-dessus l'épaule de Bina, scrutait les étagères du regard. Finalement, elle trouva ce qu'elle cherchait : un coton très doux, imprimé de tons bruns, verts et or, comme un morceau de savane reproduit sur textile.

Elle traversa la pièce pour s'emparer du rouleau de tissu.

— Celui-ci sera parfait. Il me plaît énormément.

Bina se renfrogna brièvement : elle semblait partagée entre la déception que lui causait ce choix et la fierté que son atelier contînt un article au goût de Mara.

— Déshabillez-vous, s'il vous plaît, lui dit-elle, en s'emparant de son ruban de couturière.

Mara s'attendait à la voir secouer la tête d'un air désapprobateur en notant son tour de hanches. Au lieu de cela, l'Indienne déclara que c'était une chance qu'elle soit aussi maigre, car le modèle qu'elle avait choisi avait l'air d'avoir été conçu pour un garçon.

Elle passa ensuite ses bras autour du corps de Mara pour mesurer son tour de taille, et Mara respira l'odeur un peu rance de ses cheveux huilés, mêlée au parfum du santal.

— Quel âge avez-vous, déjà? demanda tout à coup Bina, d'un ton suggérant que le sujet avait déjà été abordé.

— Vingt-sept ans, répondit Mara, se demandant où elle voulait en venir, car avec Bina, on pouvait s'attendre à tout.

— Et vous êtes mariée depuis trois ans, déclara l'Indienne, l'air sentencieux.

Elle n'avait pas besoin de lui poser la question : elle était présente le jour où Mara était arrivée à Kikuyu, pour épouser John Sutherland.

— Alors, dites-moi… pourquoi n'avez-vous pas d'enfants ? Vous avez un problème médical ?

— Non ! répliqua Mara, avec un petit rire. C'est seulement que… John et moi ne voulons pas d'enfants tout de suite. Nous avons tellement de responsabilités, avec le lodge. Les charges financières…

Bina recula de quelques pas, son mètre à la main.

— Personne ne fait passer le travail avant les enfants, affirma-t-elle, péremptoire. Je crois plutôt qu'il y a un problème, poursuivit-elle en lançant à Mara un regard scrutateur. Je crois que votre mari n'est pas un bon mari. Il ne couche pas avec vous.

Mara réprima une exclamation outragée. Mais son indignation s'éteignit bien vite face à l'expression bienveillante de son interlocutrice. Elle se détourna et regarda par la fenêtre, qui donnait sur une cour privée – un carré de béton dénudé planté d'un unique et maigre palmier. Elle sentait toujours peser sur elle le regard de Bina.

— Mais si. Si, nous couchons ensemble, protesta-t-elle d'une voix faible.

Elle croisa les bras autour de son torse en un geste frileux. Elle se sentait vulnérable, debout en sous-vêtements au milieu de cette pièce, comme si sa peau et ses os pouvaient trahir la vérité. S'il avait été exact, autrefois, que John et elle prenaient des précautions pour éviter qu'elle ne tombe enceinte – ils désiraient vraiment assurer la prospérité du lodge avant de fonder une famille – ce n'était plus le cas aujourd'hui. Ces derniers temps, Mara allait délibérément se coucher de bonne heure, seule. Et quand son mari se mettait au lit, elle restait immobile, et feignait d'être profondément endormie, afin de ne pas avoir à subir ses caresses. Ni à se sentir coupable de ne pas y répondre...

Bina demeura silencieuse, et se remit à prendre ses mesures, en l'effleurant à peine, avec des gestes empreints de douceur. Puis elle drapa le tissu sur le corps de Mara, et en lissa les plis.

D'une voix basse et rassurante, comme si elle parlait à une enfant, elle murmura :

— Vous serez très belle, vous verrez.

Mara ferma les yeux avec force, pour refouler ses larmes.

Peu après avoir dépassé la dernière boutique de Kikuyu digne de ce nom, là où la ville cédait peu à peu la place à un amas hétéroclite de huttes et d'abris de fortune, Mara prit un virage et pénétra dans un terrain entouré de grilles, passant sous une énorme enseigne métallique portant les mots *B. H. Wallimohammed, fournisseur d'armes et de munitions, pneus Michelin.*

En se garant près d'une pile branlante de pneus usés, elle demanda aux garçons d'aller s'asseoir à l'arrière du Land Rover pendant qu'elle effectuait ce dernier achat.

— Il faut surveiller ces cartons, expliqua-t-elle, en montrant les caisses d'alcool et de boissons gazeuses achetées à l'hôtel. Ce sont des marchandises très importantes.

Les garçons s'empressèrent de lui obéir, réagissant à son ton autoritaire, à ses gestes brusques. Elle était pleinement dans son rôle de patronne – une personne active et efficace, qui n'avait pas le temps de penser à elle-même, pas le temps d'éprouver des sentiments...

Elle se dirigea vers un bâtiment long et bas surplombant le terrain, grossièrement mais solidement construit avec des blocs de ciment. Les fenêtres étaient garnies d'épais barreaux entrecroisés. Mara se contraignit à presser le pas, pour ne pas céder à la tentation de s'arrêter et de faire demi-tour.

Au moment où elle arrivait devant le perron, un homme au corps sec et nerveux, avec des cheveux gris et crépus, apparut dans l'encadrement de la porte. Il croisa les bras pour se donner un air plus imposant, lui barrant le passage.

— Bonjour, monsieur Wallimohammed, le salua Mara.

Elle ne put s'empêcher de le dévisager, cherchant une fois de plus à deviner sa nationalité. Son teint basané pouvait être le résultat d'une vie passée sous le soleil des tropiques, ou du métissage, ou encore des deux. Il parlait le swahili aussi couramment que l'anglais.

Sans répondre, il lui adressa un signe de tête et la regarda fixement, en se balançant légèrement sur ses pieds.

— Je suis venue régler ce que John vous doit, poursuivit-elle.

L'homme haussa les sourcils, ce qui eut pour effet de faire apparaître de profondes rides sur son front.

— En totalité ?

— Combien vous doit-il ? reprit-elle en sortant de sa poche la liasse de billets.

Wallimohammed siffla doucement entre ses dents, jaunies et ébréchées.

— Venez dans mon bureau.

Elle le suivit à l'intérieur du bâtiment, en retenant sa respiration. Derrière l'odeur de gazole et de graisse à fusil, elle savait qu'il lui serait possible de détecter un autre relent, plus désagréable encore.

Cela provenait de la remise située derrière le bâtiment.

La première fois qu'elle était venue ici, à une époque où John ne devait pas d'argent et était encore un client respecté, Wallimohammed l'avait invitée à jeter un coup d'œil dans ce local.

— C'est mon autre activité, avait-il expliqué. Sacs à main et corbeilles à papier.

Mara l'avait suivi de bon gré, sans réfléchir. Et était restée pétrifiée sur le seuil de la remise.

Des pieds d'éléphant étaient alignés sur le sol, par rangées entières. Évidés et desséchés, ils faisaient penser à une bizarre collection de chaussures, grossièrement coupées à mi-mollet. Elle avait promené sur la scène un regard incrédule, et des détails s'étaient inscrits de façon indélébile dans son esprit – la corne épaisse des ongles, les bords recroquevillés du cuir velu, les copeaux de bois fourrés à l'intérieur de chaque pied pour lui garder sa forme.

Derrière eux s'érigeaient des monceaux d'oreilles, de la taille d'un petit tapis, faites d'un cuir à l'aspect caoutchouteux, tout sillonné de veines. Elles avaient toutes la même forme, celle du continent africain, mais chacune présentait les entailles et les déchirures distinctives qui, comme Mara l'avait appris, permettaient d'identifier chaque individu. Les bords tranchés étaient d'une sombre couleur violacée, et couverts de mouches.

L'air empestait le sang séché et la chair en décomposition.

Mara avait tout simplement tourné les talons et s'était enfuie, retraversant le bureau à grands pas pour gagner le parking, en aspirant l'air frais à grandes goulées. Wallimohammed avait dû lui courir après, en agitant les boîtes de munitions que John l'avait chargée de rapporter.

Depuis ce jour, Mara n'était retournée chez l'armurier que lorsqu'elle y avait été absolument obligée. Et aujourd'hui, elle avait la ferme intention de ne pas s'y attarder plus que nécessaire.

Elle suivit Wallimohammed jusqu'à un bureau installé dans un angle, encadré par des étagères remplies de paperasse et de boîtes de pièces détachées de voitures. Pendant qu'il ouvrait son livre de comptes, elle prit conscience que la pièce paraissait plus lumineuse que d'habitude.

Se tournant vers la fenêtre, elle découvrit que là où se dressait autrefois le toit de la remise, occultant la vue, il n'y avait plus qu'une étendue de ciel bleu. En se rapprochant, elle constata qu'à la place du bâtiment, il ne restait qu'un énorme tas de mottes de terre couvert de branches et de feuilles. Les vestiges du hangar étaient entassés à l'écart.

Parcourant la cour des yeux, elle vit que presque tous les arbres et les buissons avaient été arrachés.

— Les éléphants sont venus, il y a deux nuits de ça, expliqua Wallimohammed, penché sur son livre comptable, sans prendre la peine de lever la tête. Le veilleur de nuit n'a pas réussi à les faire fuir – ou plutôt, tel que je le connais, il n'a pas essayé. Ils ont démoli ma remise et dévasté mon jardin.

Un long silence s'ensuivit, rompu seulement par le martèlement lointain des pilons réduisant le maïs en semoule. Mara ne pouvait détacher son regard de la cour en ruine. Il y avait quelque chose d'étrange, se dit-elle, dans la façon dont le sol avait été creusé et la terre tassée en une sorte de monticule oblong. Comme si quelque chose y avait été enterré, songea-t-elle brusquement, l'estomac noué.

— Et que s'est-il passé... ensuite ? demanda-t-elle.

Wallimohammed posa un doigt osseux sur la page, pour ne pas perdre la ligne où il s'était arrêté, avant de redresser la tête.

— La remise était pleine de corbeilles à papier et de cuir pour les sacs à main. Comme toujours.

Il s'interrompit et jeta un regard mauvais vers la fenêtre.

— Ces maudits éléphants les ont enterrés. Toutes les oreilles, tous les pieds. Le stock entier. Ils ont dû se servir de leurs défenses pour creuser le sol. Puis ils ont pris des branches pour en recouvrir la terre... De toute manière, poursuivit-il en revenant à ses comptes, c'était une vieille baraque. Je vais en construire une autre. Mais je peux vous dire, ajouta-t-il en secouant la tête, que ça a fait resurgir toutes ces vieilles histoires à propos des éléphants. Je ne veux plus entendre ces fariboles sur les ossements déplacés d'un lieu à l'autre, ou les éléphanteaux morts que les mères transportent pendant des jours. Pour moi, ce ne sont jamais que des animaux.

Mara garda le silence. Elle entendait à peine ce que Wallimohammed lui disait, partagée entre l'horreur et un profond sentiment de respect. Elle éprouvait une vive envie d'aller dans la cour et de toucher la terre récemment remuée. D'effleurer du bout des doigts les empreintes que les pachydermes avaient laissées derrière eux…

— C'est un boulot pour John, reprit Wallimohammed, d'une voix qui résonna avec force dans le silence ambiant. Des éléphants furieux qui pénètrent dans la ville… Les services de la chasse et de la faune vont lui demander de s'en occuper.

Mara se tourna vers lui, et le regarda d'un air incertain. Il lui fallut un moment pour comprendre le sens de ses paroles.

— Il est en voyage, répondit-elle sèchement.

— Jusqu'à quand ? Les autorités vont vouloir agir rapidement.

— Il sera très occupé à son retour, rétorqua Mara en secouant la tête. Le lodge a été réservé par un groupe de douze personnes, pour deux semaines.

Le négociant la dévisagea d'un air sceptique, puis son regard se posa sur la liasse de billets qu'elle tenait dans sa main – la preuve évidente que la chance souriait enfin au Raynor Lodge.

— Douze clients ? Il va devoir recruter des chasseurs supplémentaires, dit-il en prenant le trousseau de clés accroché à sa ceinture, avant d'ouvrir une armoire métallique, remplie de boîtes de cartouches et de balles. Vous savez de quoi il a besoin ?

Mara lui lut ce qu'elle avait écrit en bas de sa liste. Essentiellement des munitions de petit calibre, pour abattre le gibier destiné aux cuisines, et juste assez de balles de gros calibre pour charger les fusils qu'ils emporteraient pour se protéger en cas de danger.

— Il vous en faudra bien plus ! s'esclaffa Wallimohammed.

— Non, répliqua-t-elle en le regardant droit dans les yeux. Nos pensionnaires ne viennent pas ici pour la chasse.

En prononçant ces mots, elle se sentit soudain envahie par un sentiment d'optimisme. C'était leur projet le plus cher : transformer le Raynor Lodge en un lieu où l'on venait pour découvrir le pays et admirer les animaux, pas pour collectionner des trophées.

— Que vont-ils faire, alors ? s'enquit l'armurier. Rester allongés au bord de la piscine ?

Mara se contenta de sourire. Elle s'imaginait déjà au côté de John, dans les semaines à venir. Ils résoudraient ensemble les nombreux problèmes, petits et grands, qui ne manqueraient pas de surgir, quand Carlton et son équipe seraient là. Mais, même en plein chaos, ils s'encourageraient mutuellement du regard. Les gens autour d'eux verraient à quel point ils s'aimaient et se respectaient l'un l'autre, et se diraient que le mari et la femme formaient vraiment une équipe parfaite. Comme Raynor et Alice autrefois.

C'était ce dont elle avait rêvé, à son arrivée ici, avant que tout ne se mette à aller de travers...

**

Le figuier étendait ses larges branches au-dessus de la cour carrée, ombrageant la foule des patients qui attendaient l'ouverture du dispensaire. Deux enfants se pourchassaient autour de son large tronc, sautant par-dessus les racines dénudées ; mais la plupart des autres restaient assis sur le sol, apathiques, ignorant les mouches qui venaient se poser sur leurs yeux et leur nez. Leurs mères les observaient avec une expression résignée. Mara devina que beaucoup de ces gens avaient marché pendant de longues heures sous la chaleur pour venir ici, et souvent sans rien dans le ventre pour leur donner de la force. Elle espéra qu'ils ne verraient pas son Land Rover chargé de plus de nourriture que la majorité de ces familles n'en consommait en plusieurs années, sans parler d'une quantité inimaginable de produits de luxe.

En longeant le sentier qui menait au bâtiment principal, Mara vit arriver vers elle la femme du docteur, Helen, et ses trois petites filles, vêtues de robes identiques, en coton à carreaux rouges et blancs. C'était l'uniforme de leur école, ainsi qu'elles l'avaient expliqué un jour à Mara. Celui qu'elles portaient les jours de semaine, même si les cours avaient lieu ici, dans le bungalow de la mission.

Mara leur adressa un signe de la main, et Helen la salua en retour, avec un sourire chaleureux. Comme à chaque fois, Mara sentit la distance qui les séparait. Helen menait une existence active et utile, assistant son mari dans son travail, tout en élevant trois enfants. À ses heures de loisir, elle enseignait la couture aux fillettes africaines. Mara, quant à elle, consacrait son temps à veiller au bien-être de riches étrangers. Elle savait que les missionnaires estimaient que les clients du Raynor Lodge donnaient un mauvais exemple aux Africains, en buvant de l'alcool. Et qu'ils corrompaient les gens d'ici en distribuant des pourboires extravagants. En conséquence, les deux couples ne se fréquentaient guère ; Helen et son mari n'avaient même jamais mis les pieds au lodge.

Mais, en dépit de tout cela, il existait un lien tacite entre les deux femmes. Mara sentait que Helen était intriguée par la vie qu'elle menait. Elle lui posait des questions sur ses clients – ce qu'ils faisaient, leur façon de s'habiller, de se comporter – comme si elle était attirée par cet univers de luxe et de frivolité. De son côté, Mara enviait à Helen son existence simple et emplie de certitude. À la mission, lui semblait-il, tout était clair. Il y avait la maladie et la guérison ; la vie et la mort. Le bien était le bien, le mal était le mal, et, entre les deux, il existait une démarcation bien nette.

En arrivant à la hauteur de Mara, les fillettes la saluèrent à tour de rôle, en commençant par la plus jeune. Helen les couva d'un œil affectueux, tandis qu'elles parlaient à Mara de leur nouvel animal de compagnie, une tortue – puis elle leur suggéra de retourner à leurs leçons.

— Elles doivent être tout excitées à la perspective du voyage, commenta Mara, tandis que les gamines couraient à toutes jambes vers le bungalow.

Lors de sa dernière visite, Helen lui avait appris qu'elle projetait de les emmener en Angleterre pour les vacances, afin de leur faire rencontrer leurs grands-parents pour la première fois.

Une ombre passa sur le visage de la jeune femme.

— Nous ne partons plus. C'est trop onéreux. Nous sommes toutes énormément déçues.

Sa voix se fêla, et elle parut sur le point de pleurer.

— Je suis vraiment désolée, murmura Mara.

Helen soupira, puis se détourna pour contempler la foule des patients. Au bout d'un moment, elle secoua légèrement la tête, comme pour se rappeler que ses problèmes personnels étaient insignifiants, comparés à ceux des gens qu'elle avait sous les yeux.

— Je vais au local radio, reprit Mara.

Helen acquiesça lentement, sans se départir de son air préoccupé.

— Justement, un message est arrivé pour vous ce matin. Joseph s'apprêtait à vous le transmettre par coursier.

— J'étais à Kikuyu, expliqua Mara, saisie d'une soudaine anxiété.

Le message émanait certainement de John. Mais s'agissait-il de bonnes ou de mauvaises nouvelles ?

— Voilà Joseph, reprit Helen. Demandez-lui, c'est lui qui était de garde ce matin.

Un homme de petite taille à la peau très sombre accourait vers elles. Après un bref échange de salutations à l'européenne, il brandit une feuille de papier soigneusement pliée avant de la lui tendre, avec une petite courbette.

Mara s'en empara avec appréhension. Dépliant la feuille, elle parcourut rapidement les lignes écrites en grosses capitales.

PAS DE SUCCÈS AUPRÈS DE SLOAN NI AUPRÈS DE RANJIT. AI PRIS UN TRAVAIL POUR CINQ SEMAINES. SAFARI À PIED DANS LE SELOUS. DÉPART IMMÉDIAT. PAS DE CONTACT RADIO. JOHN

Elle relut ce message sec et brutal, impuissante à réprimer le tremblement qui agitait ses lèvres, à mesure qu'elle se pénétrait de son sens. Sloan était le représentant de la banque Lloyd's of London, Ranjit un négociant indien doublé à l'occasion d'un usurier. John avait dû s'adresser à lui en dernier recours, après que la banque avait rejeté sa demande de prêt.

Pas de succès... Les dés étaient jetés. Ils n'obtiendraient pas de prêt.

Elle se mit en devoir d'analyser la deuxième partie du message.

Cinq semaines dans le Selous ! La réserve du Selous était une vaste étendue de terres inhabitées, dans l'une des régions les plus sauvages de la Tanzanie, et même de toute l'Afrique. Quant à *Pas de contact radio*, le sens de ces mots était clair : il lui serait impossible de le joindre durant tout ce temps...

— Tout va bien ? s'enquit Helen.

Mara perçut la curiosité dans sa voix, mais aussi une réelle sollicitude. L'espace d'un instant, elle fut tentée de lui confier ses soucis. Mais elle savait que John aurait été outré par une telle indiscrétion.

— Oui, merci, répondit-elle. C'est seulement un message de John. Rien d'important.

Elle se força à lui adresser un sourire en guise d'adieu, avant de retourner vers le Land Rover en secouant lentement la tête. Quelle ironie ! Pour une fois que le lodge allait être complet, John ne serait pas là. Il se trouverait à l'autre bout du pays, à la tête d'une colonne de porteurs, et d'un groupe de chasseurs excentriques désireux de vivre l'expérience d'un safari à pied, comme au bon vieux temps...

Elle s'immobilisa tout à coup, et fut parcourue d'un frisson en saisissant pleinement ce qu'impliquait cette nouvelle. John ne pouvait pas rentrer. L'équipe de tournage allait arriver, et elle serait seule pour faire face aux événements.

De retour au lodge, Mara entra par la porte de devant, pour une fois. Au lieu de jeter à la hâte son chapeau dans sa chambre, elle le déposa sur la table du hall d'entrée, là où John rangeait habituellement le sien.

Elle emprunta ensuite le couloir menant à la cuisine. La porte était comme toujours fermée, mais le bourdonnement d'une conversation lui parvenait à travers le panneau de bois massif. Elle reconnut les voix de Kefa et de Menelik, mais elle en distingua au moins deux autres. À leur ton animé, elle devina qu'ils parlaient de leurs futurs pensionnaires. L'arrivée des Américains risquait de susciter des espoirs et un enthousiasme démesurés parmi les villageois, se dit-elle avec appréhension.

Devant la porte, elle hésita un instant, puis la poussa résolument et entra. Quatre visages pivotèrent aussitôt vers elle. Elle s'attendait à ce que Menelik se tourne vers la porte de service, confirmant ainsi qu'elle ferait toujours tout de travers. Mais il se borna à marquer sa surprise en arquant légèrement un sourcil.

— J'ai reçu des nouvelles, annonça-t-elle sans préambule. Il est impossible de joindre le Bwana. Il est parti pour un long safari et ne reviendra pas avant cinq semaines.

Kefa ouvrit la bouche, mais parut incapable de parler l'espace d'un instant. Puis ses yeux s'écarquillèrent d'effroi.

— Mais les pensionnaires vont arriver ! Nous avons besoin du Bwana !

— Nous allons devoir nous débrouiller sans lui, déclara Mara, en faisant de son mieux pour garder une voix calme et un regard assuré.

— Ce n'est pas possible, répliqua Kefa, catégorique. Il y a toujours un Bwana. Nous avons besoin qu'il nous dise ce qu'il faut faire. Et il n'y a que lui qui puisse se servir des fusils.

— Je demanderai à l'Office de la chasse de nous envoyer un ranger. Et nous pourrons faire venir le porteur de fusil de John pour le seconder.

— Ce n'est pas permis, répondit Kefa en secouant la tête.

— Je sais. Mais nous ne chasserons pas. Ce sera seulement pour assurer la protection des clients. Vous avez vu le représentant du gouvernement. Le président lui-même nous soutient. S'il arrive quoi que ce soit, nous contacterons Kabeya sur-le-champ.

Kefa ne semblait toujours pas convaincu.

— Ce n'est pas convenable. Le Bwana ne sera pas content. Il ne serait pas d'accord pour faire venir un ranger ici, quelqu'un qu'il n'a pas choisi lui-même.

Mara prit une profonde inspiration.

— Le Bwana n'est pas là, rétorqua-t-elle d'une voix posée, comme John le faisait lors des expéditions.

Les quatre hommes se penchèrent imperceptiblement vers elle. Elle plongea la main dans la poche de son pantalon et sortit la liasse de billets. Bien que celle-ci fût nettement moins épaisse à présent, elle n'en demeurait pas moins impressionnante, et Mara vit les hommes échanger des regards.

S'adressant tour à tour à Menelik et Kefa, elle reprit:

— Cet argent m'a été donné. Il est à moi. Je vais vous régler ce que nous vous devons. Ensuite, je vous verserai un double salaire pour le supplément de travail que vous allez devoir effectuer. Mais vous devrez m'obéir. *Sasa hivi*. Sans discuter. C'est moi le Bwana maintenant.

Les yeux des deux employés se baissèrent vers les billets avant de revenir vers elle, plusieurs fois de suite. Dans le silence tendu, on entendit une mouche bourdonner contre la vitre. Menelik haussa imperceptiblement les épaules, indiquant qu'il laissait la décision à Kefa. Après tout, il était le cuisinier. Il avait toujours eu la charge de la cuisine, ici ou lors des safaris, que le Bwana soit présent ou non...

Mais, ainsi que Mara le constata, il observait la scène avec attention, manifestement curieux de voir comment Kefa allait réagir à ce défi.

Finalement, celui-ci parut parvenir à une décision. Il se redressa de toute sa taille, les bras rigidement plaqués le long du corps.

— Oui, Memsahib, dit-il. Bwana Memsahib.

— Merci, répondit Mara. Merci beaucoup.

3

Les matelas avaient été étendus au soleil, côte à côte sur la pelouse. Les neveux de Kefa, accroupis dans l'herbe, les inspectaient un à un pour vérifier qu'ils ne contenaient pas de punaises, et en extraire les graines de kapok qui pourraient avoir transpercé la toile.

Mara déposa à côté d'eux un tas de moustiquaires fraîchement lavées, et en choisit deux, en nylon robuste.

— Celles-ci sont destinées aux cases un et deux, dit-elle. Pour les autres, prenez celles-ci, poursuivit-elle en montrant le reste – d'antiques moustiquaires en coton toutes pelucheuses, avec des taches brun foncé là où l'on avait écrasé des moustiques gorgés de sang.

— Oui, Bwana Memsahib, répondirent les garçons.

Mara s'attendait presque à les voir se mettre au garde-à-vous avant de répondre. Depuis qu'ils étaient officiellement employés comme boys chargés de l'entretien des chambres, Kefa leur avait donné à chacun une chemise et un short kaki pris dans le stock laissé par Raynor. Les vêtements étaient trop grands pour eux – leurs bras grêles aux coudes osseux flottaient dans les amples manches – mais cet uniforme leur donnait visiblement un sentiment d'importance. Bina aurait été satisfaite, se dit Mara : aucun bouton ne manquait et, quoique vieilles de près de vingt ans, les tenues avaient l'air toutes neuves.

Elle observa les deux garçons pendant un moment, pour s'assurer qu'ils effectuaient leur travail avec toute la minutie voulue. La literie avait beaucoup d'importance, elle ne l'ignorait pas : les clients avaient tendance à se montrer pointilleux durant la journée, mais ils ne toléraient pas le moindre inconfort pendant leur repos nocturne. Au lieu de rester éveillés à écouter palpiter autour d'eux la vie de la brousse – le glissement furtif de pattes de velours, les bruissements mystérieux, le ricanement de l'hyène, d'une sinistre beauté –, ils focalisaient leur attention sur les plus petites contrariétés. Mara devinait toujours, à l'expression qu'ils arboraient le matin, s'ils avaient été piqués ou effrayés, ou si les insectes les avaient empêchés de dormir.

— Avez-vous vérifié le grillage ? s'enquit-elle en anglais, pour tester leur connaissance de la langue – les employés chargés de l'entretien des chambres devaient pouvoir communiquer avec les clients, ne serait-ce qu'au niveau le plus élémentaire. Pas seulement sur les fenêtres, mais aussi là-haut, poursuivit-elle en montrant le passage d'aération entre le toit et les murs de la case la plus proche. Ce serait très ennuyeux si une chauve-souris arrivait à entrer.

Un jour, la femme d'un client en avait trouvé une dans sa chambre. En voletant en tous sens à travers la pièce, l'animal paniqué s'était pris dans ses longs cheveux crêpés et, quand il était enfin parvenu à s'en dégager, la femme se trouvait dans un état proche de l'hystérie. Aux premières lueurs de l'aube, son mari et elle avaient pris la direction du Manyala Hotel.

Mara traversa la pelouse, en faisant crisser sous ses pieds l'herbe kikuyu brunie. Elle s'arrêta un instant sous les branches tombantes d'un poivrier pour jouir de son ombre. Un rameau de feuilles duveteuses lui caressa la joue tandis qu'elle humait la fragrance épicée de ses baies.

Elle passa mentalement en revue toutes les tâches accomplies depuis la visite de Carlton, deux jours auparavant. Cette activité frénétique contrastait singulièrement avec le calme des derniers mois. Tandis qu'elle courait d'un endroit à l'autre pour donner ses instructions, il lui avait souvent semblé que cette histoire n'était qu'un rêve. Mais l'argent, lui, était bien réel, se rappela-t-elle : le visage souriant de ses employés en était la preuve. Et il avait fallu une heure aux garçons pour décharger toutes les marchandises, à leur retour de Kikuyu.

Quittant l'ombre du poivrier pour affronter de nouveau la chaleur et la lumière implacables, elle se dirigea vers les communs, à l'arrière du lodge. Elle aperçut Menelik dans son jardin d'herbes aromatiques, surveillant l'aide-cuisinier qui arrosait méthodiquement les plants un à un, et elle faillit marcher sur un coq qui avançait sans se presser vers le nouveau poulailler destiné aux volailles qu'on allait bientôt leur apporter du village.

Elle ouvrit la porte du hangar de tôle rouillée abritant le générateur. À l'intérieur, la chaleur était encore plus élevée que dans la cour, et il flottait une forte odeur de gazole. La machine dressait sa masse obscure au milieu de la pénombre, immobile et silencieuse pour le moment. Même quand ils avaient des pensionnaires, le générateur ne fonctionnait qu'à partir du crépuscule, et on l'éteignait dès que tout le monde était couché.

— Tu es là, Bwana Stimu ? appela-t-elle, scrutant l'obscurité.

Le nom de l'homme l'amusait toujours un peu. Elle se rappelait le jour où John le lui avait présenté.

— Voici Bwana Stimu, notre *fundi wa umeme*, l'expert en électricité.

Mara avait cru que Stimu était son nom de famille. Mais celui-ci lui avait expliqué d'un air fier qu'il s'agissait d'un titre hérité de son père, lequel s'occupait du générateur du Raynor Lodge à l'époque où l'on utilisait encore des machines à vapeur[5].

Bwana Stimu émergea de derrière un gigantesque fût de deux cents litres, en s'essuyant les mains sur un chiffon. À son sourire épanoui, Mara comprit qu'il était ravi d'avoir été ravitaillé en carburant.

---

5. Stimu est ici la déformation de *steam*, qui signifie vapeur en anglais. (*N.d.T.*)

Ils échangèrent les salutations rituelles, puis, après s'être enquise de la santé de toute la famille, Mara en vint à la raison de sa visite.

— Comment va le générateur Lister ?

— Il est très fort, répondit Bwana Stimu en regardant la machine d'un œil affectueux. Très propre à l'intérieur comme à l'extérieur. Très heureux.

— C'est bien, approuva Mara. Je crois que tu auras beaucoup de travail quand les Américains seront là.

L'employé hocha la tête avec enthousiasme.

— Il est possible qu'ils viennent avec leurs propres générateurs, reprit Mara, qui se souvenait vaguement d'avoir vu des photos de plateaux de cinéma, avec d'énormes projecteurs éclairant les acteurs. Ils auront peut-être besoin de ton aide.

— Comment feraient-ils pour transporter un générateur ? demanda Bwana Stimu en fronçant les sourcils d'un air intrigué.

— Sans doute à bord d'un camion spécial. Je n'en sais rien, avoua Mara en haussant les épaules.

L'électricien siffla entre ses dents, secouant la tête en signe d'incrédulité.

Mara sourit. L'idée d'un générateur mobile devait apparaître à Bwana Stimu comme le summum du luxe européen ; les valises pleines de chemises, de chaussures et de vestes semblaient bien peu de chose en comparaison.

— Bien entendu, ajouta-t-elle, ils viendront peut-être avec leurs propres électriciens. Impossible de le savoir.

Elle songea, pour la vingtième fois depuis le début de la journée, qu'il était vraiment difficile de faire des préparatifs en vue d'un événement sur lequel elle était aussi peu informée. Tout en contemplant le générateur, perdue dans sa réflexion, elle prit brusquement conscience d'une tension dans l'atmosphère. Quand elle se retourna vers Bwana Stimu, il avait les yeux écarquillés d'indignation, et s'était redressé de toute sa taille.

— C'est moi, l'électricien du Raynor Lodge.

— Oui, oui, c'est vrai, se hâta d'acquiescer Mara, regrettant aussitôt ses propos irréfléchis. Ce seront eux qui te serviront d'assistants.

Ces paroles parurent réconforter Bwana Stimu. Mais, en s'éloignant, Mara sentit néanmoins qu'il ne savait pas encore comment réagir face à l'éventuelle intrusion d'un autre électricien, et même d'un autre générateur, sur son territoire. Il avait posé les mains sur la surface arrondie du vieux Lister, et le caressait d'un geste tendre.

Mara écala un œuf dur tout en se dirigeant vers le bungalow au bout de l'allée. Aujourd'hui, elle n'avait pas eu le temps de prendre un repas correct, mais Menelik avait préparé des en-cas qu'elle pourrait grignoter à ses moments perdus. Ce geste l'avait surprise, car d'habitude, il s'inquiétait uniquement de savoir si le Bwana avait mangé ou non. Pour le récompenser, elle avait veillé à entrer dans son domaine par la bonne porte, tout au long de la journée.

Soulevant le loquet, elle pénétra dans le bungalow. L'air sentait le moisi ; cette pièce avait été meublée comme les autres chambres, mais, comme le lodge n'était jamais complet, elle s'était peu à peu transformée en débarras. Mara entreprit de transporter caisses, morceaux de bois et vieux journaux sur le perron, où les boys viendraient les enlever.

Elle sortit plusieurs sacs du gros sel dont ils se servaient pour conserver les peaux, avant de les envoyer chez le taxidermiste, à Dar. Elle s'efforça de ne pas penser à l'aspect de ces dépouilles encore fraîches, pliées comme des vêtements, avec du sel entre chaque épaisseur. Ni à la façon dont les cristaux blanc grisâtre se teintaient progressivement de rose, en absorbant les fluides suintant des peaux.

Derrière le dernier sac, elle découvrit une boîte en carton, qu'elle ne put identifier. Elle en souleva les rabats et glissa prudemment un regard à l'intérieur, au cas où un serpent y aurait été dissimulé. Une étoffe d'un blanc nacré apparut à ses yeux.

Sa robe de mariée.

Elle resta un long moment à contempler le vêtement qui chatoyait doucement dans la pénombre. Avec une précision inouïe, elle se remémora la caresse de la soie sur ses jambes, le bruissement étouffé qu'avait produit la robe quand elle l'avait passée par-dessus sa tête, avant de la laisser retomber jusqu'à ses pieds, moulant étroitement les courbes de son corps.

Le jour de son mariage, elle l'avait enfilée dans une chambre du Kikuyu Hotel. Le parfum de lavande qui émanait de ses plis soyeux lui avait fait penser à sa mère, si loin là-bas, en Tasmanie... Les larmes aux yeux, elle s'était alors souvenue avec quel soin Lorna avait taillé et cousu cette robe, veillant tard le soir et se levant très tôt pour pouvoir la terminer à temps. Ses gestes étaient empreints d'une détermination farouche ; elle maniait son aiguille comme une arme, ignorant les regards hostiles du père de Mara.

Ted désapprouvait ce mariage, et ne s'en cachait pas. Il était déjà suffisamment regrettable, à ses yeux, que sa fille unique les ait quittés pour aller travailler sur le continent. Il avait toujours affirmé qu'elle ne tarderait pas à s'apercevoir de son erreur et à rentrer au bercail. Et au lieu de cela, Mara s'envolait vers l'Afrique, pour aller épouser un parfait inconnu. Il n'y comprenait rien, lui répétait-il sans cesse. Ce n'étaient pourtant pas les bons partis qui manquaient dans le coin, des fils de fermiers avec un bel avenir devant eux...

Sa mère n'essayait même pas de discuter avec lui ; elle cousait, cousait toujours. Chez les Hamilton, seul le chef de famille avait le droit de s'exprimer. Lorna communiquait essentiellement par de petits gestes de réconfort : une tasse de chocolat chaud à un enfant qui avait été puni ; une paire de socquettes neuves sous l'oreiller d'une fille qui avait rapporté un bulletin de notes décevant. Et elle se retirait fréquemment dans sa chambre, avec un verre d'eau et un cachet d'aspirine.

Quand le dernier point d'ourlet avait été fini, Mara avait essayé la robe dans la cuisine. C'était seulement alors qu'elle avait découvert que les amples manches ressemblaient étonnamment à des ailes d'ange, comme si leur créatrice voulait s'assurer que Mara bénéficie de toute l'aide nécessaire pour réussir son évasion.

— Merci, avait-elle chuchoté. C'est magnifique.

Lorna avait longuement contemplé sa fille dans sa robe de mariée, puis l'avait aidée à la retirer, avant de l'emballer dans des couches de papier de soie parsemées de lavande sèche cueillie dans le jardin. En silence, elle avait regardé Mara la ranger dans sa valise déjà bien remplie. Elle n'avait même pas dit qu'elle aurait aimé assister au mariage, tellement l'idée d'un voyage à l'étranger aurait paru absurde, même sans tenir compte de l'attitude de son mari. Aucun membre de la famille Hamilton n'avait jamais quitté l'Australie ; beaucoup d'entre eux n'avaient même jamais pris le bateau pour se rendre sur le continent.

— Je t'écrirai, avait promis Mara. Je te raconterai tout.

Au moment des adieux, toute la famille s'était réunie devant l'entrée de la ferme. Les frères de Mara, sombres et silencieux ; son père, les épaules voûtées et l'air perplexe, comme s'il n'avait jamais réellement cru jusque-là au départ de sa fille. Mara les avait embrassés à tour de rôle, sa mère en dernier.

— J'espère que tu auras une vie heureuse, avait dit Lorna, une note de nostalgie dans la voix. Et Mara avait parfaitement compris le sens de cette phrase.

Sois plus heureuse que moi. Saisis ta chance. Lance-toi à la poursuite de tes rêves, avant qu'ils ne se transforment en poussière...

— Et j'ai été heureuse, dit Mara à voix haute, dans le silence de la case, seulement troublé par les craquements des murs se dilatant sous l'effet de la chaleur.

J'ai été heureuse.

Ces mots tournaient sans fin dans sa tête, tandis qu'elle se remémorait sa première rencontre avec John, et le sentiment d'exaltation qu'elle avait éprouvé ce jour-là.

Elle travaillait au Muséum d'histoire naturelle de Melbourne. Officiellement, elle occupait le poste d'adjointe du conservateur, mais son rôle se réduisait à taper des lettres ou à rédiger les comptes rendus de réunions interminables. Ce n'était qu'en de rares occasions qu'elle se rendait aux archives. Elle déambulait alors entre les rayonnages poussiéreux, en regardant les spécimens – os, insectes, gravures, roches, animaux empaillés – recueillis aux quatre coins du monde. Elle aimait lire les étiquettes, tous ces mots exotiques et magiques. *Gorge d'Olduvai. Bassin de l'Amazone. Haute-Volta. Mongolie-Extérieure.* Elle s'attardait dans le sous-sol, respirant l'air qui empestait le formol et la naphtaline. Derrière ces odeurs chimiques, il lui semblait déceler la trace d'un monde inconnu, sauvage et lointain...

Par un banal matin d'hiver, elle s'en retournait vers son bureau, une boîte d'échantillons de roches sous le bras. Afin de prolonger un peu le répit, elle avait fait un détour par la grande salle. Elle s'attendait à la trouver déserte à cette heure-là, mais elle avait vu un homme de haute taille, vêtu d'un costume léger, en train d'examiner l'éléphant naturalisé qui constituait le clou de la collection. Comme Mara s'approchait de lui, prête à le renseigner aimablement, il avait enjambé le cordon de velours entourant l'éléphant pour s'accroupir devant un des pieds antérieurs.

— Excusez-moi, monsieur ! s'était écriée Mara. Vous n'avez pas le droit de faire ça.

L'homme s'était redressé, et il s'était retourné pour la regarder. Ses yeux bleus formaient un contraste frappant avec son visage bronzé et ses cheveux décolorés par le soleil.

— Je voulais juste regarder de plus près, avait-il expliqué, avec un fort accent anglais, assorti à son costume en lin d'une élégance quelque peu surannée. Cette cicatrice a été causée par le piège d'un braconnier, avait-il ajouté en montrant une ligne pâle, en dents de scie, qui entourait l'énorme pied gris.

— Pauvre bête, avait murmuré Mara.

— C'est arrivé quand il était encore jeune. Il a failli mourir de faim pendant qu'il se remettait de cette blessure. Cela se voit à l'ivoire. Mais c'est une balle qui a fini par le tuer, avait-il poursuivi en faisant remonter sa main le long du flanc de l'animal. On peut voir par où elle est entrée, regardez, juste ici. Il était alors très âgé, et avait passé l'âge de s'accoupler.

— Je vois, avait dit Mara. Vous êtes un spécialiste des éléphants.

L'homme avait hoché lentement la tête, promenant son regard le long des immenses défenses recourbées.

— Oui, si l'on veut.

Mara avait essayé de se rappeler si quelqu'un lui avait mentionné la prochaine visite d'un zoologiste. Des scientifiques venaient fréquemment pour examiner les collections et donner des conférences. Mais elle n'avait pas entendu parler d'un expert en éléphants.

— De quelle université venez-vous ? avait-elle demandé.

Un court instant, il avait paru interloqué. Puis il avait pris une expression circonspecte, et c'était d'une voix sourde qu'il avait répondu :

— D'aucune. Je suis un chasseur.

Mara l'avait dévisagé, effarée. Elle savait que les musées employaient des chasseurs afin de se procurer les spécimens manquant à leurs collections. Mais ils ne venaient pas livrer eux-mêmes les animaux, et elle n'en avait encore jamais rencontré.

Tandis que l'homme enjambait de nouveau le cordon de velours, puis contournait l'animal pour inspecter les pattes de derrière, elle s'était surprise à le suivre, fascinée par sa démarche fluide et silencieuse. Elle n'avait aucun mal à l'imaginer traquant le gibier dans la brousse, le fusil à la main...

Comme s'il avait senti son regard sur lui, il s'était retourné. Elle avait souri d'un air gêné, et il lui avait rendu son sourire.

Pendant un long moment, ils s'étaient regardés sans rien dire, dans le silence altier de la grande salle. Les yeux de verre d'une centaine d'animaux morts semblaient les observer, dans l'attente d'un événement…

Puis une porte avait claqué dans l'entrée, et des voix d'écoliers avaient résonné. Le charme avait été rompu.

Elle avait adressé à l'inconnu un petit geste d'adieu et s'était enfuie, ses talons martelant le parquet avec un bruit sonore. Persuadée qu'il la suivait des yeux, elle avait réprimé l'envie de lisser sa jupe ou d'arranger ses cheveux.

À l'heure du déjeuner, il était là, devant l'entrée, quand elle était sortie dans la lumière du soleil, un roman et une pomme à la main. Dans l'effervescence de la grande ville, il paraissait moins à l'aise, et promenait un regard indécis autour de lui. Il lui avait fait penser à un petit garçon faisant sa rentrée dans une nouvelle école ; il y avait en lui quelque chose d'étrangement vulnérable, malgré sa stature imposante. Il avait l'air d'attendre que quelqu'un vienne à son secours.

Prise d'un soudain sentiment de responsabilité à son égard, elle s'était avancée vers lui, avec un sourire amical.

— Vous êtes perdu ? À moins que vous n'attendiez quelqu'un ?

En prononçant ces mots, elle s'était sentie rougir, craignant qu'il ne les interprète de travers, et pense qu'elle voulait insinuer que c'était elle qu'il attendait. Mais il s'était contenté de lui sourire en retour.

— J'avais l'intention de déjeuner quelque part dans le coin…

— Il y a un excellent café au bout de la rue, avait-elle dit, en lui indiquant la direction.

Il avait acquiescé, sans faire mine de bouger. Un silence était passé, bref mais pesant, puis il avait inspiré à fond et bredouillé :

— Peut-être aimeriez-vous... Accepteriez-vous de vous joindre à moi ?

Il avait aussitôt pris un air embarrassé et avait ajouté, en agitant la main comme pour effacer ce qu'il venait de dire :

— Bien sûr, vous êtes sans doute trop occupée...

— Pas du tout, avait-elle répondu en souriant. Je serais enchantée de me joindre à vous.

Devant des sandwiches et du café, ils avaient échangé leurs noms.

— John Sutherland.

— Moi, c'est Mara. Mara Hamilton.

— Mara..., avait-il répété, avec une inflexion marquant sa surprise. C'est un nom peu commun.

— Ma mère l'a choisi dans un recueil de prénoms, avait-elle expliqué en riant. Mais sa signification n'a rien de flatteur, ainsi que je l'ai découvert en faisant des recherches. Cela veut dire « amer » en hébreu.

— Pour moi, il a un tout autre sens, avait répondu John. Le Masai Mara est l'un des plus beaux endroits au monde. Vous devez forcément y aller un jour, puisque vous portez le même nom.

Mara l'avait alors dévisagé. Il avait énoncé cette phrase comme une prophétie, la prédiction d'un avenir tracé à l'avance.

Cette certitude avait continué à imprégner l'atmosphère, bien après qu'ils furent passés à d'autres sujets. John avait expliqué qu'il était venu tout spécialement d'Afrique de l'Est pour livrer une collection d'artefacts africains datant de l'âge de pierre, qu'un vieil ami à lui récemment décédé avait léguée au muséum.

— Ne pouviez-vous pas les envoyer par la poste ? avait demandé Mara. Cela représente un très long voyage.

— En effet, avait reconnu John. Mais mon ami tenait à ce que je les apporte personnellement au musée. Il l'avait spécifié dans son testament. Il pensait que cela me ferait du bien de prendre un peu de vacances, de quitter l'Afrique pour quelque temps, avant de décider ce que je ferais ensuite… Il m'a laissé une propriété en Tanzanie, voyez-vous. Ce qu'on appelle un lodge, une sorte de relais de chasse.

— Et qu'avez-vous décidé ? s'était-elle enquise.

Il lui semblait tout naturel de bavarder avec une telle décontraction alors qu'ils venaient tout juste de faire connaissance. Elle se sentait tellement bien près de lui, tellement à l'aise…

En guise de réponse, il avait sorti une photo de sa poche : un petit cliché en noir et blanc avec une bordure dentelée, qu'il avait tendu à Mara.

— C'est le lodge. Je ne voudrais vivre ailleurs pour rien au monde.

Mara avait contemplé l'image de cette maison de pierre nichée entre des arbres immenses. Elle avait l'air imposante et confortable à la fois, exotique, mais accueillante. Un Africain se tenait devant la porte, un énorme fusil à la main. Près de lui, sur le sol, s'étalaient des peaux de léopard.

Mara fronça les sourcils, tentant de concilier dans son esprit la beauté du lieu et la réalité macabre de la chasse.

— Mais ce ne sera plus un relais de chasse, avait repris John, comme s'il avait deviné ses pensées. Je ne chasserai plus que pour manger.

Il avait alors entrepris de lui exposer ses projets pour le Raynor Lodge. Il organiserait des safaris à pied, pour faire découvrir aux touristes la savane africaine. Ils traqueraient le gros gibier, avec toute l'habileté et la rigueur du chasseur, mais ce ne serait que pour observer les animaux. Il essaierait même de dissuader ses clients d'utiliser leurs caméras et leurs appareils photo. Les photos étaient elles aussi des trophées, avait-il déclaré à Mara ; les gens qui ne pensaient qu'à ce qu'ils pourraient rapporter chez eux ne vivaient pas entièrement dans le présent. La conviction faisait briller ses yeux tandis qu'il lui détaillait ses plans. Tout paraissait si simple et si juste !

Ils avaient continué à parler longtemps après que leurs tasses furent vides, et que la foule des clients de midi se fut dispersée. Mara avait raconté son enfance en Tasmanie, décrivant sa horde turbulente de frères, la ferme qu'elle adorait, mais dont elle avait toujours su qu'elle devrait s'échapper.

Finalement, ils s'étaient disposés à partir.

— Si jamais vous venez un jour en Afrique de l'Est, avait dit John, passez au Raynor Lodge.

Il lui avait donné son adresse postale. Quand leurs regards s'étaient croisés au-dessus du morceau de papier, Mara avait éprouvé la certitude qu'il savait comme elle que, même s'ils s'apprêtaient à se dire adieu, leur histoire ne s'arrêterait pas là. Qu'elle ne faisait que commencer.

De fait, le lendemain à midi, John l'attendait à la sortie du musée. Devant un second déjeuner prolongé, Mara lui avait posé d'autres questions sur sa vie. Quand il lui avait décrit les safaris sous la tente, elle lui avait raconté qu'enfant, elle partait camper tous les étés avec sa troupe de guides. Et parlé du sentiment de liberté qu'elle ressentait alors, loin de la routine du foyer, sans rien d'autre qu'un morceau de toile entre le monde extérieur et elle.

— Si je le pouvais, avait-elle ajouté, je vivrais sous une tente.

Elle plaisantait, mais John avait acquiescé d'un air grave. En cet instant, ils s'étaient sentis soudain proches l'un de l'autre, partageant les mêmes rêves, prisonniers de la même magie qui tissait autour d'eux ses fils de soie, doux mais impossibles à défaire.

Dix mois plus tard, Mara s'embarquait sur un vol de la BOAC à destination de Nairobi. C'était la première fois qu'elle prenait l'avion. Dans son bagage à main, il y avait une liasse de lettres, au papier tout ramolli et déchiré tant elle les avait lues et relues – et particulièrement celle dans laquelle John Sutherland lui demandait de le rejoindre en Tanzanie pour l'épouser.

Elle avait répondu le jour même, pour lui dire oui. À l'époque, elle n'avait pas douté un seul instant d'avoir pris la bonne décision. Et John non plus, du moins le croyait-elle.

Il l'aimait. Elle l'aimait. C'était une évidence, une certitude aussi éclatante que le soleil de midi. Mara ferma les yeux. Le souvenir de ce bonheur laissait toujours place à une douleur sourde.

Elle se pencha vers la boîte, enfouit ses mains dans l'étoffe immaculée, comme si, en la touchant, elle pouvait comme par magie revenir au jour de leur mariage, et tout recommencer.

Soulevant la robe par son corsage bordé de dentelle, elle la déplia et la tourna vers la lumière du jour. Elle fut aussitôt frappée de consternation.

La soie était parsemée d'une myriade de petits trous aux bords déchiquetés. Elle vit des fragments s'envoler dans l'air avant de retomber sur le sol.

C'est l'œuvre des termites, rien de plus, se dit-elle. Elle n'aurait jamais dû laisser cette robe ici.

De toute façon, ce n'était qu'un vêtement, qu'elle ne porterait jamais plus.

Ça n'avait aucune importance.

Elle se força à évoquer l'image joyeuse de la cérémonie de mariage. Le rose vif des fleurs qu'elle tenait dans sa main. La voix douce et chantante de l'officiant tanzanien lisant la formule consacrée à l'adresse de John.

— Promettez-vous de l'aimer, de l'honorer, de la chérir, de la protéger et de lui être fidèle ?

Mara avait regardé John dans les yeux tandis qu'il répondait, d'une voix qui avait retenti avec force dans la petite pièce :

— Oui, je le promets.

De lui être fidèle.

Mara entendait encore clairement ces mots résonner dans sa tête, comme une mélodie obsédante, tandis qu'elle jetait dans la boîte la robe en lambeaux, avant de ressortir dans la lumière du soleil.

**

Mara roulait au pas, les deux boys perchés sur le pare-chocs avant du Land Rover. L'herbe était clairsemée à cette époque de l'année – zèbres, girafes et troupeaux de buffles affamés l'avaient dévorée jusqu'à la raser presque entièrement. Pierres, racines, termitières et tas de bouse étaient donc faciles à repérer. Dès que les garçons apercevaient un obstacle potentiel, ils tapaient sur le capot, et Mara s'arrêtait pour leur permettre de descendre. Tout ce qu'ils ne pouvaient pas tailler en pièces à l'aide de leurs machettes, ils le ramassaient et le jetaient à l'arrière du véhicule. En lançant un coup d'œil dans son rétroviseur, Mara constata que la plus grande partie du terrain qu'ils avaient choisi comme piste d'atterrissage était à présent déblayée. En bordure de la piste, Kefa était en train d'ériger une longue perche pour y accrocher la manche à air.

Bientôt, ils atteignirent l'extrémité du terrain. Pendant que les adolescents arrachaient un buisson épineux, elle contempla la mare. Près du bord le plus éloigné, elle voyait la masse noire du dos d'un hippopotame, sur lequel était perché un groupe d'oiseaux blancs. Non loin de là, un petit troupeau de gazelles se frayait délicatement un passage dans la boue pour atteindre l'eau ; leurs pattes au pelage crémeux étaient toutes noires de vase. C'était une scène paisible, typique de la savane. Une nouvelle fois, Mara fut frappée de constater que rien, dans le monde animal, ne pouvait durablement troubler le calme. Quand un prédateur attaquait, c'était la terreur et la débandade, mais dès que le danger était passé, les proies potentielles se remettaient à brouter tranquillement. Le monde des humains, par opposition, semblait perpétuellement agité. Elle observa une nuée d'oiseaux aquatiques s'abattre sur la rive. Elle s'imagina parmi eux, barbotant dans l'eau pour se délasser dans sa fraîcheur vive, tous ses soucis oubliés...

Quand les garçons eurent terminé, elle les envoya rejoindre Kefa.

— Allez aider votre oncle, à présent. Vous avez fait du bon travail.

Ils s'élancèrent, bras écartés, à travers la piste, en imitant le vrombissement d'un avion dans le lointain. Les gazelles en train de boire relevèrent la tête pour les observer.

Mara redémarra, et quitta la route pour rouler à travers la plaine. Elle passa devant les vestiges d'anciens *bomas* – des buissons épineux qu'on avait entassés pour former des clôtures, en les renforçant par des barbelés. Tout ce qu'il restait de l'époque où Raynor essayait d'élever du bétail sur ses terres, avant de découvrir qu'il gagnerait mieux sa vie en tant que chasseur.

À proximité du dernier boma, elle arrêta le Land Rover et mit pied à terre. Puis elle se dirigea vers deux monticules de pierres dressés côte à côte sur une petite éminence surplombant la plaine et le point d'eau. Même de loin, elle pouvait voir que les mauvaises herbes foisonnaient autour d'eux – des plantes coriaces aux feuilles amères qu'aucun animal ne mangeait. Elle s'étonna que John ne les ait pas arrachées, car il considérait ces tumulus comme des lieux sacrés. Le plus ancien, datant de plusieurs dizaines d'années, marquait l'endroit où avait été enterrée Alice Raynor ; le plus récent, dont les pierres avaient été liées ensemble par du ciment, s'érigeait sur la tombe du vieux chasseur.

John n'avait pas connu Alice, qui était morte des suites d'une fausse couche bien avant son arrivée au Raynor Lodge. Mais il éprouvait néanmoins pour elle un affectueux et profond respect, calqué sur celui de Bill. Quant au vieux chasseur lui-même, John l'avait aimé comme un père.

Mara s'agenouilla près de la tombe d'Alice et se mit en devoir d'extirper les mauvaises herbes et de remettre en place les pierres que les animaux avaient délogées. Elle se servit de sa manche pour ôter la poussière sur la plaque de bois posée au pied du cairn, et qui portait cette brève épitaphe, probablement gravée dans l'ébène par le père de l'actuel menuisier du village :

Alice Raynor
L'amour est éternel

Elle regarda pensivement les mots choisis par Bill Raynor pour son épouse. Leur sens était limpide et péremptoire. Il n'avait aimé qu'Alice. Après sa mort, il était resté célibataire pendant tout le reste de sa longue vie.

Mara s'efforça d'extirper un épineux robuste du sol desséché ; quand il céda enfin, ses racines enserraient encore une motte de terre durcie. Elle en arracha un autre. Quand elle fut parvenue au bout de sa tâche, elle s'approcha de l'autre tombe, sur laquelle on avait placé une plaque de bronze. Le métal scintillait sous la lumière du soleil, et Mara dut fermer à demi les yeux pour lire l'inscription.

À la mémoire de Bill Raynor,
don de l'Association des chasseurs professionnels
d'Afrique de l'Est
Nec timor nec temeritas.

Sans peur ni témérité. John lui avait expliqué le sens de cette devise, la première fois qu'il l'avait amenée ici. Au début, tous les chasseurs ont peur, avait-il déclaré. Puis ils s'enhardissent, et commettent des imprudences. Enfin, ils trouvent le juste milieu, et ne prennent plus que des risques mesurés. C'est alors seulement qu'ils sont aptes à devenir des professionnels.

Mara se pencha pour essuyer une fiente d'oiseau sur la plaque de bronze. Il n'était finalement pas très étonnant, se dit-elle, que John n'ait pas eu le courage de venir ici ces derniers mois, quand l'avenir du lodge paraissait gravement compromis. Ce n'était pas sa faute si ses projets avaient échoué ; il ne s'était pas montré téméraire, n'avait pas pris de risques exagérés. Mais elle savait que cela ne suffisait pas à le consoler. Il n'avait pas été à la hauteur, il avait déçu les espoirs que Raynor avait placés en lui.

Elle tourna la tête pour écouter un bruit au loin, un martèlement rythmique en provenance du village. On battait le tambour, sans doute pour transmettre la bonne nouvelle à de lointains voisins. Elle soupira, en proie à une soudaine lassitude. Il était facile de se laisser emporter par la fièvre des préparatifs, d'imaginer que l'arrivée de Carlton et de ses collaborateurs allait changer le destin du Raynor Lodge. En réalité, il ne s'agirait que d'un répit temporaire. Avec ce que lui verseraient les cinéastes, et ce que John toucherait pour son expédition dans le Selous, ils pourraient rembourser le prêteur, et peut-être même mettre une petite somme de côté. Mais cela ne résoudrait pas leurs problèmes pour autant.

Ils seraient quand même obligés de fermer le lodge.

Elle frissonna malgré la chaleur de cette fin d'après-midi. Personne ne voudrait leur racheter l'établissement. La concession redeviendrait la propriété du gouvernement, et les bâtiments seraient investis par les villageois. Elle se représenta la vieille maison de pierre et les cases rondes habitées par les familles locales. Des poules se percheraient sur le bord des fenêtres en teck, la fumée des feux de bois s'échapperait par le conduit d'aération. Les murs blanchis à la chaux deviendraient gris, on abattrait les arbres pour alimenter le feu. La brousse envahirait le jardin, recouvrant les parterres de fleurs.

Elle porta son regard sur l'horizon. Où iraient-ils, John et elle ? Que feraient-ils ? Elle tenta de s'imaginer au côté de son mari dans un autre lieu

– ailleurs en Tanzanie, peut-être ; ou en Australie ; ou en Angleterre...

Mais dans son esprit, il n'y avait pas même l'ébauche d'une image, rien qu'un vide effrayant. Elle songea alors, tout en fixant le lointain, que l'avenir de leur couple ne paraissait pas plus brillant que celui du lodge. Le sentiment si fort et si précieux qui les unissait autrefois s'était tellement détérioré qu'il était difficile d'imaginer comment il pourrait survivre.

4

Mara se tenait dans l'espace habituellement occupé par sa table de toilette. Tout autour d'elle gisaient des moutons de poussière, et la chaise, toute seule sur le petit tapis élimé, avait l'air d'une épave échouée sur le rivage. Elle prit un miroir à main pour vérifier son apparence, le plaçant à différents angles pour apercevoir les diverses parties de son corps. La robe bleue était propre et fraîchement repassée. Ses cheveux étaient tirés en une queue-de-cheval bien nette. Elle venait de se laver la figure. Elle savait que c'était peut-être la dernière fois qu'elle aurait l'occasion d'accueillir des pensionnaires, et elle était résolue à remplir son rôle de son mieux.

Elle se baissa pour ramasser un tube de rouge et un poudrier dans une corbeille à même le sol. Puis elle jucha le miroir sur le rebord de la fenêtre et se courba de manière à y voir son visage. Elle se poudra le nez et le front, puis appliqua du rouge sur ses lèvres, tout en guettant le signal de Tomba : il avait promis de surveiller la route et de les prévenir dès qu'il verrait arriver les visiteurs.

Elle pinça les lèvres de manière à bien estomper le rouge – abandonné dans une case par la fiancée d'un client – puis inspecta le résultat d'un œil critique. Il était trop vif, décida-t-elle, et, de toute manière, se farder les lèvres était sans doute une mauvaise idée. Elle risquait de donner l'impression de vouloir attirer l'attention.

Elle commençait à l'effacer quand elle entendit un cri au loin.

Quelques minutes après, tous les membres du personnel attendaient devant l'entrée. Kefa les avait fait s'aligner de chaque côté de l'arche d'ivoire – il ne manquait pas même le veilleur de nuit, l'air à peine réveillé. Le personnel ne comprenait que des hommes et de jeunes garçons ; les femmes du village s'échinaient au travail dans le *shamba* familial et ne venaient au lodge que pour vendre les surplus d'œufs, de lait ou de légumes. Kefa avait dû leur faire la leçon. Tous portaient des tenues de safari, de styles et d'époques variés, mais de la même couleur kaki, et toutes soigneusement lavées et repassées.

Mara passa en revue ses employés, adressant un sourire crispé à chacun d'entre eux. Elle était touchée par les efforts qu'ils avaient déployés – les nouvelles coupes de cheveux, les ceinturons astiqués. Plusieurs avaient également cousu sur leur uniforme les boutons neufs de Bina, parfois de manière assez maladroite.

En arrivant devant Menelik, elle baissa les yeux. Elle ne voulait pas avoir l'air de lui faire subir une inspection, même si elle représentait désormais le Bwana. Ce n'était pas seulement son air aristocratique qui intimidait Mara, ni son âge, ni même son attitude critique vis-à-vis d'elle. C'était plutôt le fait qu'il avait connu Alice. Celle-ci était encore en vie quand il était venu travailler au lodge, après que la baronne eut regagné l'Angleterre, et il ne pouvait probablement pas s'empêcher de comparer les deux Memsahibs. Mara avait conscience que cette comparaison ne pouvait que la désavantager.

Elle alla se poster à côté de Kefa. Un silence tendu descendit sur le petit groupe. Tous les bruits ordinaires – le gloussement des poules, le bruissement des oiseaux dans les arbres – paraissaient plus sonores que d'habitude. Et puis, Tomba apparut, dans sa chemise de cow-boy rouge et bleu, accourant à toutes jambes à travers la pelouse.

En arrivant devant Mara, il se courba en deux, tout en haletant bruyamment, afin de bien montrer le zèle qu'il avait mis à accomplir sa mission.

— Ils arrivent, annonça-t-il.

Tous les regards se tournèrent vers l'allée. Du coin de l'œil, Mara vit Kefa chasser Tomba qui se disposait à prendre place parmi les autres, le reléguant dans l'ombre du poivrier.

Un Land Rover apparut, cahotant sur la piste. La carrosserie, peinte de rayures noires et blanches imitant celles du zèbre, était recouverte de poussière rouge.

À peine s'était-il garé qu'un second véhicule arriva – un gros camion à l'arrière bâché. Mara jeta un coup d'œil en direction de Bwana Stimu, devinant que l'engin devait contenir un générateur.

La portière du passager du Land Rover fut la première à s'ouvrir. Un homme descendit et, sans même prendre le temps de s'étirer ou de se saisir d'un bagage, marcha droit vers Mara.

— Hello. Je suis Leonard, le metteur en scène.

Elle leva vers lui un regard surpris. Il ne ressemblait en rien à son frère. Alors que Carlton était plutôt petit et obèse, Leonard avait un corps long et maigre, un visage osseux. Ils étaient tous deux bruns, mais Leonard était doté d'une tignasse bouclée, et Carlton avait les cheveux raides. Elle remarqua que Leonard jetait des regards autour de lui, comme s'il essayait de glaner le maximum d'informations sur son environnement dans un minimum de temps.

— Comment allez-vous ? s'enquit-elle.

— On ne peut mieux, répondit le metteur en scène en tendant la main. Et vous ?

— Bien, merci, répondit-elle avec un sourire chaleureux.

Elle aimait les manières décontractées des Américains. John n'avait jamais pu s'y habituer vraiment, mais elle n'avait eu aucun mal à le faire, car les usages des Australiens n'étaient finalement pas très différents.

— Bienvenue au Raynor Lodge, dit Kefa en sortant du rang.

— Merci, répondit Leonard en souriant. Ça a l'air magnifique.

— Kefa est le chef des boys, expliqua Mara.

Le metteur en scène tendit la main, et ce geste parut prendre Kefa au dépourvu. Mara nota que celui-ci plaça comme par réflexe sa main gauche au creux de son coude droit en lui rendant son salut : c'était la manière traditionnelle de montrer qu'on ne portait pas d'arme.

— Enchanté, dit Leonard, qui avait déjà reporté son attention ailleurs. L'autre voiture est en panne à quelques heures d'ici, ajouta-t-il, en regardant les bâtiments par-dessus l'épaule de Mara. Ils ont eu une crevaison, et aussi un problème avec le moteur. Un villageois plus ou moins mécanicien est en train de le réparer, du moins, je l'espère...

En l'observant de plus près, Mara s'aperçut qu'il avait des cernes gris sous les yeux – mais ces marques de fatigue étaient démenties par sa vivacité et son agitation constante, et il semblait déborder d'énergie.

Il s'avança vers les défenses d'éléphant et fit courir ses doigts sur l'ivoire. Puis il renversa la tête pour contempler la voûte qu'elles formaient au-dessus de lui.

Absorbée dans sa contemplation, Mara entendit des portières s'ouvrir et se refermer, un brouhaha de voix. Elle prit soudain conscience que Daudi se tenait près d'elle, toujours vêtu du costume marron qu'il portait lors de sa visite en compagnie de Carlton. Il la salua, poliment mais brièvement, à la manière européenne. Puis il désigna un petit groupe de personnes qui l'avait rejoint.

— Permettez-moi de faire les présentations.

Il se tourna d'abord vers un homme aux cheveux blonds et bouclés tombant sur les oreilles.

— Voici M. Rudi.

— Appelez-moi simplement Rudi, déclara l'homme. Je suis accessoiriste suppléant, mais dans le cas présent, je remplace au moins cinq personnes : l'habilleuse, l'accessoiriste en chef, le décorateur, le directeur artistique... je suis toute l'équipe de décoration à moi seul !

— Voici Mme Sutherland, reprit Daudi avec un geste en direction de Mara.

Elle reprit sa respiration et s'apprêta à répondre. Elle allait suggérer que chacun l'appelle par son prénom, à l'instar de Rudi, mais elle n'était pas certaine que ce fût approprié.

Daudi lui présenta ensuite un homme à l'air renfrogné, lui expliquant que c'était « l'électro ». Mara mit un certain temps à comprendre qu'il s'agissait en fait du technicien en charge de l'éclairage – et du générateur. Elle décida de laisser à Kefa le soin de lui présenter Stimu, le moment venu. Il y avait également plusieurs Africains, qu'on lui décrivit comme des machinistes-constructeurs. Dotés de la taille impressionnante et de la peau noir d'encre caractéristiques des Somalis, ils étaient habillés à l'européenne, de vêtements à la fois élégants et décontractés visiblement neufs. Ils saluèrent courtoisement Mara, mais jetèrent ensuite des regards dédaigneux sur le personnel. Mara vit Menelik et Kefa échanger des mimiques outragées. En regardant Daudi, elle sentit qu'il percevait lui aussi cette animosité, et qu'il était prêt à user de son autorité en cas de conflit. Il ferait un allié très utile, se dit-elle, espérant que l'amitié de John et de Kabeya jouerait en sa faveur et qu'il se rangerait de son côté si besoin était.

Un dernier Américain descendit du camion. Il avait des cheveux blond-roux, le visage constellé de taches de rousseur, et son nez d'un rose malsain avait l'aspect à vif des peaux trop de fois brûlées par le soleil. Il leva vers l'astre un regard suspicieux tout en se dirigeant vers leur groupe. Ses yeux verts se rivèrent aussitôt sur Leonard, et il s'enquit d'un ton agressif :

— Que comptez-vous faire au sujet de mon problème ?

Le metteur en scène le regarda d'un air déconcerté, et le rouquin poussa un soupir d'exaspération.

— Je-n'ai-pas-de-perchiste, vous vous rappelez ?

Daudi se pencha vers Mara et lui glissa à voix basse :

— C'est l'ingénieur du son. M. Jamie. Bwana Matata, ajouta-t-il. M. Problème.

— Il n'est pas venu, poursuivit Jamie, en promenant son regard autour de lui, comme s'il ne savait pas à qui s'adresser. Il est rentré chez lui. Le veinard...

Leonard hocha la tête d'un air songeur.

— Je crois que Carlton envisageait de former quelqu'un sur place. Je suis certain que vous vous débrouillerez très bien. La moitié des plans seront muets, de toute façon.

— Pas la peine de me le rappeler, soupira Jamie d'un ton lugubre.

— Peut-être pourriez-vous nous aider, reprit Leonard en se tournant vers Mara. Jamie a besoin d'un assistant pour tenir la perche à son. Quelqu'un qui parle un peu anglais de préférence. À part ça, il devra être malin, costaud et vif.

Avant que Mara ait pu répondre, Tomba surgit à côté d'elle. Il s'avança et, lentement, regarda tour à tour Leonard et Jamie.

— Je suis celui qu'il vous faut, déclara-t-il d'un ton assuré. Je serai celui qui tient la perche.

Mara serra les lèvres pour réprimer un sourire. Elle savait que Tomba n'avait pas la moindre idée de ce qu'était une perche. Elle-même n'en avait qu'une très vague notion.

Leonard s'approcha de Tomba et lui donna une tape sur l'épaule.

— C'est fait. Tu es engagé !

Jamie jeta un regard dubitatif sur la chemise sans manches de Tomba, son pagne et ses tennis usagées. Puis ses yeux s'arrêtèrent sur les muscles puissants de ses bras.

— Je présume que tu feras l'affaire, maugréa-t-il en haussant les épaules. Comment t'appelles-tu ?

— Bwana Perche, répondit Tomba, avec un large sourire découvrant deux rangées de dents blanches.

Leonard se dirigea vers la porte d'entrée, et Mara pressa le pas pour demeurer à sa hauteur, tandis que Kefa coupait à travers la pelouse pour aller se poster sur le seuil et accueillir leurs pensionnaires.

— Je vois ce que voulait dire Carlton, déclara Leonard, en lançant à Mara un regard oblique. Avec des cheveux plus foncés, vous lui ressembleriez tout à fait.

Mara hocha poliment la tête en tentant de percer le sens de cette phrase, mais y renonça bien vite et finit par demander :

— À qui ?
— À Lillian Lane.
— Que voulez-vous dire ?

Le metteur en scène s'arrêta pour lui faire face, et une expression irritée passa sur ses traits.

— Je croyais que vous en aviez discuté. Je pensais que Carlton avait tout mis au point.

— Discuté de quoi ? interrogea Mara d'un ton circonspect, brusquement inquiète.

— Rien de bien compliqué, rétorqua Leonard, en reprenant son chemin. Nous aimerions simplement que vous lui serviez de doublure, de temps à autre. Vous êtes grande et mince, comme elle, et vous avez les cheveux longs. Nous vous demanderions de faire certaines choses à sa place, escalader des rochers, par exemple, ou marcher dans la brousse. Nous vous filmerions de dos, ou en plan général, de manière que vous ne soyez qu'une petite silhouette au loin. Personne ne la reconnaîtrait.

— Et pourquoi auriez-vous besoin de faire ça ? s'étonna Mara.

— Lillian est fatiguée, c'est tout, répliqua Leonard d'un ton neutre. Nous arrivons à la fin d'un long tournage, et nous préférons qu'elle garde ses forces pour les scènes importantes. De plus, ajouta-t-il en lui coulant un autre regard en biais, vous aurez l'air plus à l'aise dans le paysage. Ça se voit toujours, vous savez, quand on a affaire à de l'authentique. Les acteurs peuvent faire semblant, c'est leur métier. Mais vous, vous êtes une vraie broussarde.

Il lui décocha un sourire admiratif avant de reprendre :

— Vous toucherez une rémunération, bien sûr. Carlton verra cela avec vous... Montrez-moi vos mains, dit-il en baissant soudain les yeux. Carlton m'a dit que vous aviez des mains superbes.

Mara s'exécuta, se sentant comme une petite fille dont la mère inspecte les mains avant de passer à table. Sauf qu'en l'occurrence, les siennes étaient rugueuses et leurs ongles cassés, à force de jardiner dans le potager.

Leonard hocha la tête en signe d'approbation, et elle retira aussitôt ses mains, les cachant à sa vue. Elle n'était plus une petite fille, après tout ; elle n'était pas obligée de faire ce qu'on lui disait. Elle se détourna de lui, comme pour échapper à son emprise, à cette énergie bouillonnante qui émanait de lui.

Elle se retrouva face à Daudi, et leurs regards se croisèrent. Il n'eut pas besoin de parler pour qu'elle se remémore ce qu'il lui avait dit la dernière fois.

Le président lui-même sera enchanté de savoir que le tournage a pu être achevé à la satisfaction de tous.

Elle ne voulait pas compromettre l'avenir de John dans ce pays, s'il en avait un. Et elle ne pouvait pas non plus se permettre de refuser une occasion d'accroître ses gains. Se tournant vers Leonard, elle inspira lentement avant de déclarer :

— Je serai ravie de vous aider de mon mieux.

— Savez-vous vous servir d'un fusil ? s'enquit-il.

— Bien sûr. D'une carabine vingt-deux long rifle, et aussi d'un fusil de chasse.

— Parfait. Nous effectuerons beaucoup de prises de vues en extérieur – je veux filmer ces vastes paysages de manière que les spectateurs aient l'impression d'être transportés au cœur de l'Afrique, vous voyez ?

Ils étaient arrivés au lodge, à présent, mais Leonard ne semblait pas avoir remarqué Kefa au garde-à-vous, prêt à lui ouvrir la porte.

— Avez-vous vu le film de David Lean, *Lawrence d'Arabie ?* reprit-il.

— Oui. Je l'ai vu à Melbourne, juste avant mon départ. C'était magnifique.

En sortant de la salle, dans la pluie froide de cette journée d'hiver, elle avait contemplé d'un œil étonné les immeubles gris qui l'entouraient. La chaleur et la poussière du désert, les cavaliers arabes au courage exalté, la peur et le chaos de la guerre – et Lawrence lui-même – étaient devenus si réels à ses yeux qu'elle n'avait plus l'impression d'appartenir à ce monde.

— Eh bien, poursuivit Leonard, vous vous rappelez sans doute sa façon de traiter le désert comme un personnage à part entière, au même titre que Lawrence. C'est l'effet que je cherche à obtenir. Je veux que l'on sente la présence physique de la savane dans toutes les scènes que nous tournerons ici. Et pas seulement parce que nous sommes dans une des régions les plus sauvages d'Afrique. C'est bien davantage que cela, s'enthousiasma-t-il, en soulignant ses paroles d'un grand geste de la main. Ces plaines découvertes reflètent en quelque sorte le paysage moral de l'histoire. C'est un décor qui exige des personnages une totale franchise, par opposition à la secrète Zanzibar, avec ses ruelles étroites et ses fenêtres aux volets clos. Vous me suivez ?

Il lui posa la question d'un ton pressant, comme s'il était de la plus haute importance que Mara comprenne ce qu'il voulait dire, et elle se sentit flattée. Il n'était pas étonnant que les acteurs et toute l'équipe, y compris Carlton, aient envie d'aider cet homme à concrétiser sa vision.

Elle se rappela alors sa question sur son aptitude à manier les armes, et précisa :

— Vous n'aurez pas besoin de moi pour assurer votre protection. L'Office de la chasse a promis de nous envoyer un ranger d'Arusha.

— Oui, mais nous vous filmerons à proximité des animaux, quand vous doublerez Mlle Lane. Nous n'allons certainement pas prendre le risque de la faire jouer au milieu des lions et des éléphants ! ajouta-t-il avec un petit rire. Mais avec vous, il n'y aura pas de problème. De toute façon, Maggie – c'est le nom du personnage – portera une arme.

Il sourit pour lui-même, manifestement satisfait de son stratagème.

— Évidemment, reprit-il au bout d'un instant, il ne s'agit que d'une précaution supplémentaire. Votre mari sera présent, hors du champ de la caméra, mais suffisamment près pour intervenir si nécessaire.

Mara se rembrunit.

— J'ai bien peur qu'il ne soit pas là à temps. Il est injoignable. Mais comme je l'ai dit, l'Office de la chasse va envoyer un ranger.

Elle prit conscience qu'elle parlait trop précipitamment, pour ne pas laisser à Leonard la possibilité d'exprimer sa déception.

— Ils ont choisi un homme originaire d'ici, et qui connaît bien la région, donc il n'y a pas à s'inquiéter, conclut-elle. À moins que…, reprit-elle, une pensée lui venant brusquement à l'esprit. À moins que vous ne vouliez également utiliser John comme doublure.

— Ce ne sera pas nécessaire, répondit Leonard. Peter Heath préfère tout faire lui-même, même les cascades, parfois ! Il adore tourner au grand air. Je crois que ça lui rappelle son enfance. On ne s'en douterait jamais, en l'entendant, mais il est australien. Comme vous, ajouta-t-il avec un petit sourire.

Menelik était campé devant la grande table de la cuisine, les jambes écartées, les mains tendues, prêt à l'action. Face à lui, il avait posé son précieux couteau à lame damassée. Mara l'avait entendu raconter au marmiton que le forgeron avait replié le métal plus d'un millier de fois pour obtenir ce résultat quasi magique : une lame qui s'aiguisait toute seule, comme si elle était vivante. Le cuisinier l'avait acheté quand il n'était encore qu'un jeune homme, à un commerçant arabe. Sur le bois blanchi à force d'être récuré, le couteau étincelant avait un aspect dangereusement tranchant.

— Je vais préparer une soupe d'avocat en entrée, déclara Menelik, d'après une recette personnelle de la baronne. Elle doit être servie froide. Ensuite, nous aurons un civet de venaison.

Mara hocha distraitement la tête. Elle n'était pas ici pour discuter du menu : sur ce chapitre, elle faisait entièrement confiance à Menelik. Elle se préoccupait davantage de veiller à ce qu'aucun de leurs pensionnaires ne tombe malade pour avoir bu de l'eau non bouillie. On avait beau faire mille recommandations au personnel, expliquer à quel point la santé des Européens était fragile, une erreur était toujours possible. Et Carlton avait insisté sur le fait que le temps leur était compté. Elle était également inquiète au sujet de Leonard. Elle lui avait fait promettre de ne pas s'éloigner du lodge jusqu'à l'arrivée du ranger, mais elle n'était pas sûre qu'il tiendrait parole.

— Je sais à quoi vous pensez, dit soudain Menelik. Vous aimeriez savoir quelle viande je vais utiliser pour ce civet ?

Il parlait en swahili aujourd'hui, avec les tournures un peu maladroites de celui qui s'exprime dans une langue étrangère. Mara ne pouvait jamais savoir s'il allait utiliser l'anglais, le swahili, ou un mélange des deux. Elle soupçonnait qu'il s'agissait d'une ruse destinée à forcer son attention.

— C'est de l'impala, poursuivit Menelik. Je l'ai achetée aux villageois. L'animal était à peine endommagé par la flèche. C'est de la très bonne viande. Je l'ai découpée moi-même. Mais maintenant, vous devez ouvrir le cellier et me donner une bouteille de vin rouge. Du bourgogne, c'est ce qui conviendrait le mieux.

— Oui, bien sûr, acquiesça Mara.

Elle releva brusquement la tête en entendant un bruit de moteur. Leonard aurait-il décidé d'aller explorer les environs ?

C'est alors que l'aide-cuisinier fit irruption dans la pièce.

— D'autres Américains arrivent ! s'écria-t-il de sa voix chantante, accentuant chaque mot.

Il n'avait jamais fréquenté l'école, à la connaissance de Mara, mais on aurait cru entendre un écolier récitant ses leçons, et elle devait souvent réprimer un sourire en sa présence. Pour ne rien arranger, il s'appelait Dudu, « insecte » en swahili et, avec ses bras filiformes et son ventre arrondi, il en présentait tout à fait l'apparence.

— Kefa en a-t-il été informé ? demanda-t-elle.

— Oui, Bwana Memsahib. Il est en train de leur parler.

— Bien.

Elle décida de ne pas aller saluer les nouveaux arrivants. Elle avait trop à faire, et préférait s'assurer que tout serait en ordre pour l'arrivée des acteurs. L'avion était attendu d'ici quelques heures.

Voyant Dudu sur le point de détaler, elle lui posa une main sur l'épaule.

— Tu dois rester ici. Ouvre grand les oreilles et écoute. Menelik est très occupé. Tu dois te comporter en adulte et faire ton travail avec soin.

Dudu la regarda d'un air grave, pendant qu'elle lui rappelait que la trappe à graisse devait être nettoyée chaque jour, quand il y avait autant de monde au lodge. Qu'il fallait toujours vérifier la fraîcheur des œufs en les plaçant dans un récipient rempli d'eau ; s'ils flottaient au lieu de couler au fond, ils n'étaient pas frais. Que le lait devait être filtré pour en ôter les poils et les brins d'herbe, et bouilli ensuite, bien entendu. Et que le riz devait être rincé avant d'être cuisiné, et soigneusement trié pour s'assurer qu'il ne contenait pas de cailloux. De même que les lentilles et les haricots secs.

Menelik feignit de l'ignorer, tandis qu'elle égrenait sa liste de recommandations, mais elle savait qu'il tendait l'oreille, pour détecter une éventuelle omission. Quand elle eut terminé, elle le vit approuver d'un signe de tête, à son grand contentement. Et en sortant de la pièce, elle l'entendit lancer à Dudu :

— Tu as entendu ce qu'a dit la Bwana Memsahib ? Alors, fais attention. À la moindre erreur, elle te donnera une bonne correction !

Mara parcourut la rangée de bungalows, en commençant par le dernier, où Daudi s'était déjà installé. Par la porte ouverte, elle aperçut la veste du costume marron étalée sur l'une des couchettes. Il partagerait cette chambre avec le ranger, quand celui-ci serait arrivé. Elle se demanda, non sans un certain malaise, ce que John penserait de cette entorse aux traditions – loger des Tanzaniens dans les habitations réservées aux pensionnaires. Cela ne s'était encore jamais produit. Durant les safaris, une camaraderie confinant presque à la familiarité se nouait souvent entre le chasseur blanc et ses clients, d'une part, et les porteurs et traqueurs indigènes, de l'autre. Un sentiment né du danger et de l'excitation de la chasse, ainsi que de l'évidente supériorité des Africains dans leur connaissance du pays et des animaux. Mais de retour au lodge, le protocole en vigueur reprenait aussitôt ses droits. Mara ne savait pas très bien où loger les Africains qui accompagnaient l'équipe, et c'était avec soulagement qu'elle avait laissé à Kefa le soin de s'en occuper. Il avait décrété que Daudi et le ranger seraient installés dans un bungalow et mangeraient à la table des Américains. Quant aux machinistes, il les avait installés dans la petite maison autrefois destinée aux travailleurs agricoles, à l'arrière du lodge. C'était là qu'ils dormiraient et qu'ils prendraient leurs repas. Mara espérait qu'il avait fait le bon choix. On n'était plus au Tanganyika, mais dans la Tanzanie indépendante. Il fallait établir de nouvelles règles, mais personne ne semblait bien savoir lesquelles.

Elle se rendit ensuite dans le rondavel attribué à l'acteur, Peter Heath. Les deux boys préposés à l'entretien étaient en train d'accrocher au-dessus du lit une vieille moustiquaire tachée.

— *Nanma gani ?* les apostropha-t-elle depuis le seuil, vivement contrariée.

Puis, se rappelant qu'elle devait les encourager à parler anglais, elle se reprit.

— Que faites-vous donc ? C'est une moustiquaire usagée. Elle est toute sale, pleine de trous ! C'est la chambre de l'acteur, le big boss, poursuivit-elle, à l'exemple de Menelik chapitrant le marmiton. S'il n'est pas content, il va y avoir du grabuge !

Elle s'avança dans la pièce, et s'immobilisa brusquement en découvrant un inconnu près du lit. Il tenait à deux mains l'armature sur laquelle venait s'accrocher la moustiquaire et lui tournait le dos, de sorte qu'elle remarqua surtout ses chaussures couvertes de poussière et sa chemise en lin bleu maculée de boue. À ses pieds gisaient des sacs marins qui avaient l'air d'avoir beaucoup servi.

— Je suis désolée, commença-t-elle. Cette chambre est réservée à Peter Heath.

Elle se força à afficher un sourire qui dissimulait mal son agacement, et, indiquant du geste les cabanes en tôle, elle ajouta :

— Vous pouvez choisir n'importe laquelle de celles-ci.

Abandonnant l'armature aux mains d'un des garçons, l'homme s'approcha d'elle. Quand un rai de lumière éclaira ses traits, Mara se pétrifia. Ce visage lui semblait soudain familier. Il lui fallut une seconde encore pour se rendre compte qu'elle ne l'avait jamais vu, mais qu'il ressemblait à l'image même qu'elle se faisait de la perfection, avec ses traits finement ciselés, ses yeux d'un bleu-vert contrastant de manière saisissante avec sa peau bistre et ses cheveux châtains, éclaircis par le soleil...

Elle laissa retomber son bras. Bien sûr. Ce ne pouvait être que lui – l'acteur !

— Bonjour, je suis Peter, déclara l'inconnu.

— Je suis vraiment navrée, bredouilla Mara, en sentant le rouge monter à ses joues. Je croyais... On m'a dit que vous arriveriez par avion, dans l'après-midi… Je suis Mara Sutherland, dit-elle, se ressaisissant enfin. Comment allez-vous ?

— Très bien, merci, répondit Peter en la gratifiant d'un sourire amical.

— Votre chambre n'est pas tout à fait prête, malheureusement. Mais c'est l'affaire de quelques minutes.

— Ne vous inquiétez pas. Je ne suis pas pressé. De toute façon, c'est moi le fautif, je suis arrivé trop tôt ! J'ai finalement décidé d'accompagner l'équipe. J'aime bien voyager par la route. Je préfère voir les choses de près.

Mara tenta vainement de déceler une trace d'accent australien dans sa voix. Leonard avait raison : on n'aurait jamais pu deviner que l'acteur était un de ses compatriotes. Il parlait avec les intonations d'un Américain de souche.

D'un revers de main, Peter épousseta sa chemise, dont le devant était aussi sale que le dos.

— Nous avons dû changer un pneu, expliqua-t-il.

— C'est ce que je vois ! répondit Mara avec un faible sourire.

Elle respira à fond pour affermir sa voix et carra les épaules avant d'ajouter :

— Bienvenue au Raynor Lodge.

Elle se surprit à faire un pas de côté, pour éviter de se fondre aux rideaux dont l'imprimé était identique à celui de sa robe, et se demanda s'il restait encore un peu de poudre sur son nez et de rose sur ses lèvres.

— Merci. C'est un endroit superbe, répondit Peter avant de se remettre à sa tâche.

— Ce n'est pas à vous de vous occuper de ça, protesta Mara. Vraiment, vous ne devriez pas…

— Et pourquoi donc ? demanda l'acteur. Ne suis-je pas le big boss ? J'ai bien le droit de faire ce qui me plaît !

Il lui offrit un grand sourire, qui le fit subitement ressembler à un gamin espiègle.

Totalement désemparée, Mara promena les yeux autour d'elle. Elle passa une main sur ses cheveux, pour vérifier qu'aucune mèche ne s'était échappée de sa queue-de-cheval, et se tourna finalement vers les deux garçons.

— Veillez à poser les bagages de M. Heath sur la table. Il ne faudrait pas qu'ils soient dévorés par les fourmis. Et remplacez cette moustiquaire par une neuve. Si vous avez besoin de quoi que ce soit, ajouta-t-elle, avec un bref regard en direction de Peter, faites-le-moi savoir, je vous prie.

Elle sortit en hâte. Tout en se dirigeant d'un pas vif vers le lodge, elle porta les mains à ses joues encore rouges de confusion, comme pour en apaiser le feu.

5

Les boys couraient sur la piste d'atterrissage, criant et agitant les bras pour en chasser une famille de gazelles. Paniquées, les bêtes s'enfuirent en lançant des ruades à leur manière habituelle – une démonstration de nonchalance, destinée à convaincre les prédateurs qu'elles n'étaient pas des proies faciles.

Mara se tenait en bordure du terrain, les yeux levés vers l'avion qui décrivait un cercle au-dessus d'eux. Il amorça sa descente dès que les garçons atteignirent le bout de la piste. Mara parcourut du regard la foule des villageois venus assister à l'atterrissage, espérant qu'ils comprenaient qu'il était impératif de rester à l'écart tant que l'avion ne se serait pas immobilisé. Reportant son attention sur la piste, elle commença à s'inquiéter qu'il y subsiste des souches ou des rochers. Puis elle se contraignit à en détacher les yeux : de toute façon, elle ne pouvait plus rien y faire, à présent.

Ses pensées se tournèrent alors vers Lillian Lane, et elle se demanda si elle serait aussi belle au naturel qu'elle l'était à l'écran. Et comment serait-elle habillée ? Elle ne pouvait s'empêcher de l'imaginer vêtue d'une robe longue, une étole drapée sur les épaules. Mais elle savait que, plus vraisemblablement, Lillian Lane porterait le même genre de tenue que les autres clientes du lodge – un costume de chasse taillé sur mesure, destiné à mettre leurs formes en valeur, au mépris de l'aspect pratique, et un chapeau de brousse acheté à Nairobi ou à Dar, garni d'un ruban en peau de léopard.

Elle entrevit d'abord le visage célèbre à travers le hublot, pendant que l'appareil roulait lentement sur la piste avant de s'arrêter. Même de loin, et malgré le nuage de poussière soulevé par les roues, elle l'aurait reconnu entre tous, et un frémissement d'excitation la parcourut.

Dès que le mouvement des hélices se ralentit, le pilote sauta à bas de l'avion et ouvrit la porte de la cabine. Pendant un instant que, dans son impatience, elle trouva interminable, il ne se passa rien. Puis Carlton débarqua et étira ses membres, visiblement soulagé de quitter cet espace exigu. Quelques secondes après, un pied apparut, élégamment chaussé d'une botte en daim jaune lacée jusqu'au genou. Il demeura un instant suspendu dans l'air avant de se poser sur la marche métallique. Un second pied suivit, et le reste du corps de Lillian émergea enfin. Elle descendit en s'agrippant à la main que lui tendait Carlton, puis marqua un temps d'arrêt et regarda autour d'elle, avant d'adresser à la foule un petit salut de la main. En réponse, les villageois convergèrent en masse vers l'avion. Une enfant se détacha des rangs, brandissant un énorme bouquet de lis sauvages.

Mara s'approcha, s'efforçant de détailler l'apparence de l'actrice sans en avoir l'air. Comme elle s'y attendait, celle-ci arborait une tenue kaki. Mais, à la place du pantalon coupé sur mesure et de la chemise ajustée, elle portait un vêtement d'une seule pièce, une sorte de combinaison serrée à la taille par un ceinturon de cuir. Elle n'avait pas de chapeau ; ses cheveux étaient noués en chignon, bas sur la nuque. Sa bouche peinte d'un rouge écarlate tranchait de façon éclatante sur sa peau claire.

Au lieu de s'avancer vers elle, Lillian fit un pas de côté, puis se retourna vers l'avion. Mara se dit alors qu'elle était peut-être venue avec son petit ami, celui qui se tenait près d'elle sur le pont du yacht. Par chance, il y avait deux lits dans la case de Lillian. Il serait facile de les réunir et de poser une double moustiquaire...

Mais la personne qui descendit de l'appareil à la suite de l'actrice était un Africain. À son béret rouge et à son uniforme vert foncé, Mara sut qu'il s'agissait du ranger qu'on leur envoyait d'Arusha. Plongeant la main à l'intérieur de la cabine, il en sortit un fusil de gros calibre à double canon. Sous le regard attentif de Carlton et de Lillian, il déverrouilla la culasse, sortit deux cartouches de sa poche de poitrine et chargea son arme. C'est seulement alors, sous cette escorte, qu'ils se risquèrent à émerger de l'ombre protectrice des ailes de l'avion.

Donnant le bras à l'actrice, Carlton la conduisit vers Mara, trébuchant sur le sol inégal, la démarche rendue maladroite par sa corpulence.

— Lillian, voici Mme Sutherland, lança-t-il avant même de l'avoir rejointe. Mme Sutherland, Mlle Lane.

L'actrice la gratifia d'un sourire chaleureux, ses lèvres écarlates découvrant ses dents. Hormis le rouge à lèvres, elle ne portait aucune trace de maquillage, mais n'en paraissait pas moins éblouissante. Le col relevé de sa combinaison effleurait l'extrémité de ses pendants d'oreilles en perles.

— Appelez-moi Lillian, je vous en prie.
— Merci. Moi, c'est Mara.
— Mara, répéta Lillian. Quel joli nom ! Je ne l'avais encore jamais entendu, ajouta-t-elle, en la scrutant avec un vif intérêt.

Mara sourit, aussi heureuse que si elle avait choisi elle-même ce prénom.

— Je suis si contente d'être ici ! Je déteste ces petits avions, poursuivit l'actrice d'un ton de confidence, en lui posant une main sur le bras. Ça me donne le vertige.

— Oh ! ma pauvre ! répondit Mara, agréablement surprise par ces manières amicales. Si nous allions au lodge boire une tasse de thé ?

— C'est très gentil à vous, mais je ne bois pas de thé, déclara Lillian. Ni de café.

— Prenez une limonade, dans ce cas, intervint Carlton. Il faut boire, par cette chaleur.

Sans avoir l'air de l'entendre, Lillian se tourna vers la petite fille au bouquet. Se penchant pour accepter l'offrande, elle posa une main sur les cheveux bouclés de l'enfant et la regarda droit dans les yeux. En observant la scène, Mara se rendit compte que l'actrice l'avait regardée exactement de la même manière. Peut-être les gens célèbres se comportaient-ils ainsi, se dit-elle, distribuant parcimonieusement leur attention, une miette à la fois.

Ils s'engagèrent sur le sentier que les allées et venues avaient commencé à tracer entre le terrain d'atterrissage et la piste conduisant au lodge. En chemin – le ranger à quelques pas derrière elles, son fusil à la main –, Lillian se pencha vers Mara, qui respira une bouffée de son parfum, une senteur florale, candide et légère.

— Ce qui me ferait vraiment plaisir, chuchota-t-elle, c'est un bon gin tonic avec de la glace.

Mara refréna l'impulsion de consulter sa montre : il ne devait pas être beaucoup plus de trois heures.

— Bien sûr, répondit-elle sur le même ton confidentiel. Je dirai au boy de vous en apporter un dans votre chambre.

— Merci. Vous êtes un ange, murmura Lillian.

Mara ouvrit la porte de la case et s'effaça devant Lillian. L'actrice pivota lentement sur elle-même, avec, sur les lèvres, le même sourire ravi qu'elle avait arboré en franchissant l'arche d'ivoire – et qui ne s'était pas effacé lorsqu'elles avaient traversé les pelouses brunies et qu'elles étaient passées devant la piscine inachevée. Figé sur le seuil, Carlton semblait retenir son souffle. Le silence parut s'étirer à l'infini, fragile et tendu. Et puis, tout à coup, Lillian s'exclama :

— J'adore cette chambre. Elle est tout simplement ravissante !

Aussitôt, Mara sentit se dissiper la tension qui planait dans l'air, et entama son petit speech habituel à l'usage des clients.

— Je suis sûre que vous y serez très bien. C'est l'une de nos meilleures chambres. Comme vous pouvez le voir, le sol est en terre battue, poursuivit-elle, baissant les yeux vers la surface polie, rendue étanche par une couche de cire d'abeille et d'huile de table. C'est bien mieux que les planchers qui se trouvent dans les cases en tôle ; aucune bête ne peut se cacher dessous. Vous devez toutefois vous méfier des termites. Ils dévoreront tout ce que vous laisserez par terre, aussi, je vous en prie, placez toutes vos affaires sur le rack à bagages ou sur le lit que vous n'utiliserez pas. Et vous avez également des tiroirs à votre disposition.

D'un geste de la main, elle désigna la coiffeuse – qui provenait de sa propre chambre. S'apercevant que Lillian regardait d'un air intrigué les boîtes placées sous chaque pied de lit, elle se hâta d'expliquer :

— Elles sont remplies de kérosène, pour empêcher les insectes tels que les tiques ou les punaises de grimper dans le lit pendant la journée, quand la moustiquaire n'est pas en place... Et vous pourrez brancher votre sèche-cheveux ici, ajouta-t-elle en montrant la prise que Bwana Stimu avait installée à partir d'un éclairage mural. Ne vous inquiétez pas pour ce fil, il n'y a aucun danger.

Carlton s'approcha alors, comme si ce mot l'avait arraché à sa torpeur.

— De quoi parlez-vous ?

Sourcils froncés, il contempla le fil traînant sur le sol.

— N'y touchez pas, conseilla-t-il à Lillian. Je demanderai à Brendan de venir vérifier.

— Ce n'est vraiment pas nécessaire, rétorqua Mara, indignée de voir la compétence de Bwana Stimu ainsi mise en cause. Je dirai à notre électricien de vous faire une démonstration, plus tard dans la journée, quand le générateur aura été mis en marche.

Pour changer de sujet, elle se dirigea vers les toilettes, où flottait l'odeur de l'herbe fraîchement coupée dont les boys avaient tapissé le bidon de quinze litres placé sous le siège en bois.

— Voici les commodités. Saupoudrez de cendre après usage pour éloigner les mouches. La cuve sera vidée chaque jour.

Le regard de Mara s'attarda un court instant sur les serviettes accrochées aux patères. Conformément aux recommandations de Carlton, elles étaient toutes de la même couleur mauve : essuie-mains, gant et drap de bain. La lingerie du lodge ne contenait que des éléments disparates, et ces serviettes étaient en fait le cadeau de mariage de sa tante Ada. Elle y avait brodé les inscriptions *Lui* et *Elle*, et les avait remises à Mara subrepticement, dans la cuisine, comme si, de même que la robe de mariée cousue par Lorna, elles constituaient une forme codée de rébellion contre les règles du monde dans lequel elles vivaient. Mara avait hésité à les utiliser ici – après tout, elles leur étaient exclusivement destinées, à John et à elle. Maintenant qu'elle avait fait la connaissance de

Lillian, elle se réjouissait d'avoir pris la bonne décision. Si ces serviettes aidaient l'actrice à se sentir mieux dans cette chambre, elle était ravie de les lui laisser.

Mais quand elle se retourna vers Lillian, elle constata que celle-ci avait cessé de sourire, et affichait à présent une mine passablement angoissée. C'était une réaction à laquelle Mara était accoutumée, et elle fit semblant de ne pas l'avoir remarquée. Le petit discours d'usage était presque terminé. Il ne lui restait plus qu'à ajouter la conclusion, tout spécialement conçue pour aider les clients à voir les choses sous un jour plus positif.

— Bien sûr, ce n'est pas ce à quoi vous êtes habituée, reprit-elle d'un ton enjoué. Ce n'est pas comme chez vous. C'est l'Afrique. L'Afrique authentique !

Comme à chaque fois, elle observa la lutte intérieure qui se reflétait sur les traits de Lillian – un combat entre la personne que le client avait conscience d'être, et celle qu'il souhaitait devenir.

— L'Afrique authentique, répéta Lillian. Enfin…

Mara vit Carlton fermer les yeux de soulagement avant de s'éloigner sans mot dire en direction des bungalows. Profitant de ce que l'entrée n'était plus obstruée, les boys se mirent en devoir d'apporter les bagages de Lillian. Le premier tenait dans une main une grosse valise toute cabossée et dans l'autre, un sac en tapisserie bourré à craquer ; le second portait trois valises en cuir rouge empilées sur sa tête.

— Voulez-vous qu'ils vous aident à défaire vos valises ? s'enquit Mara.

— Non, j'aimerais que ce soit vous, rétorqua Lillian. Si vous avez le temps…

Sans attendre sa réponse, elle congédia les gamins du geste.

Mara se posta à côté des bagages, attendant ses instructions. Mais Lillian lui fit signe de s'asseoir, puis, ouvrant la première valise, elle y prit un flacon de parfum. Elle en versa quelques gouttes sur son poignet, et aussitôt, la senteur florale que Mara avait déjà respirée tout à l'heure se répandit dans l'air.

— Mon parfum préféré, déclara l'actrice. L'Air du Temps. Ne trouvez-vous pas le flacon tout simplement exquis ?

Elle le lui tendit pour lui faire admirer le bouchon de verre givré représentant un couple de colombes. Elle prit ensuite dans la valise une photo encadrée et la contempla d'un œil affectueux, avant de la montrer à Mara, dont les yeux s'arrondirent sous l'effet de la surprise.

Elle s'attendait à voir le portrait d'un homme – peut-être celui du magazine. Mais la photo qu'elle avait sous les yeux était celle d'un berger allemand.

— C'est Theo, expliqua Lillian. Il me manque terriblement. D'habitude, il m'accompagne partout. Vous savez, ajouta-t-elle après un soupir, j'ai sérieusement envisagé de refuser le rôle de Maggie parce que je ne pouvais pas l'amener ici. Mais ce n'est pas tous les jours qu'on a l'occasion de pouvoir travailler avec les frères Miller. Leurs films sont si intéressants, comparés à ceux produits par les grands studios ! Et, vous savez, ils ont écrit le rôle à mon intention, ajouta-t-elle avec un sourire radieux.

Mara lui sourit en retour et hocha la tête, ne sachant que dire, car ce domaine lui était totalement étranger.

Lillian sortit un pyjama de satin et le jeta négligemment sur le lit derrière elle. À cette vue, Mara se dit qu'elle aurait dû insister pour l'aider. Mais elle devait bien s'avouer qu'elle prenait un réel plaisir à l'écouter. D'habitude, les clientes ne prenaient guère la peine de lui faire la conversation. En fait, elles semblaient même souvent déçues de la trouver là. Découvrir que John était marié gâchait l'idée romantique qu'elles se faisaient d'un chasseur professionnel.

Lillian souleva le sac en tapisserie, qui fit entendre un bruit métallique.

— C'est mon nécessaire de survie, déclara-t-elle. Lorsque Katharine Hepburn a tourné *African Queen*, au Congo, elle veillait toujours à avoir l'indispensable à portée de sa main.

Le contenu du sac se déversa sur le lit : une torche électrique et des piles de rechange, une boussole, des pansements.

Mara arqua les sourcils en voyant apparaître un récipient émaillé – la partie inférieure d'une marmite à deux étages.

— Quelle est son utilité ?

Lillian ramassa l'objet et le tourna en tout sens, comme s'il s'agissait d'une antiquité du plus haut intérêt.

— C'est au cas où il n'y aurait pas de pot de chambre, de chaise percée ou ce que vous voudrez.

Hepburn tenait particulièrement à pouvoir se soulager chaque fois qu'elle en éprouvait le besoin. Son père était urologue, vous comprenez.

Elle attendit que Mara ait acquiescé d'un signe de tête pour se remettre à déballer ses affaires.

— Évidemment, je n'ai eu besoin d'aucun de ces objets jusqu'à présent. Mais maintenant que nous sommes ici… qui sait ?

Elle se tourna vers la fenêtre, par laquelle on pouvait voir le feuillage duveteux d'un acacia se découper sur une vaste étendue d'herbe calcinée et un ciel d'un bleu éclatant.

— Y a-t-il des lions dans la région ? demanda-t-elle, l'air soudain anxieux.

— Bien sûr, mais vous ne devez pas vous en inquiéter, répondit Mara d'un ton rassurant. Ils quittent rarement les plaines. Et si vous devez vous éloigner du lodge, vous serez toujours escortée par le ranger.

À son grand contentement, elle vit l'inquiétude s'estomper sur le visage de Lillian, et ajouta pour faire bonne mesure :

— Vous serez en parfaite sécurité, je vous le promets.

— Oh ! je ne m'inquiète pas ! rétorqua Lillian. J'aime bien les lions. Avez-vous vu ce film, *Vivre libre*[6] ? La fille jouait très mal, évidemment, et

---

[6]. Il s'agit du film *Born Free*, tourné en 1966, d'après le livre de Joy Adamson, relatant l'histoire d'Elsa, la lionne que son mari George et elle avaient recueillie et élevée avant de la relâcher dans la savane à l'âge adulte. (*N.d.T.*)

l'homme n'était guère meilleur, mais les lions étaient adorables.

Mara tenta vainement de trouver une réponse appropriée. Mais tout ce à quoi elle pouvait songer, c'était aux carcasses déchiquetées de zèbres et de gnous et aux taches de sang sur l'herbe de la savane.

— Voulez-vous que je vous aide à défaire cette valise ? proposa-t-elle, en montrant la plus grosse, celle qui n'était pas assortie aux autres.

— Pas tout de suite, répondit l'actrice. Ce sont les costumes. Le maquillage se trouve également là-dedans. Tout dépend où sera installée la loge... Je suppose que Carlton verra ça avec vous. Ou Rudi, peut-être. Il n'y a ni habilleuse ni maquilleur sur ce tournage. Peter et moi avons accepté de nous habiller nous-mêmes. C'est une situation tout à fait inhabituelle. Tout le monde y met du sien, pour essayer de sauver le film.

Elle jeta un coup d'œil en direction de la fenêtre et baissa la voix pour reprendre :

— Les délais n'ont pas été tenus, et le budget est déjà largement dépassé. Mais les rushes sont absolument fabuleux, poursuivit-elle en se penchant de nouveau sur sa valise pour en extraire un kimono de soie. Ce film sera un chef-d'œuvre. Vous le verrez un jour, et vous comprendrez alors pourquoi nous prenons ce tournage tellement à cœur.

En allant accrocher le vêtement à la patère au dos de la porte, elle s'arrêta près de Mara et la regarda droit dans les yeux. Ce fut le regard le plus bref et le plus intense que Mara eût jamais contemplé, comme si une lumière ardente venait de s'allumer, lui donnant une irrésistible envie de se réchauffer à sa flamme.

— Ce sera l'un de ces films qui restent à jamais dans les mémoires.

Dans le silence de la pièce, ces mots parurent résonner comme une promesse, ou peut-être une malédiction. Puis cette impression se dissipa, et Lillian reprit en souriant :

— Au fait, je prendrais bien ce gin tonic, maintenant.

— Bien sûr, acquiesça Mara en se levant d'un bond. Je vais demander à Kefa de vous l'apporter immédiatement.

Assise à un bout de la table principale, à la place habituellement réservée à John, Mara inspecta la pièce du regard, et sentit monter en elle une bouffée de fierté. Les verres à vin étincelants et l'argenterie minutieusement astiquée étaient alignés sur les tables d'ébène. Les rangées de serviettes amidonnées, pliées en triangle, tranchaient de manière éclatante sur le bois sombre. Des vases remplis de bougainvillées blanches, orangées et roses, mettaient la touche finale à ce décor fastueux, subtilement éclairé par la lueur des chandelles et des lampes à pétrole.

D'un ample geste du bras, Kefa, avec l'assistance des deux boys, vêtus pour la circonstance d'un long caftan blanc et d'un calot rouge, indiquait leurs places aux convives à mesure qu'ils se présentaient. À l'autre bout de la table étaient installés les deux Nick – le directeur de la photographie et son jeune assistant, pareillement habillés d'un smoking blanc. Ils se trouvaient trop loin pour que Mara pût les saluer de vive voix, aussi se contenta-t-elle d'un petit signe de la main. À cet instant, elle vit s'approcher Carlton, Leonard et Peter, et Kefa s'empressa de leur avancer leurs chaises. La place à la droite de Mara était réservée à Lillian. Les deux frères s'assirent aux deux places suivantes, et Peter à sa gauche. Mara lui jeta un regard oblique, et ne put s'empêcher d'admirer de nouveau ses traits fins et réguliers, et ses yeux d'un bleu-vert insolite. Confuse, elle repensa à leur première prise de contact. Comment avait-elle pu le prendre pour un simple technicien ?

C'est alors qu'elle s'aperçut qu'il la regardait.

— Votre chambre est-elle à votre convenance ? lui demanda-t-elle.

— Oui, merci. Elle est superbe.

— Très bien.

Elle chercha désespérément quelque chose à ajouter, quelque chose d'intelligent et de sensé.

— Et la moustiquaire, comment la trouvez-vous ?

— Elle tombe parfaitement, répondit-il, une ombre de sourire sur les lèvres. J'aime dormir là-dessous, ça me rappelle mon enfance, quand nous allions dans notre maison de vacances.

Mara le regarda avec un intérêt accru ; elle s'apprêtait à lui demander si cette maison se trouvait dans le bush ou au bord de la mer, quand Leonard se pencha par-dessus la table pour s'adresser à l'acteur.

— J'ai réfléchi à cette réplique, dans la scène quarante-sept, celle où vous recevez le coup de fil de Maggie... Vous devez vraiment vous montrer très ferme. Prendre un ton catégorique.

Avec un regard d'excuse à Mara, Peter se tourna vers le metteur en scène. Carlton cessa de tripoter l'un de ses boutons de manchette pour fixer lui aussi son attention sur son frère. Mara eut l'impression que ce scénario devait se répéter fréquemment : quand le metteur en scène parlait, chacun se taisait pour l'écouter.

— L'instant est décisif, poursuivit Leonard en agitant les mains, doigts écartés, pour accentuer son propos. Je veux que vous vous disputiez pour de bon, Maggie et vous !

Peter acquiesça en silence, puis porta son verre d'eau à ses lèvres. Quand il renversa la tête pour boire, le regard de Mara se posa malgré elle sur le contour volontaire de son menton et de sa gorge. La lumière des lampes nimbait le visage de Peter d'un doux halo doré ; sa peau semblait plus foncée par contraste avec sa chemise blanche, et ses yeux plus clairs. Des ombres légères accentuaient le relief de ses pommettes et de son front. Il avait vraiment l'air d'un acteur, plus grand et plus beau que nature...

Mara se réprimanda intérieurement. Elle ne devait pas le fixer ainsi. Il risquait de sentir son regard sur lui – comme le faisaient les éléphants, prétendait-on. John enseignait à ses clients qu'ils ne devaient observer leur proie que du coin de l'œil, jusqu'au moment où ils seraient prêts à tirer.

Peter reposa son verre. Quand il se tourna vers elle, elle se détourna vivement et fit semblant de s'intéresser à Daudi, qui venait de prendre place à côté de Jamie, l'ingénieur du son aux cheveux roux. L'Africain avait échangé son costume marron contre une simple chemise bleue à col Mao, la tenue préférée du président. Mara se demanda si Daudi l'avait choisie délibérément pour marquer sa réprobation à l'égard de cette assemblée de Blancs tirés à quatre épingles.

Quand tout le monde fut assis, il y eut un court silence, puis Lillian fit son entrée, drapée dans une robe de soirée rouge dénudant l'une de ses épaules. Des diamants scintillaient à ses oreilles et autour de son cou.

Elle s'arrêta au milieu de la pièce, et, d'un seul coup, elle en devint l'élément principal, celui qui donnait leur sens à tous les autres. Les fleurs semblaient avoir été placées là rien que pour elle, les tables disposées de manière que tous puissent la voir. Jusqu'à l'odeur de la nuit africaine, qui semblait s'être glissée dans la salle rien que pour l'accueillir.

Carlton se leva et lui avança son siège. Tous les autres demeurèrent assis ; ce n'étaient pas des Anglais, ils ne se croyaient pas obligés de se lever à l'entrée d'une dame et de rester debout jusqu'à ce qu'elle s'asseye elle-même, ou leur dise de le faire. Avec un soudain pincement au cœur, Mara se rappela combien elle avait été touchée par cette attention de John, au début. Combien elle avait été flattée d'être traitée avec tant de courtoisie, comme si elle était quelqu'un d'important, et pas la quatrième de sept enfants, élevée à Mole Creek, en bordure des Western Tiers[7].

— Je ne peux pas m'asseoir ici, déclara Lillian.

Mara la regarda, surprise, et se pencha légèrement de côté pour voir si la chaise présentait un défaut. Mais tout semblait en ordre.

— C'est une de mes manies, voyez-vous, expliqua l'actrice avec un petit rire. Je préfère m'asseoir dos au mur.

Mara vit Carlton se raidir. Se levant en hâte, elle offrit sa chaise à Lillian.

— Échangeons nos places, dans ce cas.

— Merci, Mara répondit l'actrice, avec un sourire de gratitude.

Sitôt assise, elle héla Kefa et lui demanda à boire. Puis elle se tourna vers Peter et posa une main sur son bras. Bientôt, ils furent tous deux plongés dans une discussion animée, à laquelle Leonard ne tarda pas à se joindre.

Carlton les observa un moment, puis il s'adressa à Mara, avec une expression amicale mais non dénuée de gravité.

— Alors, racontez-moi un peu… comment êtes-vous devenue l'épouse d'un chasseur professionnel?

Des pensionnaires lui avaient souvent posé cette question, et elle leur expliquait généralement que John et elle s'étaient rencontrés par hasard à Melbourne, sans entrer dans les détails. Mais elle pressentait que ce n'était pas ce que Carlton voulait

---

7. Western Tiers: chaîne montagneuse au nord de la Tasmanie. (*N.d.T.*)

entendre. Elle se rappelait l'intérêt qu'il avait manifesté pour le crâne d'éléphant, lors de sa première visite, et aussi comment, en retour, elle lui en avait dit beaucoup plus qu'elle n'en avait eu l'intention.

— À l'époque où nous nous sommes connus, commença-t-elle d'un ton circonspect, John avait décidé de mettre un terme à sa carrière de chasseur professionnel. Il ne voulait plus tuer de gros gibier. Il en avait assez d'aider les gens à tuer des animaux rien que pour rapporter leurs têtes ou leurs défenses chez eux en guise de trophées.

— J'ai entendu parler de cas semblables, déclara Carlton. Je connaissais un type qui chassait tous les ans dans le Yukon. Et puis, un jour, sitôt rentré chez lui, il a vendu son fusil, en disant : « J'ai tué mon dernier cerf. » Et ç'a été terminé. Il n'est plus jamais retourné là-bas.

Mara hocha la tête.

— Ma foi, en ce qui nous concerne, il s'est révélé que ce n'était pas aussi simple. John pensait que les gens viendraient ici pour passer des vacances, ne rien faire d'autre que se reposer et observer les animaux. Mais ça n'a pas marché.

— Alors… Il a été obligé de se remettre à la chasse ? s'enquit Carlton en haussant les sourcils, pour l'inciter à poursuivre.

— Oui…

Elle était consciente qu'elle n'aurait pas dû s'ouvrir ainsi de ses problèmes à un client. Toutefois, mettre des mots sur la situation difficile où ils se trouvaient, John et elle, lui apportait un réel soulagement. Et ce qu'elle disait à Carlton n'avait de toute façon aucune importance ; ce n'était pas comme si elle s'était confiée à Helen. Dans deux semaines, il serait parti, et elle ne le reverrait jamais.

— Cela lui a été difficile. Il l'a fait à contrecœur, mais il l'a fait. J'ai dû apprendre à tenir mon rôle d'hôtesse lors des safaris, ajouta-t-elle en soupirant. Il m'a fallu l'aider dans toutes sortes de tâches – pas seulement pour diriger le camp, mais également dans les expéditions de chasse.

Elle regarda Carlton droit dans les yeux, avec le sentiment d'être un pécheur en train de se confesser.

— J'ai essayé de m'habituer à ces tueries. Après tout, je suis une fille de fermier, et tuer un éland ou une gazelle pour s'en nourrir ne me dérangeait pas. Mais le gros gibier... Passe encore pour les buffles, les crocodiles, et même les lions, en général. Je m'en allais toujours avant qu'on ne commence à les écorcher. Mais je n'ai jamais pu m'habituer à voir abattre des éléphants. Je ne le supportais pas.

Elle se mordit la lèvre. Carlton n'avait sans doute pas envie d'entendre tout ça, se dit-elle. Mais elle ne pouvait plus s'arrêter.

— Un éléphant fait tant de bruit en s'écroulant que le sol en tremble, et que vous ressentez la vibration dans tout votre corps. Et vous prenez alors conscience que c'est... mal.

— Je l'imagine sans peine, affirma Carlton.

— Non, répliqua Mara en secouant lentement la tête. Vous ne pouvez absolument pas l'imaginer.

Elle baissa les yeux sur ses mains, qui agrippaient le rebord de la table avec tant de force que les jointures en étaient blêmes.

— Quoi qu'il en soit, la limite du supportable a été franchie quand John a été contraint de tuer un éléphanteau. Un client lui avait désobéi et avait abattu la mère par erreur ; je sais bien que le bébé n'aurait pas survécu, et que l'abattre était la seule solution. Mais c'était tellement horrible de devoir assister à ça… Après ce jour, j'ai cessé d'accompagner John dans les safaris. Et c'est là que tout a commencé à aller de travers.

Elle sentit sa gorge se serrer, sa voix s'amenuiser.

— Et l'ennui, c'est qu'une fois que cela a commencé, ça ne fait qu'empirer. On ne peut pas revenir en arrière. Il n'y a rien à faire.

Elle se tut, consciente que ses propos devaient paraître inintelligibles à Carlton. Mais il acquiesça, comme s'il comprenait parfaitement.

— Croyez-moi, je sais ce que c'est. Dans l'industrie du cinéma, nous avons un dicton : si ça peut tourner mal, ça le fera, et plus d'une fois. Mais vous savez quoi ? ajouta-t-il en se penchant vers Mara, une expression bienveillante sur son visage rond. Cela finit presque toujours par s'arranger. Vous n'y croyez plus, et puis, soudain, quand vous vous y attendez le moins, il se passe quelque chose, et tout va de nouveau pour le mieux.

Mara se surprit à se raccrocher à ces paroles d'espoir. Il y avait dans la voix de cet homme une telle conviction, une telle sollicitude… Puis elle se souvint qu'il était cinéaste, et que c'était son métier de bercer les gens d'illusions, de faire croire aux contes de fées.

Le repas se déroula sans incident, et les deux jeunes boys se révélèrent des serveurs efficaces. Il y eut un bref moment de tension quand Lillian renvoya le plat principal, en exigeant qu'on lui serve chaque ingrédient séparément, afin qu'elle puisse voir exactement ce qu'elle mangeait. Mara appréhendait la réaction de Menelik, et fut profondément soulagée lorsque Kefa revint avec un plateau chargé de petits bols contenant chacun une portion des différents mets. À présent, la plupart des convives étaient en train de terminer leur dessert, et ils devisaient tranquillement, avec un air de satisfaction repue.

Mara se serait presque laissé gagner par la décontraction ambiante, mais il lui restait une tâche à accomplir.

Quand le café fut servi, elle annonça à Carlton qu'elle devait leur donner les consignes de sécurité avant qu'ils ne retournent dans leurs chambres. C'était une règle à laquelle John ne dérogeait jamais, le premier soir. Non seulement c'était nécessaire d'un point de vue pratique, mais c'était aussi pour lui un moyen d'affirmer son autorité. Il adoptait une attitude ferme et débonnaire en même temps ; son ton était celui d'un parent, d'une personne à qui l'on devait respect et obéissance. Il était primordial d'établir dès le départ la relation adéquate avec le client, avait-il expliqué à Mara. Sinon, il devenait impossible de prévoir comment celui-ci réagirait dans la brousse, face au danger, ou à la tentation d'enfreindre les règles de la chasse – qu'il s'agisse des règles légales ou morales, ou des deux à la fois.

— Est-ce vraiment indispensable ? demanda Carlton, en lançant un coup d'œil soucieux en direction de Lillian. Ne pouvez-vous pas simplement m'indiquer ces consignes, et me laisser le soin de les transmettre ?

Mara hésita. Elle n'était pas particulièrement désireuse d'assumer le rôle du Bwana en se livrant à ce petit numéro, et ne savait pas vraiment quel public l'intimidait le plus – l'équipe du film, ou ses propres employés.

Mais elle se leva d'un air résolu, en secouant la tête. Elle devait agir selon les règles.

Elle se plaça de manière à regarder tout le monde à la fois, et personne en particulier. S'appliquant à imiter le ton de John, elle commença son discours, énumérant d'abord les dangers potentiels les plus sérieux dans cette partie de l'Afrique : se faire piquer par des moustiques vecteurs de la malaria ; attraper la dysenterie en buvant l'eau du robinet ; être attaqué par un chien ou un singe atteint de la rage ; se retrouver face à un lion, un léopard ou un éléphant ; marcher sur un mamba vert, un serpent dont la morsure était toujours fatale.

Elle exposa ensuite les précautions à prendre, d'une voix qu'elle espérait rassurante. Elle affirma d'abord à son auditoire que les animaux sauvages préféraient normalement ne pas s'approcher des humains, tout en spécifiant bien que, par mesure de précaution, les pensionnaires ne devaient jamais s'aventurer hors du périmètre du lodge sans être accompagnés d'un membre du personnel. Après tout, les gens du pays étaient aptes à évaluer la gravité d'un danger éventuel, tandis que les visiteurs ne pouvaient se permettre de prendre le moindre risque. Elle marqua une pause, pour laisser ses paroles produire leur effet ; puis elle passa à des sujets moins sérieux. Si les pensionnaires laissaient de la nourriture dans leurs chambres, cela attirerait les chauves-souris et les singes, et c'étaient des visiteurs fort peu soigneux. S'ils se promenaient pieds nus, ils risquaient d'attraper des ankylostomes ou des chiques. S'ils laissaient tomber leurs montres ou leurs alliances dans les latrines, il n'y aurait pas moyen de les récupérer.

À mesure qu'elle parlait, elle sentait croître la tension dans la salle. Elle avait douloureusement conscience d'être dénuée du charisme et de l'autorité naturelle du Bwana, du chasseur blanc. De manquer de confiance en elle-même.

Ce fut avec soulagement qu'elle arriva à la fin de son allocution. Un silence lourd s'abattit sur la pièce quand elle se rassit. Elle ramassa sa serviette de table et prit tout son temps pour la déployer sur ses genoux, en gardant la tête baissée, les yeux fixés sur le carré de toile blanche dont elle tordait l'un des angles entre ses doigts.

— Comment faites-vous pour vous rappeler tout cela ? demanda Peter à voix basse, d'un ton affable. Vous n'aviez même pas de notes…

Maintenant que le silence avait été rompu, le murmure des conversations avait repris.

— J'ai eu l'occasion d'entendre ce discours maintes fois, répondit-elle, en lui adressant un sourire de gratitude.

— En parlant des consignes de sécurité...

Lillian vida son verre, avant de promener son regard à la ronde.

— Saviez-vous que, sur le tournage d'*African Queen*, Bogart buvait du gin à longueur de temps ? C'est la pure vérité.

Elle se leva et agita le bras pour attirer l'attention de Kefa. Dès qu'il fut près d'elle, elle lui tendit son verre.

— Et, devinez quoi ? Il fut le seul à ne pas tomber malade. Alors, à partir de maintenant, je considère ça comme un médicament.

— Un médicament, répéta Kefa. *Dawa ?* fit-il en swahili, se tournant vers Mara pour s'assurer qu'il avait bien compris.

Elle haussa les épaules d'un air évasif, ne voulant pas avoir l'air d'approuver les propos de Lillian. Certains croyaient que la quinine contenue dans le tonic aidait à prévenir la malaria mais elle n'avait jamais entendu dire que le gin protégeât contre quelque maladie que ce soit.

Quand Kefa lui rapporta le breuvage, Lillian annonça qu'elle le boirait dans sa case. Elle étouffa un bâillement, plaquant ses doigts manucurés contre sa bouche.

— La journée a été longue, dit-elle en tendant une main à Peter. Veux-tu être un ange, et me reconduire à ma chambre ? Je ne voudrais pas te déranger, mais il fait si sombre dehors...

— Bien sûr, répondit Peter, se levant aussitôt. Excusez-moi, ajouta-t-il en regardant tour à tour Mara, puis Carlton et Leonard.

Lillian lui prit le bras et l'entraîna vers la sortie. Mara se surprit à les suivre du regard. Elle crut d'abord détecter une certaine réserve dans l'attitude de Peter. Mais quand elle l'aperçut de profil, tandis qu'ils contournaient l'autre table, il riait d'un air parfaitement détendu. Lillian posa brièvement la tête sur son épaule, d'un geste dénotant l'intimité. L'espace d'un instant, Mara en fut surprise, et presque choquée. Mais pourquoi s'étonner ? se dit-elle ensuite. Ils vivaient et travaillaient ensemble depuis des semaines. Et, de plus, ils étaient sans doute amants, dans le film, puisqu'ils en étaient les personnages principaux.

Les deux acteurs sortirent sur la véranda ; des papillons de nuit, attirés par la lampe surmontant l'entrée, tournoyèrent au-dessus d'eux tels des confettis d'or. Tandis qu'ils disparaissaient dans la nuit, Mara songea tout à coup qu'ils étaient peut-être aussi amants dans la vie. Sans doute en allait-il toujours ainsi, pour des gens comme Lillian Lane et Peter Heath : ils nouaient à chaque film une nouvelle liaison, puis chacun reprenait sa route. Ils étaient assez sophistiqués, et assez forts, pour ne pas y attacher trop d'importance...

Le clair de lune filtrait à travers la vitre, ajoutant son éclat bleu et froid à la lueur de la lampe à pétrole que Mara avait accrochée haut sur le mur afin d'éclairer toute la pièce. Elle se tenait devant la fenêtre, vêtue d'une chemise de nuit courte en coton blanc. Dans sa main, elle serrait le billet que lui avait remis l'opérateur radio de la mission. Défroissant le papier, elle relut à voix haute le message de John. Elle savait que les messages radio, en raison de leur concision obligée, avaient toujours quelque chose de sec et de brutal. Mais elle sentait néanmoins une indéniable froideur dans le choix de ses termes, comme s'il voulait se distancier d'elle.

Repliant le billet, elle plongea son regard dans la nuit, fixant le lointain par-delà la masse obscure des arbres. Quelque part là-bas, à l'autre bout du pays, se trouvait la réserve du Selous. Et quelque part dans cette étendue sauvage de cinquante-cinq mille kilomètres carrés, il y avait John.

Elle l'imagina assis près du feu de camp, les coudes posés sur les genoux, une tasse en fer-blanc au creux de ses mains. Il se taisait sans doute, se laissant bercer par les bavardages de ses compagnons et les voix chantantes des porteurs, de l'autre côté du campement. Il était détendu, rassuré par la certitude d'avoir choisi le bon emplacement – sur un terrain découvert, protégé par quelques arbres robustes. Ses sens, toutefois, restaient constamment en alerte, guettant des craquements de branche révélateurs, ou la toux rauque d'un léopard.

Mara pouvait presque sentir l'odeur de la fumée, mêlée à celle de la lotion contre les moustiques et de la sueur séchée. Elle entendait le sifflement de la lampe-tempête et le grésillement des insectes en train de griller sur son verre brûlant. Qu'avaient-ils mangé ce soir, se demanda-t-elle, ces clients qui tenaient tant à faire un safari à pied ?

Et qui étaient-ils ?

Elle tenta de chasser cette pensée, de la couper net comme un brin de coton et de prendre un autre fil. Mais elle se surprit néanmoins à imaginer les visages rassemblés en cercle autour du feu. Les yeux que les flammes faisaient étinceler, les joues teintées d'orangé. Des visages d'hommes, rudes et tannés par le soleil. Leurs voix se fondant en un bourdonnement sourd. Puis une voix s'élevant au-dessus des leurs, haut perchée, argentine. Des jambes sveltes passant devant le feu, leur contour souligné par sa lumière...

Aucune femme ne ferait un safari à pied dans le Selous, se dit Mara. C'était déjà pénible pour les hommes...

Mais l'idée continuait à tournoyer dans sa tête, tel un papillon de nuit obstinément attiré par la lumière, même quand la chaleur commençait à lui brûler les ailes.

Peut-être y avait-il une femme là-bas, auprès de John. La fille d'un client, ou une épouse qui n'aimait plus son mari ; ou même l'une de ces zoologues que les gens admiraient tant. Mara en avait un jour rencontré tout un groupe, qui s'apprêtait à rejoindre Jane Goodall – des femmes dures et indépendantes, intéressantes et attirantes.

Elle fit de son mieux pour repousser ces pensées. Pour ne pas se laisser entraîner dans cette direction...

Mais ses mains, comme mues par leur propre volonté, l'écartèrent de la fenêtre ; ses pieds la guidèrent vers le fond de la pièce, et elle se retrouva devant la commode de John, ouvrant le tiroir du bas et fouillant à tâtons entre les piles de caleçons repassés et de chaussettes roulées par paires...

Elle était là, repliée tout au fond – la vieille veste de chasse qu'il ne portait plus.

De la poche de poitrine, elle retira une enveloppe. Lentement, elle en sortit deux photos, qu'elle inclina vers la lueur de la lampe, en s'efforçant de les considérer avec détachement, comme Carlton examinant celles du salon.

La lumière jouait sur la surface mate de la première, soulignant les tonalités plus vives que nature de la pellicule Kodachrome. On y voyait une femme de haute taille aux longs cheveux blonds, à côté de John. Ils se tenaient épaule contre épaule, hanche contre hanche – pas d'animal mort à leurs pieds pour s'interposer entre eux. Avec leurs cheveux et leurs yeux identiques, on aurait pu les prendre pour frère et sœur. Et, à voir la façon si naturelle, si détendue, dont ils se serraient l'un contre l'autre, on aurait pu croire qu'ils se connaissaient depuis des années. On ne décelait rien de la pose aguichante ou de l'air de fausse bravoure qu'adoptaient souvent les clientes se faisant photographier au côté du chasseur. Le regard de la femme était droit et franc.

Elle avait l'air de quelqu'un qu'on aimerait rencontrer. Quelqu'un de sympathique.

Mara ferma les yeux, tandis que la morsure de la jalousie au creux de son estomac se propageait peu à peu dans tout son corps.

Elle regarda pourtant la seconde photo.

Sur celle-là, il n'y avait qu'elle.

Matilda.

Mara prononça ce nom tout bas. Malgré sa sonorité agréable et légère, il n'en possédait pas moins un certain poids, une certaine gravité.

Matilda posait sur les marches du Muthaiga Club, vêtue d'un long fourreau argenté et d'une étole assortie. Sous les flashs des appareils photo, le lamé scintillait de mille feux ; Matilda ressemblait à une déesse drapée de clarté lunaire. Ses lèvres étaient fardées d'un rouge profond et subtil, et ses cheveux relevés en chignon haut sur la tête. Elle était si belle, si pleine d'assurance, qu'on eût dit une vedette de cinéma, comme Lillian Lane.

Mara sortit ensuite de l'enveloppe une feuille de papier. Au moment de la déplier, elle suspendit son geste. À vrai dire, elle aurait pu en réciter le contenu par cœur ; elle connaissait la forme de chacune des lettres composant les mots qui couraient sur la page en longues lignes penchées.

Elle avait découvert l'enveloppe par hasard, en cherchant dans les tiroirs une vieille chemise de John qui aurait pu lui aller. C'était à l'aide-cuisinier que revenait la tâche de ranger le linge propre du Bwana dans la commode ; et quand Mara avait trouvé la vieille veste roulée en boule derrière une pile de caleçons kaki, elle avait failli appeler le garçon pour lui demander des explications. Mais à cet instant, elle avait aperçu le coin de l'enveloppe dépassant de la poche.

Au début, elle n'avait guère attaché d'importance aux photos. Il arrivait fréquemment que des clients leur envoient des clichés pris durant leur séjour – ils avaient encore la tête toute pleine de leur aventure africaine et s'imaginaient avoir occupé une place unique dans l'histoire du lodge. D'habitude, on épinglait ces photos sur une planche de liège derrière le bar, à l'intention des autres clients. De temps à autre, on en encadrait une pour l'ajouter à la collection murale.

Mais John avait pris soin de cacher celles-ci. Et l'enveloppe qui les contenait ne portait ni adresse ni timbre ; elle lui avait été remise de la main à la main...

C'est alors que Mara avait vu la lettre. Avant même que les questions aient eu le temps de se former dans son esprit, elle avait déplié la feuille à l'en-tête du Raynor Lodge.

Les mots avaient dansé devant ses yeux – lui apparaissant d'abord dans toute leur clarté brutale, puis se brouillant sous l'effet du choc.

Une nuit que je chérirai à jamais... Même si nous ne nous revoyons jamais, je me souviendrai toujours de tes mains sur mon corps, tes lèvres dans mes cheveux... Ne parlons pas d'amour, puisque nous demeurons des étrangers – pourtant il n'y aura jamais rien de plus précieux, de plus vrai...

Elle était restée là, le feuillet tremblant dans sa main, les mots refusant de se fixer sur le papier – leur signification était tellement invraisemblable... Elle avait senti ses poumons se vider de leur air, ses jambes perdre toute force. La douleur l'avait transpercée jusqu'au fond de l'âme, comme un coup d'épée.

Il y avait cinq mois que c'était arrivé. Cinq mois, trois jours et une nuit.

D'innombrables fois depuis, Mara avait revécu chaque phase de ce cauchemar. D'abord, elle s'était réfugiée derrière l'incrédulité. Il lui semblait impossible que John ait enfreint la règle d'or que lui avait enseignée Raynor : on louait ses services uniquement en tant que chasseur, et il devait garder ses distances. Il y avait une limite à ne jamais franchir.

Pourtant il l'avait fait. Il l'avait franchie...

Et puis, elle avait commencé à se pencher sur le passé, à repasser certaines scènes dans son esprit, en tentant de les interpréter à la lumière des faits qu'elle venait de découvrir.

Elle se rappelait l'arrivée de Matilda au lodge, en compagnie de son père. Elle avait deviné qu'ils étaient anglais, avant même qu'ils ne la saluent.

Comment allez-vous ? Comment allez-vous ?

Il y avait eu ce dîner, la veille du safari. Mara s'était attendue à voir apparaître Matilda vêtue, comme la plupart des clientes, d'une robe du soir. Au lieu de cela, elle avait mis une robe toute simple, s'arrêtant au genou, et qui parvenait cependant à la rendre plus séduisante encore.

Par-dessus tout, Mara se rappelait le matin où Matilda et son père étaient partis en safari avec John. C'était à l'aube, juste après la première lueur du jour. Les arbres entourant le lodge découpaient leurs formes sombres sur un ciel rose vif. Le soleil n'allait pas tarder à émerger, sphère d'or déversant sa lumière sur les plaines. L'air vibrait de l'excitation contenue qui précède le départ d'une expédition. Menelik attendait près du Land Rover, muni de sa panoplie d'ustensiles de cuisine, surveillant son aide qui apportait tout un chargement de provisions – dans des bouteilles, des sacs, des seaux et des boîtes. Kefa s'affairait non loin de là, comptant les lits de camp, les tentes, les moustiquaires, les couvertures, les lampes et les cuvettes... Le porteur de fusil passait les armes à feu en revue, les examinant une à une avant de les assujettir dans le râtelier.

Matilda était arrivée, mordant dans un biscuit tout chaud grappillé au passage sur le buffet du petit déjeuner. Son père suivait à distance, tripotant les épaulettes de sa chemise de brousse ; à ses mouvements raides, Mara reconnut la tension de l'homme partagé entre l'excitation et la peur. C'était un chasseur expérimenté, et il savait ce qui les attendait.

Mara avait souri quand Matilda s'était approchée d'elle. La jeune femme dégageait une odeur de savon, fraîche et propre.

— Je ne sais pas comment vous pouvez supporter de rester ici ! avait dit Matilda. Vous n'aimeriez pas nous accompagner ?

Elle avait le même accent que John, la même manière d'articuler soigneusement chaque mot.

— Si, bien sûr, avait répondu Mara. Mais il y a tellement à faire au lodge...

Elle espérait ainsi couper court à la discussion. Elle se voyait mal expliquer à quelqu'un comme

Matilda – qui avait décrit à John les plaisirs de la chasse au cerf sur les terres familiales – qu'elle n'avait nulle envie de regarder des gens armés viser un éléphant en train de brouter, ou un lion en train de bâiller au soleil couchant. Qu'elle n'était pas sûre de pouvoir s'empêcher de crier pour faire fuir les animaux. Ou d'actionner l'avertisseur, si elle restait seule dans le Land Rover pendant que les chasseurs se rapprocheraient silencieusement de leur cible…

Elle ne pouvait pas davantage lui expliquer qu'elle était toujours hantée par les gémissements d'un bébé agitant frénétiquement sa trompe pour essayer de réveiller sa mère inerte. Et par le silence qui avait enveloppé la terre, vidant l'air de son oxygène, après que John eut appuyé le canon de son arme contre la petite tête et pressé la détente…

Ensuite, John avait fait son apparition, dans une tenue immaculée assortie au véhicule récemment lavé. Mara l'avait regardé vérifier les pneus noircis et s'accroupir pour jeter un coup d'œil sous le châssis. Puis il avait donné le signal du départ.

Tandis que Matilda et son père prenaient place à bord du Land Rover, il était venu vers elle.

Ils s'étaient dit au revoir, avec des sourires crispés, une interrogation muette planant entre eux. Lui souhaitait-elle bonne chance – ou de revenir bredouille ?

John s'était penché pour l'embrasser.

En lui effleurant la joue de ses lèvres, elle avait eu l'impression de sentir déjà sur sa peau l'air vif des grandes plaines, l'odeur acide de la sauge qu'on écrase sous les pieds.

Celle de la graisse à canon et du sang...

Elle avait croisé son regard, et y avait vu une lueur de défi. Savait-il déjà ? se demandait-elle à présent. Et Matilda aussi ?

Peut-être Menelik lui-même avait-il pressenti ce qui allait arriver, tant cela semblait inévitable ?

Mara remit les photos et la lettre dans l'enveloppe et rangea soigneusement celle-ci dans la poche de la veste. Puis elle roula le vêtement en boule, exactement comme elle l'avait trouvé la première fois, et le remit dans sa cachette. John ne devait pas s'apercevoir qu'on y avait touché.

Son secret était devenu le sien.

S'il avait été absent au moment où elle avait fait cette découverte, peut-être se serait-elle enfuie. Mais pour aller où ? Même si elle avait eu assez d'argent pour rentrer en Australie, elle n'aurait pas envisagé cette solution une seule seconde. Elle ne pouvait pas revenir chez elle et avouer à son père qu'il avait eu raison depuis le début. Ni annoncer à Lorna qu'elles avaient eu tort de croire au pouvoir des rêves. Et quelle sorte de vie pouvait-elle espérer là-bas, en tant que divorcée ? Elle n'avait jamais connu personne dans cette situation. Dans les communautés rurales de Tasmanie, les liens du mariage étaient aussi solides et durables que les clôtures marquant les limites de chaque ferme.

Mais John se trouvait bel et bien au lodge, le jour où elle avait trouvé l'enveloppe ; il travaillait dans le jardin. Après être restée un moment dans la chambre, comme paralysée, la colère grandissant en elle à mesure que le sens de sa découverte lui apparaissait, Mara était partie à sa recherche.

Elle avait éprouvé un sentiment d'irréalité en sentant ses pieds se mouvoir si normalement, l'un devant l'autre, franchissant les portes et descendant l'escalier comme si rien n'avait changé.

Elle l'avait aperçu dans le trou destiné à la piscine, en train de creuser la terre d'un mouvement régulier. À sa vue, elle s'était figée, et un frisson lui avait glacé le dos. Une partie d'elle-même aurait voulu courir vers lui, lui demander de la consoler, comme si la douleur qu'elle ressentait lui avait été infligée par un ennemi. John la défendrait, l'aiderait, la rassurerait.

Mais c'était bien plus compliqué que ça…

Mara avait battu en retraite derrière un frangipanier, le cœur battant la chamade ; le parfum lourd des fleurs roses n'avait fait qu'aggraver sa nausée.

À travers l'écran de feuilles et de branches, elle l'avait observé.

Son torse nu était couvert de poussière. Chaque mouvement de la pelle faisait saillir les muscles de ses bras, de sa poitrine, de son dos.

Elle ne pouvait détacher les yeux de son corps – ce corps qu'une autre avait touché.

Ce corps qui ne lui appartenait plus…

Des ruisselets de sueur coulaient sur son visage. Il y avait une sorte de désespoir dans ce travail acharné, comme s'il était d'une importance capitale d'agrandir ce trou, de finir la piscine. Le rictus qui contractait ses lèvres évoquait celui d'un homme luttant contre la douleur.

Elle était restée là, sans bouger. Elle était venue pour l'affronter, exiger des aveux, mais à présent, elle se demandait comment l'aborder, et aucun mot ne lui venait. L'expression qu'elle voyait sur ses traits la troublait, et il lui faisait soudain l'effet d'un étranger, dont elle ne pouvait prévoir la réaction.

Ses yeux s'étaient emplis de larmes, et sa colère s'était peu à peu dissipée, pour faire place à l'incertitude et au désarroi. Une peur glacée s'était insinuée en elle. Une confrontation aurait des conséquences définitives. Ils ne pourraient jamais revenir en arrière.

Elle s'était dit alors qu'il valait mieux essayer d'oublier. Matilda disait dans sa lettre que John et elle ne se reverraient jamais ; tout, dans ce message, indiquait qu'il s'agissait d'une aventure d'une nuit. Mara ferait sans doute mieux de ne pas lui donner plus d'importance qu'elle n'en avait.

Elle savait que, si elle demandait à une des femmes du village ce qu'elle ferait dans la même situation, celle-ci lui rirait au nez. Est-ce qu'il te chasse de la maison ? lui demanderait-elle. Est-ce qu'il fait des bébés à l'autre femme et pas à toi ? Elle suggérerait peut-être même que John épouse sa rivale ; ainsi, elles seraient deux à se partager le travail au lodge.

Elle savait aussi que si elle avait été une de ces épouses de colons de Happy Valley[8], où les célibataires comme les couples s'adonnaient à des soirées

---

8. Happy Valley, la « Vallée heureuse » : On désignait ainsi la région de Naivasha, au Kenya, où une petite communauté de Blancs menait dans les années trente-quarante une vie de plaisirs, décrite dans le livre de James Fox *White Mischief* et le film qui en a été tiré. (*N.d.T.*)

orgiaques, elle n'aurait pas non plus pris l'infidélité de John trop au sérieux.

Et c'était sans doute la solution la plus commode.

Mais cela n'avait pas été aussi facile. Mara s'était mise à éviter toute conversation intime avec John, de peur de ne pouvoir esquiver le sujet.

Et elle se regardait sans arrêt dans le miroir, pour juger son apparence. John avait été son premier amant, et elle sa première amante. Lors de leur nuit de noces, ils étaient aussi ignorants l'un que l'autre. À présent, Mara était taraudée par l'idée que son mari pouvait désormais la comparer à l'autre.

Elle se torturait de questions. Elle était brune alors que Matilda était blonde. John préférait-il la blondeur délicate de l'Anglaise ? Le corps de sa femme lui paraissait-il imparfait, à présent, grossièrement marqué d'une toison noire ? Quels secrets recelait le corps de l'autre femme ?

Si John la touchait, désormais – ou s'il ne la touchait pas –, elle ne pouvait s'empêcher de se demander s'il aurait préféré voir quelqu'un d'autre près de lui. Quelqu'un qui avait le visage d'un ange et la voix d'une reine…

Combien de fois, à mesure que les semaines se transformaient en mois, Mara s'était-elle répété qu'elle comprenait pourquoi il lui avait été infidèle. Elle savait que son refus de l'accompagner à la chasse l'avait profondément blessé, qu'il avait eu le sentiment d'être rejeté. Bien qu'il eût exprimé le désir d'arrêter la chasse, la répugnance que sa femme avait manifestée envers son métier lui avait causé une immense peine. Chasser le gros gibier était ce qu'il savait faire de mieux dans la vie, son talent essentiel. Et cela le touchait également dans la vénération qu'il portait à Raynor, son mentor. À tout cela venait s'ajouter le stress de l'affaire qui périclitait, des pressions financières, du labeur incessant.

Autant de raisons pour se laisser tenter par la chaleur, le rire et l'admiration d'une femme splendide...

Mais, même si elle comprenait les raisons de cette infidélité, Mara n'avait pas réussi à se prémunir contre ses effets. Elle sentait s'amonceler autour d'elle tous les non-dits, tous les gestes de tendresse réprimés, formant un mur invisible qui l'enfermait en un lieu froid et solitaire. Et cette muraille grandissait de jour en jour.

Elle ne voyait plus, désormais, comment on pourrait y percer une brèche, comment on pourrait traverser ce mur et la toucher.

Elle était couchée à une extrémité du lit, les bras serrés le long du corps, comme si John avait été étendu près d'elle, et non à des centaines de kilomètres. De petits bruits transperçaient le silence de la nuit : un murmure de voix, le claquement d'une porte, une toux, un rire. Non pas les sons habituels de la brousse, mais ceux d'un lieu densément habité. C'était ce dont ils avaient rêvé, John et elle, songea-t-elle avec amertume : le Raynor Lodge grouillant de monde et de vie. Mais cela ne voulait plus rien dire, à présent. Plus rien n'avait d'importance.

Elle bougea la tête sur l'oreiller pour tenter de soulager la raideur dans son cou. Toute sensation de fatigue l'avait quittée. Ses pensées la tenaient éveillée ; elles tournaient en rond dans sa tête et bourdonnaient furieusement, tels des insectes voraces harcelant leur proie.

6

Un martèlement régulier se fraya lentement un passage jusqu'à la conscience de Mara, et finit par la tirer de ses rêves tourmentés. Elle souleva la tête ; un murmure de voix lui parvenait du jardin, et, dans la cuisine, de l'autre côté du mur de la chambre, elle entendait un bruit de vaisselle entrechoquée. Elle se dressa sur son séant et regarda par la fenêtre. La lumière était éclatante, il faisait déjà grand jour.

Repoussant le drap, elle dégagea le bord de la moustiquaire de dessous le matelas et sauta à bas du lit. Elle s'empara de sa montre : presque huit heures. Elle regarda les aiguilles d'un air consterné. Comment avait-elle pu dormir si tard, alors que le lodge était plein ?

Elle se rua dans la salle de bains attenante. Ouvrant le robinet d'eau chaude, elle plaça sa main sous le jet et, quand il fut tiède, poussa un soupir de soulagement : le boy chargé d'allumer le feu avait fait son travail, bien qu'elle n'eût pas été là pour le surveiller.

Après une toilette rapide, elle enfila ses vêtements de travail et sortit de sa chambre.

En longeant silencieusement le couloir, elle éprouva l'impression d'être une intruse. La journée avait commencé sans elle, et maintenant, elle devait trouver un moyen de s'intégrer à toute cette activité sans se faire remarquer. Elle redoutait le moment où elle devrait entrer dans la grande salle et faire face à tous ceux qui s'y trouveraient. Aucun bourdonnement de conversation ne filtrait à travers la porte, et elle imagina avec appréhension ses pensionnaires assis dans un silence morose. Peut-être le petit déjeuner n'avait-il pas été servi. Peut-être les boys avaient-ils oublié d'apporter de l'eau chaude dans les chambres, peut-être même avaient-ils omis de servir du *chai* aux clients pendant qu'ils étaient encore au lit, pour les aider à se réveiller ?

Elle hésita sur le seuil, ne sachant quelle tactique adopter. En faisant le tour par-derrière le bar, elle pourrait se faufiler dans la salle à manger sans être vue. Dans le coin salon, elle pourrait se cacher derrière le paravent en bambou, et observer ce qui se passait avant de se manifester. Elle avançait déjà la main vers la poignée de la porte quand son regard tomba sur la console voisine. Son chapeau y était déposé, à la place où John laissait toujours le sien.

Le chapeau de la Bwana Memsahib.

Après un instant d'hésitation, elle s'en empara et le mit sur sa tête, en redressant le bord. Elle boutonna ensuite le revers de sa poche de poitrine et passa l'extrémité de son ceinturon dans le passant du pantalon. Levant le menton bien haut, elle prit une expression soucieuse – celle d'une personne qui a une tâche urgente à accomplir. Puis elle ouvrit la porte et entra.

Il lui fallut quelques secondes pour s'apercevoir que la salle était pratiquement déserte, à l'exception d'une silhouette solitaire. Elle reconnut les boucles blondes de Rudi, penché sur des livres éparpillés sur une table. Tandis qu'elle se dirigeait vers lui, en s'efforçant d'avoir l'air pressé, une tache de couleur vive sur le buffet attira son attention. On y avait posé un grand vase empli de fleurs rouges – des branches d'hibiscus, provenant des arbustes qui bordaient la véranda. Son regard s'attarda un instant sur cet arrangement flamboyant. Puis elle vit que la surface à l'entour du vase paraissait étrangement vide, et ralentit le pas. Quelqu'un avait ôté du meuble la collection de vaisselle ancienne rassemblée par Alice. En regardant autour d'elle, Mara découvrit que d'autres modifications avaient été apportées à son cadre familier. Sur le bar, il y avait une pile de linge blanc plié et un fusil qu'elle ne reconnut pas. Devant, un tabouret à trois pieds, avec une assise en peau de zèbre, qui n'appartenait pas au lodge ; et la bibliothèque était vide.

— Salut ! fit Rudi en levant vers elle un visage souriant. Vous avez l'air très occupée.

— Ma foi, vous aussi, répliqua-t-elle, comme il continuait à feuilleter les livres à toute allure.

— J'espère que vous n'y voyez pas d'inconvénient, reprit-il sans relever les yeux. J'ai mis de côté certains des objets qui se trouvaient ici, y compris vos livres. Ils n'allaient pas dans le décor. Les *Œuvres complètes* d'Auden. *La Mythologie scandinave*. *Hamlet*. Comment diable ces bouquins sont-ils arrivés ici ?

Mara jeta un regard anxieux autour de la salle. John tenait énormément à ces éditions reliées en cuir, qui lui avaient été données par Raynor ; le vieux chasseur considérait que c'était son devoir de veiller à ce que son apprenti reçût un minimum d'éducation. Le seul ouvrage auquel il attachait encore plus de prix, c'était un exemplaire très abîmé des *Mines du roi Salomon*, qu'il gardait à son chevet. Ce livre avait été son compagnon durant ses années d'exil solitaire loin de l'Afrique, dans une pension anglaise.

— Ne vous inquiétez pas, ils sont en sécurité, ajouta Rudi, devant son expression alarmée. Je les ai rangés dans l'armoire près de la porte.

Il sélectionna quelques volumes qu'il plaça sur les étagères, lisant les titres à voix haute :

— *Les Pérégrinations d'un chasseur d'éléphants*, de Karamojo Bell. *Pérégrinations d'un chasseur*, de Frederick Selous. Dites donc, ce mot a l'air de leur plaire, commenta-t-il à l'adresse de Mara, avec un sourire amusé. Regardez-moi ça, poursuivit-il, en montrant un livre à la couverture sombre et au dos vert d'eau, qu'il caressa amoureusement. La première édition des *Vertes Collines d'Afrique*. Et j'ai aussi *Les Neiges du Kilimandjaro*. Beaucoup de Hemingway, voilà ce qu'il nous faut.

C'était à peine si Mara l'écoutait. Elle continuait de promener ses yeux à la ronde, remarquant sans cesse de nouvelles altérations. La pièce avait subi une subtile métamorphose. Frémissante, Mara imagina la réaction de John ; non seulement cette salle était restée inchangée depuis la mort de Raynor, mais celui-ci n'avait apparemment pas déplacé un seul bibelot après le décès de sa bien-aimée Alice.

— Que faites-vous au juste ? s'enquit-elle d'un ton impérieux.

— Je donne à la pièce un air plus authentique, répondit Rudi en la regardant par-dessus son épaule. Nous sommes censés nous trouver dans un lodge construit dans les années trente. Le film se passe à notre époque, quand l'établissement commence à se délabrer.

— Mais… c'est exactement le cas ! rétorqua Mara, interloquée.

Ces mots étaient à peine sortis de sa bouche qu'elle les regrettait déjà ; ils avaient l'air si… naïfs.

— Je dois le rendre plus vrai que nature, expliqua Rudi. C'est cela, mon travail : créer le décor que les spectateurs s'attendent à voir, en tenant compte de ce qu'ils connaissent déjà. Et ajouter ensuite quelques éléments de surprise qu'ils n'auraient jamais imaginés tout seuls.

Il regarda Mara comme s'il attendait des applaudissements.

— Je vois, dit-elle.

— Cet endroit n'est pas mal tel quel, je dois l'admettre, reprit Rudi. Bien mieux que la ferme où nous avions prévu de tourner, près de l'hôtel. Il aurait fallu construire des murs, abaisser les plafonds, et faire venir tous les meubles ainsi que les trophées, les photos, les armes…

Il s'interrompit et la regarda d'un air grave avant de poursuivre :

— Je dois faire du bon boulot, vous voyez – mieux que bon, même. Collaborer avec les frères Miller est la chance de ma vie. Quand le film sortira, je pourrai laisser tomber mon travail de jour. Fini de faire le taxi.

Mara répondit par un sourire incertain, et interrogea d'une voix prudente :

— Comptez-vous effectuer d'autres modifications ?

Rudi était en train d'examiner le manteau de la cheminée, parcourant des yeux la collection de sculptures africaines et de colliers masai qui l'ornait.

— Des tas. Je viens juste de commencer.

Mara le contempla en silence. Elle savait qu'elle aurait dû lui dire d'arrêter immédiatement. Mais cette idée lui inspirait de la réticence, et pas seulement à cause de l'enthousiasme que Rudi mettait dans son travail. La vérité, c'était qu'une partie d'elle-même prenait un plaisir coupable à le regarder faire. De nombreuses fois, depuis son arrivée ici, elle avait elle-même éprouvé l'envie de procéder à des changements.

— Eh bien, il faudra tout remettre en place quand vous aurez terminé, se borna-t-elle à dire.

— Bien sûr. Pas de problème. C'est ce que nous faisons toujours, répondit Rudi d'un ton désinvolte, comme si ces mots n'avaient guère de signification à ses yeux. Le petit déjeuner était super, à propos. Pfft, ajouta-t-il en expirant avec force, cette omelette était drôlement épicée. Je me suis cru au Mexique.

Mara arqua les sourcils d'un air intéressé pour dissimuler son embarras. Jusqu'à présent, Menelik n'avait jamais préparé que des omelettes à l'anglaise, légères, mousseuses et fades. Et, si le petit déjeuner avait déjà été servi, pourquoi n'en voyait-on aucune trace ?

— J'avais commandé l'omelette à la tanzanienne, poursuivit Rudi. J'avais vu celle qu'on avait servie à Daudi, pleine de piments verts. Ça m'a vraiment donné un coup de fouet. Fantastique.

— Je suis ravie de l'apprendre, répondit Mara, en faisant de son mieux pour dissimuler sa surprise.

Une omelette à la tanzanienne ? Des piments ? Reprenant une attitude professionnelle, elle croisa les bras et s'enquit :

— Où pourrai-je trouver Carlton ?

— La dernière fois que je l'ai vu, il était en train de finir son petit déjeuner.

— Dans sa chambre ?

— Non, dehors, comme tout le monde, expliqua Rudi, avec un geste de la tête qui fit danser ses boucles blondes. Je ne pouvais quand même pas les laisser manger ici, en plein milieu de mon décor, n'est-ce pas ?

— Non, bien sûr, acquiesça Mara, avant de tourner prestement les talons et de se diriger vers la véranda.

Des tables à tréteaux couvertes de nappes blanches avaient été installées sur la pelouse, en dessous du chapiteau, encore en voie de construction ; deux ouvriers somaliens enfonçaient des piquets dans la terre dure. Des chaises étaient disséminées çà et là, en désordre – comme leurs occupants les avaient laissées en partant. Des serviettes abandonnées en tas jonchaient la table par intervalles. Les assiettes et les couverts avaient été débarrassés, et seules quelques miettes et des taches rouges de confiture attestaient de leur présence récente. Sous le regard de Mara, un corbeau fondit sur un morceau de toast. Avant qu'il ait pu se poser, l'aide-cuisinier apparut, agitant un chasse-mouches fabriqué au moyen d'une queue de zèbre.

— *Jambo, Bwana Memsahib*, dit-il de sa voix chantante.

— *Jambo, Dudu*, lui lança Mara tandis qu'il s'élançait à la poursuite du volatile.

Avec sa façon d'agiter les bras, il ressemblait lui-même à un oiseau, ou à un insecte volant, et ce spectacle amena un sourire sur ses lèvres.

Carlton était assis tout au bout de la rangée de tables. Même dans l'ombre de la tente, sa chemise hawaïenne se distinguait de loin, avec ses couleurs tapageuses. Mara dirigeait ses pas vers lui quand elle vit Kefa surgir des cuisines. Elle s'immobilisa, l'estomac noué d'appréhension.

— Vous êtes là ! s'exclama-t-il.

Il portait un plateau chargé d'une minuscule tasse de café noir fumant, d'un petit pain et d'un copeau de beurre moulé à la perfection.

— Menelik vous envoie ceci. Vous êtes très occupée, mais vous devez quand même manger.

Mara le regarda bien en face. Il savait qu'elle venait tout juste de se lever, elle en était certaine. Il n'était guère probable qu'elle soit partie chasser à un moment pareil. Mais c'était le savoir-vivre africain : la courtoisie voulait qu'on laisse toujours aux autres la possibilité de sauver la face. Elle baissa les yeux avec humilité, profondément reconnaissante.

— Vous avez servi le petit déjeuner, constata-t-elle. Y a-t-il eu des problèmes ?

Elle employa le mot swahili, *shauri*, un terme général désignant aussi bien une difficulté mineure qu'une catastrophe intégrale.

— Aucun problème. Tout le monde est content.

Il n'y avait pas le moindre reproche dans le regard de Kefa, mais Mara se sentit cependant coupable de les avoir laissés, lui et Menelik, se débrouiller seuls en cette première matinée. Elle ouvrit la bouche pour exprimer ses regrets, puis se rappela le conseil que Bina lui avait donné à son arrivée ici.

Ne vous excusez jamais auprès de vos employés. Ils ne vous respecteront plus et deviendront indisciplinés.

— Vous avez fait de l'excellent travail, toi et les autres, dit-elle simplement.

— Merci, Bwana Memsahib, répondit Kefa, avec un sourire plein de dignité.

— Et..., reprit Mara, cherchant ses mots, je suis désolée d'avoir dormi si longtemps et de ne pas avoir assumé mes responsabilités.

Kefa acquiesça gravement, et lui tendit le plateau.

— *Pole sana*, ajouta Mara. Je suis vraiment navrée.

Sans répondre, il s'inclina légèrement, lui offrant de nouveau le plateau. Mais elle vit bien qu'il était surpris par ses paroles. Surpris et content, elle l'espérait, sans pouvoir en être tout à fait sûre.

Tenant son chargement à deux mains, elle s'empressa de rejoindre Carlton, en couvant son café d'un regard d'envie. Ce n'était pas le café filtre que Menelik avait sans doute servi aux Américains, mais du vrai café éthiopien. Il avait trouvé le temps, dans l'affolement qu'avait dû représenter la préparation du déjeuner pour tous les pensionnaires, de rôtir les grains verts puis de les moudre au moyen d'un pilon et d'un mortier, ce qui conférait au breuvage un goût puissant et doux à la fois. Mara huma son arôme avec délice. Elle imaginait déjà son effet revigorant, qui chasserait d'un coup toute sa fatigue. C'était exactement ce dont elle avait besoin en ce moment – à tel point qu'elle se demanda si Menelik avait deviné, d'une façon ou d'une autre, qu'elle n'avait presque pas dormi de la nuit.

Carlton était absorbé dans la lecture de l'épaisse liasse de papiers posée devant lui, et son visage était creusé de profondes rides de souci. Quand elle s'approcha, elle vit qu'il examinait de longues colonnes de chiffres surmontées d'un intitulé : *Coûts déjà engagés*, *Frais supplémentaires estimés*, *Coûts totaux*. Il y avait aussi d'autres rubriques : *Hébergement et nourriture*, *Caméras*, *Stock de pellicule*.

Dès qu'il prit conscience de sa présence, Carlton poussa le document de côté, hors de la vue de Mara.

— Nous commencerons à tourner dans deux heures, annonça-t-il. Jusqu'ici, tout va bien.

Elle lui adressa un sourire qui se voulait rassurant.

— Avez-vous besoin de quoi que ce soit ? Un peu plus de café ?

— Non, merci. J'en ai déjà bu quatre, bien serrés. Mais allez-y, je vous en prie, ajouta-t-il en montrant le plateau.

Mara dégusta son café à petites gorgées, fermant les yeux un instant pour mieux en savourer l'arôme et le goût. Quand elle les rouvrit, Carlton s'était à demi levé de son siège, le regard braqué sur l'allée menant aux cases. En se retournant, Mara vit Leonard arriver à grands pas, un mégaphone accroché par une lanière à son poignet osseux.

— Que se passe-t-il ? demanda Carlton.

— Rudi vient de vérifier le contenu de la malle, expliqua le metteur en scène tout en s'avançant vers la table. On ne nous a envoyé que la moitié des costumes prévus. Le reste est reparti pour les États-Unis.

— Les costumes dont nous avons besoin pour les scènes que nous devons tourner aujourd'hui ? fit Carlton, bouche bée.

— Eh oui.

Le metteur en scène adressa un bref coup d'œil à Mara ; ce fut le seul signe indiquant qu'il avait remarqué sa présence. Il se laissa ensuite tomber sur la chaise la plus proche, un de ses pieds battant un staccato frénétique sur le sol.

Pendant quelques secondes, Carlton demeura figé, jetant autour de lui des regards désespérés. Puis il parut se reprendre et leva les mains en un petit geste apaisant.

— Ça ne fait rien. Ça ira quand même. Nous abordons une nouvelle séquence. Les costumes n'ont pas encore été filmés, nous pouvons en prendre d'autres.

Se tournant vers Mara, il poursuivit :

— Il nous faut des tenues de safari, une pour Lillian Lane, une autre pour Peter Heath. Un peu démodées de préférence. Pouvez-vous nous venir en aide ?

— Il se trouve que oui, répondit Mara, avec une satisfaction non dissimulée – elle détenait la solution à leur problème, et cette idée la comblait d'aise. Nous avons justement une pleine armoire de vêtements datant des années cinquante : des chemises et des pantalons de brousse, et même des ceintures et des bottes. La plupart n'ont jamais été portés.

Elle se leva, prête à les accompagner jusqu'au lodge. Carlton l'imita, mais Leonard demeura assis. Elle était sur le point de s'éloigner sans plus s'occuper de lui quand il pointa soudain un doigt vers elle – plus précisément, vers sa chemise.

— Vous avez décousu la poche. On voit encore l'emplacement des points.

Elle le dévisagea, ahurie par cette remarque incongrue.

— Nous le faisons toujours, répondit-elle enfin. Sinon, la crosse du fusil risquerait de se prendre dans le rabat ou le bouton.

— Et vous avez ajouté une rangée de tubes supplémentaires à la cartouchière ?

— En fait, cette chemise appartient à mon mari, expliqua-t-elle. Il emporte toujours deux types de cartouches.

Leonard se pencha alors en avant, regardant avec attention la jambe du pantalon de Mara. En baissant les yeux, elle s'aperçut que le tissu était marqué d'une tache de sang séché, couleur de rouille, aux bords irréguliers.

Leonard se dressa d'un bond, tel un pantin monté sur ressort.

— Nous utiliserons vos vêtements, si cela ne vous dérange pas. Ils sont encore mieux que ceux qui étaient dans la malle ! Il nous faudrait également une des tenues de votre mari. De vieux habits, bien usagés…

— Nous vous en serions infiniment reconnaissants, appuya Carlton en la regardant. Vous n'y voyez pas d'inconvénient, n'est-ce pas ?

— Non, pas du tout, affirma-t-elle.

Comment aurait-elle vu un inconvénient à leur fournir de vieux vêtements de travail défraîchis ? Cela l'ennuyait un peu de prêter ceux de John sans son accord, mais elle se souvint qu'il avait un jour donné sa chemise de rechange à un client, lors d'un safari. L'homme comptait partir à la chasse avec la chemise de cow-boy à carreaux rouges et bleus qui se trouvait maintenant en la possession de Tomba.

— Vous voulez être le chasseur, ou la proie ? lui avait demandé John.

Il avait posé la question sur le ton de la plaisanterie, mais Mara savait qu'il prenait le sujet très au sérieux, car porter des vêtements de couleurs vives dans la brousse pouvait être dangereux. Le client, qui était P.-D.G. d'une compagnie minière, s'était montré à la fois gêné et alarmé, et avait humblement enfilé la chemise de John, même s'il avait eu le plus grand mal à la boutonner sur sa bedaine proéminente.

— Donnez-moi simplement une liste, dit-elle, et je vous apporterai le nécessaire.

— Rudi n'a pas fini d'installer le décor, déclara Carlton en regardant sa montre, donc nous avons un peu de temps devant nous. Si vous pouviez nous remettre ces costumes avant l'heure du déjeuner, ce serait parfait.

Elle tournait déjà les talons quand Leonard lui tapa sur l'épaule.

— Quelle taille fait-il, votre mari ? Ses vêtements iront-ils à Peter ?

Mara regarda le sol, donnant de petits coups de pied dans les touffes d'herbe coriace. La question du metteur en scène allait de soi, mais elle se sentait gênée à l'idée d'établir une comparaison entre le corps de son mari et celui de l'acteur.

— Ma foi, regardons plutôt les choses ainsi, intervint Carlton, d'une voix aimable et pleine de tact. Vous dites que la chemise que vous portez appartient à votre mari, et, à vue d'œil, il me semble qu'elle devrait aller à Peter. Combien votre époux mesure-t-il ?

— Ne vous inquiétez pas, répondit Mara en relevant la tête. Les vêtements iront parfaitement à M. Heath.

Le couloir avait une odeur d'encaustique, à laquelle venait s'ajouter un léger parfum d'oignons frits émanant de la cuisine. Mara s'arrêta près de la console pour consulter sa montre. Elle venait de s'entretenir avec Kefa, afin de décider de la manière dont il convenait de traiter les ouvriers somalis issus de la ville, qui faisaient du bruit jusqu'à une heure avancée de la nuit, et aussi avec Tomba qui estimait que son nouveau titre de Bwana Perche lui conférait le droit de prendre ses repas dans la salle à manger avec le reste de l'équipe. Avant cela, elle avait écouté Menelik lui réciter le menu du déjeuner – un festin digne du prince de Galles. À présent, il était temps d'aller chercher les vêtements que Carlton lui avait demandés.

En se dirigeant vers sa chambre, elle s'arrêta face à la porte de la salle principale. Elle la contempla avec anxiété et s'imagina fugacement Rudi en train de repeindre les murs et le mobilier, abîmant irrémédiablement le précieux bois africain. Elle savait bien qu'il ne ferait jamais une chose pareille, mais, pour se rassurer, elle ouvrit la porte et passa la tête à l'intérieur de la pièce.

Sa main se crispa sur la poignée tandis qu'elle scrutait la salle silencieuse et déserte. Des rideaux fanés avaient été drapés sur les fenêtres, occultant presque en totalité la lumière du jour. Des housses recouvraient tous les meubles, et même les photos accrochées aux murs. Le manteau de la cheminée était vide, et l'âtre obturé par des planches. Le squelette d'un oiseau gisait sur le plancher, parmi des pétales d'hibiscus desséchés.

Ce spectacle inspira à Mara un profond malaise. Elle avait l'impression d'avoir devant elle une autre vision du futur : le lodge fermé, à l'abandon, après que John et elle seraient partis. Une scène d'un réalisme troublant...

Un mouvement soudain dans le fond de la pièce attira son attention, et elle aperçut Leonard près du paravent en bambou. Les mains nouées derrière son dos étroit, il examinait les lieux, en marmonnant tout bas, comme un prêtre psalmodiant ses prières. Lentement, Mara referma la porte, puis s'éloigna sans faire de bruit.

Mara suivait le chemin menant à la case de Lillian. Elle avait revêtu des vêtements pris dans la réserve, et le tissu neuf et raide lui grattait la peau. La chemise et le pantalon qu'elle portait un peu plus tôt étaient à présent pliés en un petit paquet coincé sous son bras. Carlton lui avait demandé si cela ne la dérangeait pas de les apporter à Lillian et de l'aider à s'habiller, l'actrice n'étant pas habituée à se débrouiller seule.

En arrivant près de la case, Mara n'arrivait toujours pas à en croire sa chance. Il était vrai que Lillian s'était montrée plus amicale et plus accommodante que bon nombre de ses riches clientes – ses seules exigences jusqu'ici concernant sa place à table, et la présentation de la nourriture. Mais il s'agissait quand même d'une star internationale ! En d'autres circonstances, Mara aurait pu s'estimer heureuse d'avoir ne serait-ce que la possibilité de lui demander un autographe.

Devant la porte, elle attendit un instant avant de frapper. Elle avait l'impression de se trouver dans un théâtre, juste avant le début de la pièce, quand le public fait silence et attend, comme si l'énergie des acteurs était déjà perceptible de l'autre côté du rideau.

Timidement, elle heurta le battant.

— Qui est-ce ? demanda Lillian.

— C'est moi, Mara.

La porte s'ouvrit toute grande. En jetant un rapide regard autour d'elle, Mara eut du mal à croire qu'elle était bien dans la jolie chambre qu'elle avait préparée pour l'actrice avec tant de soin : des vêtements étaient éparpillés sur le sol, le lit était un enchevêtrement de draps. La moustiquaire n'avait pas été relevée et le plateau du petit déjeuner était resté sur la table. L'une des serviettes mauves de sa tante Ada gisait à terre, froissée et humide.

Lillian se tenait derrière la porte, s'en servant comme d'un paravent pour dissimuler son corps. Son visage semblait pâle, presque décoloré, et Mara se demanda si c'était à cause des rideaux tirés et de la lumière faible, ou simplement parce que l'actrice ne portait pas comme d'habitude son rouge écarlate.

Quand la porte se referma, Lillian lui apparut simplement parée de ses sous-vêtements, et elle ne put s'empêcher de contempler d'un air effaré la culotte de soie rouge bordée de dentelle.

— Ma culotte porte-bonheur, expliqua Lillian. Je viens tout juste de la retrouver. Pendant un moment, j'ai bien cru que nous étions fichus. J'ai failli appeler Carlton pour lui annoncer la nouvelle.

Interdite, Mara la dévisagea en silence.

— Je dois la porter le premier jour d'un tournage, c'est comme ça.

Elle énonça cette déclaration avec le même sérieux que John, quand il évoquait les superstitions des chasseurs. La plupart d'entre elles étaient liées à la chasse à l'éléphant, comme s'il était entendu que c'était le plus grand péché qu'on puisse commettre, et par conséquent, celui qui exigeait le plus de précautions. Avant de descendre du Land Rover, il demandait à ses clients de retourner leurs poches pour s'assurer qu'aucun n'avait d'argent sur lui : un éléphant, expliquait-il, ne peut pas s'acheter. Il les prévenait aussi qu'ils n'avaient aucune chance de repérer un éléphant si l'un d'eux ramassait des piquants de porc-épic sur le sol.

— Je l'ai depuis des années, évidemment, poursuivit Lillian. Mais si j'avais réfléchi, je l'aurais achetée en plusieurs exemplaires, pour pouvoir en porter chaque jour. Elle est idéale pour l'Afrique, fraîche et facile à sécher.

Mara essaya de ne pas penser à la réaction des boys quand il leur faudrait laver cette lingerie. Ils seraient sans aucun doute convaincus que Lillian était une prostituée.

— Voici votre costume, dit-elle en tendant les vêtements qu'elle avait apportés.

Lillian examina tour à tour la chemise et le pantalon dans la maigre lumière qui filtrait à travers les rideaux.

— Ils sont parfaits, ne trouvez-vous pas ? Suzie est très douée pour ce genre de choses : tacher le tissu, élimer les bords...

Mara n'osa pas lui révéler que ces vêtements étaient les siens et que, en fait, elle venait juste de les ôter. Elle aurait préféré prêter une tenue propre, mais Carlton avait bien précisé que le metteur en scène voulait celle qu'il avait vue sur Mara, et rien d'autre.

— Suzie était mon habilleuse, reprit Lillian, sans paraître remarquer sa réticence. Elle faisait du bon travail, et Carlton avait dit qu'elle pourrait rester dans la seconde équipe de tournage. Mais elle est rentrée chez elle.

Son expression s'assombrit brusquement, évoquant celle d'un enfant abandonné par ses camarades de jeu.

— Mais nous n'avons pas besoin d'elle, n'est-ce pas ? ajouta-t-elle, en souriant à Mara par-dessus son épaule.

— Non, acquiesça celle-ci. Nous n'en avons nul besoin.

Elle lui rendit son sourire, heureuse de savoir qu'elle n'était pas considérée comme une intruse, que sa présence était même souhaitée.

— D'abord, le maquillage, décréta Lillian, en enfilant son kimono de soie.

Du geste, elle indiqua la table près de la porte, sur laquelle était posée une mallette en cuir noir qui ressemblait un peu à la trousse d'un médecin.

Mara l'apporta jusqu'à la coiffeuse et l'ouvrit. Une odeur de poudre de riz s'en échappa. Elle contenait un vaste assortiment de fards bien rangés dans leurs compartiments : au moins sept flacons de fond de teint de diverses nuances, et la même quantité de poudres compactes. Il y avait aussi des pinces, des brosses à sourcils, des éponges, plusieurs mascaras, des recourbe-cils, du cold-cream, une demi-douzaine de tubes de rouge à lèvres. Ainsi que des fioles d'un liquide rouge pareil à du sang.

Lillian sortit un petit carnet de la mallette, l'ouvrit, et montra à Mara le croquis d'un visage féminin, dont certaines parties étaient ombragées de couleurs différentes – les pommettes, le front, les paupières, les narines – chacune d'elles portant la mention du produit à utiliser.

Lillian étudia le schéma, puis sélectionna des fards qu'elle aligna sur la coiffeuse.

— Vous seriez surprise de la quantité de maquillage que cela demande pour avoir l'air naturel, déclara-t-elle à Mara. Il va nous falloir davantage de lumière, ajouta-t-elle en fronçant les sourcils face au miroir.

Mara tira les rideaux. Le soleil emplit la pièce, mettant en évidence le chaos qui y régnait. Près de la coiffeuse, Lillian fourrageait dans le sac en tapisserie qui contenait la marmite. Elle en sortit un miroir grossissant et le brandit d'un air satisfait.

— Je l'utilise dans les cas d'urgence, expliqua-t-elle avant d'aller l'installer sur le rebord de la fenêtre.

Dès qu'elle fut assise, Mara se posta près d'elle, prête à lui tendre ses instruments, telle l'assistant d'un chirurgien. Lillian commença par étaler du fond de teint sur son visage et son cou par petits tapotements, au moyen d'une éponge. Mara l'observait, comme hypnotisée par le mouvement régulier de sa main. Elle avait l'impression d'en sentir la caresse apaisante sur sa propre peau. Quand ce fut fini, Lillian passa au fard à paupières : d'abord, une nuance couleur chair, puis une plus foncée. L'effet obtenu était infiniment subtil : elle ne ressemblait pas à une femme savamment maquillée, mais à une version plus belle et plus affirmée d'elle-même.

Ce fut seulement lorsque l'opération toucha à sa fin que Mara s'aperçut que les deux boys, flanqués de Dudu, les épiaient à travers la fenêtre. Croisant le regard de ce dernier, elle prit une mine sévère, pour leur signifier de déguerpir. Mais Dudu, se méprenant sur le sens de cette mimique, se crut autorisé à parler. Montrant le flacon de fond de teint doré juché sur le rebord de la fenêtre, il expliqua :

— Elle met de la boue sur son corps. Ils veulent savoir si vous allez organiser des danses tribales, ajouta-t-il avec un geste de la tête vers les jeunes garçons.

Il avait employé le mot *ngoma*, qui désignait de vastes rassemblements au cours desquels les membres des tribus festoyaient et dansaient, parfois pendant plusieurs jours d'affilée. En ces occasions, les guerriers revêtaient les costumes traditionnels et se peignaient le corps d'ocre rouge.

Avant que Mara ait eu le temps de répondre, Lillian, occupée à appliquer du mascara sur ses cils, s'interrompit pour demander :

— Que dit-il ?

— Il veut savoir ce que vous faites. Ce sont des villageois, ils n'avaient encore jamais travaillé ici. Ils n'avaient jamais vu quelqu'un se maquiller.

Dudu s'avança d'un pas, et montra de nouveau les boys avant de s'adresser à Mara en swahili.

— Ils m'ont raconté que c'était maintenant interdit en Tanzanie de se mettre de la boue sur la peau. Le président n'aime pas ça. Il dit que c'est bon pour les sauvages.

— Qui vous a dit ça ? s'enquit Mara, en regardant les deux jeunes gens d'un air surpris.

— C'est Bwana Daudi, répondit l'un d'eux ; il nous a dit aussi que nous ne resterons pas toujours des boys. Le président va construire une école dans chaque village. Nous allons apprendre à lire et à écrire, et nous tenir debout sans avoir besoin des Blancs.

Il regarda fixement Mara, comme pour lui demander de confirmer cette assertion.

Mara réfléchit un instant avant de répondre, consciente que ses propos risquaient fort de revenir aux oreilles de Daudi, peut-être même de Kabeya.

— Vous faites d'excellents boys, déclara-t-elle prudemment. Et vous ferez aussi d'excellents élèves.

— Mais de quoi donc parlez-vous ? s'impatienta Lillian.

— Ils aimeraient aller à l'école, expliqua Mara.

— Touchez-en un mot à Carlton, dit l'actrice en finissant d'appliquer son mascara. Il n'a pas son pareil pour arranger les choses.

S'emparant du miroir grossissant, elle examina attentivement son apparence, puis hocha la tête d'un air satisfait.

— Wanda n'aurait pas fait mieux, murmura-t-elle. C'était la maquilleuse, ajouta-t-elle à l'intention de Mara. Je suis moi-même un peu artiste, vous savez. Je dessine.

Mara referma les rideaux et se dirigea vers le lit pour y prendre le pantalon, avant de le tendre à Lillian.

— Et que dessinez-vous ?

Elle avait brusquement pris conscience que le temps passait, et Carlton lui avait recommandé d'amener l'actrice sur le plateau le plus rapidement possible.

— Des gens, surtout, répondit Lillian en retirant son kimono, qu'elle laissa tomber sur le sol. Et aussi Theo, bien entendu, ajouta-t-elle en jetant un regard nostalgique en direction de la photo de son berger allemand. C'est un être meilleur que bien de ceux que j'ai rencontrés...

Elle s'interrompit alors qu'elle était en train d'enfiler son pantalon, et regarda Mara.

— Vous aussi, vous devez rencontrer des individus de toutes sortes, dans votre métier.

— En effet. Et nous en venons parfois à bien les connaître.

À les connaître intimement…

Mara s'affaira à déboutonner la chemise, sans pouvoir chasser le chagrin et le sentiment de malaise qui s'étaient emparés d'elle. Elle se rappelait la voix de Matilda, et les inflexions qu'elle avait prises pendant le dîner, le soir de son arrivée au lodge, pour prononcer des phrases simples et banales.

Pourriez-vous me passer le sel, John, s'il vous plaît ?

Merci, John. C'est très aimable à vous…

Et son rire argentin. La tête rejetée en arrière, ses cheveux blonds ruisselant sur ses épaules comme une cascade de clair de lune…

Elle se contraignit à conjurer d'autres souvenirs. Ce Canadien qui avait insisté pour dormir à la belle étoile… Se concentrant de son mieux, elle s'efforça de se remémorer en détail son visage ridé aux cheveux grisonnants. Elle se souvenait qu'il avait appris des rudiments de swahili pour se préparer à ce safari. Et que, au lieu de s'asseoir avec les autres clients autour du feu de camp pour échanger des histoires, il était allé rejoindre les Africains, et avait demandé à Menelik de lui raconter des contes populaires éthiopiens. Longtemps après, les membres du personnel le mentionnaient encore dans leurs chants, le soir à la veillée. Le porteur de fusil, qui faisait également office de chroniqueur du campement, lui avait donné un surnom. *Rafiki Bilu Ubagazi.* Le Blanc qui ne s'intéressait pas seulement aux histoires des Blancs.

Elle tendit la chemise à Lillian, de façon que celle-ci n'ait plus qu'à enfiler les manches.

— Mais ils finissent toujours par s'en aller, conclut-elle d'un ton léger, et de nouveaux clients les remplacent.

— Je vois ce que vous voulez dire, opina Lillian. C'est pareil sur les tournages. On forme une vraie famille, les acteurs et les techniciens. On est soudés les uns aux autres. Et puis – elle écarta les mains et secoua la tête –, c'est incroyable. Du jour au lendemain, c'est terminé, et on oublie tout.

Mara hocha lentement la tête. *On oublie tout*. Comme cela paraissait facile ! Elle se rappela cette autre expression qu'elle connaissait si bien : oublier et pardonner. Combien de fois se l'était-elle répétée tout bas, comme une incantation dotée d'un pouvoir magique. Une formule tellement simple, et pourtant tellement difficile à appliquer ! Parfois, elle arrivait à oublier, et d'autres fois à pardonner, mais parvenir aux deux simultanément paraissait au-dessus de ses forces.

**

La partie de la pièce servant d'ordinaire de salle à manger était bondée de gens et de matériel. Un peu à l'écart, Mara regardait les deux Nick déplacer d'avant en arrière une plateforme à roulettes sur des sortes de rails. Non loin d'eux se dressait un trépied supportant une énorme caméra. Devant celle-ci – qui semblait trop lourde et trop grosse pour les pieds frêles, et dont l'équilibre paraissait bien précaire – se tenait Tomba. De toute évidence, on l'avait provisoirement dégagé de ses fonctions de perchiste pour le charger de protéger l'appareil. Les bras tendus, il regardait constamment autour de lui, comme s'il s'attendait à une attaque imminente pouvant surgir de toutes parts.

Lillian était assise dans l'un des trois fauteuils de toile disposés près de la porte de la véranda. Mara savait que le dossier de chaque siège portait un nom. *M. Heath. Mlle Lane. M. L. Miller.* Elle présumait qu'il devait y en avoir un autre, quelque part, destiné à *M. C. Miller*, mais peut-être Carlton n'avait-il jamais l'occasion de s'asseoir, tant il était occupé à résoudre les problèmes hors du plateau.

Rudi surgit soudain au côté de Mara.

— Qu'en pensez-vous ? s'enquit-il, en englobant du geste la totalité de la salle.

— C'est extraordinaire. La pièce a un tel air d'abandon et de solitude…, répondit Mara. Mais pourquoi vous êtes-vous donné tout ce mal pour dissimuler les livres et les autres objets ? Tout le mobilier est caché sous des housses.

L'ombre d'une déception passa dans les yeux de Rudi, puis il haussa les épaules.

— Leonard est venu inspecter le décor, et c'est lui qui a eu l'idée des housses. Au départ, il devait n'y en avoir qu'une ou deux, mais il a voulu que tout disparaisse sous ces espèces de linceuls. C'est une sorte de métaphore, vous voyez : la vérité ensevelie sous les secrets et les mensonges. Kefa nous a été très utile en nous fournissant de vieux draps. On ne sait jamais, ajouta-t-il, en tournant son regard vers la bibliothèque drapée de blanc. Leonard peut encore changer d'avis avant le début du tournage. Ou bien Maggie et Luke peuvent décider d'enlever l'une des housses. Tout est possible.

— Qui sont Maggie et Luke ? interrogea Mara, se demandant si d'autres membres de l'équipe étaient arrivés.

— Les personnages principaux, répondit Rudi, visiblement surpris par son ignorance. Ceux à qui il arrive toutes sortes d'aventures. Ils sont également amants, bien sûr. Cela va sans dire, dans un film hollywoodien. Ce lieu leur sert de refuge, expliqua-t-il en montrant de nouveau la pièce. Ils ont besoin d'un endroit où se cacher, et Maggie se souvient du relais de chasse où elle venait avec ses parents, quand elle était enfant. Quand ils arrivent enfin ici, après un long voyage, ils découvrent le lodge fermé et abandonné. Mais il leur paraît très beau, d'une certaine façon. Avez-vous vu le dernier film de David Lean, *Dr Jivago* ? Non, je présume qu'il n'est pas encore sorti ici, ajouta-t-il avec un rire dédaigneux, sans attendre sa réponse. Quoi qu'il en soit, Julie Christie et Omar Sharif se rendent dans un grand manoir au fin fond de la Russie. Tout est couvert de glace et les meubles sont dissimulés sous des housses. Quand ils traversent cette salle, c'est l'un des moments les plus forts du film. Nous cherchons à obtenir le même effet ici.

Mara l'écoutait avec attention, heureuse d'en apprendre enfin un peu plus sur le scénario. Elle était sur le point de lui demander d'autres précisions, quand Brendan, l'électricien, s'avança vers eux en déroulant un long câble. Il en tenait un deuxième enroulé sous son bras.

— Dégagez le passage ! cria-t-il.

Rudi fit un bond de côté, et Mara l'imita. Au moment où il passait près d'elle, Brendan laissa tomber le rouleau de câble à ses pieds, et poussa un grognement de dépit.

— Laissez-moi vous aider, dit Mara en se penchant pour le ramasser.

En même temps, elle lança un regard en direction de Lillian pour s'assurer que celle-ci n'avait pas besoin d'elle : s'occuper de l'actrice était son devoir prioritaire. Mais la star avait quitté son fauteuil, et discutait avec quelqu'un près de la porte de la véranda. Mara se redressa lentement, serrant le câble contre sa poitrine. L'interlocuteur de Lillian était un homme vêtu d'une tenue de brousse. Il avait gardé son chapeau sur la tête ; une gourde pendait à sa ceinture, et il portait son fusil sur l'épaule, comme s'il rentrait tout juste d'un safari.

Mara fit un pas ou deux dans leur direction, avant de heurter une chaise, qui se renversa. À ce bruit, toutes les têtes se tournèrent vers elle. Mais elle n'arrivait pas à détacher les yeux du chasseur.

Peter Heath. Avant qu'elle ait pu se ressaisir, leurs regards se rencontrèrent. L'acteur sourit et la salua d'une inclinaison de tête. Mara leva la main, en montrant sa tenue de chasse – comme si, par cette pantomime, elle pouvait lui expliquer qu'elle avait failli le prendre pour son mari, inexplicablement rentré du Selous. Elle se força à lui adresser un sourire poli, en dissimulant sa contrariété. Elle s'en voulait de l'avoir ainsi dévoré des yeux. Après tout, c'était elle qui avait choisi ces vêtements dans la penderie de John…

Elle fut reconnaissante à Brendan de lui fournir une excuse pour se détourner en surgissant près d'elle.

— Il va falloir détortiller ce truc, dit-il en indiquant le câble. Il a été mal enroulé. Le mieux serait de l'emporter dehors, nous aurons davantage de place.

Elle s'empressa de suivre ce conseil. En franchissant la porte de la véranda, elle vit Peter conversant avec Carlton. Vu de face, il ne ressemblait en rien à son mari. Et pas davantage à un acteur. Il avait seulement l'air d'un broussard, d'un habitant de la région que Mara n'aurait encore jamais rencontré.

**

Au début de l'après-midi, on commençait à étouffer dans la salle, la chaleur dégagée par les projecteurs s'ajoutant à celle qui régnait à l'extérieur. Carlton demanda aux boys de se poster près des portes donnant sur la véranda, et de les ouvrir pour laisser entrer un peu d'air frais chaque fois que Leonard criait : « Coupez ! » Le reste du temps, elles restaient fermées, pour bloquer la lumière du jour.

Mara était assise en retrait, de manière à ne pas gêner les techniciens. Mais ceux-ci ne se privaient pas de venir constamment la solliciter pour de menues choses : un bout de ficelle, une bougie, un couteau de poche. Rudi lui avait expliqué que, normalement, chaque département venait avec un camion rempli de matériel et qu'ils avaient d'habitude sous la main tout ce dont ils pouvaient avoir besoin, mais cette fois, ils avaient été contraints d'emporter le minimum. En allégeant les bagages, on allège aussi les frais, avait-il ajouté…

Quand elle n'était pas occupée à satisfaire de son mieux à ces diverses requêtes, Mara s'installait confortablement sur sa chaise pour observer les acteurs et les techniciens en action. Ce qui la frappait surtout, c'était la lenteur du processus. Lillian et Peter devaient sans cesse rejouer la même scène jusqu'à ce que Leonard se déclare enfin satisfait. Personne ne semblait s'en préoccuper – bien qu'elle vît Carlton consulter subrepticement sa montre de temps à autre. L'attention de tous était concentrée sur le metteur en scène. Il était facile à repérer, avec sa silhouette maigre bizarrement accoutrée d'une salopette teinte en rouge. Même quand ils bavardaient entre eux, ou qu'ils allaient respirer un peu d'air frais devant les portes ouvertes, durant les longues pauses entre chaque prise, les membres de l'équipe gardaient un œil sur lui, prêts à réagir au premier de ses ordres.

À mesure que la journée avançait, Mara parvint à mieux comprendre le rythme du tournage. Chaque séquence faisait l'objet d'une longue et minutieuse préparation. Leonard s'entretenait d'abord avec Lillian et Peter, puis avec Nick, qui allait ensuite parler à Brendan et Nick Deux, tandis que Rudi leur prêtait une oreille attentive. Jamie n'avait jamais l'air de s'intéresser à ce qui se passait autour de lui ; la tête rousse de l'ingénieur du son était penchée en permanence sur son équipement, étudiant les rangées de cadrans. Mais Tomba compensait ce manque apparent d'attention, en ne perdant pas un mot de ce que disait Leonard.

À ces conciliabules succédait une frénésie d'activité, qui pouvait durer jusqu'à une demi-heure, avant de laisser place à un silence total. Leonard promenait son regard sur la pièce, comme pour rassembler toute l'énergie qui s'y trouvait contenue, et la recueillir au creux de sa main. Acteurs et techniciens paraissaient transformés en statues, attendant les mots qui leur redonneraient vie.

Attention. Silence, s'il vous plaît. Moteur.

Leonard ressemblait à un prêtre récitant son credo, et ses fidèles lui répondaient.

Ça tourne !

Arrivé à ce point, Leonard attendait un peu – ce n'étaient jamais que quelques secondes, mais elles paraissaient interminables – avant de donner le signal décisif. Dans cet intervalle, Lillian et Peter commençaient leur métamorphose. Leur expression changeait, ils se tenaient différemment. Quand Leonard prononçait enfin le mot *Action !* la transformation était complète. Les deux personnes face à la caméra n'étaient plus Lillian Lane et Peter Heath, elles étaient devenues Maggie et Luke.

Dans la succession de scènes qui furent tournées cet après-midi-là, chacune morcelée en une série de plans, certains instants demeurèrent gravés dans l'esprit de Mara. Par exemple, celui où Brendan alluma un projecteur pour l'orienter vers le visage de Peter. Celui-ci retrouva subitement sa beauté irréelle de star du cinéma, des ombres subtiles soulignant le modelé parfait de ses traits.

Et puis il y avait eu le premier dialogue entre les personnages. Mara s'était penchée en avant, cramponnée aux bras de son fauteuil, tant elle avait été surprise d'entendre Maggie et Luke parler avec l'accent irlandais.

Mara gardait aussi un souvenir intense de la scène au cours de laquelle Maggie et Luke se querellaient passionnément. Elle s'était rendue dans la cuisine, pour superviser les préparatifs du dîner. Elle revint dans la salle quelques instants seulement avant le début de la prise de vues. Il régnait comme d'habitude un calme absolu quand Leonard donna le signal de l'action. Et, tout à coup, Maggie explosa de rage, hurlant des reproches à Luke tout en marchant de long en large dans la salle à manger. À un moment, elle se prit le pied dans une housse et faillit dévoiler la bibliothèque. Luke garda son calme, au début, puis finit par élever la voix à son tour. Il s'agissait de décider s'ils devaient rester ici tous les deux, ou retourner à Zanzibar pour y affronter ce qu'ils avaient laissé derrière eux. Leur jeu était d'un réalisme incroyable ; le visage de Maggie était crispé de colère, et tout le corps de Luke semblait exprimer la frustration. Puis le désespoir prit le dessus, et Maggie se mit à pleurer. Les larmes ruisselèrent sur ses joues, ses yeux rougirent et ses lèvres gonflèrent. Mara observait avec fascination le visage de l'actrice. Elle avait beau se dire que ce n'était que du cinéma, que cette détresse était factice, elle sentit néanmoins naître en elle un sentiment de compassion. Ensuite, Leonard cria : *Coupez !* et ce fut terminé. Lillian et Peter réapparurent, calmes et courtois, et se préparèrent tranquillement pour la prise suivante.

Mara s'attendait à les voir rejouer la scène, et se demandait comment ils pourraient transmettre autant d'émotion la seconde fois. Mais, à sa surprise – et à la satisfaction manifeste de Carlton–, Leonard déclara que ce ne serait pas nécessaire. Il avait obtenu exactement ce qu'il voulait. Il attendit que Nick Deux lui confirme que tout était O.K. sur le plan technique, puis feuilleta le scénario écorné fourré dans l'échancrure de sa salopette. Au bout d'un instant, il releva les yeux vers Mara. Et il lui fit signe de s'approcher.

Elle enjamba soigneusement les câbles de Brendan, contourna le trépied. Tomba leva sa perche pour la laisser passer, tel un guerrier brandissant sa sagaie.

— De quoi avez-vous besoin ? demanda-t-elle à Leonard.

— De vous.

Il désigna Rudi, qui était en train de poser une lampe à pétrole sur la table.

— Nous devons tourner un plan de Maggie en train d'allumer ce truc.

— Vous voulez que je montre à Lillian comment on s'y prend ?

Elle savait que ce plan était prévu dans la prochaine scène : elle avait aidé l'actrice à étaler soigneusement du fond de teint sur ses mains.

— Pour le plan d'ensemble, oui. Mais pour le gros plan, je veux me servir de vos mains.

Elle posa sur lui un regard inquiet. Ce qu'il lui demandait était très simple ; mais elle craignait de devenir gauche et maladroite, sous le regard de tous ces gens – sans parler du gros œil noir de la caméra.

— Détendez-vous, reprit Leonard, comme s'il pouvait lire dans ses pensées. Nous avons tout le temps devant nous. Oubliez tout ça, poursuivit-il en agitant la main comme pour effacer leur entourage. Faites comme si vous étiez seule.

Un moment plus tard, Mara était assise face à la lanterne et à une boîte d'allumettes. Elle sentait sur sa peau la chaleur des projecteurs. L'odeur d'humidité qui émanait des housses lui emplissait les poumons. Debout derrière elle, par-dessus son épaule, Nick dirigeait la caméra sur ses mains.

Levant les yeux, elle vit Lillian assise dans un fauteuil, l'air attentif. Le siège avait été installé de façon à lui permettre de suivre tous ses mouvements, pour être en mesure de les reproduire dans le plan d'ensemble. Non loin d'elle se tenait Peter. Croisant le regard de Mara, il lui adressa un bref sourire d'encouragement, puis se détourna avec tact et parut s'absorber dans la lecture d'un livre. Il comprenait sans doute que, s'il la regardait lui aussi, il ne ferait qu'accroître sa nervosité. Mais quelque chose dans son attitude, dans l'inclinaison de sa tête, suggérait qu'il n'en continuait pas moins à l'observer...

Mara déglutit pour humecter sa gorge sèche, l'anxiété et la tension grandissant en elle tandis qu'elle attendait le signal du metteur en scène. Durant le bref intervalle qui s'écoula entre l'instant où la caméra se mit à tourner et celui où elle devait craquer son allumette, elle se souvint que Leonard lui avait conseillé de faire comme si elle était seule. Puis elle se dit soudain qu'elle n'en avait aucune envie. Elle voulait au contraire savourer pleinement cette expérience – être le centre de toute cette activité. Sa contribution au film était infime, elle en était consciente, et elle serait très vite terminée. Mais dans l'immédiat, elle faisait partie de l'équipe. Elle n'était plus l'hôtesse du lodge, la personne qui portait une robe mais ne devait pas être traitée en femme ; qui était une Blanche, mais d'une catégorie différente de celle des clients ; ni l'épouse qui devait se comporter comme si elle n'était rien d'autre que la gérante de l'établissement appartenant à son mari.

Elle était devenue Maggie.

Au signal de Leonard, elle craqua l'allumette, et sa main s'immobilisa quelques secondes, pour laisser prendre la flamme. Puis, l'allumette adroitement coincée entre deux doigts, elle souleva le cylindre de verre, découvrant le manchon. Elle l'effleura de la flamme et il se mit à flamboyer, d'un éclat d'abord rouge, puis bleuté. Quand la lumière se fut stabilisée, elle remit le verre en place et éteignit l'allumette.

— Et... coupez, lança Leonard. C'était excellent. On refait juste une prise. Rapproche-toi davantage, Nick.

Au bout de la troisième prise, il se déclara satisfait.

— C'est tout, Maggie, dit-il, en posant une main sur l'épaule de Mara. Merci. Certaines personnes se figent devant la caméra, et le moindre de leurs gestes paraît emprunté. Mais vous avez été épatante ! ajouta-t-il en souriant, avant de s'éloigner.

Mara baissa la tête. Tandis qu'elle ramassait les allumettes usagées et les rangeait dans la boîte, elle sentait encore ce compliment l'envelopper dans sa chaleur bienfaisante, à la manière d'un rayon de soleil.

7

Les glaçons s'entrechoquaient doucement dans les verres d'eau sur son plateau, et Mara percevait leur tintement par-dessus le grondement sourd et continu du générateur de Brendan. C'était étrange d'entendre ce bruit en plein jour, alors qu'il ne s'élevait d'habitude qu'après la tombée de la nuit. Elle traversa la véranda en direction du canapé en rotin où se prélassait Lillian. L'actrice avait ôté les bottes qu'elle portait durant le tournage – des bottes prêtées par Mara, son unique paire de rechange – et replié ses jambes sous elle. Elle était penchée sur un carnet à dessins. Jamie était installé dans un fauteuil non loin de là, Tomba assis sur le sol près de lui, les coudes sur les genoux. En voyant arriver Mara, il se releva d'un bond.

— On n'a pas besoin de nous là-dedans, se hâta-t-il d'expliquer, comme si elle lui reprochait d'avoir abandonné son poste. Ils sont en train de filmer le mobilier. Pas besoin de prise de son.

Il se tourna vers Jamie, comme pour lui demander de confirmer ses dires.

— C'est exact, déclara le technicien, tout en examinant ses bras couverts de taches de rousseur.

Tu as parfaitement pigé. C'est ce qu'on appelle une prise muette.

Mara adressa à Tomba un signe de tête approbateur. C'était la deuxième journée de tournage, et pour un débutant, il se débrouillait très bien. Puis elle se tourna vers Lillian et la salua d'un sourire.

— Kefa m'a dit que je pourrais vous trouver ici. Mais je pensais que Peter était avec vous, ajouta-t-elle, en regardant autour d'elle.

— Il est allé se promener, répondit Lillian. On n'aura pas besoin de lui avant un moment. Il y a plusieurs plans où j'apparais seule.

— Où est-il allé ? s'enquit Mara en se rembrunissant.

Elle espéra qu'il n'avait pas oublié ses recommandations, et qu'il ne s'était pas aventuré seul loin du lodge.

— Quelque part dans les parages, rétorqua Lillian. Dans le jardin, je crois. Pas très loin en tout cas, ajouta-t-elle en brandissant son carnet.

Mara entrevit fugitivement une silhouette humaine esquissée à grands traits. Mais, sans lui laisser le temps d'en voir davantage, Lillian reposa le bloc sur ses genoux et apposa sa signature dans un coin de la page, de la main preste et assurée d'une personne habituée à donner des autographes. Puis elle détacha la feuille et la tendit à Jamie.

— C'est pour vous !

Le preneur de son contempla le dessin, avec une expression indéchiffrable. Puis son visage s'éclaira d'un sourire enthousiaste.

— Merci beaucoup. Je le garderai précieusement.

Lillian répondit d'une gracieuse inclinaison de tête, et se pencha pour prendre un verre sur le plateau de Mara. Tout en buvant l'eau glacée à petites gorgées, elle continua d'observer Jamie par-dessus le rebord du verre.

Il retourna le dessin dans sa main d'un air embarrassé, manifestement conscient du regard fixé sur lui.

— C'est un dessin superbe, reprit-il en lui adressant un nouveau sourire.

— Merci, dit Lillian en se détendant. Je crois avoir vraiment capturé l'essentiel de votre personnalité.

— C'est sûr, acquiesça Jamie en montrant le dessin à Mara. Regardez ! N'est-ce pas stupéfiant ?

Mara s'approcha pour l'examiner de plus près. Le corps était mal proportionné, le visage dénué d'expression. C'était un croquis grossier qui n'offrait qu'une très vague ressemblance avec Jamie.

— La vigueur du trait est effectivement... impressionnante, dit-elle, regardant tour à tour Jamie et le portrait. Vous avez raison. C'est stupéfiant.

Tomba s'approcha, curieux de contempler à son tour l'objet de leur admiration. Il s'empara du dessin, soigneusement, à deux mains, et le considéra longuement, d'un air de plus en plus perplexe. En toute hâte, Mara alla se placer devant lui, le dissimulant à la vue de Lillian tandis qu'il retournait la page dans l'autre sens et l'examinait de nouveau.

— Quand tu auras fini, Tomba, dit-elle en avançant la main, j'irai le ranger en lieu sûr.

À cet instant, Carlton émergea de la salle à manger, le visage luisant de sueur.

— On a besoin de vous pour la prochaine prise, lança-t-il à Jamie. Leonard est prêt, ajouta-t-il en se tournant vers Lillian avec un sourire d'encouragement.

— Déjà ? s'exclama Lillian en plissant le nez.

Elle posa son carnet et enfila ses bottes d'un air dépité. Mais quand elle se leva pour se diriger vers la salle à manger, son expression changea peu à peu : ses yeux s'illuminèrent, et un sourire conquérant se dessina sur ses traits. Mara devina qu'elle devait se représenter le metteur en scène et les techniciens réunis sur le plateau, attendant fébrilement son apparition ; la perspective de se trouver de nouveau au centre de leur attention semblait ranimer en elle un souffle vital.

Peter ne se trouvait pas dans le jardin. Soucieuse de ses responsabilités à son égard, Mara alla jusqu'à son rondavel et frappa à la porte. Seul le silence lui répondit, et elle eut la nette impression que la chambre était déserte. Elle s'apprêtait à partir, quand une pensée lui vint à l'esprit. Puisqu'elle était là, elle ferait aussi bien de vérifier que les boys avaient fait le lit et remplacé la paille dans les toilettes.

Rien ne semblait avoir changé dans la pièce depuis l'arrivée de Peter Heath. Seuls quelques objets personnels posés sur le bureau trahissaient sa présence. Respectueuse de l'intimité de son pensionnaire, Mara s'efforça de ne pas jeter de regards curieux autour d'elle en se dirigeant vers la salle de bains. Cependant, comme elle passait près du lit, quelque chose attira son regard. Un cadre en cuir rouge, coincé entre la table de chevet et l'oreiller. Sans doute, à l'instar de Lillian, l'acteur avait-il emporté dans ses bagages une image de l'être cher. Mais lui, il la gardait près de son lit, pour pouvoir la contempler avant de s'endormir.

Après avoir jeté un rapide regard derrière elle, pour s'assurer qu'elle était toujours seule, Mara prit le cadre et le retourna, s'attendant à découvrir une femme belle et séduisante, avec des traits aussi parfaits que ceux de Peter...

À la place, elle vit une photo de famille, deux adultes et quatre enfants souriant à l'objectif. Ils étaient groupés devant une statue de marbre tachée d'humidité, avec des gratte-ciel à l'arrière-plan. Mara inclina la photo vers la lumière. Peter avait un bras passé autour des épaules d'une femme – son épouse, présuma-t-elle. Même sur ce cliché d'amateur, elle était d'une beauté à couper le souffle, avec sa peau crémeuse qui contrastait avec le roux de ses longs cheveux bouclés et le bleu vif de ses yeux. Elle tenait un bambin sur sa hanche. Plus petite que Peter, elle s'inclinait légèrement vers lui, comme attirée par le magnétisme de sa présence. Les trois autres enfants étaient alignés devant eux : deux garçonnets blonds, de trois et cinq ans environ, et une fille aux boucles cuivrées, un peu plus âgée. La mère posait une main sur l'épaule de sa fille ; Peter entourait de son bras libre le torse de son plus jeune fils, la main sur le cœur de l'enfant.

Un banal portrait de famille, comme il en existait tant de par le monde, Mara le savait bien. Pourtant, celui-ci avait quelque chose de saisissant. Il émanait de ce petit groupe un sentiment de complétude ; le lien qui les unissait était presque tangible. Mara contempla la photo avec un sourire nostalgique. Elle lui rappelait la famille de son ancienne camarade d'école, Sally McPhee. Sally partageait avec ses parents et son jeune frère une véritable passion pour les chevaux, et ils passaient tous leurs samedis à faire de l'équitation ensemble. Mara l'enviait énormément. Les membres de sa propre famille ne semblaient pas avoir le temps de se consacrer à autre chose qu'aux travaux de la ferme. Et, même quand ils s'accordaient une récréation familiale – une partie de pêche, une journée à la plage –, l'hostilité latente entre sa mère et son père rendait toute détente impossible. En grandissant, Mara avait rêvé de faire partie un jour d'une famille semblable à celle de Sally. Et elle se rappela, le cœur serré, qu'ils avaient formé le projet d'avoir un jour des enfants, John et elle, deux ou trois au moins – à l'époque où ils croyaient encore en un avenir radieux…

Soigneusement, elle remit la photo à l'endroit où elle l'avait trouvée, laissant ses doigts s'attarder un instant sur le cuir lisse et souple du cadre. Puis elle alla rapidement inspecter les toilettes avant de quitter la case.

Elle se rendit ensuite sur le parking, au cas où Peter serait allé chercher quelque chose à l'intérieur d'un des véhicules. En passant sous l'arche d'ivoire, elle parcourut des yeux le bout de terrain, scrutant l'intérieur des deux Land Rover zébrés, puis celui du camion et même de sa propre voiture. Mais il n'y avait personne. Elle était sur le point de faire demi-tour quand elle remarqua des traces de pas sur la couche de gravier fin. Elle les reconnut immédiatement : leur taille, leur forme, le dessin des semelles... C'étaient les empreintes des bottes de John – celles qu'elle avait données à Carlton pour qu'il les remette à Peter.

Accélérant le pas, elle suivit les traces tout le long de l'allée. Le sentiment d'anxiété qui grandissait en elle céda rapidement la place à la colère. Elle avait expressément recommandé aux pensionnaires de ne pas sortir seuls de l'enceinte du lodge, et Peter n'en avait pas tenu compte. Il lui avait pourtant paru si gentil, si simple – et la photo qu'elle venait de voir avait encore renforcé cette impression. Mais, se rappela-t-elle, c'était un acteur célèbre, un individu sans doute trop gâté, et habitué à n'en faire qu'à sa tête...

Elle s'apprêtait à revenir sur ses pas pour aller chercher son fusil et son Land Rover quand elle l'aperçut soudain devant elle, juché sur un gros rocher, un peu en retrait de la piste.

C'était l'un des points d'observation préférés de Mara. Son sommet formait une large plateforme d'où l'on pouvait voir les plaines, par-dessus la cime des arbres. Devant le rocher se dressait un vieux figuier dont une grosse branche tordue s'étendait horizontalement à la hauteur de la taille, formant un garde-corps naturel. Mara s'y arrêtait souvent en allant chasser des pintades ou des cailles pour la cuisine. Elle aimait s'accouder à la branche du figuier et prendre le temps de contempler la savane, telle une déesse regardant la terre du haut des cieux, avant de réintégrer la modeste place qui était la sienne en ce vaste monde.

Elle se dirigea vers le promontoire en secouant la tête. Peter n'avait pas d'arme pour se protéger, et ne savait probablement pas comment détecter la présence d'un éventuel danger. Il était là, les mains dans les poches, parfaitement décontracté, admirant le paysage – totalement inconscient qu'il pouvait se trouver un lion[9] ou un léopard tapi sur une branche, à moins d'un mètre de lui.

Mara prit une profonde inspiration tout en préparant son petit sermon. Elle savait qu'il était important de demeurer polie, mais elle n'en devait pas moins faire preuve de fermeté.

Vous semblez avoir oublié mes conseils. Vous devez comprendre que je me préoccupe uniquement de votre sécurité. Je crains de devoir insister...

Elle atteignait le pied du rocher quand une silhouette se dressa sur son chemin – un homme armé d'un fusil à gros calibre. Elle éprouva un bref instant de panique, avant de reconnaître le ranger.

---

9. Dans certaines régions de Tanzanie, les lions se sont adaptés à un environnement boisé et grimpent aux arbres, contrairement à leurs congénères du reste de l'Afrique. (*N.d.T.*)

Elle ne l'avait pratiquement pas revu depuis son arrivée ; toutes les scènes ayant jusqu'à présent été tournées à l'intérieur du lodge, sa présence n'était pas requise, et elle avait oublié jusqu'à son existence.

— Je suis là, déclara-t-il. Je protège l'Américain.

— Parfait, répondit-elle en se ressaisissant. Je vois que tout va pour le mieux.

Leur conversation attira l'attention de Peter. Se retournant, il fit signe à Mara de venir le rejoindre.

— Montez donc. On a une vue magnifique d'ici !

Elle hésita, un peu intimidée. Et si elle ne trouvait rien d'intéressant à lui dire ? Elle regarda sa montre, pour bien montrer qu'elle était pressée, puis elle se fraya un passage à travers les broussailles et escalada le rocher.

Peter lui offrit sa main pour l'aider à se hisser sur la plateforme, mais elle secoua la tête.

— Merci, je peux me débrouiller seule.

Bientôt, ils se retrouvèrent côte à côte – si près, en fait, que, sous l'odeur de feuilles de figuier, elle pouvait déceler une trace de sa lotion après-rasage – une fragrance épicée où dominait la cannelle.

Ils restèrent un instant silencieux, contemplant le paysage. Sur les plaines, des troupeaux de zèbres et de gnous, mêlés les uns aux autres, broutaient paisiblement. Des oiseaux blancs tournoyaient dans le ciel d'un bleu limpide.

Peter montra du doigt le vaste affleurement qui s'élevait sur la plaine, au-delà du point d'eau – un amas de rochers rougeâtres aux formes arrondies. Des ravines violacées sillonnaient ses flancs et d'épaisses broussailles en entouraient la base.

— Ce lieu porte-t-il un nom ?

— Nous l'appelons le rocher du lion, répondit-elle, en dessinant dans l'air la forme d'un fauve accroupi. Mais en swahili, son nom signifie : *les rochers que les géants ont apportés ici.*

— Cela provient sans doute d'une légende locale, je présume ? demanda Peter.

— En effet.

Mara lui jeta un regard oblique, pour tenter de savoir s'il tenait vraiment à l'entendre. L'intérêt que les visiteurs manifestaient pour ces histoires n'était souvent que de pure forme. Peter étudiait la configuration rocheuse en plissant les yeux, d'un air profondément concentré.

— Apparemment, commença-t-elle, il y avait ici des géants se préparant à une grande bataille. Ils rassemblèrent des rochers pour les jeter sur leurs ennemis. Mais une énorme averse éclata, emportant les géants. Il ne resta d'eux que ces amas de pierres.

Penchant la tête de côté, Peter examina de nouveau les rochers d'un air pensif.

— Maintenant que vous m'avez raconté cette histoire, je trouve que ça ne ressemble pas du tout à un lion, effectivement.

Mara en demeura bouche bée. Elle avait eu exactement la même réaction, la première fois qu'elle était venue ici, après avoir entendu cette légende de la bouche de Kefa.

— Je sais, se borna-t-elle à dire.

Ils se turent et reprirent leur contemplation. Peter se pencha, appuyant ses bras contre la branche du figuier. Ses mains, constata Mara, paraissaient étonnamment fortes pour un homme menant une existence aussi privilégiée que la sienne. Elles étaient même calleuses par endroits. Et le bord des manches de sa chemise était complètement élimé. On aurait presque pu le prendre pour une personne ordinaire.

Le silence se prolongea – un calme que ne semblaient troubler ni le bourdonnement lointain du générateur, ni les cris des tisserins. Mara savoura un moment cette paix, puis se sentit obligée, par politesse, de relancer la conversation.

— Aimez-vous les voyages ? s'enquit-elle. Je suppose que vous voyagez beaucoup, dans votre métier.

— J'adore ça, répondit Peter en se tournant vers elle. Mais mes quatre enfants me manquent beaucoup, de même que ma femme Paula, bien sûr. Je me demande sans arrêt ce qu'ils sont en train de faire, là-bas, chez nous.

— Vous souhaiteriez sans doute qu'ils puissent vous accompagner, reprit Mara, se rappelant la photo de famille, et les liens étroits qui semblaient unir les membres du petit groupe.

Peter inspira, puis relâcha son souffle en émettant un léger soupir.

— Certes, mais Paula ne se plairait pas du tout ici. Elle vivrait dans la crainte permanente que les enfants ne tombent malades ou se fassent mordre par un serpent. C'est une vraie citadine. Elle préfère le macadam aux pistes de terre. C'est dommage, parce que, de mon côté, je n'aime rien tant que sortir des sentiers battus, vivre à l'écart de la foule.

Sa voix se teinta de nostalgie, mais il dissipa cette impression d'un sourire et prit l'expression affectueuse d'un père décrivant les caprices d'un enfant.

— Elle a toujours été ainsi. C'est sa nature.

— Ma foi, elle ne doit pas manquer d'occupation, de toute façon, avec quatre enfants, commenta distraitement Mara.

Une seule pensée habitait son esprit, taraudé par la jalousie : le mari de Paula l'acceptait telle qu'elle était. Il ne lui demandait pas d'être quelqu'un d'autre, il ne l'emmenait pas dans des endroits où elle n'avait pas envie d'aller.

Où des défenses ensanglantées gisaient sur le sol, et où des pieds coupés, énormes et gris, pendaient au bout de cordes enroulées aux branches...

Peter s'ébroua, et remonta sa manche pour consulter sa montre.

— Il est temps d'y aller. On va bientôt avoir besoin de moi sur le plateau.

Il laissa Mara descendre la première, puis la rejoignit d'un bond souple. Fidèle au poste, le ranger les attendait, son fusil au bras.

**

La dernière lueur du jour filtrait dans la case de Lillian par l'entrebâillement des rideaux en kitenge bleu, qui furent refermés d'un geste énergique, ainsi que la porte. La pièce était éclairée par la lumière jaune de l'unique ampoule électrique, qui projetait des ombres douces sur le visage et le corps de l'actrice. Vêtue seulement de sa combinaison de soie, elle ressemblait à une déesse grecque modelée dans la pierre par un maître sculpteur. Elle était penchée au-dessus d'une grande cuvette en émail, et la masse sombre de ses longs cheveux tombait sur son visage, dissimulant ses traits. Derrière elle se tenait Mara, un broc d'eau chaude à la main. Les cheveux de l'actrice flottaient sur l'eau savonneuse comme des algues à la surface de l'océan. Cette vision avait quelque chose de sinistre, évoquant à l'esprit de Mara des images de noyade.

Elle reporta son regard sur la cruche entre ses doigts ; la vapeur qui s'en dégageait ajoutait encore à la chaleur ambiante. Autour d'elle flottait l'odeur d'un shampooing de luxe, mêlée au puissant arôme floral des verres de gin tonic que Lillian avait fait apporter.

— J'ai bien mérité un petit remontant, avait-elle déclaré. Et vous aussi.

Lorsque Lillian jugea enfin ses cheveux suffisamment rincés, Mara lui drapa la serviette mauve autour de la tête à la façon d'un turban. Consciente que l'actrice n'était pas habituée à ce manque de confort, elle avait à cœur de se montrer aussi serviable que possible. Elle avait même envisagé de lui proposer d'utiliser la salle de bains attenante à sa chambre : c'était la seule pièce, en dehors de la cuisine, à être équipée d'eau courante, chaude et froide. Mais il y avait une séparation bien nette, au Raynor Lodge, entre les espaces privés et publics. John avait expliqué à Mara qu'il était essentiel de la respecter, si l'on voulait garder une distance professionnelle avec les clients. Quand les frontières physiques devenaient floues, les relations n'étaient plus clairement définies. C'était considéré comme la norme dans certains lodges ; il existait des endroits – ici, en Tanzanie, mais aussi ailleurs dans les « Terres de chasse » – où les clients pouvaient trouver ce que la lecture des romans de Hemingway, ou leurs adaptations cinématographiques, leur avait laissé espérer. Dans ces établissements, on tenait pour établi que le chasseur blanc était aussi expert à conquérir les femmes qu'à traquer le gros gibier. Les clientes avaient l'impression que leur safari n'était pas réussi si elles n'avaient pas une aventure avec quelqu'un du coin, et le chasseur professionnel avait toujours leur préférence. Raynor n'avait que mépris pour ceux qui se conduisaient de la sorte. D'après John, le vieux chasseur ne s'était jamais laissé entraîner à de telles compromissions, et il avait bien fait comprendre à son apprenti qu'il attendait de lui le même professionnalisme.

Mara serra les lèvres en imaginant la réaction de Raynor, s'il avait appris ce qui s'était passé entre John et Matilda...

— À quoi pensez-vous ? s'enquit Lillian, qui pencha la tête de côté tout en dégustant sa boisson. Vous semblez contrariée.

— Non, pas du tout, répondit Mara, se forçant à sourire. Je pensais au film. Je me demandais de quoi il parle...

L'ombre d'une déception passa sur le visage de l'actrice. Puis elle prit une mine enthousiaste.

— C'est un film à suspense, le genre d'histoire qui se déroule normalement dans une grande ville,

Paris ou New York. C'est ça qui intéresse Leonard : surprendre le spectateur en situant ces aventures en Afrique. Le scénario est fabuleux.

— J'aime bien votre personnage, Maggie, sa façon de parler... Elle est si forte, si courageuse.

— C'est une idiote, rétorqua Lillian avec un reniflement de dédain.

Mara fronça les sourcils, déconcertée. En esprit, elle revit la scène de la dispute entre Luke et Maggie : sa passion, sa conviction, sa certitude d'agir selon son devoir.

— Vous voulez dire que vous n'approuvez pas les déclarations de Maggie ?

— Absolument pas. Toutes ces histoires sur le sens du devoir ! Elle ferait mieux de songer d'abord à elle-même, répliqua Lillian d'un ton incisif. C'est ce que tout le monde fait. C'est ainsi que ça marche, ici-bas.

— Mais vous aviez l'air tellement... sincère.

— Voyons, Mara ! s'esclaffa la jeune femme. Je jouais seulement mon rôle. Je suis actrice. C'est mon métier.

— Comment faites-vous ? insista Mara. Comment pouvez-vous verser de vraies larmes, si vous n'éprouvez rien ?

— Ma foi, je ne sais pas comment font les autres, mais moi, je fouille dans mes souvenirs, et je me remémore un moment de ma vie où j'ai ressenti une émotion comparable. Je me sers de mes expériences passées pour rendre mon jeu plus crédible. Ça fonctionne à tous les coups.

Lillian se pencha pour prendre une lime sur la coiffeuse, et se mit à curer nonchalamment l'un de ses ongles. Il y avait une particule de fard coincée dessous, mais le geste manquait néanmoins de naturel. En l'observant, Mara tenta d'imaginer où Lillian était allée puiser la douleur et la colère qui avaient jailli si spontanément dans la scène de querelle entre Maggie et Luke. Dans le silence qui les entourait, elle fut tentée de lui poser la question, tant l'ambiance semblait propice – la chaleur de l'air, l'intimité de la situation, le sujet même de la conversation. Mais elle se rappela qui elle était, et qui était son interlocutrice...

Lillian reposa la lime à ongles et s'empara d'une brosse en écaille, pour la tendre à Mara.

— Pourriez-vous me coiffer ? demanda-t-elle, non sur le ton impérieux d'une personne habituée à se faire servir, mais avec une note implorante dans la voix.

Mara souleva une longue mèche et commença à la brosser, d'un geste lent et régulier.

— C'est ainsi que maman me brossait les cheveux, autrefois, murmura Lillian.

Elle ferma les yeux, laissa retomber ses bras le long de ses flancs. Mais elle ne paraissait pas détendue ; ses muscles oculaires se contractèrent et un sillon se creusa sur son front.

— Ne vous arrêtez pas, dit-elle.

Petit à petit, son visage se radoucit et toute trace de tension nerveuse s'en effaça.

— Parlez-moi de vous, reprit-elle d'une voix rêveuse, telle une fillette réclamant une histoire pour s'endormir. Depuis combien de temps êtes-vous mariée ?

— Trois ans.

— Êtes-vous heureuse ?

Mara hésita, et la brosse demeura un instant suspendue dans l'air. La question était on ne peut plus directe et pourtant, elle ne semblait pas déplacée, se dit-elle, frappée une fois de plus par l'atmosphère d'intimité qui les enveloppait. La case, avec ses murs de terre aux formes arrondies, paraissait les isoler du monde extérieur, et elles n'étaient plus que deux femmes ordinaires réunies dans son enceinte protectrice. L'espace d'une seconde, elle envisagea de tout raconter à Lillian – les problèmes financiers du lodge, son incapacité à se conduire en parfaite épouse de chasseur, à l'image d'Alice, sa vision pessimiste de l'avenir. Et même, de lui parler de Matilda…

— Mais bien sûr, répondit-elle, en s'efforçant de prendre un ton à la fois ferme et dégagé.

Elle jeta un regard furtif à Lillian, et ne décela aucune trace d'incrédulité dans son expression.

— Je ne me marierai jamais, reprit l'actrice. Je ne comprends pas pourquoi l'on devrait se contenter d'un seul homme, quand il y en a tant…

Elle rouvrit les yeux et tourna légèrement la tête, de manière à pouvoir croiser le regard de Mara.

— De toute façon…, ajouta-t-elle en écartant les mains, d'une voix qui s'était brusquement durcie, on ne peut pas avoir à la fois une carrière et un mari. Pas dans ce métier, en tout cas.

Mara souleva une autre mèche de cheveux noirs lustrés et reprit son brossage.

— Il n'en va donc pas de même pour les acteurs ? s'enquit-elle.

Lillian secoua la tête avec tant de véhémence que la brosse s'échappa des doigts de Mara.

— Bien sûr que non, qu'est-ce que vous croyez ? Pour les hommes, tout est différent !

— Oui, sans doute, acquiesça Mara.

C'était sûrement vrai en Afrique, pour les Blancs comme pour les Noirs. Bina était l'une des rares femmes à jouir apparemment d'un statut différent.

— M. Heath est marié, après tout...

— Ça, c'est sûr, déclara Lillian. Il est même célèbre pour ça !

— Que voulez-vous dire ?

— Il a travaillé avec quelques-unes des plus belles femmes de Hollywood, et jamais il n'y a eu la moindre rumeur, le moindre scandale.

Lillian écarquilla les yeux, comme si ce fait ne cessait jamais de la surprendre, avant de poursuivre :

— Il ne fait jamais le moindre écart. Si cela arrivait, croyez-moi, tout le monde le saurait. À Hollywood, on ne peut pas garder de secrets.

Mara baissa les yeux sur la brosse, fixant les volutes et les arabesques jaune d'ambre dans l'écaille sombre. Elle savait que Lillian attendait un commentaire, mais elle craignait que sa voix ne la trahisse, que sa réponse ne laisse deviner toute sa pitoyable histoire. Et elle était certaine, à présent, de ne pas vouloir se confier. Elle ne voulait pas avouer à Lillian la trahison de John, elle ne voulait pas exposer aux yeux d'autrui cette blessure à vif – le honteux stigmate d'une femme que son mari n'aimait pas assez.

8

L'emplacement choisi par Leonard était indiqué par un petit morceau de roche friable, de couleur orangée, posé sur un carré de terre durcie parsemée d'herbe sèche.

— Placez-vous ici, dit-il à Mara. C'est votre position initiale. Quand je dirai *Action*, je veux que vous restiez immobile pendant six secondes environ, et que vous regardiez dans cette direction, expliqua-t-il, montrant la vallée en dessous d'eux. Ensuite, avancez lentement vers ce gros arbre. Vous n'êtes pas pressée, vous êtes perdue dans vos pensées. Une fois que vous serez à l'ombre, attendez un instant, puis ôtez votre chapeau et secouez vos cheveux. Avez-vous bien compris ?

— Je crois, acquiesça Mara.

— Bon. Ne vous inquiétez pas, c'est une prise muette, je vous donnerai des indications tout au long, ajouta-t-il en brandissant son mégaphone cabossé. O.K. Allons-y.

Mara suivit des yeux sa haute silhouette vêtue de rouge qui dévalait le versant de la colline jusqu'au lit asséché d'un ruisseau. Il le franchit d'un bond, puis gravit l'autre versant pour rejoindre son équipe, rassemblée autour de la caméra, tel un petit troupeau d'animaux de tailles et de couleurs variées – un assemblage hétéroclite mais étroitement soudé.

À mi-distance entre elle et eux, la forme kaki du ranger était tapie sous un buisson. Il avait laissé au porteur de fusil le soin de veiller sur l'équipe et concentrait toute son attention sur elle. Son attitude paraissait étrangement empruntée : il baissait la tête, tout en jetant constamment des regards de côté et d'autre. Il guettait l'approche d'un danger, Mara le savait – même si, avec son fusil à la main, prêt à tirer, il avait plutôt l'air d'un chasseur jaugeant sa proie. Un peu plus tôt dans la journée, un lion était apparu au sommet de la corniche, derrière Mara. Le ranger avait sifflé doucement pour la mettre en garde, puis lui avait fait signe de ne pas bouger. Il avait levé le double canon de son fusil, mais quelque chose dans son attitude suggérait à Mara qu'il ne s'alarmait pas outre mesure. Quand le lion était entré dans son champ de vision, elle en avait compris la raison. La gueule et le cou de l'animal étaient rougis par un festin récent, et il déambulait d'un pas souple et décontracté. Elle était demeurée immobile jusqu'à ce qu'il eût disparu. Elle s'était ensuite tournée vers le ranger, et l'avait vu agiter le bras en direction de Leonard, pour l'informer que le danger était passé. Mais le metteur en scène ne lui prêtait pas attention : il avait remplacé Nick derrière la caméra, l'œil collé au viseur. Quand il avait enfin relevé la tête, il l'avait regardée et avait levé le pouce, en signe de satisfaction. Mara avait souri et agité la main en retour, emplie du sentiment gratifiant d'avoir accompli ce qu'on attendait d'elle. Leonard tenait l'image dont il rêvait – Maggie à quelques mètres d'un lion.

Lillian Lane, en décor naturel, dans l'Afrique sauvage...

À présent, les seuls animaux en vue étaient des zèbres broutant à proximité d'un des Land Rover, pareillement rayés de noir et de blanc. De temps à autre, ils levaient la tête et regardaient le véhicule, comme intrigués par la présence de cet objet dont le pelage imitait le leur et qui était pourtant tellement plus grand, dur et luisant.

Mara recula jusqu'à ce que son talon heurte la pierre lui servant de repère, puis se retourna pour contempler le paysage, selon les instructions de Leonard. Elle l'avait déjà admiré maintes fois : une immense prairie descendant en pente douce vers un bouquet d'arbres à fièvre, qui attiraient irrésistiblement l'œil avec leurs troncs hauts et leurs larges ramures à l'écorce jaune-vert. Çà et là, on apercevait une euphorbe, pareille à un cactus géant dont la présence paraissait toujours déplacée dans le décor. Derrière les arbres, on entrevoyait le miroitement argenté d'un lac.

Elle avait revêtu la chemise, le pantalon et le chapeau de Maggie. Leur contact lui était familier, mais ils étaient légèrement imprégnés du parfum français de Lillian, mêlé à une odeur de lotion anti-moustiques et de sueur. Tout en attendant le signal de Leonard, elle tira nerveusement sur un fil pendillant d'une des manches. Elle se réjouissait que Peter et Lillian n'assistent pas au tournage.

L'actrice souffrait d'une migraine due à la chaleur, et venait de repartir avec un chauffeur en direction du lodge. Peter était resté là-bas, lui aussi, et n'arriverait qu'un peu plus tard dans la journée.

À cette pensée, elle se sentit fautive. Sa place était auprès de ses clients. Ce n'était pas juste de laisser le personnel se débrouiller sans elle, alors que le lodge était plein. Mais, après avoir terminé les prises de vues en intérieur, Leonard avait transféré toute l'équipe dans la brousse, et, pour la deuxième journée consécutive, il avait requis la présence de Mara. Elle n'avait donc d'autre choix que se reposer totalement sur Kefa et Menelik.

Elle se pencha pour renouer son lacet. Dans ce geste, ses cheveux lui tombèrent dans la figure, et elle s'étonna de leur couleur. Rudi les lui avait teints d'une nuance plus foncée pour la faire ressembler davantage à Lillian.

— Votre couleur pourrait presque passer, avait-il déclaré tout en enduisant ses cheveux mouillés d'une crème épaisse, mais il vaut mieux ne pas prendre de risques.

Mara s'était tout d'abord sentie un peu gênée, seule dans sa salle de bains avec cet homme qu'elle connaissait à peine. Il avait travaillé en silence, lui indiquant parfois, d'une infime pression de main, de placer la tête dans telle ou telle position. Il lui avait lissé les cheveux, avait essuyé les gouttes d'eau sur son visage avec le coin d'une serviette. En d'autres circonstances, ses gestes auraient paru intimes, presque tendres, mais Mara reconnaissait cet air d'intense concentration qu'elle voyait sur son visage : c'était celui qu'il avait arboré en décorant la salle à manger du lodge en vue du tournage. Sa besogne accomplie, il avait reculé d'un pas et contemplé son œuvre d'un air pensif. Mara avait alors compris qu'il s'agissait pour lui d'un travail complètement impersonnel, qu'elle n'était rien d'autre qu'un accessoire à ses yeux. Et, bizarrement, se voir traiter ainsi lui avait procuré un sentiment de liberté. Après tout, si elle avait si peu d'importance, toutes ses craintes et ses inquiétudes paraissaient dérisoires.

Elle porta une main en visière à ses yeux et observa ce qui se passait sur l'autre versant du ravin. Les deux Nick étaient toujours en train de procéder à des réglages, pendant que Leonard attendait patiemment. Jamie lisait un journal, abrité sous un parapluie noir. À côté de lui, pareil à une haute statue sombre, Tomba se tenait en équilibre sur une jambe, à la manière des bergers masai, la perche sur l'épaule.

Il y avait un peu d'ombre, sur ce versant, mais sur le côté opposé, Mara étouffait de chaleur. Les rayons du soleil lui brûlaient les épaules comme autant de fers rouges, la sueur ruisselait tout le long de son dos et entre ses seins. Une mouche se posa sur sa joue ; elle sentit ses petites pattes imprimer leurs traces sur sa peau, et sa trompe minuscule lécher les gouttes de transpiration. Elle ne prit pas la peine de la chasser, fit comme s'il ne s'agissait pas de sa peau ni de sa sueur, de son propre corps. Pourquoi devrait-elle se soucier de la chaleur, de la saleté et de l'inconfort ? Ce n'était qu'un bout de viande qu'elle abandonnait à son sort, tandis qu'elle, Mara, se réfugiait en un lieu lointain baigné de fraîcheur, d'où tout sentiment était absent.

C'était une aptitude qu'elle avait acquise lors de ses premières expéditions de chasse en compagnie de John, pendant tous ces interminables moments où il avait fallu attendre, avec l'interdiction de bouger un seul muscle avant le signal du traqueur. Elle avait découvert que, lorsqu'elle essayait de se détacher de son corps par un effort de volonté, elle pouvait échapper aux crampes, à la soif, à la chaleur et aux démangeaisons causées par les piqûres d'insectes.

Puis elle s'était aperçue qu'elle pouvait conserver le même détachement pendant que se poursuivait la traque. Et même quand les coups de feu fatals étaient finalement tirés, elle continuait à s'observer de loin. Ce n'était pas elle, mais une étrangère qui assistait à tout ça...

L'énorme ventre d'un éléphant abattu se dressant sur le sol, telle une petite montagne.

Des bras noirs munis de longs couteaux se tendant vers son flanc. Les lames plongeant dans l'abdomen, crevant la paroi. La masse d'intestins s'en déversant – de longs boudins de trente centimètres au moins de diamètre. S'accumulant en un tas fumant et tout palpitant, comme quelque chose de vivant. Les membranes pâles aux couleurs opalines chatoyant au soleil.

À côté de la montagne grise, la longue trompe teintée de rose gisant dans la poussière, flasque et dénuée de souffle.

L'air se remplissant des voix des Africains chantant les joies du festin à venir – de la viande rouge, autant qu'ils pourraient en manger...

Et pendant que l'étrangère contemplait la scène, la femme du chasseur s'observait elle-même. De loin, retranchée, à l'abri. Innocente.

En y repensant, c'était un peu comme si elle avait deviné, d'une manière ou d'une autre, que ce talent deviendrait un jour aussi essentiel à sa survie que sa connaissance des dangers de la brousse – comment éviter de se faire mordre par un serpent, comment passer près d'un lion à l'affût sans le regarder dans les yeux. Sinon, comment aurait-elle résisté à la souffrance provoquée par la découverte de la lettre de Matilda ? À mesure que les jours devenaient des semaines, puis des mois, elle s'était abritée du désespoir en se distanciant d'elle-même, tout en se comportant vis-à-vis de John comme si de rien n'était. Mais chaque remède a son prix, et elle n'avait pas tardé à le découvrir. Ce corps qu'elle avait appris à déserter lui était désormais totalement étranger. Quand John la touchait, avec ces mains qui avaient caressé une autre femme, elle se sentait comme un pantin de bois – un bois mort, desséché.

Les traits de Mara se figèrent, tandis que la nuit précédant le départ de John lui revenait en mémoire. Elle s'était couchée tôt, comme d'habitude, et avait feint de dormir quand John l'avait rejointe. Mais il avait ignoré ce simulacre et, l'empoignant par l'épaule, l'avait retournée face à lui. Puis il s'était allongé sur elle, et, de son genou dur, lui avait écarté les cuisses. Ils n'avaient échangé aucun mot, aucun baiser. Il avait enfoui son visage dans l'oreiller pendant qu'il la pénétrait. C'était un acte de possession, pas d'amour, et ce fut vite terminé. Après, ils étaient restés étendus côte à côte, sans se parler ni se toucher.

Mara chassa ce souvenir, et fixa son regard sur la silhouette toute vêtue de rouge, de l'autre côté du ravin. Enfin, la voix de Leonard fendit l'air ; le mégaphone lui donnait un timbre monocorde, presque mécanique. Mara reporta toute son attention sur sa tâche, attentive aux ordres qu'il lui dictait. Elle effectua d'innombrables va-et-vient, s'arrêtant, repartant, attendant, puis recommençant depuis le début. Et elle finit par échapper à ses propres pensées, ses propres émotions, pour suivre la scène en observatrice intéressée.

Elle fut frappée, une fois de plus, par la nature répétitive du processus. Ils étaient tous venus ici la veille, au même endroit, pour filmer Maggie faisant plus ou moins les mêmes choses. Seulement, en cette occasion, la caméra avait été installée juste à côté de l'endroit marqué par une pierre rouge. Le travail de Mara avait consisté à remplacer Lillian dans les essais techniques, afin que l'équipe voie exactement ce que ferait l'actrice quand on tournerait la scène pour de bon. Les techniciens s'étaient regroupés autour de Mara, et Nick Deux s'était servi d'un mètre à ruban pour mesurer ce qu'il appelait la distance focale, tandis que Tomba s'exerçait à suivre tous ses mouvements avec le micro, et que Jamie émettait des grognements critiques ou approbateurs.

Pendant ce temps, Lillian se prélassait à l'ombre d'un parasol de plage dont les rayures rouge vif et bleues avaient été dissimulées sous un morceau de toile kaki, sur l'insistance de Mara. Les tenues voyantes arborées par la plupart des membres de l'équipe leur faisaient déjà courir suffisamment de risques, avait-elle fait remarquer. Sur la table à côté de Lillian se trouvaient son carnet à dessins et son crayon, un flacon de lotion anti-moustiques et une bouteille Thermos. Au cours de la pause thé, Mara avait entendu l'actrice affirmer à Carlton que la Thermos contenait de l'eau glacée, mais elle était pratiquement sûre que c'était faux. Depuis son arrivée au Raynor Lodge, Lillian s'était ingéniée à faire comprendre à Kefa combien elle dépendait de son *dawa* – elle n'utilisait même plus le terme « gin tonic ». Mara s'était demandé si Carlton savait quelle quantité d'alcool l'actrice ingurgitait, et s'il relevait ou non de sa responsabilité en tant qu'hôtesse de l'en informer. Mais elle aurait eu le sentiment de trahir Lillian. Après tout, ce penchant pour la boisson ne semblait pas affecter ses capacités de comédienne : quand le moment d'échanger leurs places était enfin arrivé, elle avait joué la scène avec une précision impeccable.

Mara s'était assise à son tour sous le parasol pour admirer le spectacle. Cela avait été pour elle une étrange expérience que de voir quelqu'un, vêtu de ses habits à elle, évoluer dans un paysage qui lui était familier, refaisant les gestes qu'elle venait tout juste de mimer. Au bout d'un moment, elle s'était aperçue qu'un autre élément venait s'ajouter à cette impression de déjà-vu. Elle reconnaissait des petites manies, des tics qui lui appartenaient : la façon dont Lillian soulevait son chapeau de temps à autre pour se rafraîchir la tête ; sa manière d'essuyer la sueur sur sa peau avec le revers de sa manche, afin que la saleté ne se voie pas. (Dans le cas de Lillian, ce n'était pas de la vraie sueur, bien sûr, mais des gouttelettes d'un liquide spécial que Rudi avait vaporisé sur son visage, juste avant qu'elle ne prenne place devant la caméra.) En découvrant que Lillian s'était inspirée d'elle pour son personnage, Mara s'était sentie déconcertée, mais aussi secrètement flattée.

Très vite, elle s'était habituée à cette rotation. Parfois, Lillian semblait tenir pour acquis que Mara n'était là que pour lui permettre de se reposer un peu, mais le plus souvent, elle lui manifestait une sincère gratitude, et Mara avait alors l'impression d'accomplir un acte noble et héroïque, comme si elle participait à un sauvetage. Et ce sentiment persistait après que Lillian avait repris sa place devant la caméra. Mara se renfonçait alors confortablement dans son fauteuil – celui dont le dossier était marqué au nom de *Mlle Lane*. Elle s'était même surprise à toucher les objets appartenant à l'actrice – le carnet à dessins, la Thermos, un mouchoir, une brosse à cheveux – comme s'ils étaient également les siens.

Arrivée au bout de son parcours, Mara pénétra avec soulagement sous le couvert du vieil acacia. Elle leva la tête et fit mine de s'assurer qu'aucun animal n'était tapi dans ses branches noueuses. Puis elle ôta son chapeau, laissant l'air frais baigner sa tête. En réponse à ce signal, la voix de Leonard s'éleva de l'autre côté du ravin :

— Coupez !

Une frénésie d'activité s'empara de l'équipe, telle une rafale de vent emportant tout sur son passage. Au bout d'un moment, Leonard porta de nouveau le mégaphone à sa bouche.

— Merci, Maggie. Nous en avons terminé ici. Nous allons nous transférer vers un autre lieu.

La première impulsion de Mara fut de rejoindre les autres pour les aider à remballer le matériel. Mais Leonard lui cria :

— Rudi va venir vous chercher.

Elle demeura sur place, en proie à la confusion. Même si le tournage était terminé pour le moment, elle devait, semblait-il, continuer à jouer son rôle d'actrice – une créature vulnérable, qu'il fallait assister en permanence. Elle regarda Rudi avancer vers elle à petits pas prudents, comme s'il craignait de voir le sol se dérober sous ses pieds.

Quand il la rejoignit, il pantelait, et ses boucles mouillées de sueur s'étaient transformées en frisottis serrés.

— Nous déménageons vers le lac, annonça-t-il, avec un geste de la tête vers le sud de la plaine.

**

Maggie et Luke se tenaient côte à côte au bord de l'eau, et la caméra les filmait de dos, en plan d'ensemble.

Mara ne portait plus son chapeau, mais un foulard vert pâle noué sur ses cheveux. L'action ne se passait pas le même jour que la scène précédente, lui avait expliqué Rudi.

Peter, toutefois, avait exactement la même apparence que dans la scène tournée dans la salle à manger. Toujours vêtu des vêtements de John, il avait passé son fusil en bandoulière, et la gourde était accrochée à sa ceinture.

Mara était figée dans une attitude guindée ; l'espace entre l'acteur et elle semblait étrangement dense, comme rempli par une forme quasi palpable. Elle se surprit à respirer trop vite, et se lécha les lèvres.

— Ne vous inquiétez pas, lui dit Peter à voix basse. Faites comme s'il s'agissait d'une danse, et contentez-vous de suivre les pas. N'oubliez pas qu'il s'agit d'un plan large, on ne verra pas vraiment les détails.

— Entendu, répondit-elle en hochant la tête.

La voix de Leonard donnant des instructions à Nick et Jamie leur parvint faiblement.

De manière indistincte, ils entendirent Nick Deux annoncer le numéro du plan et celui de la prise, puis le bruit du clap.

— Trois quatre-vingt-dix-huit. Première.

— Et... action ! lança Leonard dans son mégaphone.

Maggie et Luke descendirent de la berge verdoyante pour s'avancer sur le rivage boueux. Par endroits, la surface était semée de plaques d'argile grise et desséchée, dont les bords recroquevillés crissaient sous leurs pieds. Mara regardait droit devant elle, les yeux fixés sur un groupe de flamants roses rassemblés dans les eaux peu profondes si près de la rive.

— Rapprochez-vous, ordonna Leonard.

D'un geste naturel, Peter obliqua vers elle, de sorte qu'ils se retrouvèrent pratiquement épaule contre épaule.

— Maggie, posez une main sur son bras pour garder l'équilibre, puis penchez-vous pour arranger votre chaussure, enlever une épine accrochée à votre chaussette, ou quelque chose comme ça...

Quand ses doigts effleurèrent l'avant-bras de Peter, elle sentit ses muscles se tendre sous l'étoffe douce. Levant un pied, elle tira sur l'arrière de sa botte.

— C'est bien. Maintenant, chancelez un peu. Luke, retenez-la.

Le bras de Peter encercla sa taille. Prise au dépourvu, elle perdit soudain l'équilibre pour de bon, et s'agrippa à lui avec plus de force. Il ne relâcha pas sa prise, l'enlaçant étroitement. Elle respira son odeur – un mélange de sueur fraîche et de cannelle.

— Restez comme ça, lança Leonard. À présent, commencez à bavarder, de manière décontractée. Maggie, parlez-lui de cet endroit que vous aimez tant.

Pétrifiée, Mara contempla le lac, et ne trouva rien à dire.

Peter leva son bras libre pour montrer un affleurement rocheux bordé d'une petite plage de galets.

— Allons nous asseoir là-bas. Détendez-vous.

— Mais Leonard nous a dit de rester ici..., objecta-t-elle, l'air indécis.

— Nous ne sommes pas obligés de suivre ses instructions à la lettre, répondit-il en souriant. Je sais ce qu'il cherche à obtenir. Il veut que nous ayons l'air de nous amuser, que nous prenions possession des lieux. Faisons-le à notre façon.

Elle hésita encore, songeant au temps qu'il avait fallu à Leonard et Nick pour décider de l'emplacement de la caméra et de ceux des personnages.

— Croyez-moi, insista-t-il, ce n'est pas grave. Ils n'auront qu'à nous suivre.

Il lui passa un bras autour des épaules pour la guider vers les rochers, où ils s'assirent côte à côte.

— Parlez-moi donc de ces oiseaux, dit Peter en montrant les flamants.

— Eh bien, leur couleur rose est due aux algues dont ils se nourrissent, commença-t-elle. Si l'on garde un flamant en captivité, il devient tout pâle. Et les oisillons sont d'un blanc uniforme jusqu'à ce qu'ils soient en mesure de s'alimenter eux-mêmes. Vous voyez comment ils s'y prennent ? ajouta-t-elle en tendant le doigt vers l'oiseau le plus proche, qui avait plongé son bec dans l'eau. Ils retournent la tête de manière que la partie supérieure du bec affleure l'eau, pour filtrer les algues.

— Comment savez-vous tout cela ? s'enquit Peter, l'air impressionné.

— Grâce à mon mari. John connaît tout de cette région – les plantes, les insectes, les animaux…

Elle s'interrompit, brusquement gênée, et se demanda ce que John penserait de la situation, s'il revenait plus tôt que prévu. Bien sûr, il comprendrait pourquoi elle avait accepté de recevoir le cinéaste et son équipe, et pourquoi elle faisait à présent de son mieux pour les aider à finir leur travail. Cependant, il n'apprécierait sûrement pas de voir un autre homme toucher sa femme ainsi – et de la voir, elle, se plier de bon gré à ces familiarités.

Mais comment pourrait-il y opposer une objection ? Après tout, il avait fait bien pis...

— Oui, c'est vraiment dommage qu'il ne soit pas ici, dit Peter. J'aimerais faire sa connaissance. J'ai vu des photos de lui, dans la salle à manger.

Mara lui jeta un coup d'œil à la dérobée. Il semblait parfaitement détendu. Et le ton qu'il employait pour parler de John était si calme et si neutre qu'il était évident qu'il ne se sentait pas en faute. Si bien que Mara en arriva à ne plus imaginer la réaction de John sous le même angle. Ses idées changèrent du tout au tout, se fragmentant comme une image de kaléidoscope pour se recomposer différemment. Elle prit conscience que John aurait approuvé ce qui se passait ici, à l'exemple de tous les autres : Carlton, Daudi, Leonard, Kabeya, et jusqu'au président lui-même.

Peter prit une poignée de cailloux et les tendit à Mara, puis en ramassa une autre.

— Vous voyez cet arbre mort ? dit-il en montrant un tronc noueux émergeant de l'eau, à bonne distance des oiseaux. Le premier qui le touche aura une récompense, ajouta-t-il, en lançant un galet.

Mara le regarda en jeter un deuxième, en dissimulant un sourire. Peter ignorait qu'elle avait grandi au milieu de six frères. Elle avait passé des heures à lancer des cailloux sur des cibles, dans sa ferme natale, et elle visait aussi bien que les garçons. C'est pourquoi elle avait appris à tirer aussi vite, et avec tant de précision. Elle se releva, de manière à mieux ajuster son lancer.

Chacun de ses projectiles manqua la cible de peu, s'en rapprochant toujours davantage.

— Hé! vous avez l'habitude de ce sport, on dirait! s'exclama Peter, une note de surprise dans la voix.

— C'est exact, répondit-elle, en lançant un autre caillou qui décrivit une longue courbe au ras de l'eau. J'ai suivi un long entraînement.

Du coin de l'œil, elle vit Peter l'observer attentivement.

— Eh bien, moi aussi, déclara-t-il.

Il fléchit les genoux, ramena son bras sur le côté et jeta le galet d'un mouvement rasant, l'air profondément concentré.

— C'est moi qui vais gagner, le taquina Mara en riant.

Au même moment, la pierre qu'elle venait de lancer atterrit avec un bruit sourd en plein milieu du tronc.

Peter leva les mains, feignant le découragement, et secoua la tête d'un air émerveillé.

— Pas de doute, vous savez viser!

— Quelle est ma récompense? s'enquit-elle, avec un sourire de triomphe.

En rencontrant son regard rieur, elle y lut une admiration qui la toucha profondément, et elle se sentit comme grisée, le cœur soudain plus léger.

— Je ne sais pas, répondit Peter. Il faudra que j'y réfléchisse.

À cet instant, la voix de Leonard les rappela brusquement à la réalité.

— Et... coupez. Fantastique, les gars. C'était génial. Excellent travail.

Le regard attentif, Mara manœuvrait prudemment son vieux Land Rover à travers la plaine, pour éviter les tanières des ratels[10] et les termitières. Les deux autres véhicules avaient démarré avant elle et se trouvaient maintenant hors de vue, dans l'autre vallée, mais il était facile de suivre leur piste en se repérant à de petits indices – un buisson écrasé, une bouse aplatie.

Peter était son unique passager. Il s'était attardé près du lac pour prendre des photos et, comme les autres étaient impatients de rentrer pour s'occuper des tâches qui suivaient chaque journée de tournage – le nettoyage du matériel et la paperasserie –, elle avait proposé de l'attendre. À présent, il se penchait par la vitre pour scruter le sol, et levait de temps en temps la main, en disant simplement : « Par ici », ou : « Par là. » Il semblait avoir compris d'instinct que la conduite hors piste requérait la collaboration de tous ceux qui se trouvaient à bord. Mara devinait que, si les circons-

---

10. Ratel : mammifère proche du blaireau, qui vit en Afrique et en Inde. Il se nourrit de rongeurs, de reptiles ou de scorpions qu'il débusque sous terre, mais s'attaque aussi à de plus grosses proies, telles que des antilopes, et est friand de miel. (*N.d.T.*)

tances l'avaient exigé, il aurait accepté sans rechigner de s'asseoir sur le pneu de rechange fixé sur le capot, ou de rester debout sur le pare-chocs avant pour mieux jauger le terrain.

La lumière du crépuscule rehaussait les couleurs du paysage ; le ciel se teintait de pourpre, et la terre d'un rouge profond, sur lequel les herbes sèches dessinaient une trame de fils d'or. Les arbres et les broussailles commençaient à perdre leur relief pour devenir des silhouettes obscures. Les oiseaux perchés sur leurs branches n'étaient plus que des mouchetures blanches, brillant d'un vif éclat, comme éclairées de l'intérieur. Jetant un coup d'œil en direction de Peter, Mara constata, à son expression, qu'il était lui aussi fasciné par la beauté de ce tableau, et son cœur se gonfla de fierté, comme si, d'une certaine manière, le mérite lui en revenait.

— Ça me rappelle le pays, dit-il. Je veux parler de l'Australie...

Elle acquiesça en silence, saisie d'une bouffée de nostalgie. Les paysages de Tanzanie évoquaient souvent en elle le souvenir de la Tasmanie, et plus particulièrement la région de Coal River. Et les noms eux-mêmes, Tanzanie et Tasmanie, étaient d'une consonance si proche que bon nombre de gens les confondaient. Lors de ses premiers jours ici, cette ressemblance avait enchanté Mara, et l'avait aidée à se sentir davantage chez elle. Mais depuis quelque temps, il lui était de plus en plus douloureux de penser à sa contrée natale, et de se rappeler les espoirs qu'elle avait conçus en la quittant. Ses lettres à sa mère s'étaient faites plus courtes et moins fréquentes, car elle se refusait à lui avouer la vérité.

— Depuis combien de temps vivez-vous ici ? demanda Peter.

— Un peu plus de trois ans.

— Êtes-vous retournée là-bas, pour rendre visite à vos proches ?

Elle secoua la tête sans rien dire.

— Votre famille doit vous manquer. Avez-vous des frères et sœurs ?

— Seulement des frères, répondit-elle. Mais une multitude !

Elle s'interrompit, la gorge nouée. Elle aurait voulu ajouter que, bien qu'elle ait souvent eu envie de les fuir, autrefois, ils lui manquaient terriblement à présent.

— Je suis fils unique, reprit-il. C'est pourquoi j'ai voulu une famille nombreuse. Mais mon enfance a été très heureuse. Nous avions une maison sur la plage, à Bondi ; je vivais dans l'eau – avant l'école, après l'école, pendant l'école. C'est pour cela que je suis devenu acteur. Je n'ai jamais pu trouver un vrai boulot.

Il sourit. Puis son expression redevint grave.

— En fait, j'aspire à retourner en Australie. Je préférerais élever les gosses là-bas. Mais Paula ne voudra jamais quitter les États-Unis. Et je suppose que c'est plus important pour elle de vivre là où elle en a envie. Après tout, je suis souvent en voyage...

Mara garda le silence, embarrassée par le tour personnel qu'avait soudain pris leur conversation. Se retrouver seuls tous les deux dans le Land Rover, après le tournage, leur avait donné l'impression d'être de vieux amis. Mais ce n'était pas le cas, se rappela-t-elle. Il était Peter Heath, et elle n'était que l'hôtesse qui le reconduisait au lodge à la fin d'une journée de travail.

Elle ralentit et décrivit un large virage pour éviter le lit d'une rivière asséchée. Seul un étroit ruban de terre noire indiquait sa présence, mais elle savait que, sous la surface durcie, se dissimulait une épaisse couche de limon humide. Le Land Rover briserait la croûte et s'enfoncerait dans la boue jusqu'aux essieux. Elle redressa le volant avec effort pour atteindre un terrain plus sûr.

— Attendez ! Stop ! s'écria Peter.

Alarmée, Mara appuya de toutes ses forces sur la pédale de frein.

— Qu'est-ce donc, là-bas ? demanda-t-il en montrant une large cuvette de boue noire à l'extrémité du lit asséché – seul vestige de ce qui avait été un lac à la saison des pluies.

Portant les jumelles à ses yeux, il reprit :

— C'est un animal enlisé. On dirait un jeune buffle.

Un bref silence, tandis qu'il se penchait davantage par la portière, puis :

— Il a bougé la tête ! Il est vivant ! On ne peut pas le laisser ainsi. Si vous faites le tour par là, poursuivit-il en décrivant un arc avec le bras, nous pourrons arriver jusqu'à lui. Le sol a l'air ferme.

Mara laissa le moteur tourner au ralenti. Elle connaissait la règle : dans une situation comme celle-là, il fallait abandonner l'animal à son sort.

Peter abaissa les jumelles et se tourna vers elle.

— Il doit bien y avoir un moyen de le sortir de là.

La main de Mara hésita au-dessus du levier de vitesses, tandis qu'elle scrutait la plaine alentour. Les seuls animaux en vue étaient des gazelles de Thomson broutant paisiblement, leurs queues remuant constamment d'un côté à l'autre. Pas la moindre trace de buffles, constata-t-elle avec un profond soulagement. De tous les habitants de la brousse, ils comptaient parmi les plus dangereux. Un troupeau pouvait surgir tout à coup, encercler un groupe de chasseurs ou de touristes. D'ordinaire, les bêtes se contentaient de rester là, dans une immobilité menaçante, mais si elles s'énervaient pour une raison quelconque, elles devenaient redoutables, et même la dure carapace d'un Land Rover ne résistait pas bien longtemps à leur assaut.

— Le troupeau est parti en l'abandonnant ici, reprit Peter, comme en écho à ses pensées.

— Sans doute les adultes ne pouvaient-ils pas grand-chose pour lui, acquiesça-t-elle. Ils ne possèdent pas de trompe qui leur permettrait de le hisser, comme le feraient les éléphants.

— Qu'attendons-nous, alors ? reprit Peter d'un ton impatient. Allons-y...

Mara regarda au loin. En esprit, elle entendait la voix de John – calme, assurée, rationnelle.

Laisse-le. Le troupeau est parti. Il mourra de toute façon.

Elle jeta à Peter un regard oblique, et vit qu'il avait compris la raison de son hésitation. Dans ses yeux se lisaient la stupeur et l'indignation. Là encore, elle savait exactement ce qu'aurait dit John, s'il avait été présent.

Il faut savoir prendre des décisions pénibles. L'Afrique n'est pas faite pour les âmes sensibles.

Elle contempla le visage de Peter. Il plissait les yeux, comme s'il grimaçait de douleur. Elle connaissait cette expression, et les sensations qui l'accompagnaient – les muscles faciaux qui se contractaient, la peau qui se creusait de rides. Elle lui était si familière qu'elle aurait pu être en train d'observer son propre reflet.

Brusquement, elle prit sa décision. Sans un mot, elle se pencha vers la boîte de vitesses pour passer en première courte, puis embraya. Le véhicule fit une embardée et s'ébranla lentement en direction du lac asséché.

À distance raisonnable du bord de la dépression, elle s'arrêta, et ils descendirent tous deux. Mara décrocha du râtelier le fusil à gros calibre, le chargea et mit le cran de sûreté. Puis, l'arme à l'épaule, elle s'avança avec Peter jusqu'à la cuvette.

L'animal enlisé était très jeune, pas plus gros qu'un poulain nouveau-né. Il était recouvert d'une couche de boue si épaisse que, sans ses cornes – qui étaient encore à l'état de bourgeons mais possédaient déjà la forme émoussée distinctive de l'espèce –, Mara aurait eu le plus grand mal à reconnaître un buffle. Il les regardait fixement en penchant la tête de côté, l'air presque comique, et incroyablement mignon, comme une illustration d'un livre pour enfants.

Mara mesura du regard la distance qu'il leur faudrait parcourir pour se porter à son secours.

Ils devraient surtout prendre garde à ne pas s'enliser eux-mêmes. Elle considéra la boue sombre d'un œil circonspect, évaluant les autres dangers qu'elle pouvait receler. Heureusement, il n'y poussait pas de roseaux susceptibles d'abriter des escargots porteurs de la bilharziose...

Désignant les traces de sabots profondément imprimées dans le sol, Peter déclara :

— Il est facile de deviner ce qui s'est passé. Les bêtes sont arrivées au galop en croyant trouver de l'eau, et se sont aussitôt envasées. Les adultes étaient assez forts pour réussir à s'extraire, mais ce pauvre petit est resté pris au piège.

Mara le dévisagea avec curiosité. Son raisonnement plein de bon sens était celui de quelqu'un qui avait grandi dans une ferme, comme elle, et non sur une plage. Mais peut-être la mer enseignait-elle les mêmes leçons que la terre...

Peter gardait les yeux rivés sur le bufflon.

— Je pense qu'en nous mettant chacun d'un côté, dit-il, nous arriverons peut-être à le dégager avec les mains. Encore faut-il réussir à l'atteindre... Rudi a bien fait d'insister pour que nous nous changions, ajouta-t-il en regardant ses vêtements. Il n'aurait sûrement pas apprécié que nous revenions avec ses précieux costumes couverts de boue !

Mara le dévisagea, choquée à la seule idée qu'il pût envisager pareille éventualité. Rudi lui avait répété avec insistance que les costumes étaient irremplaçables, à présent qu'ils avaient été filmés. Même s'ils se trouvaient à présent en lieu sûr, ainsi que tous les accessoires, cette pensée ajouta encore à son malaise.

Peter avança en direction du bufflon. Mara le suivit, mais s'arrêta au bout de quelques pas. Elle sentait dans son dos le métal dur du canon de son fusil. Il valait sans doute mieux qu'elle le garde, mais la boue risquait de l'endommager, et ç'aurait été aussi grave que de salir les costumes. Même après un nettoyage minutieux, il resterait toujours un peu de terre incrustée dans les rainures, et John ne manquerait pas de s'en apercevoir. Elle inspecta une nouvelle fois les environs, et, ne détectant aucun signe de danger, elle fit passer la courroie par-dessus sa tête et déposa l'arme sur le sol.

Au début, ils progressèrent sans difficulté. Puis, brusquement, la croûte desséchée craqua sous le pied de Peter et il s'enfonça dans la boue. Un instant plus tard, la même mésaventure arriva à Mara. Elle étouffa un cri quand sa jambe disparut presque jusqu'au genou dans le limon visqueux. Une odeur putride lui frappa les narines. Elle fit un autre pas, en luttant pour ne pas perdre l'équilibre. Quand elle dégagea sa jambe, celle-ci était noire de boue.

— Est-ce que ça va ? s'enquit Peter.
— Oui, pas de problème, répondit-elle.

Au bruit de leurs voix, le bufflon roula des yeux et poussa un meuglement rauque et désespéré. Il commença à se débattre faiblement. La pauvre créature était terrorisée, comprit Mara, et, dans sa panique, elle leur opposerait une résistance acharnée quand ils tenteraient de la libérer.

Quand ils eurent enfin atteint l'animal, Mara alla se placer d'un côté et Peter de l'autre. À mains nues, ils essayèrent de creuser la vase autour de ses pattes grêles. Bientôt, ils en furent tous deux couverts jusqu'aux épaules, les vêtements collés à la peau.

Ils continuèrent à se démener en silence. Mara sentait la sueur ruisseler sur son corps, sous la couche de boue.

— C'est inutile, finit par soupirer Peter. Nous ne sommes pas plus avancés qu'avant.

Le bufflon poussa une plainte lugubre. Il semblait assoiffé autant qu'épuisé. Sa langue grise pendait mollement au coin de sa gueule. Mara regarda son fusil posé sur le rivage, et la panique la prit à l'idée qu'elle allait peut-être devoir aller le chercher. Elle ne savait pas comment elle arriverait à se placer derrière l'animal, à appuyer l'extrémité du canon contre son crâne… D'un autre côté, elle avait conscience que ce serait encore pire de le laisser en vie. Elle l'imagina le lendemain, sous la chaleur infernale de midi. Et le jour suivant. Jusqu'à ce que, finalement, il laisse retomber sa petite tête et meure ici, tout seul.

— Ce n'est qu'un bébé…, soupira-t-elle.

Au moment où elle prononçait ces mots, une idée lui vint.

— Il ne doit pas peser tant que ça. Essayons de le soulever, en joignant nos mains en dessous de son corps.

Peter acquiesça et, sans perdre de temps, commença à creuser sous le ventre du bufflon.

Mara l'imita. Appuyant sa tête contre le flanc boueux de l'animal, elle sentit à travers ses cheveux la chaleur de son corps.

Bientôt, ses mains tâtonnantes rencontrèrent celles de Peter. Leurs doigts se nouèrent, et raffermirent leur prise.

— Bien, dit Peter, à trois, on y va. Un... deux... trois !

S'arc-boutant de toutes leurs forces sur leurs jambes, ils s'efforcèrent de soulever l'animal, qui se tortillait et gémissait de frayeur, tordant le cou pour leur donner des coups de corne. Sans se décourager, ils poursuivirent leurs efforts. Leurs regards se croisèrent par-dessus le dos du bufflon, s'encourageant mutuellement. Mais la bête ne bougea pas d'un centimètre.

Au bout d'un moment, ils renoncèrent et s'accordèrent une pause, leurs mains toujours unies, mais leurs muscles au repos.

— Peut-être devrions-nous utiliser une corde ? proposa Mara. En l'attachant au Land Rover, nous arriverions peut-être à l'extraire de là.

— Faisons une dernière tentative, répondit Peter. Allez, on recommence. Un... deux... trois.

Cette fois, quand ils tirèrent, on entendit un bruit de succion, et le corps du buffle se souleva légèrement. Ils firent un nouvel essai, avec le même succès. Puis, dans un long chuintement, le corps émergea à la surface. Le bufflon s'affala sur le côté, en battant faiblement des pattes.

Pendant quelques secondes, Mara et Peter se regardèrent en silence, submergés par le soulagement. Puis Peter reporta son attention sur l'animal, examinant le flanc taché de boue.

— Que tu es beau ! dit-il à voix basse.

Mara lui jeta un regard étonné. Pour la première fois, il avait parlé avec l'accent australien. Elle sourit en le voyant se pencher sur la bête pour caresser son corps pantelant.

Le bufflon se mit à braire frénétiquement, comme s'il pressentait que son sauvetage était imminent. Le bruit semblait bien trop fort pour émaner de son corps affaibli. Il se répercuta dans l'air immobile et brûlant. Dans un bruissement d'ailes, des oiseaux s'envolèrent d'un arbre mort, derrière le Land Rover. Mara leva la tête et les suivit machinalement des yeux. C'est alors que, à sa profonde horreur, elle s'aperçut que c'étaient des vautours. Ils étaient sans doute là depuis des heures, à guetter leur proie, à attendre...

— Venez, dit-elle à Peter, d'une voix pressante. Ne restons pas ici.

Reprenant position de part et d'autre du bufflon, ils se disposèrent une nouvelle fois à unir leurs forces pour le transporter sur la terre ferme.

La tâche se révéla exténuante. Ils durent porter l'animal pour lui éviter de s'enliser de nouveau, tout en cherchant eux-mêmes à s'extraire du bourbier.

Enfin, ils atteignirent le rivage et s'arrêtèrent, à bout de souffle, massant leurs muscles endoloris. Le bufflon gisait sur le sol entre eux deux, les pattes repliées sous le corps.

— Remettons-le sur ses pieds, dit Peter.

Mara s'empara d'une des pattes antérieures, puis se figea soudain. Du coin de l'œil, elle venait d'apercevoir des formes grises avançant vers eux dans un nuage de poussière.

— Des buffles ! hurla-t-elle. Vite !

Peter réagit aussitôt et s'élança vers le Land Rover. Mara, qui le suivait de près, cueillit son fusil au passage, sans ralentir le pas. Puis elle poursuivit sa course, le canon pointé vers le ciel.

Peter avait atteint le Land Rover. Il se hissa d'un bond sur le siège du passager, et se pencha pour ouvrir la portière à Mara.

Mara coinça son arme contre le dossier, puis grimpa à bord et démarra. Dans le rétroviseur, elle aperçut le troupeau de buffles, formes compactes et musculeuses accourant au petit galop à travers la plaine, tête baissée. Elle percevait le tambourinement des sabots sur la terre sèche. Ils n'étaient plus qu'à quelques centaines de mètres.

Elle manœuvra frénétiquement le volant, à demi levée sur son siège et passant la tête par la vitre pour mieux voir devant elle. À côté d'elle, Peter s'agrippait de son mieux pour résister aux secousses. Il criait pour lui signaler les obstacles, mais sa voix était couverte par les grincements et les ferraillements du Land Rover bringuebalant sur le sol inégal.

Mara avait la peur au ventre. Elle savait que les buffles étaient rapides, en dépit de leur poids, et ils s'approchaient déjà de l'endroit où ils avaient laissé le petit. Dans un instant, ils le dépasseraient pour s'élancer à la poursuite du véhicule. Tout ce qu'elle avait entendu raconter à leur sujet lui revint en mémoire ; les voitures mises en pièces, leurs occupants qui pouvaient s'estimer heureux s'ils survivaient à leurs blessures ; et les chasseurs à pied sauvagement piétinés, jusqu'à n'être plus qu'une pulpe rouge sur l'herbe de la savane.

— Ils s'arrêtent ! hurla Peter par-dessus le vacarme.

C'était vrai, ainsi qu'elle le constata en jetant un coup d'œil dans le rétroviseur. Les buffles se pressaient autour de la cuvette, et pas un ne tournait la tête en direction du Land Rover. Elle n'arrivait pas à en croire ses yeux. Les bêtes ne semblaient s'intéresser qu'au sort du bufflon.

Elle se renfonça dans son siège de manière à conduire plus aisément. Lorsqu'ils se trouvèrent à distance suffisante de la cuvette, elle adopta une vitesse plus raisonnable. Les cahots et le bruit de ferraille cessèrent et, dans le calme revenu, elle se tourna vers Peter et lui adressa un sourire pâle.

— Rien de cassé ?
— Non. Et vous ?

Elle hocha la tête en silence. La peur reflua de son corps, laissant place au soulagement. Mais à ce sentiment succéda bientôt un profond désarroi. Elle venait littéralement de risquer sa vie et celle de son client. Bon sang, qu'est-ce qui lui avait pris ? Elle se courba sur le volant, laissant ses cheveux boueux retomber devant son visage. Le Land Rover roulait à bonne allure à présent, sur une piste balisée, mais néanmoins accidentée. Son genou heurta la portière, mais elle ne fit rien pour se protéger du choc.

Peter poussa un long soupir.

— Bien joué, dit-il.

Sa voix chaleureuse l'incita à tourner les yeux vers lui, et elle s'aperçut qu'il lui souriait d'un air plein de fierté. Ses yeux, brillants d'excitation, étaient d'un bleu-vert limpide. Mara se sentit subjuguée par ce regard, fascinée comme un animal nocturne dans la lueur des phares. Elle dut faire un effort pour reporter son attention sur la route.

Du coin de l'œil, elle vit qu'il la regardait toujours, qu'il la détaillait de haut en bas.

— Vous avez l'air…, commença-t-il.

Il s'interrompit, et se contenta de secouer la tête en souriant.

Mara n'avait pas besoin de se regarder pour imaginer de quoi elle avait l'air, assise au volant dans ses vêtements maculés de boue, la peau noircie. Elle regarda Peter, en lui retournant un sourire éloquent.

— Vous aussi…

Soudain, ce fut comme s'ils étaient redevenus des enfants, découvrant à la fin d'une journée de jeux combien ils s'étaient salis. Ils éclatèrent tous deux d'un rire qui alla s'amplifiant, rebondissant de l'un à l'autre telle une balle de ping-pong ; il s'éteignit à plusieurs reprises, pour repartir de plus belle.

Ils finirent cependant par se calmer, et restèrent ainsi côte à côte, leurs corps secoués par les trépidations du Land Rover, dans le silence troublé seulement par le bruit du moteur. Mara conduisait de manière plus détendue maintenant, un coude appuyé à la portière. Bientôt, ils quittèrent les plaines pour les hauts plateaux. Un sentiment de paix descendit sur eux, reflétant la beauté sereine du paysage qu'ils traversaient. Le soleil était bas dans le ciel et ses rayons donnaient à l'herbe brune des reflets d'or.

À mesure qu'ils roulaient, la lumière se mit à rosir et le ciel se teinta d'un mauve profond. Les pintades commencèrent à se percher sur les branches basses des acacias, cherchant un refuge contre les prédateurs nocturnes. Mara alluma les phares, et s'obligea à se concentrer de nouveau sur la route, les yeux fixés droit devant elle. Mais elle ressentait dans chaque nerf de son corps la présence de l'homme à son côté. Et il en allait de même pour lui, elle le savait – de temps en temps, il se détournait du paysage pour la contempler.

— C'était fantastique, déclara-t-il enfin. Je n'oublierai jamais cette expérience.

— Moi non plus, répondit-elle en souriant.

Une fois de plus, elle eut l'impression qu'un lien étroit les unissait. Mais cela n'avait rien d'étonnant, se dit-elle. Ils étaient deux Australiens loin de leur patrie, ils avaient travaillé ensemble sur le tournage, et ils venaient tout juste de sauver un bébé buffle. En repensant à ce sauvetage, elle fut envahie par un doux sentiment de joie et de fierté. Ensemble, ils avaient défié la loi du plus fort, et ils avaient gagné.

9

Le soir tombait quand ils arrivèrent au lodge. Dans la pénombre, les défenses de l'arche d'entrée étaient pareilles à deux balafres blanches sur un fond grisâtre de feuilles et de branches. La fumée des feux de bois des villageois flottait dans l'air.

Mara coupa le contact, et le moteur s'arrêta dans une dernière trépidation. Mais elle demeura assise au volant, réticente à voir se terminer le voyage. Elle se tourna vers Peter. Lui non plus n'avait pas bougé ; il avait la tête appuyée contre le dossier, comme pour mieux savourer ces derniers instants. Son visage était plongé dans l'ombre, mais elle voyait briller ses yeux. Ils ne parlèrent ni l'un ni l'autre – la sensation de paix qu'ils avaient éprouvée durant le trajet les enveloppait toujours d'un cocon étroit et chaleureux.

Mara sortit enfin de cette torpeur bienheureuse et ouvrit la portière. Elle descendit de son siège, prit son fusil et attendit Peter. Pendant qu'ils cheminaient côte à côte sur le sentier dallé, le feuillage parut se resserrer autour d'eux, comme pour les dissimuler aux regards le plus longtemps possible. Mais bientôt, le lodge apparut à leur vue.

Mara faillit s'arrêter en découvrant Carlton en train d'arpenter la véranda de long en large. En dépit de sa corpulence, il se déplaçait à grands pas rapides et nerveux. La manche gauche de sa chemise était retroussée, dévoilant sa montre.

Elle lança à Peter un regard hésitant, n'osant pas lui demander de parler le premier. Mais à ce moment, elle marcha sur une brindille, et le léger craquement attira l'attention de l'Américain. Quand il leva les yeux, une expression alarmée se lisait sur son visage.

— Que s'est-il passé ? s'écria-t-il, son regard allant sans cesse de l'un à l'autre. Êtes-vous blessés ?

Peter écarta les mains en un geste apaisant.

— Nous allons bien. Ne vous inquiétez pas.

Carlton demeura muet l'espace d'une seconde, puis éclata :

— Vous voudriez que je ne m'inquiète pas ? Alors qu'il fait presque nuit et que vous n'étiez toujours pas rentrés ? J'étais sur le point d'envoyer des gens à votre recherche ! Ils seraient déjà partis, si Brendan n'avait pas filé je ne sais où en emportant les clés des deux véhicules...

Il s'interrompit et regarda fixement Peter, parcourant des yeux son corps couvert de boue. Quand il reprit la parole, ce fut d'une voix étouffée.

— Que diable avez-vous donc fait ?

— Nous nous sommes portés au secours d'un jeune buffle, répondit Peter. Et pour arriver jusqu'à lui, nous avons dû patauger dans la boue.

Carlton secoua la tête, comme quelqu'un qui se demande s'il n'est pas en train de rêver.

— C'est moi qui ai vu l'animal, reprit Peter. Et qui lui ai demandé de s'arrêter, ajouta-t-il en montrant Mara.

Le producteur dirigea aussitôt son attention vers elle.

— Vous n'auriez pas dû accepter, dit-il d'un ton accusateur. Et si vous aviez eu un accident ?

Sans attendre sa réponse, il se tourna de nouveau vers Peter.

— Vous le savez aussi bien que moi, un accident, même mineur, serait pour nous un désastre. Nous ne pouvons nous permettre le moindre retard, ajouta-t-il, une note de panique dans la voix, comme si le danger n'était pas vraiment écarté. Le film tomberait à l'eau, purement et simplement. Nous serions fichus !

— Eh bien, il n'y a pas eu d'accident, fit Peter d'un ton rassurant.

— Là n'est pas la question, riposta Carlton en foudroyant Mara du regard.

— Elle n'est absolument pas fautive, déclara Peter.

— Si, c'est moi la responsable, intervint Mara en secouant la tête. Je suis désolée, Carlton, poursuivit-elle en s'avançant machinalement vers lui. Cela ne se reproduira pas.

Carlton recula. Mara crut qu'il était tellement fâché contre elle qu'il ne supportait même plus qu'elle l'approche. Mais il fronça le nez d'un air dégoûté.

— Seigneur, mais vous empestez ! Vous feriez mieux d'aller prendre un bain, tous les deux.

Mara croisa le regard de Peter tandis qu'elle battait en retraite. Et soudain, tout le comique de la situation lui apparut. Elle sentit le rire monter en elle, et en oublia presque la présence de Carlton, qui les observait d'un air renfrogné.

— Il faudra faire porter de l'eau chaude à Peter, reprit le producteur d'un ton sévère.

— Oui, bien sûr, se hâta-t-elle de répondre, retrouvant son sérieux. Je vais dire aux boys de vous en apporter immédiatement, ajouta-t-elle à l'adresse de l'acteur.

Elle s'aperçut que la boue sur la peau de celui-ci avait pâli en séchant, et commençait à se craqueler au niveau des articulations.

— Il vaudrait mieux prendre une douche d'abord, conseilla-t-elle. L'eau sera froide, mais la boue partira plus facilement.

— Merci, c'est ce que je vais faire, répondit Peter, avant d'ajouter, en lui lançant un regard appuyé : Vous auriez besoin vous-même d'un bon nettoyage au jet.

Elle ne put s'empêcher de sourire. Sa façon de s'exprimer était si typiquement australienne – la gravité feinte, le choix des mots, l'accent – qu'elle observa Carlton à la dérobée pour voir s'il l'avait lui aussi remarqué. Le producteur contemplait Peter d'un air pensif, mais à quoi pensait-il, elle n'aurait su le dire.

Peter s'éloigna en direction des cases. Mara s'attendait que Carlton lui emboîtât le pas. Au lieu de cela, il s'avança vers elle. Anticipant de nouvelles remontrances, elle attendit craintivement. Mais quand il parla, elle fut surprise par l'affabilité de son ton.

— Cet incident mis à part, vous avez fait du bon travail, aujourd'hui, à ce qu'on m'a dit. Leonard est très content, et les autres également. Merci pour votre aide.

— Tout le plaisir est pour moi, répondit-elle avec un grand sourire.

— Nous nous reverrons au dîner, dit-il en lui adressant un petit signe de tête.

Ces mots firent à Mara l'effet d'une douche froide. Le repas lui était complètement sorti de la tête. Elle devait se rendre immédiatement à la cuisine, et voir si tout était prêt.

— Ce soir, nous avons droit à un menu de fête tanzanien, annonça Carlton. Menelik et Kefa en ont discuté avec moi ce matin, puisque vous tourniez en extérieur, expliqua-t-il, d'une voix enjouée dénotant son soulagement d'avoir réchappé à la catastrophe. Je leur ai dit que c'était une bonne idée ; cela nous changera de la cuisine anglaise. Ils m'ont promis de ne pas abuser du piment.

Mara fit de son mieux pour dissimuler sa surprise. À sa connaissance, les repas de fête, en Tanzanie, se réduisaient à abattre une chèvre et à faire rôtir sa viande sur un feu de bois.

— Connaissez-vous la composition exacte du menu ? s'enquit-elle prudemment.

— Il y aura entre autres choses du poulet Kilimandjaro, si je me souviens bien. Ils ont parlé aussi d'épinards aux arachides. Et d'un dessert à base de bananes vertes. Tout ça m'a paru très appétissant.

— Oh oui, c'est délicieux, acquiesça-t-elle d'un air averti, comme si tous ces plats étaient des spécialités de la maison – alors qu'en réalité Menelik ne les avait pas servis une seule fois durant les trois années qu'elle avait passées ici.

Elle soupçonnait que l'idée de proposer de la cuisine locale lui avait été soufflée par Daudi, qui semblait s'être donné pour mission de promouvoir la nouvelle Tanzanie.

Elle attendit poliment que Carlton fût parti, puis se précipita vers les communs. Elle redoutait d'affronter Menelik, mais elle devait absolument l'informer qu'elle était rentrée. Sale comme elle l'était, elle serait obligée de lui parler depuis le seuil de la cuisine, telle une paria. Elle secoua la tête d'un air accablé. Elle ne voulait même pas penser à la réaction du vieil homme. Si elle s'était mis en tête de lui prouver qu'elle était une Memsahib totalement incompétente, elle aurait difficilement pu faire mieux.

Mara s'allongea dans la baignoire, ses cheveux mouillés se déployant autour de ses épaules. Elle s'était lavée à un robinet extérieur pour ôter la plus grosse partie de la boue, mais l'eau du bain n'en était pas moins grise. L'odeur de la boue avait disparu, toutefois, avantageusement remplacée par celle de la savonnette parfumée à L'Air du Temps, que Lillian avait absolument tenu à lui donner. L'actrice avait été fascinée par le récit de leur aventure. Elle la leur avait fait décrire dans le moindre détail, l'avait revécue avec eux, minute par minute, si bien qu'à la fin, ils avaient presque l'impression qu'elle avait participé à leur équipée. Et le geste qu'elle avait eu en lui offrant son savon, se dit Mara, ne faisait que renforcer l'illusion.

Lentement, elle promena ses mains sur ses seins et son ventre pour les enduire de mousse. Son corps était irrité par les frictions répétées, et ces picotements la faisaient se sentir étrangement vivante, en même temps que les lents massages circulaires lui procuraient un langoureux sentiment d'abandon.

Fermant les yeux, elle respira profondément le parfum délicat. L'espace de quelques instants, elle s'imagina qu'elle n'était plus Mara Sutherland, la femme du chasseur, mais une privilégiée vivant dans un monde de luxe et d'aventures romanesques. Quelqu'un comme Lillian, libre d'aller où elle le voulait et d'agir à son gré. Libre de tomber amoureuse d'un bel étranger.

Pas d'un homme marié comme Peter Heath.

Non, pas Peter. Mais quelqu'un qui lui ressemblerait...

Elle se frotta vigoureusement le visage comme pour chasser cette vision, et se remémorer qui elle était vraiment. La Memsahib du Raynor Lodge. Cette pensée amena sur ses traits un sourire sarcastique, et elle se rappela son entrevue avec Menelik, il y avait juste un instant de cela. Cela ne s'était pas passé aussi mal qu'elle ne l'avait craint. Au lieu de prendre un air glacial et désapprobateur, il l'avait regardée fixement pendant un long moment avec une expression incrédule, puis avait éclaté de rire. L'aide-cuisinier et le boy préposé à l'entretien du feu, qui se tenaient près de lui, pétrifiés de stupeur, n'avaient pas tardé à l'imiter. Mara savait que les Africains riaient parfois sous l'effet de la gêne, ou pour exprimer leur sympathie, et elle n'avait donc pas su très bien comment interpréter cette réaction. Mais elle avait fini par se joindre à eux. Leurs rires mêlés avaient empli l'air, dissipant la tension. Et, quand elle avait parcouru la cuisine des yeux, par-dessus l'épaule de Menelik, son soulagement s'était accru en constatant, sans qu'il fût besoin de le demander, que le dîner était en bonne voie. Même les petits raviers destinés à Lillian étaient déjà prêts. Visiblement, tout avait été organisé avec soin, et dans le plus grand calme.

Elle agita les mains sous l'eau, soulevant de légers remous, puis relâcha lentement son souffle, laissant son corps se détendre. Dans l'immédiat, elle n'avait aucune raison de s'inquiéter, et pouvait savourer pleinement cet instant de quiétude.

Mara se dirigeait vers les cases, la savonnette parfumée à la main. Elle ne savait pas très bien si Lillian la lui avait prêtée ou lui en avait fait cadeau, mais elle comptait la lui rendre, quoi qu'il en soit. C'était peut-être la seule que l'actrice avait apportée dans ses bagages, et, maintenant qu'elle s'en était servie, Mara se rendait compte que les savons qu'elle avait achetés à l'intention des pensionnaires étaient de bien piètres succédanés.

Des lampes à pétrole avaient été accrochées tout le long de l'allée, ajoutant leur lumière à celle de l'éclairage électrique se diffusant par les fenêtres du bâtiment principal. Tout en marchant, Mara examina la blouse et la jupe qu'elle avait revêtues – la nouvelle tenue commandée à Bina. Ce soir, en sortant du bain, toute propre et revigorée, avec ce parfum exotique encore accroché à la peau, elle avait soudain décidé de l'étrenner. Après tout, ce n'était pas un soir comme les autres, puisque l'on servirait un repas de fête tanzanien pour la toute première fois au Raynor Lodge.

En enfilant les habits, elle avait regretté l'absence de sa coiffeuse. Pour juger de son aspect, elle avait dû recourir une fois de plus à son miroir à main, le déplaçant tout autour de son corps comme une petite caméra. À en juger par ces images fragmentaires, l'effet était tout à fait réussi. La coupe lui convenait à merveille et l'imprimé, avec ses couleurs fauves, était encore plus beau que dans son souvenir. Ainsi vêtue, se dit-elle avec amusement, elle devait ressembler à un personnage de conte pour enfants – *L'Esprit de la savane*. Ce n'était pas un paysage de saison sèche qu'elle évoquait, mais celui qui surgissait après les premières et brèves pluies, quand la plaine se parait de vert, annonçant le renouveau.

Elle avait chaussé des escarpins à talons hauts, ceux qu'elle portait le jour de son mariage. Elle les avait fait teindre en brun clair par le tanneur, et ils étaient parfaitement assortis au tissu.

Un sourire joua sur ses lèvres tandis qu'elle cheminait d'un pas lent, les plis soyeux de sa jupe caressant ses jambes, ses cheveux fraîchement lavés lui effleurant les épaules. Elle leva les yeux pour contempler le ciel nocturne. Des étoiles trouaient déjà le velours sombre, et elle s'arrêta pour repérer la seule constellation dont elle connaissait le nom swahili. *Mapacha* – les Gémeaux.

À quel moment exact eut-elle la sensation d'être observée, elle n'aurait pu le dire – la certitude grandit progressivement en elle, telle la lumière se propageant dans le ciel avant l'aube. Quand elle en eut acquis la conviction, elle s'arrêta. Puis, comme tirée par un fil invisible, elle se tourna lentement vers la deuxième case. Peter se tenait immobile sur le seuil.

La lanterne au-dessus de la porte le nimbait d'un halo lumineux, soulignant ses traits ciselés d'une ombre délicate. Il regardait droit vers Mara. Il n'eut pas un signe de tête pour elle, pas un sourire. Il semblait comme figé sur place, frappé de stupeur. Mara lui rendit son regard en silence, essayant de déchiffrer son expression. Il était sidéré par sa transformation, elle le voyait bien. Il l'admirait...

Mais elle perçut également une autre émotion, moins facile à identifier. Était-ce de la crainte, du désir – ou bien les deux à la fois ? se demanda-t-elle, le souffle coupé.

Puis il sourit, rompant l'envoûtement.

— Vous êtes éblouissante, dit-il en montrant ses vêtements, d'une voix douce et grave, qui parut flotter jusqu'à elle.

— Merci. C'est une nouvelle tenue.

Elle s'approcha de lui. Leurs yeux se rencontrèrent de nouveau. Elle savait ce qu'un tel échange pouvait signifier, le danger qu'il recelait, mais elle soutint néanmoins son regard pendant une longue minute. Et, à l'instant même où elle se détournait, elle vit Peter baisser la tête, comme pour lui dissimuler son visage.

Elle sentit qu'il la suivait des yeux tandis qu'elle remontait le sentier. Son cœur battait à grands coups dans sa poitrine, et un sentiment proche de la peur lui nouait l'estomac. Tous ses sens lui paraissaient faussés ; cette présence derrière elle l'attirait et la repoussait en même temps. Il lui paraissait aussi proche que les papillons de nuit tournoyant dans la lumière des lanternes, et aussi lointain que les étoiles scintillant dans le ciel.

Elle s'arrêta sous un frangipanier avant de se diriger vers la case de Lillian, et s'efforça de retrouver son calme. Quand elle se sentit prête, elle s'approcha, serrant toujours le savon dans sa main.

Comme elle passait devant la fenêtre, une voix d'homme lui parvint de l'intérieur de la pièce. Elle s'immobilisa et recula dans l'ombre, en espérant qu'ils ne l'avaient pas vue, car elle savait combien les clients tenaient à leur intimité. Puis l'homme parla de nouveau, d'une voix plus forte, et elle reconnut le timbre grave de Carlton.

— La question n'est pas là, Lillian. Je reconnais que vous faites du bon travail sur le plateau. Mais je sais, et vous le savez aussi, que vous buvez beaucoup trop.

— Oh ! allons donc…, rétorqua Lillian. Quelques verres de gin de temps en temps… Il n'y a pas de quoi en faire une histoire.

— C'est beaucoup plus que quelques verres, Lillian, reprit le producteur, patiemment. Vous croyez pouvoir donner le change, mais je ne suis pas dupe.

Un bref silence passa. Quand Lillian reprit la parole, ce fut du ton implorant que Mara lui avait déjà entendu.

— J'essaie simplement de tenir le coup, Carlton ; tourner en Afrique est bien plus dur que je ne l'imaginais. Tous ces microbes, ces maladies, ces insectes et ces bêtes sauvages... Zanzibar était un vrai cauchemar.

Un nouveau silence. Mara se représenta le sourire enjôleur se peignant sur les lèvres de l'actrice.

— Ne soyez pas trop dur envers moi, Carlton, s'il vous plaît... De mon point de vue, ajouta-t-elle, une note calculatrice entrant dans sa voix, il vaut mieux, dans l'intérêt du film, que je continue ainsi jusqu'à la fin du tournage. Il nous reste quelques-unes des scènes les plus importantes à filmer. Je pourrai réduire ma consommation à mon retour en Amérique.

Carlton poussa un puissant soupir d'exaspération.

— Lillian... Ce n'est pas seulement du film qu'il s'agit. Je me fais du souci pour vous. Vous finirez par vous retrouver une nouvelle fois dans cette clinique, et plus personne ne voudra travailler avec vous. La première fois, on peut toujours prétexter une légère dépression, mais au bout de deux, cela devient déjà plus difficile.

Mara étouffa une exclamation de stupeur. Partagée entre l'incrédulité et une inquiétude croissante, elle s'efforça d'analyser le sens des mots qu'elle venait d'entendre. *Clinique. Dépression. Plus personne ne voudra travailler avec vous.*

— Écoutez, Lillian, reprit Carlton, je peux vous dire que j'ai dû batailler pour que les assureurs acceptent de vous couvrir sur ce film, et encore, ils nous ont imposé des clauses d'exclusion très strictes. Vous ne pouvez pas vous permettre de prendre des risques.

— Je crois que vous dramatisez un peu, rétorqua Lillian. Je contrôle parfaitement la situation.

On entendit alors un bruit de pas, vifs et résolus ; Lillian émit un petit cri aigu de protestation. Un instant plus tard, la porte s'ouvrit d'une brusque poussée. Mara s'enfonça dans les taillis pour ne pas être vue. Carlton émergea de la case, serrant contre sa poitrine deux bouteilles de gin.

— Rendez-les-moi ! glapit Lillian d'un ton affolé. Que faites-vous donc ?

Carlton déboucha les bouteilles.

— Non ! cria Lillian. Ne faites pas ça, je vous en prie.

Le producteur brandit les bouteilles, une dans chaque main. Puis il les retourna simultanément, et demeura immobile tandis que leur contenu se déversait en gargouillant sur la plate-bande. Il avait une expression surprise, comme s'il était sidéré par sa propre témérité. Une forte odeur de genièvre et d'alcool se répandit dans l'air. Quand les deux bouteilles furent vides, Carlton regarda longuement Lillian, puis les déposa sur le sol, avant de s'éloigner à grands pas, sans un regard derrière lui.

La porte de la case se referma avec fracas.

Clouée sur place, comme engourdie sous l'effet du choc, Mara attendit que le producteur fût hors de vue. Lillian buvait beaucoup, c'était vrai, elle l'avait elle-même constaté, mais elle n'aurait jamais pensé que l'actrice était alcoolique. Dans son esprit, ce mot ne pouvait s'associer à quelqu'un d'aussi connu, beau et talentueux... Tournant les yeux vers le rondavel, elle hésita. Elle aurait aimé voir Lillian, s'assurer qu'elle allait bien, mais l'actrice comprendrait alors que Mara avait été témoin de son humiliation, et cela ne ferait qu'accroître sa détresse. Mieux valait laisser à Carlton le soin de régler la situation. Après tout, c'était un producteur ; il savait ce qu'il fallait faire dans les moments de crise.

Tapie dans l'ombre, Mara serra convulsivement la savonnette entre ses doigts. Ce contact ferme la rassura : quelque chose de solide dans un monde soudain devenu instable. Si la célèbre Lillian Lane se révélait être une femme désemparée, en passe de ruiner sa carrière, comment savoir ce qui pouvait advenir ?

Le désarroi l'envahit. Mais même cette émotion n'était pas tout à fait ce qu'elle semblait être ; elle se doublait du sentiment que, dans un lieu si plein de secrets et de contradictions, les règles normales pouvaient être abolies.

Tout pouvait arriver.

L'image de Peter traversa son esprit. Un frisson d'excitation la parcourut, et son sang se mit à couler plus vite dans ses veines.

10

Lillian était étendue sur une méridienne en rotin, dans l'ombre mouchetée du jacaranda. Ses cheveux étaient recouverts d'un foulard de soie rose assorti à la couleur des fleurs d'une bougainvillée voisine, ainsi qu'à l'imprimé floral de sa robe. En traversant la pelouse brunie, Mara ne put s'empêcher de penser que cette harmonie parfaite était le fruit d'un choix délibéré – peut-être qu'à force de se considérer comme un élément du décor d'un film, Lillian en était arrivée à voir le monde réel comme un vaste studio.

Le plateau qu'elle était venue chercher était posé sur le sol, à côté du siège. Mara s'approcha sans faire de bruit ; Lillian était profondément endormie, la respiration régulière, les lèvres entrouvertes. Des cernes légers soulignaient ses yeux, mais en dehors de cela, elle avait l'air en pleine forme. Ravissante, même. Difficile de croire que c'était là la femme que Carlton, la veille, avait traitée d'alcoolique.

Mara souleva délicatement le plateau, en veillant à ne pas faire cliqueter le service à thé.

Elle s'apprêtait à repartir quand elle aperçut le carnet à dessins de Lillian abandonné dans l'herbe ;

sous ses yeux, un scarabée grimpa sur le bloc et entama la longue traversée d'une page sur laquelle était dessiné un homme assis. Elle devina que cette esquisse était censée représenter Peter : elle reconnaissait la gourde et le fusil. Elle se demanda si Lillian donnerait le dessin à Peter, une fois qu'elle l'aurait terminé, et si celui-ci mentirait en lui déclarant qu'il était excellent, comme tout le monde semblait le faire. Elle éprouva un élan de pitié envers l'actrice, qui se donnait tellement de mal pour réaliser ses portraits – et se faisait tellement d'illusions sur son talent, parce que personne n'osait lui donner une opinion sincère sur son travail. C'était l'un des inconvénients de la célébrité, se dit-elle. Et il lui vint alors à l'esprit qu'il devait en exister d'autres, bien plus graves, qui avaient conduit Lillian à chercher refuge dans la boisson. Puis ses pensées se tournèrent vers Peter. Il était tout aussi célèbre, pourtant il émanait de lui une impression de solidité, de stabilité, et elle était persuadée qu'il ne s'agissait pas d'une simple apparence. Était-ce en raison de sa personnalité, de ses origines, ou des choix qu'il avait effectués au cours de sa vie, elle n'aurait su le dire, mais le succès semblait l'avoir laissé indemne.

Elle promena son regard autour d'elle. C'était déjà le milieu de la matinée, et cependant, au lieu de l'activité fébrile de ces derniers jours, il régnait un calme absolu. Carlton avait déclaré qu'on ne tournerait pas ce matin, afin que chacun puisse reprendre des forces avant d'attaquer les ultimes séquences. Plusieurs membres de l'équipe avaient imité Lillian et se prélassaient dans le jardin.

Brendan lisait un vieux journal sur la véranda. Rudi, assis sur une natte près du manguier, bavardait avec les boys, qui répondaient par de longues phrases entrecoupées de rires. L'air vibrait de leurs voix aiguës et puériles. Les deux garçons auraient dû être en train de travailler, mais Mara s'en serait voulu d'interrompre une scène si plaisante.

Quel dommage, songea-t-elle alors, que John ne puisse pas contempler ce spectacle ! Voir le lodge rempli de clients satisfaits était son rêve le plus cher. Puis une autre pensée lui vint : si John avait été là, tout aurait été différent. Il aurait pris la direction des opérations, et l'atmosphère aurait été nettement plus tendue ; les employés se seraient démenés pour se conformer aux ordres du Bwana, qu'ils les approuvent ou non. Et elle n'aurait sans doute pas participé au tournage ; en présence de John, elle n'en aurait tout simplement pas eu le courage, s'avoua-t-elle.

Repoussant cette pensée, elle s'avança vers Jamie qui, installé dans un transat, l'air désœuvré, arrachait une à une les minuscules feuilles d'un rameau de jacaranda. Non loin de lui se tenait Tomba, coiffé d'un énorme casque à écouteurs et brandissant un micro monté sur une poignée qui le faisait ressembler à un pistolet. Deux longs fils noirs le reliaient à la console d'enregistrement posée sur une table de jeu. Mara le vit pointer son micro vers les boys qui continuaient à bavarder avec animation, puis le ramener vers lui. Il répéta la manœuvre plusieurs fois de suite, d'un air profondément concentré.

— Je crois qu'il veut me prendre mon boulot, déclara Jamie d'un ton moqueur, où perçait cependant une pointe d'admiration. Il comprend vite, vous savez.

Le micro se braqua aussitôt sur lui.

— Qu'avez-vous dit ? demanda Tomba.

— Peu importe, rétorqua Jamie. Ce qui compte, c'est que tu ne l'as pas capté, parce que tu n'étais pas tourné vers moi. C'est comme ça, avec le 416 ; c'est un micro ultra-directif, qui capte le son dans une zone très réduite.

Tomba plissa les yeux et prit un air d'intense réflexion. Mara le vit remuer les lèvres tandis qu'il se répétait silencieusement ces termes pour les inscrire dans sa mémoire.

— À propos, reprit Jamie, en se tournant vers Mara, savez-vous où est Carlton ?

— Dans la salle à manger, répondit-elle. Il avait l'air très occupé.

Elle l'avait aperçu un peu plus tôt, des documents épars autour de lui, une calculette à la main. C'était peut-être une matinée de repos pour l'équipe, mais pas pour le producteur. À le voir additionner fiévreusement les chiffres, Mara avait deviné qu'il s'inquiétait pour ses finances, et s'était égoïstement réjouie qu'il lui eût déjà versé un second et généreux acompte.

Jamie laissa échapper un rire bref.

— Je parie que Leonard est en train de travailler lui aussi. Il doit être occupé à réécrire le scénario, pour essayer de nous rendre tous cinglés. Mais, comme on dit, c'est la rançon de la gloire, ajouta-t-il en s'étirant paresseusement. Hé ! Tomba, je vais te donner un conseil. Quoi que tu fasses, ne deviens jamais patron.

Tomba le dévisagea un instant, puis se tourna vers Mara d'un air hésitant.

— Ne deviens pas *Bwana Mkuu* ?

— C'est ce qu'il a dit, acquiesça-t-elle. Mieux vaut ne pas se trouver à la place du chef.

Tandis qu'elle s'éloignait, elle vit l'Africain lancer à Jamie un regard où le scepticisme se mêlait à la perplexité.

Au lieu de se rendre directement dans la cuisine, elle déposa le plateau dans l'entrée, en se disant qu'elle ferait bien d'aller vérifier que les boys avaient fait le ménage dans les cases. Si Peter était dans sa chambre, elle en profiterait pour lui demander si on lui avait apporté son thé.

Elle pourrait lui parler. Elle pourrait contempler la lumière du soleil jouant sur son visage, à travers la fenêtre…

En tournant le coin du bâtiment, elle jeta un coup d'œil par la vitre de la salle à manger. Carlton était toujours assis à la même place, avec trois tasses de café au moins devant lui à présent. Elle scruta la pièce dans sa totalité, mais ne vit personne d'autre. Un peu plus loin sur la véranda, une tache de couleur attira son attention. À travers les portes-fenêtres ouvertes, elle reconnut cette nuance de bleu si particulière – celle de la chemise en lin de Peter. Il s'était accroupi pour examiner quelque chose sur le sol.

Elle se précipita vers lui, en espérant qu'il ne s'agissait pas d'un rat crevé ou d'une procession de fourmis légionnaires. En s'approchant, elle vit qu'il examinait des objets disposés sur un kitenge étalé sur la natte, et que Kefa se tenait derrière lui.

Tous deux se retournèrent à son entrée, et Peter la salua d'un sourire chaleureux.

— Bonjour, dit-elle.

Kefa lui lança un regard inquiet, tout en montrant l'étalage d'un ample geste du bras : une collection d'objets en bois, statuettes d'hommes et d'animaux, bols et ustensiles divers.

— C'est le sculpteur du village qui les a apportés..., commença-t-il d'une voix hésitante, avant de relever le menton et de poursuivre, d'un ton plus hardi : C'est la boutique de souvenirs. Daudi a dit que notre lodge devait absolument en posséder une.

De surprise, Mara haussa les sourcils – non parce qu'il avait pris cette initiative sans lui en demander l'autorisation, mais parce qu'il avait dit *notre* lodge. Elle imagina l'indignation de Bina en entendant un boy parler ainsi. John aurait été passablement choqué, lui aussi. Mais, à bien y réfléchir, elle n'en éprouvait que du soulagement. Si Kefa avait employé ces termes, cela signifiait qu'elle n'avait pas fait preuve de négligence en les laissant, lui et Menelik, prendre des décisions eux-mêmes, pendant qu'elle essayait de satisfaire les exigences des cinéastes. Ils étaient tous embarqués sur le même bateau. Ils étaient tous maîtres à bord. Ou, peut-être, aucun d'eux ne l'était...

Kefa l'observait en silence, attendant sa réponse.

— Je pense que c'est une bonne idée, déclara-t-elle.

Et c'était vrai : elle ne voyait pas pourquoi les villageois n'auraient pas profité de l'occasion qui leur était donnée de gagner un peu d'argent. Après tout, il s'écoulerait sans doute beaucoup de temps avant que cela ne se reproduise.

Un large sourire éclaira le visage de Kefa, et il se détendit visiblement.

Peter se pencha pour prendre un petit zèbre sculpté dans un bois jaune d'or ; les rayures, le museau et la crinière avaient été dessinés en noircissant le bois au moyen d'un poinçon brûlant.

— N'est-ce pas ravissant ? dit-il en le tendant à Mara.

Elle l'examina sous tous les angles. Elle avait déjà pu admirer le travail de l'artisan, dont les animaux de bois semblaient prêts à s'élancer en caracolant à travers les plaines.

— Ce sculpteur gardait les troupeaux quand il était petit, expliqua Kefa. Il a passé beaucoup de temps à observer les bêtes. C'est un expert.

Peter s'empara d'une autre statuette en bois noir.

— On dirait de l'ébène, s'émerveilla-t-il en caressant la surface satinée. Je travaille un peu le bois, moi aussi, ajouta-t-il au bout d'un moment, en lançant à Mara un regard presque timide à travers ses cheveux en bataille.

— C'est pour cela que vous avez des mains si robustes, répondit-elle en lui rendant son regard.

À peine ces mots lui avaient-ils échappé qu'elle se mordit la lèvre, les regrettant déjà. La remarque paraissait bien trop personnelle, et donnait l'impression qu'elle passait son temps à l'observer.

— Je suis plus ébéniste que sculpteur, poursuivit Peter. Je fabrique des meubles à mes moments perdus. Mais quand je vois un travail comme celui-ci, je me dis que je devrais peut-être essayer – à condition d'en trouver le temps, évidemment.

Il adressa à Mara un sourire teinté de regret, avant de reporter son regard sur l'éventaire.

— J'essaie de choisir des cadeaux pour mes enfants, mais je n'arrive pas à me décider. Que me conseillez-vous ?

Elle se pencha, dissimulant son visage sous le rideau de ses cheveux. Elle effleura des yeux une girafe tachetée de noir et un couple de lions à l'air féroce, ouvrant une gueule menaçante. Mais elle les vit à peine, car elle ne pensait qu'aux enfants de Peter, à ces visages qu'elle avait contemplés sur la photo. Elle s'efforça d'associer chacun d'eux à une statuette, mais la tâche se révéla impossible. Elle éprouvait une sensation d'angoisse au creux de l'estomac, l'impression de perdre pied, d'être en train de tomber, sans savoir où se terminerait sa chute.

Qu'est-ce qui me prend ? se demanda-t-elle, en s'efforçant de se ressaisir et de se concentrer sur les sculptures.

Commence par les garçons. Qu'est-ce qu'ils aiment le plus... ?

C'est alors que, dans un éclair de lucidité, elle comprit ce qui la troublait autant : la seule pensée des enfants de Peter l'emplissait d'un sentiment de culpabilité.

Elle se sentait coupable parce que, tandis qu'ils l'attendaient à la maison avec leur mère, qu'ils souhaitaient ardemment son retour, elle voulait le retenir ici.

Elle voulait le garder près d'elle.

Le souffle coupé, elle repoussa cette pensée dérangeante. Mais elle savait qu'elle ne pouvait pas la nier.

Comme assommée, elle baissa les yeux sur ses pieds, ses souliers d'hôtesse sagement rangés côte à côte, les pointes légèrement éraflées.

— Regardez ça, fit la voix de Peter, en même temps qu'une plaquette de bois apparaissait dans son champ de vision.

L'objet était de la taille d'une grande enveloppe, et ses bords étaient ornés d'une frise de baobabs et d'animaux. En son centre était gravé le mot *Karibu*.

— Qu'est-ce que ça signifie ? s'enquit-il.

— C'est une sorte de salutation, expliqua-t-elle en gardant les yeux rivés sur la plaque. Quand on rend visite à quelqu'un, on s'arrête devant le seuil de la case et on crie « *Hodi !* » ce qui veut dire : « Je suis là ! » Et l'autre répond « *Karibu !* » ce qui signifie à peu près : « Approchez, vous êtes le bienvenu ! » Les Européens achètent généralement ces plaques pour les accrocher à leurs portes, ajouta-t-elle.

Sa voix paraissait frêle et tendue à ses propres oreilles, mais Peter ne parut pas l'avoir remarqué.

Kefa montra une autre pancarte portant l'inscription *Nyumbani*.

— Celle-ci signifie : « Chez nous », dit-il. Mais vous pouvez commander n'importe quelle inscription de votre choix, si vous le préférez, dit-il. L'artisan gravera tout ce que vous voudrez.

— Je vais en acheter une pour la salle de jeux des enfants, déclara Peter. Avec des oiseaux et des animaux sur tout le pourtour. Qu'en pensez-vous ? demanda-t-il en regardant Mara.

Elle acquiesça en silence, évitant de croiser ses yeux. Ses paroles lui avaient fait l'effet d'une douche glacée. Elle s'était méprise sur ses sentiments. Elle avait cru qu'il éprouvait de l'attirance pour elle, mais elle comprenait à présent que ce qu'il ressentait à son égard était si simple et si innocent qu'il ne voyait aucun mal à lui faire partager ses préoccupations paternelles.

Elle essaya de répondre d'un ton tout aussi anodin.

— Vous pourriez en acheter une pour chacun des enfants, avec leur nom gravé dessus.

Elle fit de son mieux pour accompagner ces mots d'un sourire enjoué, mais ses lèvres tremblaient. Elle ne pouvait s'empêcher de se rappeler la façon dont il l'avait regardée le soir précédent, sur le seuil de sa case, puis durant le repas qui avait suivi. Ils s'étaient à peine parlé de toute la soirée, car Lillian avait monopolisé la conversation à leur table. Mais leurs regards, n'avaient cessé de se croiser, chacun s'accrochant tour à tour à celui de l'autre et le retenant...

Brusquement, une nouvelle pensée s'imposa à son esprit, avec la force d'une certitude. Ce dialogue n'était pas aussi insipide et banal qu'il le paraissait – pas plus du point de vue de Peter que du sien. Il essayait délibérément de lui donner un aperçu de sa vraie vie, celle qu'il menait hors des plateaux, pour lui montrer combien il tenait à sa famille. Pour instaurer de force une distance entre eux deux.

Parce qu'il la désirait, autant qu'elle le désirait.

Elle le dévisagea avec attention, pour voir si elle ne se trompait pas, et une vague de compassion la submergea. Ne savait-il pas déjà que son plan était voué à l'échec ? Il était impossible d'évoquer la présence de sa femme et de ses enfants ici, au Raynor Lodge. Toutes ses tentatives en ce sens les feraient fatalement paraître encore plus lointains, encore moins réels. Comme John, là-bas dans le Selous, ils appartenaient à une autre réalité.

Elle se pencha pour lui montrer une série de quatre éléphants, rangés par ordre de taille. Chacun portait, incrustée dans le bois noir, une minuscule paire de défenses taillées dans de l'os.

— Choisissez plutôt cette petite famille, dit-elle en rassemblant les statuettes au creux de sa main.

Peter s'en empara en souriant, et Mara laissa son regard s'attarder sur ses traits. Il avait un coup de soleil sur le nez et le front. Une de ses joues avait été légèrement égratignée par une branche d'acacia, et l'on voyait encore la trace de la teinture d'iode qu'il y avait appliquée. Près de la tempe, la peau était un peu enflée – sans doute une piqûre de moustique... Il baissa la tête pour chercher de l'argent dans ses poches, et elle se pencha vers lui pour respirer son parfum de cannelle, sous l'odeur astringente du savon au phénol.

Elle enregistra minutieusement tous ces petits détails, ces minuscules repères d'un monde où, durant une infime fraction de temps, ils avaient été si proches l'un de l'autre, détachés du passé comme du futur.

Libres de toute entrave.

11

Il était seulement cinq heures du matin, mais Bwana Stimu avait déjà mis le générateur en marche. La lumière électrique brillait derrière les fenêtres de la cuisine, et le silence de l'aube était troublé par le vrombissement du moteur filtrant à travers les murs du hangar.

Mara traversa la cour d'un pas vif, balançant les bras le long de ses flancs. Un flux d'énergie impatiente parcourut son corps tandis qu'elle passait mentalement en revue les tâches à accomplir avant le petit déjeuner. Elles lui apparaissaient comme autant d'obstacles à franchir. Quand elle aurait terminé, elle pourrait se rendre dans la salle à manger, et s'asseoir à table, avec ses pensionnaires.

Et il serait là, à sa place habituelle. Juste à côté d'elle. Il lèverait les yeux, et son visage s'éclairerait à sa vue.

Elle inspira une grande bouffée d'air matinal, les yeux clos, et sourit. Puis elle promena son regard autour d'elle, en quête de Dudu. Sa première tâche consistait à s'assurer qu'il avait ciré les chaussures qu'elle lui avait données la veille, et qu'il les avait rapportées à leurs propriétaires. Ensuite, elle devait demander à Menelik de faire bouillir du riz, non pour le servir à un client affamé, mais parce qu'elle avait besoin de l'eau de cuisson.

Hier, après le tournage, Rudi était venu la voir, pour se plaindre que le bord du chapeau de Maggie commençait à s'affaisser.

— Cela se produit invariablement, avait-elle expliqué. Le tissu se raidit quand on le lave et se ramollit au bout d'un certain temps.

Elle avait retourné le chapeau entre ses mains. Sur le plateau, Lillian et elle l'avaient porté presque constamment depuis maintenant dix jours, et le reste du temps, il restait comprimé dans un sac, avec le reste des costumes, sales et imbibés de sueur. Il n'y avait rien d'étonnant à ce que le bord se déforme.

— Eh bien, c'est très embêtant pour les raccords, avait repris Rudi. Songez à ce qui va se passer au montage, quand on assemblera des plans tournés à des moments différents. On va se retrouver avec un chapeau dont le bord s'abaissera et se relèvera sans arrêt, comme les volets des ailes d'un avion !

La plaisanterie avait arraché un sourire à Mara, mais il lui avait fallu un certain temps pour comprendre ce que le jeune homme avait voulu dire. Le processus de fabrication d'un film ne cessait de la surprendre ; parfois, la caméra semblait pouvoir s'accommoder des subterfuges les plus grossiers, tels qu'elle-même se faisant passer pour Lillian, mais, à d'autres moments, les plus minuscules incohérences étaient jugées inacceptables. Leonard lui avait expliqué que tout était une question d'angle de prise de vues, de cadrage, d'objectif et d'éclairage. Cela n'en demeurait pas moins un mystère pour elle, un monde magique où les règles habituelles n'avaient plus cours.

Rudi lui avait confié le chapeau, en lui demandant de faire tremper le bord dans de l'eau de riz et de le repasser quand il serait encore humide. Elle avait accepté de bon cœur, car elle savait qu'il effectuait à lui seul le travail de plusieurs personnes, et avait grand besoin d'aide. Mais à présent, tandis qu'elle se dirigeait vers la cuisine, en se frayant un passage entre les poules qui erraient de-ci de-là à la recherche de nourriture, elle commençait à le regretter. Elle ne savait pas comment présenter sa requête à Menelik. Tout devait être plus simple pour quelqu'un comme Bina, se dit-elle en son for intérieur. L'Indienne n'aurait pas pris la peine de fournir des explications, elle se serait contentée de donner ses ordres.

Au moment où elle arrivait devant la porte de la cuisine, celle-ci s'ouvrit avec fracas. Dudu apparut, tenant à la main un torchon d'une saleté repoussante. Pivotant sur lui-même, il en cingla le mur, et des flocons de suie s'envolèrent en tous sens.

En apercevant Mara, il lui brandit le chiffon sous le nez.

— *Haribika kabisa !* Tout est sale, expliqua-t-il en montrant la cuisine. Bwana cuisinier est très fâché.

Mara se hâta vers la cuisine, mais à peine eut-elle franchi le seuil qu'elle se figea sur place. La pièce tout entière était maculée de suie, et une forte odeur de kérosène brûlé imprégnait l'air. Menelik était en train de nettoyer les étagères au moyen d'une éponge.

En la voyant, il pinça les lèvres, comme pour contenir des paroles de reproche.

— Que s'est-il passé ? demanda-t-elle.

Avant même qu'il lui ait répondu, son attention fut attirée par le réfrigérateur, qui semblait être à l'origine du désastre : le mur derrière lui était complètement noirci.

— Quelqu'un est entré ici et a réglé la puissance du frigo au maximum, déclara Menelik. Elle a fait ça cette nuit, pendant que je dormais. La flamme est montée trop haut et a produit de la fumée pendant des heures.

— Elle ? répéta Mara. Tu sais donc de qui il s'agit ?

Tout en continuant à récurer l'étagère, le cuisinier répondit :

— L'autre Memsahib est venue ici hier soir, après le dîner. Elle s'est plainte que son tonic n'était pas assez froid. Je lui ai dit que nous ne pouvions pas mettre toutes les boissons au frais parce que le frigo n'est pas assez grand. Je lui ai proposé de la glace préparée avec de l'eau bouillie, mais elle n'était pas satisfaite. C'est pour cela que je crois que c'est elle.

Mara s'apprêtait à lui répliquer que c'était un indice bien mince, quand elle remarqua un verre vide sur la table – un gobelet comme ceux que Menelik utilisait pour servir les gin tonics, avec une rondelle de citron au fond. Sur le bord, on distinguait nettement une trace de rouge à lèvres.

Elle croisa le regard de Menelik et hocha la tête.
— Je pense que tu as raison. C'était Lillian.

Le cuisinier émit un petit bruit de mépris avec ses lèvres et se remit à sa tâche. Mara n'avait aucun mal à comprendre sa rage : il allait lui falloir des heures pour remettre la cuisine en état, se dit-elle en contemplant le gâchis.

— Cela s'est-il déjà produit dans le passé ? demanda-t-elle, consternée.

Tout d'abord, Menelik ne parut pas avoir entendu la question. S'attaquant à une autre étagère, il commença à essuyer le couvercle d'une boîte à farine.

— Une seule fois, répondit-il enfin, d'un ton réticent.

Intriguée par son comportement, Mara s'enquit :
— Et qui était responsable ?

Menelik hésita de nouveau, avant de murmurer :
— La première Memsahib.

Mara mit quelques secondes à comprendre le sens de ces mots. Puis elle s'exclama, les yeux écarquillés :
— Tu veux parler d'Alice ?
— Oui, acquiesça Menelik. Elle avait reconnu les faits, mais elle ne s'était pas excusée.

Mara s'efforça de dissimuler sa satisfaction à l'idée qu'Alice, tout comme elle, s'était attiré les foudres du cuisinier.

— Tu as trop à faire pour te charger en plus du nettoyage, déclara-t-elle d'un ton magnanime. Je vais dire aux boys de venir t'aider.

Menelik la remercia d'une petite inclinaison de tête, puis reposa l'éponge sur la table.

— Qu'ils se dépêchent, alors. Je dois préparer le petit déjeuner et ce n'est pas possible dans une cuisine pareille. Même l'air est empoisonné.

Plissant le nez de dégoût, il se dirigea vers la cuisinière et ouvrit la porte. À l'aide de pinces, il en retira un gros morceau de charbon ardent, qu'il déposa dans le petit brasero de cuivre placé près de la porte de derrière. Puis il prit la sacoche de cuir accrochée au mur et plongea la main à l'intérieur pour en sortir un petit morceau d'encens. Sous le regard attentif de Mara, il déposa celui-ci sur les braises. La boulette de résine se mit aussitôt à grésiller et à fondre, en formant de minuscules bulles dorées. Un mince panache de fumée odorante ne tarda pas à s'élever dans l'air.

Mara ferma les yeux pour mieux s'en délecter. Elle avait déjà senti ce parfum dans la cuisine – c'était une tradition éthiopienne de faire brûler de l'encens quand on servait le café – mais il évoquait toujours à son esprit des images de caravanes de dromadaires, de palmeraies et de personnages mystérieux drapés dans de grandes robes flottantes.

Menelik promena lentement le brasero tout autour de la cuisine, pour chasser l'odeur de kérosène. Sa mine était solennelle, comme si la puanteur et la suie représentaient quelque chose de bien plus grave qu'une violation physique de son territoire. Quand ce fut fini, il posa le brasero sur la table. Puis il prit le verre de Lillian et le plaça dans l'évier, avant de se laver les mains.

Mara le regarda nettoyer une partie de la table avant de se mettre à découper en petits morceaux du jambon sorti d'une boîte. Elle devina qu'il avait l'intention d'en garnir son omelette à l'anglaise. Cela ne remplaçait pas vraiment le bacon, ainsi que les clients l'avaient souvent fait remarquer. Mais c'était plus sûr que de manger celui qu'on trouvait sur le marché local : il provenait du Kenya, où les porcs étaient souvent infestés par une variété de ténia particulièrement redoutable. Les personnes qui en consommaient risquaient d'être atteintes de kystes cérébraux.

Mara s'attarda dans la cuisine. Maintenant que Menelik avait évoqué le sujet, elle ne pouvait pas résister à l'envie d'en savoir davantage sur celle qui l'avait précédée.

— À quoi ressemblait Alice ? Quel genre de personne était-elle ?

Le cuisinier ne répondit pas tout de suite. Il parut soupeser longuement ses mots ; son regard se durcit, et un rictus retroussa le coin de ses lèvres.

— C'était... une *kali* Memsahib.

Mara le dévisagea, médusée. Le mot « kali » pouvait s'appliquer à toutes sortes de choses, et pas nécessairement dans un sens négatif : la médecine kali était efficace et puissante ; un professeur kali était sévère et imposait le respect ; la nourriture pouvait être kali quand elle était fortement pimentée. Mais, dans la plupart des cas, on l'utilisait pour décrire une personne dure, méchante, insensible. Personne ne pouvait avoir envie de travailler pour une kali Memsahib.

Ne sachant que répondre, Mara baissa les yeux sur ses mains noircies par la suie recouvrant la table.

— Vous n'êtes pas comme elle, reprit Menelik, d'un ton où perçait une légère surprise, comme s'il venait seulement de s'en rendre compte. Vous êtes une gentille Memsahib. Vous êtes bonne.

Mara releva la tête, sans chercher à dissimuler sa stupéfaction. Elle savait qu'elle aurait dû accepter ce compliment de bonne grâce, avec dignité. Mais elle se contenta de regarder Menelik, un large sourire s'épanouissant peu à peu sur son visage.

Et elle vit l'ombre d'un sourire apparaître en retour sur les lèvres du vieux cuisinier.

Mara déplia une carte et l'étala sur la table.

— Vous savez ce que je cherche, n'est-ce pas ? s'enquit Leonard, en se penchant par-dessus son épaule.

— Une grotte ou un surplomb rocheux, répondit-elle patiemment. D'où l'on aurait une vue magnifique sur la plaine.

Elle porta son regard sur la région qui s'étendait en bordure de l'escarpement. Il y avait là-bas un endroit répondant exactement à ces critères, mais elle n'avait aucune intention d'en parler. Cette grotte était le sanctuaire de John, et elle renfermait trop de souvenirs...

Détournant les yeux, elle fit glisser son doigt sur le papier, s'arrêtant de temps à autre, comme si telle ou telle zone lui semblait prometteuse. Puis elle secoua la tête.

— C'est difficile. Je ne vois rien qui corresponde vraiment...

Surgissant derrière son autre épaule, Carlton intervint :

— Nous allons peut-être devoir nous résoudre à un compromis. Que dirais-tu d'une grotte sans vue panoramique ? Il faut faire preuve de sens pratique. Nous ne pouvons plus nous permettre de perdre de temps.

— Pas question, répliqua Leonard d'un air indigné. Il nous faut les deux. C'est là que va se dérouler la scène clé, celle où Maggie et Luke se rejoignent vraiment. Tu le sais, Carlton.

Mara sentit le producteur se figer. Elle ne l'avait jamais vu s'opposer ouvertement à son frère, mais l'affrontement n'était sans doute plus très loin. Elle baissa la tête, feignant d'examiner la carte de plus près.

— Je vais te dire ce que je sais, Leonard, reprit Carlton. (Il parlait d'un ton calme, mais Mara percevait la tension qui émanait de son corps.) Je sais qu'il ne nous reste presque plus de temps et presque plus d'argent. Et la cause principale de cette situation, c'est ton refus de tout compromis.

Il s'interrompit et inspira lentement, profondément. Un geste que Mara n'eut aucun mal à interpréter – elle y recourait elle-même quand elle essayait de garder son calme face à un client déraisonnable.

— Je sais aussi, poursuivit-il, que nous sommes dans le pétrin. Quand nous étions à Zanzibar, la production a bien failli passer sous le contrôle de nos garants.

— Ils ne feraient pas une chose pareille, répliqua Leonard, avec un geste dédaigneux de la main.

— Oh ! que si ! Je n'ai pas voulu t'inquiéter, à l'époque, mais ils ont dépêché un expert sur place. J'ai réussi de justesse à le persuader de nous laisser terminer le film avec une équipe réduite. Et il serait d'ailleurs toujours collé à nos basques, s'il savait seulement où nous trouver.

Leonard lui administra une claque sur l'épaule.

— Tu lui as faussé compagnie ! Bravo, gloussa-t-il.

— Il n'y a pas de quoi rire, répliqua Carlton. J'ai fait de mon mieux pour jongler avec les chiffres, mais les rapports de production sont terrifiants. Si j'étais le garant, j'aurais moi aussi envie de tout arrêter.

— Allons donc, fit Leonard. Il faut toujours que tu dramatises.

Se penchant sur la carte, il l'examina avec attention, avant de reprendre, à l'adresse de Mara :

— Et le ranger ? Il connaît bien la région. Ne pourrait-il pas trouver ce que je cherche ?

Carlton abattit son poing sur la table.

— C'est bon. J'abandonne.

— Bien..., répondit son frère, en lançant à Mara un regard de triomphe.

— Nous allons recourir au plan B, ajouta Carlton. Nous terminerons le film chez nous. Au zoo de Los Angeles.

Leonard éclata de rire, mais, comme son frère demeurait silencieux, il prit un air déconcerté.

— Répète un peu ?

— Nous terminerons le film chez nous. Au zoo de Los Angeles.

— Jamais tu ne tournerais dans un zoo, voyons !

— Non, c'est vrai, acquiesça calmement Carlton. Mais cela ne me concernera plus. Nos garants prendront la suite, et tu sais comment cela se passe généralement. Ils nommeront un nouveau producteur... et un nouveau metteur en scène.

Leonard remua les lèvres en silence, comme s'il tentait d'assimiler ces mots.

Carlton l'ignora, et se tourna vers Mara.

— Ne vous inquiétez pas. Je vous paierai quand même la totalité de la réservation.

— Vous comptez partir... maintenant ? demanda-t-elle, effarée.

— Mais non, déclara Leonard, en lui posant une main sur le bras. Carlton, sois un peu raisonnable.

— Ne me demande pas d'être raisonnable! explosa son frère. J'ai passé ma vie à me montrer raisonnable.

Il s'éloigna de quelques pas et se mit à marcher de long en large, comme si les émotions qui s'agitaient en lui l'empêchaient de rester en place.

— Depuis que nos parents sont morts, je n'ai fait qu'entendre : « Veille sur ton petit frère », « Prends soin de Leonard ». Ensuite, à l'école de cinéma, c'était « Les frères Miller, un formidable tandem de créateurs ». C'est ainsi que les gens continuent à nous décrire. Mais la réalité est très différente, hein ?

Il s'interrompit pour reprendre haleine, les yeux écarquillés, comme si ses paroles le surprenaient lui-même.

— Toi, tu fais le vrai travail, celui qui compte. Et c'est à moi qu'il incombe de résoudre tous les problèmes, dont tu ne veux même pas entendre parler. Eh bien, j'en ai assez. Je démissionne.

Dans le silence tendu qui s'ensuivit, on entendit au loin les deux boys qui chantaient tout en nettoyant les cases.

Mara se tassa davantage sur son siège, et ce mouvement attira l'attention de Carlton, qui la regarda d'un air étonné, comme s'il avait oublié sa présence.

— Tu ne peux pas démissionner! s'écria Leonard, d'une voix trahissant un ébahissement puéril.

— Regarde-moi bien, rétorqua Carlton. Je vais de ce pas faire mes valises.

Mara observa Leonard du coin de l'œil. Il paraissait tout à coup plus petit, recroquevillé sur lui-même – plus rien à voir avec l'homme qui dirigeait techniciens et acteurs avec une telle autorité.

— Je t'en prie, ne pars pas, dit-il tout bas. Nous changerons notre façon de travailler. Je ferai tout ce que tu me diras.

— Vraiment? demanda Carlton en scrutant le visage de son frère.

Leonard hocha vigoureusement la tête, secouant ses cheveux bouclés.

— Oui, je te le promets.

— Alors, commence par te comporter en adulte. Assume ta part de responsabilité dans la situation qui est la nôtre, déclara Carlton en revenant vers la table. Je te donne dix minutes pour trouver un lieu de tournage, ajouta-t-il en désignant la carte. Sinon, on remballe et on s'en va. C'est aussi simple que ça.

Il parlait d'un ton calme et posé, mais en levant les yeux, Mara s'aperçut que sa main tremblait.

Leonard demeura un instant immobile, comme hébété. Puis il se redressa sur sa chaise et se tourna vers Mara.

— Connaissez-vous une grotte, n'importe où ? s'enquit-il, la voix fébrile. Ou même un simple abri rocheux.

Elle abaissa son regard sur la carte. Elle savait parfaitement où trouver le lieu idéal. Mais elle ne dit rien. Un long moment passa. Carlton attendait, les yeux fixés sur sa montre, la bouche crispée en un pli résolu. Il était prêt à mettre ses menaces à exécution, Mara le voyait bien. Ils seraient peut-être partis avant midi. Tous...

Avant même qu'elle eût pris sa décision, son doigt se posa sur la carte.

— Je viens juste de me souvenir d'un endroit qui pourrait vous convenir.

Les deux hommes la dévisagèrent. Même si tout, dans leur aspect physique, les différenciait, ils avaient les mêmes yeux bruns. L'atmosphère parut aussitôt s'alléger. Mara perçut leur soulagement à tous deux. Ils étaient sortis de l'impasse. Quand ils parlèrent, ce fut presque d'une seule voix.

— Allons-y !

La grotte était constituée de strates de grès, où alternaient le rose, le jaune et le beige. On y accédait par une large ouverture, et la paroi s'incurvait ensuite pour former une vaste cavité en demi-lune offrant un abri parfait. Mara posa la main sur une des colonnes rocheuses de l'entrée, palpant au passage sa douce surface grenue. Elle savait que les autres ne tarderaient pas à la rejoindre, et elle voulait profiter de ce bref moment de solitude pour chasser ses derniers scrupules, se rappeler que ce n'était jamais qu'une caverne, un élément du paysage. Et qu'amener des gens ici – amener Peter ici – n'avait pas plus d'importance que de partager avec eux le lodge, les jardins, les plaines et les collines…

Elle promena les yeux le long des parois, remontant jusqu'à la voûte, noircie en son milieu par tous les feux qu'on avait allumés ici au fil d'innombrables générations. Elle scruta le sol jonché de petits éclats de roche et de quelques os blanchis. Son regard s'arrêta sur un petit tas de cendres et de charbon de bois entouré de pierres : le foyer. Elle s'en approcha et ramassa un morceau de bois calciné qu'elle retourna entre ses mains. Était-ce un vestige des feux qu'ils avaient allumés ici, John et elle ? se demanda-t-elle. Ils n'étaient pas revenus dans cette grotte depuis près de deux ans, mais le lieu était très isolé, et il était tout à fait possible que personne, pas même un gardien de troupeau, n'y eût séjourné depuis.

Elle jeta le bois et se tourna vers l'entrée, en s'efforçant de penser aux tâches qui l'attendaient. Mais c'était comme si les souvenirs étaient restés ici, accrochés par grappes à la voûte telles des chauves-souris, attendant son retour pour se réveiller et fondre sur elle.

Elle était venue ici avec John à plusieurs reprises, mais c'était leur première nuit dans cette grotte, trois jours seulement après leur mariage, qu'elle revoyait maintenant. Tout lui revenait par bribes : d'abord, l'odeur de toile moisie émanant de son sac à dos militaire ; puis le goût de la sueur sur ses lèvres. Ensuite, la sensation de l'air frais sur son dos, quand elle s'était déchargée de son fardeau, le laissant tomber sur le sol avec un bruit mat. Et puis John, à côté d'elle, essoufflé par leur ascension.

Ils étaient arrivés au soir tombant, à pied, portant sur leur dos tout le nécessaire pour un safari d'une semaine. Ils n'avaient pas emporté de tente, seulement une natte pour s'étendre, deux sacs de couchage que l'on pouvait assembler au moyen des fermetures à glissière, et une moustiquaire. John avait mis dans son sac quelques denrées de base, qu'ils agrémenteraient du produit de leur pêche ou de leur chasse. Et pour ce premier soir de leur lune de miel, il avait prévu une bouteille de Dom Pérignon. Machinalement, elle inspecta le sol du regard. Peut-être subsistait-il un fragment du papier d'aluminium entourant le goulot, ou du fil de fer retenant le bouchon...

Il était temps de partir d'ici, elle en avait conscience. De faire demi-tour et de ressortir dans le soleil, pour attendre l'arrivée des autres. Mais elle se sentit attirée irrésistiblement par les ombres tout au fond de la grotte, là où l'obscurité se faisait plus dense.

Elle s'y enfonça, puis s'accroupit, plissant les yeux pour sonder la noirceur qui l'entourait. Il faisait trop sombre pour discerner quoi que ce fût, mais elle savait ce qui se trouvait là.

Sitôt après avoir déposé leur charge et étiré leurs muscles las, John et elle avaient fait le tour de la grotte. Il lui avait montré la haute voûte, le sol plat et lisse, assez vaste pour que toute une famille s'y étende, et les niches dans les parois formant des étagères et des placards naturels.

— Cela me fait penser à un livre que j'ai lu quand j'étais enfant, avait dit Mara. Cela se passait en Tasmanie, mais la grotte était exactement pareille à celle-ci.

— Comportait-elle également une pièce secrète ? avait demandé John.

Il s'était avancé jusqu'au fond de la caverne et s'était agenouillé.

— Regarde, avait-il dit en tendant à Mara la petite torche électrique qu'il gardait dans la poche de sa veste.

Mara s'était mise à quatre pattes et avait passé la tête à l'intérieur du renfoncement, balayant les parois du faisceau de la lampe. L'endroit était juste assez grand pour qu'une personne puisse s'y tenir debout. En promenant le rayon lumineux le long du mur, elle avait entrevu quelque chose, et immobilisé la torche, le souffle coupé. Une peinture à l'ocre rouge, l'image d'un éléphant avec d'immenses défenses recourbées, comme un mammouth.

— Quelqu'un d'autre connaît-il l'existence de ce dessin ? avait-elle demandé à John.

— Non, rien que moi. Et toi, à présent.

— Peut-être devrais-tu en parler à quelqu'un, avait-elle repris en rapprochant la torche de la peinture rupestre. Un archéologue, par exemple. Ça a l'air très ancien.

— Oh ! certes ! J'avais seulement seize ans et demi quand je l'ai peint.

— Tu me fais marcher, n'est-ce pas ? avait-elle dit en se retournant, pour le contempler d'un air incrédule.

John avait secoué la tête.

— Si tu regardes sur la corniche juste au-dessus de toi, tu verras le pinceau que j'ai utilisé.

C'était vrai. En levant les yeux, elle avait distingué le manche vert de l'instrument.

— Mais on jurerait qu'elle est authentique, avait-elle protesté. J'ai travaillé dans un musée, ne l'oublie pas. Je sais à quoi ressemble une peinture préhistorique.

— Moi aussi, je le savais, avait rétorqué John en souriant. J'avais vu celle-ci dans le *National Geographic*.

— Et tu l'as reproduite pour monter un canular ? s'était-elle exclamée en riant.

John n'avait pas répondu immédiatement. Son expression s'était faite hésitante, comme s'il se sentait brusquement démasqué.

— Pas vraiment. Je pensais simplement que cette peinture avait sa place ici. Elle donnait à l'endroit un air plus... habité.

Il avait tourné à demi la tête, et la lumière déclinante avait effleuré latéralement son visage, posant une touche d'ombre au creux de ses pommettes.

— Tu venais souvent ici ? avait repris Mara.

— À l'époque, oui. Chaque fois que j'avais un moment de libre et que Raynor m'autorisait à emprunter le Land Rover.

— Et tu venais toujours seul ?

— Personne d'autre n'avait le temps de se balader pour le plaisir, avait répondu John. Note bien que j'avais probablement moi aussi d'autres choses à faire.

Mara avait examiné de nouveau la peinture, et s'était représenté John adolescent, travaillant assidûment sur cette œuvre, seul dans cet endroit perdu. Un flot de tendresse l'avait submergée, un sentiment triste et chaleureux à la fois. Se redressant, elle s'était rapprochée de John et l'avait entouré de ses bras. Elle était presque aussi grande que lui, et leurs visages s'étaient rejoints, joue contre joue.

Ce geste était aussi étrange que nouveau pour elle – et pour lui aussi, elle le savait. Quand elle était arrivée en Tanzanie, ils s'étaient embrassés avec fougue. Mais très vite, une certaine gêne s'était installée entre eux, accrue par le sentiment d'être constamment observés, à Kikuyu comme au lodge. Même dans l'intimité de leur chambre, ils avaient la sensation de ne pas être seuls, tant la présence des Raynor hantait encore les lieux.

Elle avait resserré ses bras autour du torse de John, comme si, en l'attirant plus près, elle pouvait ranimer la chaleur de leurs échanges épistolaires, cette amitié qui s'était transformée en amour au fil de leur correspondance. Peut-être qu'ici, s'était-elle dit, loin de tout, ils allaient pouvoir retrouver l'aisance des débuts, et aller plus loin.

— La solitude ne te pesait-elle pas ? avait-elle demandé. Passer tout ce temps seul ici...

Elle avait senti le corps de John se raidir entre ses bras. Inclinant la tête en arrière pour le regarder, elle avait vu son cou palpiter, comme s'il avait du mal à déglutir.

— Ma foi, j'y étais habitué, depuis le pensionnat.

— Pourquoi tes parents t'avaient-ils envoyé si loin ? avait-elle insisté.

John lui avait raconté dans une de ses lettres qu'il avait passé sa petite enfance au Kenya, et qu'il y était très heureux, mais qu'à l'âge de dix ans, il avait été envoyé en pension en Angleterre.

— N'y avait-il pas d'écoles pour les Européens, en Afrique de l'Est ?

— Il y en avait plusieurs, avait répondu John.

Il s'était écarté d'elle et s'était tourné vers l'entrée de la grotte. Suivant son regard, Mara avait aperçu, par-delà la corniche, l'abîme d'où montait une brume d'un pourpre profond. Le paysage était encore noyé dans le brouillard, comme au moment de leur arrivée. Mais au matin, lui avait affirmé John, elle découvrirait un spectacle inoubliable.

Dans le silence qui se prolongeait, les bruits extérieurs avaient brusquement paru plus sonores. Des oiseaux s'étaient appelés à la cime des arbres, et des battements d'ailes avaient signalé l'approche de nouveaux arrivants cherchant un refuge pour la nuit. Puis le rire étranglé d'une hyène avait retenti, pas très loin.

— Parle-moi, John, avait-elle murmuré. Je veux en savoir davantage sur toi.

John l'avait regardée par-dessus son épaule, étrécissant les yeux d'un air indécis.

— Je veux tout savoir de toi, avait-elle repris en souriant.

Elle avait pu suivre alors, en voyant les expressions se succéder sur son visage, le lent cheminement qui l'avait finalement amené à se livrer.

— Quand j'avais dix ans, ma mère a eu une liaison avec un officier de l'armée britannique. Cela a déclenché un énorme scandale. L'homme a été transféré en Inde. Elle l'a suivi là-bas. Un matin, elle a fait sa valise, m'a embrassé sur le front et m'a dit adieu. Puis elle est partie. J'ai couru derrière sa voiture, mais elle ne s'est pas arrêtée.

Il s'exprimait par phrases brèves, comme si, moins il utiliserait de mots, moins ils seraient chargés de souffrance.

— Mon père n'a pas supporté la honte. Il a demandé à être muté dans un poste éloigné. C'était tout au nord, en zone frontalière, où il était impensable d'emmener un enfant. Alors, tu vois... l'école où ils m'envoyaient n'avait aucune espèce d'importance. Je n'avais plus de chez-moi, de toute façon. Je passais toutes mes vacances à Harnbrook Hall. Même à Noël. La femme du proviseur m'invitait souvent à prendre le thé. Elle avait toujours peur que je casse quelque chose, avait-il ajouté, en laissant fuser un petit rire amer.

Mara l'avait contemplé, atterrée. Des images des Noëls familiaux lui revenaient à l'esprit : les réunions bruyantes dans la maison où régnait une chaleur étouffante ; la dinde rôtie, servie sur des tables de hauteurs différentes mises bout à bout ;

le jeu de cricket qui rassemblait toutes les générations, après la sieste de l'après-midi. À Noël, son père lui-même se laissait gagner par l'humeur festive ; et sa mère, entourée d'invités, paraissait enfin heureuse et satisfaite. Mara avait senti un frisson passer sur sa peau, en imaginant le froid glacial d'un Noël anglais, entre les murs résonnants d'une école déserte. À la pensée de l'enfant solitaire et abandonné qu'il avait été, une grosse boule s'était soudain formée dans sa gorge.

— Pour mon seizième anniversaire, avait-il poursuivi, ma mère m'a envoyé de l'argent afin que je vienne la voir. Je suis allé dans une agence de voyages pour acheter un passage à destination de Bombay. Mais j'ai changé d'avis au dernier moment, et, à la place, j'ai pris un billet pour le Kenya.

Tout en parlant, il s'était accroupi près du foyer et avait commencé à casser du bois mort qu'il avait ramassé en chemin.

— Je me suis fait embaucher au Muthaiga Club à Nairobi. J'accueillais les clients, je rendais toutes sortes de services. S'il y avait une chose que j'avais apprise à Harnbrook Hall, avait-il ajouté avec un sourire sarcastique, c'était à parler et à me conduire comme un gentleman. Cela plaisait beaucoup, au club.

Il avait empilé le bois en une petite pyramide, au centre du foyer. Puis il avait sorti une boîte d'allumettes et enflammé la poignée d'herbes sèches qu'il avait glissée sous les brindilles. Il s'était ensuite penché et avait soufflé continuellement jusqu'à ce qu'une flamme ourlée de bleu finisse par s'élever.

— Comment en es-tu arrivé à travailler pour Raynor ? avait-elle demandé en allant s'asseoir à côté de lui devant le feu.

— Je l'ai rencontré au club. Il attendait un client, assis sur la véranda. En ce temps-là, les chasseurs professionnels n'étaient pas autorisés à pénétrer à l'intérieur de l'établissement. En le voyant, j'ai tout de suite deviné sa profession. C'était évident, même s'il portait un costume et une cravate. Il y avait quelque chose dans son attitude, sa façon de se tenir complètement immobile, aux aguets... Je me suis avancé vers lui et lui ai posé la question tout de go : « Vous êtes guide de chasse ? » Et il m'a répondu : « Oui, c'est exact. » Je lui ai demandé ensuite s'il pouvait me prendre comme apprenti, avait-il expliqué en se tournant vers elle, une chaleur nouvelle dans le regard. Il a dit qu'il voulait bien essayer. Je me rappelle exactement les mots qu'il a employés : « Si tu as une bonne vue, je peux t'apprendre à tirer. Mais les choses qui comptent le plus, le courage, la sûreté de l'instinct, l'amour de la brousse, ça, ça ne s'apprend pas. Ce sont des qualités innées. Seul le temps nous dira si tu les possèdes ou pas. » Il m'a ramené avec lui en Tanzanie et je n'en suis jamais reparti.

Repensant aux photos où on le voyait recevant ses trophées, Mara avait déclaré :

— Il devait être très fier de toi.

— Oui, avait répondu John en regardant ses mains. Il était comme un père pour moi.

Mara était restée un instant silencieuse. Elle ne voulait pas pousser la conversation trop loin, mais, en même temps, elle voulait profiter au maximum de ce lieu, de ce moment, de cette intimité propice aux confidences.

— Et ton vrai père ? s'était-elle enquise d'une voix douce.

À la lueur du feu, elle avait vu un petit muscle tressaillir sur la joue de John.

— Je ne l'ai jamais revu, avait-il répondu. Il est mort du choléra, peu de temps après ma rencontre avec Raynor, mais je ne l'ai su que bien plus tard. J'ai perdu tout contact avec ma mère. Elle n'a plus répondu à mes lettres, après ce départ manqué pour Bombay. Raynor était la seule famille que j'avais.

Dans le silence qui s'en était suivi, le bois avait crépité et les flammes s'étaient mises à danser plus haut.

— Et maintenant, tu m'as, moi.
— Et maintenant, je t'ai.

En répétant ces mots, il avait pris un air émerveillé, comme si la réalité de leur union venait tout juste de lui apparaître.

— Nous allons former une nouvelle famille, avait dit Mara. Nous aurons des enfants.

— Oui, avait acquiescé John, avec une expression où la joie se mêlait à l'incrédulité. Cela me plairait beaucoup.

— Nous en aurons au moins trois, avait repris Mara.

John l'avait regardée un moment, puis il avait respiré profondément, comme si l'air lui manquait tout à coup. Quand il avait relâché son souffle, tout son corps avait paru se détendre, enfin libéré du sentiment de peur ou de danger qui l'oppressait.

— Comme je suis heureux de t'avoir trouvée, Mara ! Tu ne peux pas savoir ce que ça représente pour moi.

Il s'était incliné vers elle et l'avait embrassée sur la joue. Ses lèvres étaient descendues vers les siennes, les effleurant doucement d'abord, puis se faisant plus insistantes. Et soudain, il l'avait attirée à lui, en enfonçant ses mains dans sa chevelure.

Tout en l'embrassant, il avait déboutonné la chemise de Mara et l'avait fait glisser sur ses épaules. Il lui avait caressé un sein, sa peau rugueuse s'accrochant un peu à la dentelle du soutien-gorge. Il s'était alors interrompu, comme s'il attendait un signal de sa part. Passant les mains derrière son dos, elle avait dégrafé son soutien-gorge et l'avait laissé tomber au sol.

Il s'était légèrement écarté pour contempler ses seins que la lueur des flammes colorait d'une douce nuance rosée.

— Comme tu es belle ! avait-il murmuré d'un ton presque craintif – et, là encore, teinté de surprise, comme s'il n'arrivait pas à croire qu'elle lui appartenait.

Mara avait senti tout son corps se tendre vers lui. Ce serait bon de faire l'amour dans cette grotte. Pas comme leur première nuit au Kikuyu Hotel, avec le matelas qui grinçait à chacun de leurs mouvements et le murmure des voix montant du bar en dessous de leur chambre. Ils étaient encore des étrangers l'un pour l'autre, à ce moment, et si intimidés tous deux, craignant d'avoir mal, ou de faire du mal à l'autre. Et ce serait également différent des deux nuits qu'ils avaient passées au lodge, où ils s'étaient aimés moins maladroitement peut-être, mais en se cachant sous les couvertures, avec la sensation d'être épiés.

Ici, dans cette grotte, leur peau nue à la fois réchauffée par les flammes et caressée par l'air froid de la nuit, leur vie de couple allait enfin commencer pour de bon.

La gorge de Mara se serra à ce souvenir. En baissant les yeux, elle pouvait voir l'endroit précis où ils s'étaient étendus cette nuit-là, pleins de joie et d'espoir. Ignorant tout de ce qui allait arriver.

Elle croisa les bras autour de son corps, cherchant un réconfort dans son propre contact. Elle jeta un dernier regard autour d'elle puis se dirigea vers l'entrée, gardant les yeux baissés jusqu'à ce qu'elle se retrouve à l'air libre. Là, elle releva lentement la tête, pour découvrir une nouvelle fois le paysage dans toute sa splendeur.

Elle se rappela comment, après cette première nuit dans la grotte, John l'avait entraînée ici à l'aube, pour lui montrer cette vue dont le souvenir demeurerait gravé en elle. Immobile près de lui, elle avait contemplé le panorama dans un silence émerveillé.

— Regarde là-bas…, avait dit John, englobant dans un ample geste la plaine en dessous d'eux et les animaux qui la parsemaient, les rangées de collines, de plateaux et de montagnes, les rivières aux innombrables bras et les lacs scintillants comme des joyaux s'étendant jusqu'à l'horizon.

Dans la lumière dorée de l'aurore, on eût dit une vision céleste.

— Voici le reste de l'Afrique.

Il y avait une note de fierté dans la voix de John, comme si ce paysage était sa propriété, et qu'il le déployait devant sa jeune épouse, dans toute l'immensité de sa beauté et le raffinement de ses détails, tel un cadeau qu'il lui offrait.

Ils étaient demeurés ainsi, côte à côte, sans parler, tout à leur contemplation. Puis John s'était tourné vers elle, et elle avait vu le doute s'immiscer de nouveau dans son regard.

— Être ici, avec toi… Cela me semble trop beau pour être vrai.

— Tu n'as aucune raison d'avoir peur, avait-elle répondu en souriant. Je t'aime.

John l'avait dévisagée intensément, et ses yeux s'étaient mouillés de larmes.

— Ne me quitte jamais, avait-il murmuré. Promets-le-moi.

Il lui avait tendu la main, et elle l'avait prise fermement dans la sienne, en le regardant dans les yeux.

— Je ne te quitterai jamais, je te le promets.

Elle avait conscience, en prononçant ces mots, de se lier à lui par un serment plus solennel que celui qu'ils avaient prêté devant l'officier de l'état civil – un engagement irrévocable, avec la terre africaine pour témoin.

Le reste de l'Afrique…

Un peu plus de trois ans s'étaient écoulés depuis ce jour, et, pourtant, Mara avait l'impression qu'il s'agissait d'une autre ère. Elle avait du mal à se rappeler ses sentiments d'alors – tant d'espoir, de foi dans l'avenir... Tout cela était désormais perdu à jamais, enfoui sous le chagrin, la colère et l'échec.

Elle ferma les yeux, et s'efforça de parvenir à un détachement total, en se concentrant sur la présence froide et vide de la grotte derrière elle, et le silence lointain du gouffre à ses pieds.

Elle demeura longtemps ainsi, immobile, sans aucune notion du temps qui passait, jusqu'à ce que le vrombissement des moteurs des Land Rover ne se fraie enfin un chemin jusqu'à sa conscience.

Le bruit se fit de plus en plus fort, plus proche. À la pensée de ce qui allait suivre, elle éprouva un vif soulagement. Bientôt, la grotte serait envahie de gens, l'air s'emplirait de leurs voix, l'espace de caisses métalliques et de sacs bourrés de matériel. Elle aurait trop à faire pour pouvoir penser.

Elle se dirigea vers la brèche entre les rochers par laquelle on accédait au versant, et commença à descendre, contournant les rochers et les buissons d'épines. En dessous d'elle, à faible distance, elle vit les deux véhicules à zébrures noires et blanches se garer près du sien. Leonard descendit, suivi de Carlton et de Rudi. Puis apparut Lillian, vêtue du costume de Maggie mais arborant un chapeau rose à large bord et des lunettes de soleil. Sa voix portait loin, et Mara l'entendit se plaindre à Carlton d'avoir de la poussière plein les cheveux.

Elle reporta son attention sur le deuxième Land Rover. Tomba, Jamie et Brendan s'affairaient à l'arrière, et le ranger était encore assis au volant. Comme par réflexe, ses yeux scrutèrent l'intérieur du véhicule, cherchant à repérer la tenue kaki si familière...

Enfin, la portière arrière s'ouvrit, et Mara ralentit le pas en voyant Peter sauter à terre et tourner vivement la tête de côté et d'autre pour inspecter les environs. Plongeant la main à l'intérieur du Land Rover, il en sortit le fusil de Luke et l'appuya soigneusement contre le flanc de la carrosserie. Il but à sa gourde, renversant la tête, les yeux levés vers le ciel. Quand il eut fini, il s'essuya la bouche du dos de la main. Brendan dit alors quelque chose que Mara n'entendit pas ; Peter secoua la tête et se mit à rire, ses dents blanches ressortant de façon éclatante sur sa peau bronzée. Mara se figea, le pied en suspension au-dessus d'une racine, fascinée par ce sourire. Il émanait de Peter un charme presque surhumain – il paraissait plus vivant que tous ceux qui l'entouraient.

Il reprit le fusil et le passa en bandoulière. Puis, s'abritant les yeux d'une main, il scruta le versant de la colline. Mara retint son souffle et attendit.

Quand il l'eut repérée, il agita la main. Ensuite il ramassa son appareil photo et sa sacoche et se dirigea vers elle.

Mara demeura où elle était, les pieds de part et d'autre de la grosse racine. Peter gravissait la côte d'un pas vif, en penchant le corps. Quand leurs regards se croisèrent, elle fut parcourue d'un frisson. Elle réussit à lui adresser un petit signe de tête, à murmurer quelques mots de salutation ; mais en elle régnait le plus grand désarroi. Elle ne pouvait plus voir la grotte, mais elle la sentait derrière elle, comme une présence, épiant ses gestes.

Quand Peter s'arrêta près d'elle, une seule pensée émergea du chaos qui avait envahi son esprit. Elle ne pouvait pas retourner là-bas. Elle ne pouvait pas aller dans cette grotte avec lui.

Sans lui laisser le temps d'ouvrir la bouche, elle expliqua, en tendant le doigt :

— Continuez en direction de ces deux gros rochers, là-haut. Vous trouverez la grotte sur votre droite.

Elle accompagna ces mots d'un faible sourire, pour ne pas paraître trop brusque ou impolie ; après tout, ils étaient amis.

— J'espère que tout se passera bien. Je vous verrai au dîner.

— Je croyais que vous alliez rester ici, pour doubler Lillian, dit Peter en fronçant les sourcils.

— C'était en effet ce qui était prévu, mais...

Elle haussa les épaules, d'un geste qui se voulait désinvolte, et se rendit compte qu'elle laissait le silence se prolonger un peu trop longtemps. Quand elle reprit la parole, sa voix trahissait sa tension.

— J'ai changé d'avis. Je crois que je ferais mieux de rentrer au lodge. Je vais aller prévenir Carlton. Lillian pourra se débrouiller sans moi pour aujourd'hui, ajouta-t-elle, en se forçant de nouveau à sourire. On ne court aucun danger dans cette grotte, et on y est à l'abri du soleil.

Elle esquissa un signe de la main et s'éloigna en hâte. Mais elle eut cependant le temps de voir l'expression sur le visage de Peter. Il était étonné et déçu, comme elle s'y attendait. Mais ce n'était pas tout. Elle lut dans ses yeux qu'il comprenait qu'il s'était passé quelque chose. Qu'un changement s'était produit en elle. Et, tandis qu'elle descendait le versant de la colline, elle sentit son regard s'attacher à ses pas.

12

Deux vieux fauteuils en rotin avaient été disposés au bord de la pelouse, à l'emplacement le plus propice pour observer les animaux venant boire au point d'eau. Une main posée sur le dossier du plus proche, Mara contemplait la scène qui se déroulait en contrebas. Au bord de l'eau, Carlton et les deux Nick étaient postés à côté du trépied de la caméra ; Jamie, Tomba et Brendan se trouvaient non loin de là. Et, un peu plus loin, assis dans les fauteuils à leurs noms, à l'ombre d'un acacia, elle apercevait Leonard, Lillian et Peter. Elle s'efforça de considérer le spectacle avec détachement, d'imaginer que tous ces gens n'étaient rien pour elle – des étrangers s'agitant vainement, des touristes peut-être. Mais ses yeux revenaient sans cesse vers Peter, observant la façon dont il se penchait vers Leonard, les mains posées sur les genoux. Dont il inclinait la tête en écoutant Lillian. Il n'était pas très loin. Si elle criait son nom, il l'entendrait ; et, même si elle ne discernait pas très bien son expression, elle voyait clairement ce qu'il était en train de faire. Pourtant, elle se sentait coupée de lui et des autres, sur son observatoire, comme si elle avait été abandonnée, ou envoyée en exil. Elle fut bien obligée de se rappeler que c'était elle qui avait créé cette situation, en déclarant à Carlton, hier, juste avant le tournage dans la grotte, qu'elle avait trop de travail pour assister aux prises de vues. Et aujourd'hui, en établissant son plan de travail, il avait tout simplement présumé qu'elle préférait rester au lodge.

— J'ai parlé au ranger, lui avait-il dit au cours du petit déjeuner. Il pense que les environs du trou d'eau sont parfaitement sûrs pendant la journée. Et si Lillian est fatiguée, on pourra sans problème la ramener ici pour qu'elle fasse une pause. Comme ça, avait-il ajouté en souriant, vous n'aurez pas à vous occuper de nous. En fait, avait-il poursuivi, je crois que nous n'aurons plus besoin de vous importuner. J'ai discuté avec Leonard, et, d'après lui, nous pourrons nous débrouiller sans vous pour les dernières scènes.

Mara l'avait dévisagé, pétrifiée, en s'efforçant d'assimiler le sens de ces mots.

Elle ne jouerait plus le rôle de Maggie.

Elle ne travaillerait plus avec Peter.

— Vous nous avez été d'un grand secours, avait repris Carlton, d'un ton grave. Je le pense sincèrement.

Mara avait levé une main pour protester. Elle avait soudain pris conscience que sa résolution de la veille – garder ses distances vis-à-vis de Peter – s'était déjà évanouie. Elle avait voulu expliquer à Carlton que c'était un malentendu. Qu'il lui était impossible de rester dans la grotte parce que cet endroit revêtait une signification particulière à ses yeux, mais qu'elle serait ravie de doubler Lillian dans n'importe quel autre lieu... Avant qu'elle ait pu ouvrir la bouche, Rudi avait appelé Carlton, qui avait aussitôt quitté la table.

Tandis que l'équipe se préparait à partir, elle avait traîné dans les parages, en faisant semblant de s'affairer à de menus travaux. Peter n'était nulle part en vue. Sans doute préférait-il attendre le moment du départ dans sa chambre. Quand il était enfin apparu, il avait eu envers elle une attitude polie et distante, comme la veille, lors du dîner : il s'était montré amical et courtois, mais elle avait senti une barrière se dresser entre eux. Tout en poussant sa portion de pintade rôtie du bout de sa fourchette – elle avait l'estomac trop noué pour avaler quoi que ce soit –, elle avait repensé à la scène du matin. Elle était persuadée que Peter avait interprété son départ comme le signe qu'elle souhaitait prendre du recul vis-à-vis de lui, et qu'il était déterminé à respecter cette décision. Avait-il deviné que cela avait un rapport avec la grotte ? Ou pensait-il qu'elle avait brusquement décidé que leur relation devenait trop intime, trop dangereuse ?

Elle avait serré ses couverts avec force entre ses mains. Elle ne savait pas elle-même pourquoi elle avait agi ainsi. Ni ce qu'elle voulait vraiment.

Sous prétexte d'aider les techniciens à porter le matériel, elle les avait suivis jusqu'au parking. Tout en évoluant parmi eux, elle avait constamment eu conscience de la présence de Peter, de la force d'attraction qu'il exerçait sur elle.

Juste avant de grimper à bord d'un des Land Rover, il s'était retourné vers elle ; leurs regards s'étaient soudés l'un à l'autre, pendant un temps infini, comme si ni lui ni elle ne parvenaient à regarder ailleurs. À cet instant, elle avait eu envie de courir vers Carlton pour lui dire qu'elle avait finalement décidé de les accompagner. Que rien au monde ne comptait davantage pour elle que de continuer à jouer le rôle de Maggie.

Mais le producteur avait été très clair : ils n'avaient plus besoin d'elle.

Quand le premier véhicule avait démarré, Peter lui avait adressé un signe de la main. Elle lui avait répondu, d'un geste raide, comme si son bras appartenait à un pantin de bois.

À présent, depuis son poste d'observation, elle le regardait, le cœur empli d'un douloureux sentiment de vide. Elle aurait voulu franchir le fossé qui les séparait, le sentir de nouveau proche d'elle. Fermant les yeux, elle prit une profonde inspiration, comme si le poids de l'air dans ses poumons pouvait suffire à l'apaiser.

— Bonjour, bonjour !

Une voix chantante et familière lui arriva du salon, suivie par le bruit de pas lourds et lents se dirigeant vers la véranda.

Se retournant, Mara vit Bina apparaître sur le seuil de la porte-fenêtre, dans un tourbillon de soie rose vif brodée d'or. Ses lèvres étaient fardées d'un rose assorti à son sari, et ses cheveux étaient tout luisants d'huile. À la main, elle tenait un panier.

— Ah ! Je vous ai trouvée !

Bina s'avança vers elle, en faisant tinter les dizaines de bracelets scintillant à ses poignets.

Elle n'était encore jamais venue au Raynor Lodge, et son regard courait en tous sens, comme pour enregistrer chaque détail.

Mara s'efforça d'articuler quelques paroles de bienvenue, l'esprit embrouillé par les pensées et les émotions qui se bousculaient en elle. Mais Bina ne sembla pas le remarquer.

— Où est-elle ? Où est la célèbre actrice ? demanda-t-elle en joignant les mains d'un air ravi.

— Elle n'est pas là. Ils sont tous partis tourner à l'extérieur.

— À l'extérieur ? répéta l'Indienne en écarquillant les yeux. Vous voulez dire que je ne pourrai pas la voir ?

— Eh bien…

Mara réfléchit un instant. Leonard serait sans doute mécontent de voir débarquer Bina alors qu'il était en plein travail. D'un autre côté, elle ne voulait pas décevoir sa visiteuse. Finalement, elle répondit en montrant la mare :

— Ils sont en bas, dans la plaine. Vous pouvez les voir d'ici.

Elle lui désigna Lillian et Peter, puis lui expliqua qui étaient les autres membres de l'équipe. Tout en lui décrivant les différentes étapes du tournage, elle fut frappée de constater la quantité de choses qu'elle avait apprises en l'espace de deux semaines.

Bina observa avec avidité pendant un long moment – tellement absorbée par le spectacle qu'elle demeura inhabituellement silencieuse. Puis elle reporta son attention sur Mara.

— Je ne suis pas venue seulement pour voir la star, vous savez. En fait, je tenais surtout à apporter moi-même les épices à votre chef. Tout est là, poursuivit-elle en montrant le panier. Je vois que vous avez suivi mon conseil, ajouta-t-elle avec un regard entendu.

Mara garda le silence; elle n'avait pas la moindre idée de ce dont parlait Bina.

— Comme je ne peux pas rencontrer l'actrice en personne, reprit l'Indienne, j'aimerais le voir, lui. C'est celui que je vous avais recommandé?

Mara fronça les sourcils, de plus en plus intriguée.

— Je ne vois pas très bien de...

— Le Gujarati d'Arusha? Il doit préparer un véritable festin, s'exclama-t-elle en hochant la tête d'un air émerveillé. Il a commandé toutes les épices que j'avais en magasin!

Mara se souvint alors que, en apprenant la venue de l'équipe de cinéma, Bina lui avait suggéré d'engager un chef indien. Sa visiteuse aurait été bien surprise, se dit-elle, de savoir à quel point les Américains appréciaient la cuisine de Menelik.

— Allons prendre le thé dans le salon, proposa-t-elle. Je demanderai au chef de venir vous saluer.

— Merci, répondit Bina d'un air satisfait. Je boirai volontiers un rafraîchissement.

Un instant après, elle était confortablement installée sur le canapé, mangeant une épaisse tranche de brioche tartinée de beurre, son panier à côté d'elle.

Assise en face d'elle, Mara dégustait son thé à petites gorgées en l'écoutant relater les derniers événements qui s'étaient déroulés à Kikuyu. On avait attrapé un voleur au marché. La foule avait failli le lyncher, et il avait été transporté à l'hôpital de la mission. Un lion s'était aventuré dans la grand-rue, la semaine précédente, mais il s'était enfui avant l'arrivée du ranger. Il y avait des problèmes de transport et certains commerces étaient en rupture de stock, mais pas le New Tanzania Emporium, bien sûr. Quand Menelik fit son entrée, Bina lui jeta un regard agacé et continua son récit.

Mara posa sa tasse. Le cuisinier s'avança vers elle, l'air circonspect, et elle lui adressa un sourire rassurant avant d'expliquer en anglais :

— Mme Chakraburti t'a apporté quelques provisions.

Elle attendit d'avoir capté l'attention de Bina avant de poursuivre :

— Tout est là. Toutes les épices que tu as commandées.

— Il n'y a pas de chef indien ? demanda Bina, déconcertée. Mais qui d'autre peut avoir besoin d'autant d'épices ?

En voyant sa mine effarée, Mara s'en voulut un peu de ne pas l'avoir détrompée tout de suite. Mais elle voulait donner au cuisinier l'occasion de gagner le respect de la commerçante.

— Les menus de Menelik ne se limitent pas à la cuisine anglaise, vous savez, expliqua-t-elle.

Bina agita un doigt à l'adresse de Menelik, en faisant tinter ses bracelets.

— Ce n'est pas si simple que ça de préparer de la cuisine indienne, tu sais. Il y a toutes sortes de choses à savoir. En fait, il faut être Indien.

— Je n'ai pas l'intention de cuisiner des plats indiens, répondit Menelik d'une voix calme mais claire. Je vais préparer des plats de mon pays, l'Éthiopie. D'abord, je dois confectionner du *beri beri* ; pour cela, j'ai besoin de douze épices différentes. Je servirai deux sortes de ragoûts, du *sik sik wat* et du *doro wat*. J'y mettrai du *beri beri*, mais d'autres épices aussi. C'est très compliqué.

— Je n'ai jamais entendu parler de la cuisine éthiopienne, s'exclama Bina d'un ton offensé, comme si cette ignorance était le résultat d'une conspiration ourdie contre elle.

L'ombre d'un sourire condescendant flotta sur le visage du cuisinier.

— Nos recettes sont très anciennes. Notre cuisine est très raffinée, déclara-t-il en redressant les épaules et en levant le menton. Et j'ai reçu ma formation dans les cuisines royales de Son Altesse le Lion impérial de Judée, Haïlé Sélassié. S'il vous plaît. Je suis très occupé, ajouta-t-il en tendant les mains vers le panier.

Bina en sortit une quantité de petits paquets enveloppés de papier brun, et les lui remit avec un petit sourire.

— Je comprends ces choses, tu sais. J'ai des parents à Udaipur qui travaillent au palais de la Maharana.

— C'est difficile de travailler dans un palais, acquiesça gravement Menelik. Les employeurs sont très exigeants.

— Oui, c'est ce que m'ont dit mes proches, opina Bina.

— Et bien entendu, intervint Mara, Menelik tient à appliquer les mêmes critères ici, au Raynor Lodge.

Manifestement impressionnée, la commerçante haussa les sourcils d'un air approbateur.

Menelik s'éloigna, non sans avoir lancé à Mara un regard de triomphe, où elle discerna aussi une lueur d'amusement. Baissant la tête pour dissimuler un sourire, elle fixa les pieds de Bina, à l'étroit dans des sandales dorées ornées de verroteries. La peau de ses talons, de couleur brun-gris, avait l'aspect du vieux cuir, marquée par endroits de profondes crevasses laissant apparaître une chair rose comme celle d'un bébé.

— Et cette tenue que je vous ai confectionnée, reprit l'Indienne, comme si elle poursuivait le fil d'une conversation interrompue. Est-ce qu'elle vous va ?

— Oh oui ! répondit Mara en relevant la tête. Excusez-moi, j'aurais dû penser à vous remercier. J'en suis enchantée. Elle me va parfaitement.

En prononçant ces mots, elle se rappela le moment où elle avait essayé ces nouveaux vêtements, où elle s'était examinée dans le miroir à main. Elle se revit marchant dans le jardin, les cheveux encore humides après le bain, la peau embaumant L'Air du Temps, la douce étoffe de sa jupe bruissant contre ses jambes.

Elle se rappela la façon dont Peter l'avait regardée, et réentendit les mots qui avaient flotté jusqu'à elle dans l'air tiède du soir.

Vous êtes éblouissante…

— Merci, dit-elle à Bina, avec un sourire sincère.

— Les couleurs sont vraiment ternes, répondit l'Indienne en agitant une main dédaigneuse. Mais si vous êtes contente, je le suis aussi. Évidemment, reprit-elle en lui lançant un regard perçant, vous n'avez pas pu montrer cette tenue à votre mari. Il n'est toujours pas revenu, n'est-ce pas ?

Mara se renfonça dans son fauteuil. Elle avait l'étrange impression que Bina savait tout ce qui s'était passé dans le lodge, et cela l'inquiétait, bien qu'elle n'eût rien à se reprocher... Puis l'idée lui vint que Bina s'apprêtait seulement à poursuivre la discussion qu'elles avaient eue la dernière fois, à propos de son mariage, et de la raison pour laquelle elle n'était toujours pas enceinte. Cette conversation avait eu lieu tout récemment, juste avant l'arrivée de l'équipe de cinéma, pourtant les sujets évoqués alors lui paraissaient aujourd'hui bien lointains. Elle se rappelait la souffrance qu'elle avait ressentie, mais comme si c'était une autre qui l'avait éprouvée. Elle scruta la tasse de thé entre ses mains, repoussant la pensée qui allait forcément suivre – et curieuse en même temps d'observer ses effets.

Matilda. Les boucles blondes, les yeux bleu ciel. Le rire argentin.

Elle attendit le coup de poignard dans le cœur. Mais quand il survint, ce fut sous une forme bien atténuée, à peine un pincement de douleur. Il était arrivé tant de choses, ces derniers temps. Tout avait changé...

Elle prit conscience que Bina l'observait d'un air étrange, attendant toujours sa réponse. Elle souleva sa tasse, en la faisant s'entrechoquer avec la soucoupe.

— Il est dans le Selous pour deux semaines encore.

— Un très long safari, commenta Bina en sifflant doucement entre ses dents. Vous serez heureuse de le voir rentrer, j'imagine.

— Oui, bien sûr, répondit Mara.

Elle tenta de se représenter John de retour au lodge, reprenant sa place de Bwana. L'équipe de cinéma serait alors partie depuis longtemps. Tout serait terminé…

Brusquement, elle comprit qu'il lui était impossible de poursuivre cette conversation. Elle promena autour d'elle un regard distrait, pour suggérer à sa visiteuse qu'elle avait d'autres choses à faire.

— Mon emploi du temps est malheureusement très chargé en ce moment…

— Je comprends, affirma Bina. La vie est dure pour les femmes d'affaires comme nous.

Tandis qu'elle s'extirpait du canapé, Mara lui adressa un sourire d'excuse. Dans la confusion de ses émotions, elle gardait néanmoins conscience de ce que l'amitié que lui témoignait cette femme avait de simple et de chaleureux.

— Merci pour les épices, dit-elle en effleurant le bras de Bina. Revenez me voir un de ces jours.

— La prochaine fois, j'apporterai des samosas, déclara l'Indienne, les yeux brillants. Et aussi mes *chevda*. Des flocons de maïs épicés, que l'on peut déguster avec…, comment dit-on, le verre de fin de journée ?

— L'apéritif, opina Mara, en l'escortant vers la véranda.

Dès qu'elles émergèrent dans le soleil, les boys surgirent de derrière un treillage, comme s'ils les avaient attendues. L'un d'eux tenait un seau et une éponge.

— Votre voiture est prête, annonça-t-il à Bina. Elle est toute propre.

— Je vais vérifier, répondit Bina avec une inclinaison de tête, avant d'expliquer à Mara : Une Mercedes-Benz doit être noire, c'est certain, mais le moindre grain de poussière se remarque. Je ne voulais pas que les Américains pensent que la voiture appartenait à quelqu'un sortant tout droit de la brousse !

— Bien sûr, acquiesça Mara, en s'abstenant de souligner que le véhicule se couvrirait à nouveau de poussière dès qu'elle démarrerait. Voulez-vous accompagner Mme Chakraburti jusqu'à sa voiture, je vous prie ? ajouta-t-elle à l'intention des jeunes garçons.

— Oui, Bwana Memsahib.

— C'est comme ça qu'ils vous appellent ? s'étonna Bina, les yeux arrondis d'admiration.

— Jusqu'au retour de John, en tout cas, précisa Mara.

Jusqu'au retour de John.

Ces mots lui semblaient creux et dépourvus de sens, comme si elle les avait captés par hasard dans une conversation entre deux étrangers.

— C'est un nom qui vous va très bien. Vous devriez le garder, c'est le conseil que je vous donne.

Un sourire désabusé se dessina sur les lèvres de Mara.

— Le plus drôle, c'est qu'il n'y a pas vraiment de Bwana ici. Chacun fait son travail, c'est tout.

Bina secoua la tête, avec une expression mi-agacée, mi-affectueuse, comme si elle avait affaire à une enfant têtue mais néanmoins attachante.

Après un dernier échange de politesses, Bina s'en fut vers le parking, escortée des deux boys. Ceux-ci reprirent aussitôt leur bavardage puéril, et Mara s'attendit à entendre Bina leur ordonner de se taire. Mais au lieu de cela, l'Indienne se mit à les questionner dans son swahili rudimentaire, et Mara devina qu'elle cherchait à glaner des potins qu'elle s'empresserait de faire circuler.

Regagnant son poste d'observation, elle constata que tout le monde s'était regroupé près du point d'eau. Lillian se tenait à côté de Peter, face à la caméra. Elle avait ôté son chapeau, et ses longs cheveux bruns étaient répandus sur ses épaules. Mara eut l'impression de s'observer elle-même à distance. Il lui était facile de s'imaginer à la place de Lillian. Elle connaissait chacune des petites rides autour des yeux de Peter, la façon dont elles se creusaient quand il souriait ; elle savait aussi que, de près, ses cheveux bruns recelaient une infinité de nuances. Fermant les yeux, elle crut presque sentir son odeur – les effluves africains de poussière et de sueur, et la cannelle en note de fond...

Quand elle rouvrit les paupières, Peter se penchait vers Lillian. Puis il leva un bras et Mara tressaillit en prenant conscience de ce qui allait suivre. Sa main se crispa sur le dossier de la chaise longue, et la trame rugueuse s'enfonça dans sa chair.

Elle retint son souffle, chaque fibre de son corps tendue vers la scène qui se déroulait en dessous d'elle, attendant que Luke prenne Maggie dans ses bras et l'embrasse.

Puis elle secoua la tête, se força à détourner les yeux et regarda fixement les eaux profondes et calmes s'étendant au-delà du rivage. Scrutant leur surface argentée, elle essaya de se concentrer sur les oiseaux, les roseaux, les reflets – n'importe quoi sauf les deux personnages au premier plan. Mais en elle bouillonnait un torrent d'émotions exigeant de se faire reconnaître et refusant d'être nommées.

Des pensées fragmentaires, imprécises, traversaient son esprit.

Ce sont des acteurs. Des professionnels. Ils font ça tout le temps. Cela ne veut rien dire…

Du coin de l'œil, elle les aperçut, bouche contre bouche. La main de Lillian sur le cou de Peter. Elle se sentit trahie, comme si c'était elle, et non Lillian, qui aurait dû se trouver là-bas, près de lui. Comme si elle seule pouvait être Maggie. Comme si Luke lui appartenait.

Elle se passa les mains sur le visage comme pour chasser ces pensées insensées. La vérité, c'était que tout cela n'avait rien à voir avec elle. Elle ne serait plus jamais Maggie. Elle ne faisait plus partie de l'équipe. Et c'était aussi bien : il suffisait de voir dans quel état cela l'avait mise. Qu'il en ait eu conscience ou non, Carlton l'avait sauvée. Les frontières étaient devenues floues, mais il l'avait empêchée de franchir la ligne. Elle était redevenue la femme du chasseur. La maîtresse des lieux.

Chacun avait retrouvé sa place.

Tout en regardant une oie de Gambie se poser sur l'eau, ridant la surface jusque-là immobile, Mara attendit que déferle en elle le soulagement qu'aurait dû lui apporter ce constat. Mais il ne vint pas. Elle se sentait vide, comme si une essence vitale s'était tarie en elle.

Des yeux, elle balaya anxieusement le paysage, évitant l'endroit où se tenaient Maggie et Luke. Finalement, elle posa son regard sur la petite hutte que les machinistes somalis avaient construite à la lisière de la forêt. Ils avaient utilisé de l'herbe tressée et des branches, pas des briques d'argile comme l'auraient fait les gens d'ici ; pourtant, elle paraissait à sa place dans ce décor, comme si elle en avait fait partie depuis toujours. C'était là que l'on tournerait les dernières scènes. Le jour où Brendan installerait ses projecteurs devant l'entrée, se dit-elle, le tournage serait pratiquement achevé. Et ce jour n'était plus très loin.

Tout ce qu'il lui restait à faire, en attendant, c'était se rappeler qui elle était, quelle était sa place en ce monde – et auprès de qui.

13

La porte de la case était fermée et les rideaux tirés. Mara frappa doucement le battant. Elle se représenta Lillian étendue sur le lit, dans une chemise de nuit ornée de dentelles, ses longs cheveux répandus sur la taie de satin recommandée par son esthéticienne, pour éviter à la peau de se froisser. Au bout d'un instant, elle tapa de nouveau, plus fort. Elle n'avait pas d'autre choix que réveiller l'actrice : tous les autres avaient déjà pris leur petit déjeuner et l'équipe se disposait à partir pour le lieu du tournage.

Ne recevant toujours pas de réponse, elle ouvrit la porte sans bruit. Dans la pièce régnait le chaos habituel – les chaussettes éparses ; une robe du soir accrochée au pied de la lampe ; des souliers gisant sur le sol, au risque d'attirer les termites. Mais le lit était vide. Les draps n'avaient pas été défaits. La moustiquaire n'avait pas été dénouée. Mara fronça les sourcils. C'était incompréhensible : les boys n'étaient pas encore venus nettoyer la chambre, et elle savait que l'actrice n'aurait jamais fait son lit elle-même.

Réprimant son appréhension, elle s'efforça de réfléchir calmement. Après une brève inspection, elle constata que le sac de Lillian ne se trouvait plus sur la coiffeuse et que ses bottes avaient elles aussi disparu.

Elle se rua hors de la case, en prenant soin toutefois de refermer la porte derrière elle. Puis, au pas de course, elle s'élança sur le sentier, à la recherche de Kefa. Elle se raccrochait à l'idée qu'il saurait pourquoi Lillian n'avait pas dormi dans sa chambre; il devait y avoir une explication très simple à ce mystère.

En arrivant dans l'arrière-cour, elle aperçut sa haute silhouette près du hangar de Bwana Stimu. Comme elle se dirigeait vers lui, elle fut saisie d'une brève hésitation en découvrant qu'il portait une chemise taillée dans la même étoffe kitenge que sa robe d'hôtesse et les rideaux du lodge. Les manches courtes au tissu empesé, fraîchement repassées, formaient des tuyaux rigides autour de ses bras grêles.

— Kefa! s'exclama-t-elle, tout essoufflée, quand elle l'eut rejoint.

Il se tourna vers elle en carrant les épaules, et parut se mettre sur la défensive. Mara baissa les yeux sur sa propre robe, comme pour reconnaître le fait qu'ils portaient désormais des tenues assorties.

— Tu as une nouvelle chemise, se hâta-t-elle de dire. Elle te va bien.

— Je l'ai commandée à Mme Chakraburti. Elle a été faite spécialement pour moi, répondit-il fièrement, avant de s'enquérir, d'un air brusquement inquiet: Il est arrivé quelque chose?

— Lillian n'est pas dans sa chambre. Elle n'a pas dormi dans son lit.

— Peut-être a-t-elle passé la nuit dans une autre chambre, répondit Kefa en baissant les yeux.

Mara le dévisagea, interloquée. Elle eut une brève vision de Maggie et Luke, s'embrassant près du point d'eau. Puis elle secoua la tête ; ce qu'elle savait de Peter suffisait à la convaincre que ses relations avec Lillian étaient strictement professionnelles. Et la jeune femme n'avait pas paru s'intéresser particulièrement à un autre membre de l'équipe.

— Je ne crois pas. De toute façon, son sac et ses bottes ne sont plus là.

Kefa hocha lentement la tête, et un pli se creusa sur son front.

— Elle est repartie dans sa case très tôt hier soir. Elle était fâchée.

Mara le regarda d'un air surpris. Elle n'avait perçu aucune tension au cours de la soirée. Mais elle avait parlé presque tout le temps avec Peter, et ils s'étaient retrouvés, de fil en aiguille, à échanger des souvenirs sur l'Australie. Tout avait commencé par un commentaire de Peter sur la cuisine de sa mère ; rapidement, la gêne qui s'était installée entre eux ces jours derniers avait commencé à se dissiper. Peter lui avait parlé des endroits qu'il aimerait revoir en Nouvelle-Galles-du-Sud, si seulement Paula acceptait de renoncer aux hôtels cinq étoiles. Mara lui avait décrit le village de pêcheurs où elle avait campé quand elle était enfant. Il s'appelait Bicheno, du nom d'un explorateur français, et Peter lui avait demandé d'épeler ce patronyme peu courant. Il y avait là-bas, avait-elle expliqué, de minuscules pingouins vivant dans des terriers, sur une île en forme de diamant. Peter avait ensuite évoqué les différents lieux où il avait tourné, en lui avouant qu'il avait parfois l'impression, loin de chez lui, de redevenir vraiment lui-même. Cependant, à la fin de chaque tournage, il avait hâte de retrouver sa famille.

Au cours de cette conversation, chaque phrase, chaque sourire, était apparu à Mara comme un pas d'une chorégraphie compliquée. Et il en était de même pour Peter, elle l'avait bien vu. Ils s'étaient autorisé ce rapprochement temporaire, pour partager des souvenirs de leur lointaine patrie et pour le simple plaisir d'être ensemble. Mais, pas une seconde, ils n'avaient oublié l'existence de cette frontière qui les séparait – et qui les protégeait. Et, derrière la gaieté qui faisait briller leurs yeux, revenait constamment l'ombre du regret, comme un leitmotiv muet.

Voilà tout ce que nous pouvons partager. Tout ce qu'il peut y avoir entre nous.

Mara chassa cette pensée pour se concentrer sur Lillian.

— Que s'est-il passé ?

— Elle était fâchée contre Bwana Carlton, répondit Kefa. Il m'avait demandé de ne plus lui servir d'alcool.

Elle perçut l'indignation dans sa voix. Le personnel du Raynor Lodge avait pour instruction de ne jamais mettre en doute le comportement d'un client, particulièrement sur ce chapitre. John avait expliqué que la politesse voulait que l'on ne demande même pas aux pensionnaires s'ils voulaient un autre verre : l'expression suggérait que le serveur savait parfaitement que le client en avait déjà consommé un (voire une douzaine), et cela ne le regardait en rien.

— Je me suis dit qu'elle gardait peut-être une bouteille de gin dans sa case, poursuivit Kefa. C'est son dawa. Elle en a besoin.

— C'est vrai, acquiesça Mara. Mais trop de dawa n'est pas bon pour la santé. Quoi qu'il en soit, elle avait effectivement des bouteilles en réserve, mais Carlton les a vidées.

Ils se regardèrent sans rien dire pendant un moment. Puis ils se dirigèrent d'un même pas vers le parking.

Ils purent bientôt constater que l'un des Land Rover du Manyala avait disparu.

— Elle est allée à Kikuyu ! s'exclama Mara, d'un ton consterné.

Même les Européens qui vivaient ici et connaissaient bien les routes évitaient d'y circuler la nuit venue, surtout en ces temps troublés d'après l'indépendance. Et quand ils y étaient obligés, ils ne se déplaçaient jamais seuls. Pour une femme, c'était encore plus inconcevable.

— Elle doit probablement se trouver au Kikuyu Hotel, avança Kefa, la voix calme, mais le visage crispé par l'anxiété.

Même dans cet établissement, une femme seule n'était pas en sécurité, surtout si elle avait bu.

Mara se couvrit le visage d'une main. Si la radio du lodge avait fonctionné, rien n'aurait été plus simple que contacter le poste de police de Kikuyu et demander de l'aide. Mais elle s'était abstenue de la faire réparer, pour complaire aux exigences de Carlton. Elle se reprochait amèrement à présent de ne pas avoir passé outre. Le lodge était sous sa responsabilité. Elle aurait dû prévoir les situations d'urgence...

— Je vais en informer Carlton, déclara-t-elle, retrouvant ses esprits. Puis nous irons là-bas.

— Je vais chercher les clés, répondit Kefa en montrant le Land Rover zébré.

Elle secoua la tête. Elle préférait conduire son propre véhicule, surtout s'il fallait rouler vite.

— Mais nous serons plus de trois, objecta l'employé. Nous devons emmener le traqueur.

Devant l'expression alarmée de Mara, il ouvrit les mains en un geste apaisant.

— Mieux vaut se préparer à tout.

Elle hocha la tête. Il avait raison : c'était l'une des premières règles du safari. Se préparer à toutes les éventualités. Elle tournait déjà les talons quand une pensée lui vint.

— Faut-il emmener Daudi ?

— Non, répondit fermement Kefa. C'est à nous de nous occuper de ça. S'il y a un problème, ajouta-t-il après une pause, il sera très fâché.

— Tu as raison, acquiesça-t-elle. Nous réglerons cette affaire nous-mêmes.

À demi agenouillé sur la banquette avant, à côté de Mara, le traqueur scrutait la route à travers le pare-brise. De temps à autre, il pointait un doigt noueux vers le bord de la piste, où des nappes de sable recouvraient par endroits la latérite durcie.

— Là, disait-il, montrant une empreinte de pneu.

Il n'avait eu aucune difficulté à suivre la piste du Land Rover du Manyala, dont les pneus tout neufs laissaient des traces profondes et nettes.

— Elle conduit très mal, commenta-t-il, en décrivant un mouvement sinueux avec la main.

— Il faisait nuit, répondit Mara.

— Non, répliqua le traqueur. La lune était presque pleine. Elle y voyait très bien.

— Mais elle n'a pas l'habitude de ce genre de route, objecta Mara, à qui cette discussion procurait un dérivatif bienvenu. Là où elle vit, les routes sont en béton. Et la nuit, elles sont éclairées par des lampes fixées à des poteaux.

Pendant que le traqueur s'efforçait de déchiffrer le sens de ces paroles, Mara regarda Carlton dans le rétroviseur. Il avait à peine prononcé un mot depuis leur départ, une demi-heure plus tôt, mais ses lèvres étroitement serrées trahissaient sa profonde anxiété. Mara savait qu'il s'inquiétait sincèrement pour Lillian. Et, à l'instar de Mara, il se sentait responsable de la sécurité de la jeune femme. Comme s'il se sentait observé, il releva la tête, et leurs regards se rencontrèrent dans le miroir. Elle lui adressa un sourire qui se voulait rassurant. Selon toute probabilité, ils allaient trouver Lillian saine et sauve au Kikuyu Hotel, en train de lire le dernier numéro de l'*East African Standard* dans la salle à manger. Elle se rappela le petit déjeuner qu'ils avaient pris là-bas, John et elle, le lendemain de leur mariage – les toasts desséchés, servis avec deux variétés de confiture, l'une rouge, l'autre jaune, d'une composition indéfinissable ; la flaque de beurre fondu et les œufs gluants et trop cuits. Il y avait un nouveau propriétaire, à présent – un homme d'affaires africain, originaire de Dar es-Salaam, avait racheté l'établissement quand l'hôtelier avait décidé de partir, après la proclamation de l'indépendance –, mais cela ne voulait pas forcément dire que la cuisine se fût améliorée. Lillian pourrait ainsi se rendre compte de la chance qu'elle avait de bénéficier des services d'un cuisinier comme Menelik, songea Mara.

Un cahot brutal l'obligea à reporter son attention sur la conduite. Ils se trouvaient sur une portion de piste en tôle ondulée ; elle accéléra, prenant les bosses de plein fouet et s'agrippant au volant tandis que le véhicule vibrait de toutes parts. En temps normal, elle aurait expliqué à ses passagers que c'était encore bien pis quand on roulait lentement, mais en la circonstance, elle s'abstint de tout commentaire. Parvenue à un croisement, elle tourna à droite. Une nouvelle section de route s'étirait devant elle comme un long ruban. Soudain, tout son corps se raidit, et son pied écrasa le frein.

Lentement, elle prit conscience de ce qu'elle avait sous les yeux. Des rayures noires et blanches. Peintes sur du métal, et qui ne pouvaient appartenir à un zèbre.

— Oh, mon Dieu, murmura Carlton.

Le Land Rover était à moitié sorti de la route, en sens inverse du leur, son pare-chocs avant plié contre le tronc d'un baobab.

Mara alla se ranger à côté du véhicule, et se pencha par la vitre pour scruter l'intérieur. Son cœur se mit à cogner à grands coups. Le siège du conducteur était vide !

— Elle a disparu, constata Carlton derrière elle.

Mara se sentit prise de nausée. Dans un éclair, elle imagina Lillian tentant désespérément de contourner un barrage illégal, des rangées de bidons de pétrole brûlant dans la nuit. Elle vit la voiture s'écraser contre l'arbre, et sa conductrice encerclée par des silhouettes noires émergeant de l'ombre. Elle imagina leur haleine chargée d'alcool. Leurs yeux injectés de sang parcourant le corps pâle de la femme – leur butin...

Elle sauta à bas du Land Rover et s'élança vers le baobab. S'appuyant d'une main contre le tronc à l'écorce pourpre, elle se hissa sur le capot du véhicule accidenté. Puis elle enjamba le pneu de rechange et se pencha pour regarder à travers le pare-brise. Son regard fut immédiatement attiré par un petit tas bleu sur le siège du milieu. Le cardigan de Lillian. Elle inspecta le reste de l'habitacle. Le sac n'était nulle part en vue, non plus que les autres objets personnels. Elle s'apprêtait à descendre quand elle aperçut, à peine visible sur le cuir sombre du siège, une flaque de sang. La panique monta en elle. Lillian avait été blessée, elle saignait. Sans doute cela n'avait-il rien de surprenant, vu la violence du choc. Mais, malgré tous les défauts et les faiblesses qu'elle avait découverts chez l'actrice, elle avait néanmoins du mal à croire qu'elle puisse être victime d'un banal accident, que les règles présidant ordinairement à la rencontre de la chair et de l'os avec le métal et le bois puissent s'appliquer à elle.

Mara se laissa choir à terre et, croisant le regard interrogateur de Carlton, écarta les mains et secoua la tête. Inutile de l'affoler davantage en parlant du sang sur le siège. Elle se tourna ensuite vers le traqueur. Il s'était accroupi pour examiner la route, son béret militaire touchant presque le sol. Il effleurait la terre du bout des doigts, tel un aveugle lisant du braille, et il tournait la tête en tout sens, comme pour écouter. Kefa se tenait près de lui, l'observant attentivement et prenant garde à ne pas marcher sur les empreintes de pneus.

Finalement, le vieil homme se redressa.

— Un camion est arrivé, dit-il. Il s'est arrêté et des gens sont descendus pour aller voir le Land Rover. On peut voir l'empreinte de leurs pieds.

Montrant un écheveau de traces sur la surface friable, il poursuivit :

— Celles-là sont plus profondes. Les gens portent la femme dans le camion. Certains ont des chaussures et d'autres pas.

Mara le fixa, désireuse d'entendre la suite, et la redoutant en même temps. Il se pencha et toucha une minuscule fiente d'oiseau déposée au creux d'une empreinte.

— C'est arrivé aujourd'hui, après le lever du soleil.

Mara scruta la route, dans une direction, puis dans l'autre.

— Peux-tu suivre ce camion ?

— Je le connais, répondit-il, avec un geste dédaigneux de la main. Il a trois pneus différents. Un seul est neuf. Et cette trace, ajouta-t-il en pointant le pied vers l'empreinte d'une chaussure, c'est celle de Joseph.

— Joseph, répéta Mara. Très bien, allons-y.

— Qui est Joseph ? demanda Carlton.

Mara se ruait déjà vers le Land Rover.

— Il travaille à l'hôpital de la mission, répondit-elle, en lui faisant signe de la suivre.

Mara traversa la cour en hâte, ignorant la foule curieuse des patients, et se dirigea droit vers la seule infirmière en vue, une jeune Tanzanienne vêtue d'un uniforme rayé rose et blanc, penchée au-dessus d'un fourneau à bois. Des forceps dans chaque main, elle extrayait d'une marmite d'eau bouillante des instruments chirurgicaux enchevêtrés les uns aux autres, pour les déposer bruyamment sur un plateau recouvert d'un linge.

— A-t-on amené une *mzungu* ici ? lui demanda Mara d'un ton pressant.

— Il y a une Blanche, là-bas, répondit-elle en swahili. Le docteur est en train de la sauver.

Mara la dévisagea un instant, essayant de percer le sens exact de cette déclaration. Par « sauver », fallait-il comprendre « soigner » ? Ou la femme avait-elle employé ce verbe au sens littéral ?

— Où sont-ils ?

L'infirmière tendit une paire de forceps ruisselants en direction du bâtiment principal.

Mara s'arrêta pour adresser un signe à Carlton, qui attendait près du Land Rover avec Kefa et le traqueur, avant de courir vers l'entrée. Elle gravit les marches de pierre quatre à quatre et poussa une lourde porte verte. Carlton la rejoignit à l'instant où elle franchissait le seuil.

À l'intérieur, l'air était lourd de chaleur confinée, et il flottait une forte odeur de désinfectant mêlée à celle du ciment frais, qui masquait presque, mais pas tout à fait, des odeurs humaines plus âcres. Des couloirs blanchis à la chaux s'étendaient de part et d'autre. Mara ne savait pas de quel côté se diriger ; elle était déjà venue aux urgences avec un client qui s'était entaillé la main, mais cela remontait à plus d'un an. À tout hasard, elle tourna à gauche, suivie de Carlton. Mais elle s'arrêta au bout de quelques pas. Une voix masculine s'était élevée quelque part derrière elle. Elle identifia aussitôt l'accent anglais, même si elle ne pouvait discerner les mots.

— Par ici, dit-elle en faisant demi-tour.

La voix se fit plus forte et plus distincte à mesure qu'ils approchaient. Mara reconnut la voix assurée du mari de Helen, Tony Hemden, le médecin de la mission. Bientôt, ils arrivèrent devant une porte ouverte. Mara marqua un temps d'hésitation.

Le Dr Hemden, en blouse blanche, se tenait près d'un lit, tout au fond de la petite salle, en compagnie d'une infirmière africaine, dont l'uniforme et la coiffe d'un blanc immaculé contrastaient fortement avec sa peau et ses cheveux sombres. Leurs deux silhouettes dissimulaient le lit à la vue de

Mara, mais elle entrevit un mince bras blanc reposant sur une couverture bleue.

— Elle est là, dit-elle à Carlton.

Au son de sa voix, le médecin se retourna, et lui adressa un signe de tête. Elle s'avança vers lui, notant vaguement au passage que tous les autres lits étaient inoccupés. La plupart n'avaient même pas de matelas ; les sommiers métalliques, avec leurs barreaux qui les faisaient ressembler à des cages, avaient un aspect étrangement menaçant.

— Est-ce qu'elle va bien ? s'enquit-elle avant même d'avoir rejoint le médecin. Nous avons trouvé le Land Rover...

Sans répondre, le Dr Hemden s'écarta du lit. Mara se pétrifia sur place. L'espace d'un instant, elle ne reconnut pas le visage posé sur l'oreiller. L'un des yeux était fermé et boursouflé, et une meurtrissure violacée s'étendait de l'arcade jusqu'à la pommette. La lèvre inférieure était fendue. La peau parfaite était marquée de petites coupures que l'on avait enduites d'antiseptique rouge. Une partie du crâne avait été rasée pour recoudre une longue entaille, et les points de suture noirs sur la blessure ressemblaient à une rangée de mouches se repaissant d'un mince filet de sang. Ce qui restait des cheveux avait été noué en deux tresses bien nettes.

Mara porta son regard sur l'œil intact, à la paupière fermée légèrement teintée de mauve. C'était la seule partie du visage qui semblait appartenir à Lillian.

— Que lui est-il arrivé ? murmura-t-elle, en portant une main à sa bouche.

— Elle a deux côtes fêlées, répondit le médecin. Et un genou salement contusionné. Il s'était formé un gros hématome que j'ai dû ponctionner, mais tout le sang n'a pas été évacué. Je l'ai mise sous sédatif, pour lui éviter de souffrir. Comme vous pouvez le voir, il y a aussi pas mal de coupures et de meurtrissures, mais elles sont sans gravité. La seule cicatrice qu'elle gardera, c'est celle qu'elle a à la tête, et elle sera cachée par ses cheveux. Ses dents sont intactes, elles aussi. C'était ce qui semblait la préoccuper le plus.

Mara se demanda s'il connaissait l'identité de sa patiente, ou s'il trouvait tout simplement normal, pour n'importe quelle femme, de s'inquiéter d'une éventuelle défiguration.

— Elle souffre également d'une forte migraine, ajouta-t-il. Sans doute une commotion. Mais c'est difficile à déterminer, vu les circonstances…

Son regard passa de Mara à Carlton, et il prit un air désapprobateur.

— Peut-être s'agit-il simplement d'une gueule de bois. Elle a reconnu avoir bu au Kikuyu Hotel – et plus d'un verre, à mon avis. L'accident a dû se produire au cours de la nuit. Joseph l'a trouvée au petit matin, alors qu'il se rendait à Kikuyu à bord de son camion. Elle a eu de la chance, poursuivit-il en baissant les yeux vers la forme immobile. Cela aurait pu être bien pire.

— Vous voulez dire… qu'elle n'en gardera aucune séquelle ? s'enquit Carlton.

— Elle s'en remettra, affirma le Dr Hemden.

— Dieu merci, murmura le producteur en fermant les yeux.

Le regard de Mara descendit jusqu'au pied du lit, elle était intriguée par ce qui ressemblait à un chemisier en imprimé léopard, soigneusement plié. Puis elle se rendit compte qu'il s'agissait en fait de la blouse en soie jaune de Lillian, toute tachée de sang noir. Elle se rappelait avoir vu le vêtement dans la chambre de l'actrice, et avoir furtivement effleuré le monogramme Christian Dior brodé sur la poche. C'était à l'époque où elle enviait encore Lillian, s'imaginant que la star possédait tout pour être heureuse...

Un silence passa, troublé seulement par le grattement du stylo de l'infirmière, qui prenait des notes sur son écritoire à pince, sous le regard du médecin. Carlton, entre-temps, s'était penché sur Lillian et examinait son visage d'un air consterné.

Mara sentit son cœur se serrer de compassion. À la voir gisant entre ces murs blancs, sur ce lit aux barreaux de fer, la vulnérabilité qu'elle avait déjà décelée en Lillian semblait plus évidente que jamais. Avec son visage meurtri, elle ressemblait à un enfant martyr, maltraité et mal-aimé.

— Et que va-t-il se passer à présent ? s'enquit Carlton.

— Fort heureusement, nous avons pu lui donner une chambre particulière. Il aurait été impossible de la placer dans la salle commune. Cette pièce est destinée à accueillir les enfants, elle vient juste d'être terminée, expliqua-t-il en montrant une plaque de bois poli apposée sur le mur du fond, portant cette inscription en lettres d'or : *Don des habitants de Bexhill*. Elle pourra rester ici jusqu'à ce qu'on puisse l'évacuer.

— L'évacuer ? répéta Mara, étonnée. Vers où ?

— L'hôpital Princess Elizabeth de Nairobi serait sans doute le plus indiqué. Joseph a contacté la MAF – la compagnie d'aviation des missions, expliqua le médecin à l'intention de Carlton. Ils pourront peut-être nous envoyer un avion dans le courant de la journée. Il faudra les payer. Je présume que cela vous convient ?

— Oui, bien sûr, acquiesça Carlton. Tout ce que vous jugerez nécessaire...

Malgré cette affirmation, Mara perçut une incertitude dans sa voix. Elle n'eut pas besoin de le regarder pour deviner à quoi il pensait. Si Lillian était évacuée vers l'aéroport de Nairobi, ou n'importe quel autre d'ailleurs, la nouvelle ne tarderait pas à se répandre. Photographes et reporters accourraient en masse pour profiter du scoop. Il ne leur serait pas difficile de découvrir ce qui s'était passé. Mara imaginait les gros titres. « Une star de Hollywood blessée ». « Lillian Lane conduisait en état d'ivresse ». Le public adorerait sûrement contempler le célèbre visage tel qu'il était en ce moment...

Elle sentit monter en elle un élan de tendresse protectrice.

— Est-il vraiment nécessaire de la déplacer ? demanda-t-elle. Ne pouvez-vous pas la soigner ici ?

Elle savait que le généraliste était également un chirurgien très expérimenté.

Sans laisser au Dr Hemden le temps de répondre, Carlton intervint :

— Sa sécurité passe avant toute chose, évidemment. Mais je suis sûr qu'elle préférerait rester ici.

Elle tient énormément au respect de sa vie privée. Je ne sais pas si vous en avez conscience, mais c'est une personne très connue. Célèbre, même.

— Je sais qui elle est, rétorqua le médecin d'un ton brusque. Et c'est pourquoi je veux la faire transférer. J'ai soigné quantité de patients bien plus sérieusement atteints, mais mon hôpital n'est pas un établissement pour stars de cinéma.

Il s'interrompit et tourna les yeux en direction de la fenêtre ouverte, à l'autre bout de la pièce. Les pleurs d'un enfant montaient de la cour – pas la protestation vigoureuse d'un enfant robuste soudain tombé malade, mais le gémissement résigné d'un petit être souffrant de faiblesse chronique. Suivant son regard, Mara aperçut Helen au milieu de la foule. Sans doute, présuma-t-elle, l'épouse du médecin était-elle en train d'expliquer aux patients que son mari avait été retardé par une urgence. Comme toujours, la jeune femme avait une apparence soignée, et il émanait d'elle une impression de calme et d'efficacité.

— Et pour commencer, reprit le Dr Hemden à l'adresse de Mara, qui lui préparerait ses repas ? Qui lui laverait son linge ?

Carlton la regarda, décontenancé.

— Dans un hôpital de brousse comme celui-ci, expliqua-t-elle, on ne sert pas de nourriture aux malades. Ce sont leurs familles qui s'en chargent. Si je m'arrange pour lui procurer toute l'assistance nécessaire, poursuivit-elle en se tournant de nouveau vers le médecin, accepteriez-vous de la garder ici ?

Le Dr Hemden demeura un instant silencieux, comme s'il était en proie à un débat intérieur. Finalement, il hocha la tête.

— Très bien. Mais que ce soit bien clair : nous ne pouvons pas lui offrir un traitement particulier.

— Merci. Nous vous sommes profondément reconnaissants.

Tout en prononçant ces mots, elle se demanda qui elle pourrait choisir, parmi les gens du village, pour remplir la fonction de garde-malade. Peut-être l'épouse de Kefa ? Elle essaya d'imaginer Edina assise à l'avant du Land Rover, tenant les petits raviers destinés à Lillian en équilibre sur ses genoux. La brave femme jugerait sûrement tout cela absurde. Et de toute façon, son anglais était trop limité. Mara se mordit pensivement la lèvre, en essayant vainement de trouver une candidate plus appropriée. Puis son regard se porta de nouveau vers la fenêtre.

— Une minute, s'il vous plaît.

Elle se rua hors de la pièce, sortit du bâtiment, et courut vers Helen, qui s'était réfugiée sous l'ombre du vieux figuier.

— Vous avez fait vite ! s'exclama celle-ci d'un air surpris. Joseph est parti il y a seulement une heure.

— Nous ne venons pas du lodge. Nous étions partis à la recherche de Lillian, expliqua Mara. Le traqueur nous a conduits jusqu'ici.

Helen secoua la tête.

— La pauvre. J'étais là quand ils l'ont amenée. J'espère que l'avion arrivera vite. Ce n'est sûrement pas le genre d'endroit auquel elle est habituée, ajouta-t-elle, en promenant son regard autour d'elle, comme si elle contemplait le cadre à travers les yeux de leur illustre patiente.

— Elle souhaite rester ici, déclara Mara d'une voix ferme.

Pour surmonter ses scrupules, elle se rappela que, même si Lillian n'avait pu exprimer son opinion, c'était ce qu'elle aurait voulu. Il fallait à tout prix garder le secret sur l'accident; l'avenir de sa carrière en dépendait.

— En êtes-vous sûre ? protesta Helen. Je ne pense pas...

— Écoutez, l'interrompit Mara, en lui posant une main sur l'épaule pour mieux attirer son attention. De combien d'argent avez-vous besoin pour acheter ces billets d'avion ? Pour emmener les enfants en Angleterre ?

La question parut déconcerter Helen, qui la regarda fixement un instant sans rien dire.

— Beaucoup, finit-elle par répondre. Cinq cents livres. Nous avons renoncé à ce projet. Les filles étaient déçues, mais elles comprennent que nous ne pouvons pas faire autrement. C'était un rêve insensé. Nous n'avons aucune chance de réunir une telle somme.

— Mais si, répliqua Mara. Lillian a besoin de quelqu'un pour lui apporter ses repas, s'occuper de son linge et de différentes tâches. Elle est toute disposée à vous rémunérer pour ce travail.

— Je ne pourrais pas accepter d'argent pour ça..., répondit Helen en fronçant les sourcils.

— Bien sûr que si, rétorqua Mara d'un ton catégorique. Elle est très riche. Croyez-moi : elle serait prête à débourser bien plus que cinq cents livres pour pouvoir rester ici.

— Vous croyez ? demanda Helen, ouvrant des yeux ronds.

— J'en suis convaincue.

— Je ne me sens pas capable de lui demander autant, reprit Helen d'une voix où perçait le doute.

Mara balaya l'objection d'un geste.

— Vous n'aurez rien à lui demander, c'est moi qui m'en chargerai. Du moment que vous pensez pouvoir trouver le temps de vous occuper d'elle...

Une lueur d'excitation apparut dans les yeux de la jeune femme.

— Bien sûr que oui. Je le trouverai.

— Alors, l'affaire est entendue, dit Mara en souriant.

En regagnant la salle, elle constata que Lillian était réveillée. Le Dr Hemden était en train d'examiner son genou.

— Il se peut que vous vous soyez fracturé la rotule, dit-il. Nous ne le saurons pas tant que l'enflure ne se sera pas résorbée.

Mara fut frappée par la douceur de sa voix. Toute trace de réprobation avait disparu, et l'on n'y décelait même pas l'impatience bien compréhensible d'un homme surchargé de travail.

Elle s'approcha silencieusement du lit, ne voulant pas déranger le médecin dans son examen. Mais quand elle alla se placer à côté de Carlton, Lillian tourna la tête et leva vers Mara son œil intact. Il était empli de larmes qui ruisselèrent sur sa joue.

— Je suis désolée. Je suis tellement désolée, bafouilla-t-elle, ses lèvres meurtries peinant à articuler les mots. J'ai tout gâché.

Elle ferma les yeux et se recroquevilla contre l'oreiller, comme si elle souhaitait disparaître. Les larmes continuaient à couler le long de ses tempes pour se perdre dans ses cheveux. Sur ses joues, les taches rouges d'antiseptique, en se diluant, avaient formé des stries, ce qui ne contribuait en rien à améliorer son aspect.

En contemplant ce visage ravagé, Mara eut l'impression de voir les blessures intérieures de l'actrice, brusquement exposées au jour – ces blessures d'où Lillian tirait son talent de comédienne, mais qui l'avaient aussi fait sombrer dans l'alcoolisme. Devant cette image pitoyable, elle sentit une boule se former dans sa gorge. Elle se pencha vers Lillian, caressa doucement la joue meurtrie, puis la tresse de petite fille.

— Ne vous inquiétez pas, dit-elle d'un ton apaisant. Tout va s'arranger.

Elle regarda Carlton, pour l'inciter muettement à prononcer à son tour quelques paroles d'encouragement.

— Bien sûr, dit-il. Nous trouverons une solution. Je vais téléphoner à L.A., pour essayer d'obtenir un délai.

Un délai.

Mara se délecta de ce mot, submergée par une joie coupable. Dans un bref accès de déraison, elle s'imagina qu'ils allaient tous rester au Raynor Lodge jusqu'à la guérison de Lillian. Mais cela demanderait des semaines, ou même des mois. Plus vraisemblablement, se dit-elle, allaient-ils rentrer chez eux, et revenir plus tard.

Dans un cas comme dans l'autre, Peter ferait encore partie de sa vie pendant quelque temps.

— Voulez-vous qu'on envoie un boy chercher ses affaires, de façon qu'elle puisse les emporter dans l'avion ? reprit le médecin.

Mara secoua la tête.

— Elle reste ici. J'ai trouvé quelqu'un pour s'occuper d'elle.

— Vous n'avez pas perdu de temps, répondit le Dr Hemden, sans qu'elle pût dire s'il avait deviné que la garde-malade n'était autre que sa femme. Dans ce cas, je vous suggère de revenir la voir demain. Ma patiente a besoin de repos à présent. D'un peu de solitude.

Il parlait d'un ton assuré, comme s'il savait tout de Lillian, et cette déclaration semblait avoir un sens caché.

Elle a besoin de se reposer, de récupérer. Elle a besoin d'échapper à sa vie.

— Merci, lui dit Mara, avec un sourire reconnaissant.

Elle entraîna Carlton vers la sortie, emportant l'image du Dr Hemden, de son expression attentive et compassionnelle. Ce cadre austère lui apparaissait à présent sous un nouveau jour. La pièce blanche et nue n'était pas simplement un lieu où l'on soignerait les blessures physiques de

Lillian. C'était un sanctuaire où l'actrice, loin de son univers factice, pourrait peut-être enfin trouver la paix.

Ils regagnèrent le Land Rover où Kefa et le traqueur attendaient toujours, en pleine conversation avec l'infirmière qui stérilisait les instruments. Le soleil à son zénith posait ses doigts brûlants sur les épaules nues de Mara. À côté d'elle, Carlton avançait d'un pas raide, tel un robot.
Soudain, il s'arrêta net.
— Eh bien, voilà, soupira-t-il, tournant vers Mara un visage qui était l'expression même du désespoir. Alors que nous étions tout près du but…
— Que voulez-vous dire ? s'enquit Mara, perplexe.
— C'est fini. Tout est fichu. On ne peut pas continuer.
— Mais… Vous avez dit que vous alliez obtenir un délai, téléphoner à L.A…
Il agita les mains en direction du bâtiment qui abritait Lillian.
— Il fallait bien dire quelque chose. La vérité, c'est que l'assurance ne couvre pas ce genre de chose. Si c'était dû au climat, ajouta-t-il avec un rire amer, ou à la maladie, ou à n'importe quel autre type d'accident, ça ne poserait pas de problème. Je pourrais reporter le tournage des dernières séquences et me faire rembourser les frais supplémentaires. Mais il y avait une clause d'exclusion concernant Lillian.

Il s'interrompit brièvement, et, quand il reprit la parole, ce fut d'un ton pompeux, comme s'il énonçait les dispositions d'un contrat d'assurance.

— « Est exclu de la garantie tout événement provoqué par un abus d'alcool de la part de l'assuré, ou en résultant d'une quelconque manière. » Bien sûr, poursuivit-il en secouant la tête, nous avons pris un risque en l'engageant. Mais elle était faite pour le rôle de Maggie, et elle l'a prouvé. Et puis, je voulais la faire retravailler. J'étais persuadé que tout se passerait bien.

Il parlait à voix basse, autant pour lui-même que pour elle. En l'entendant, elle prit peu à peu conscience que c'était bel et bien la fin. Elle n'avait songé jusqu'alors qu'au sort de Lillian, sans se soucier vraiment des répercussions sur le tournage – elle comptait sur Carlton pour mettre sur pied un plan de secours. Mais il était en train de dire qu'il allait renoncer à produire la fin du film.

Une chape de silence s'abattit sur eux. Mara chercha en vain une réponse appropriée. Puis une pensée lui vint.

— Et ces gens dont vous parliez l'autre jour, quand vous vous êtes disputé avec Leonard ? Ceux qui devaient terminer le film dans un zoo ?

— Les garants, acquiesça Carlton. Ils pourraient essayer de tourner les dernières scènes en studio, en effet. Mais mon contrat avec eux ne sera plus valide. C'est un arrangement très simple, en fait : je leur remets le négatif à la date dite, et ils me donnent l'argent. Mais si je ne le fais pas... Eh bien, les garants trouveront sans doute un accord avec les investisseurs. Et ensuite, ils me feront un procès, en m'imputant la responsabilité de cet échec, parce que c'est moi qui ai engagé une actrice principale que les assureurs refusaient de couvrir. Bref, c'est un vrai gâchis. Un épouvantable gâchis.

Carlton se tut et regarda fixement le sol. Puis il prit une longue inspiration.

— Une chose est sûre, en tout cas. Nous allons perdre notre ranch, le seul bien que nos parents nous aient légué. Comme j'avais besoin de davantage de capitaux, je l'ai hypothéqué pour obtenir un prêt bancaire. Il appartient aux Miller depuis dix générations. Leonard et moi, nous louons des appartements à L.A., mais Raven Hills est notre foyer. Le seul endroit où nous nous sentons vraiment chez nous.

Sa voix enrouée par l'émotion lui rappela celle de John lui exposant ses différents plans, tous aussi désespérés les uns que les autres, pour sauver le lodge. Elle ne se représentait que trop bien les pensées courant dans la tête de Carlton : la vision douloureuse de la demeure bien-aimée livrée à des étrangers. Elle aurait voulu lui offrir des paroles de consolation, mais elle se remit à marcher en silence, obligeant Carlton à la suivre. Elle avait le sentiment qu'en continuant d'avancer, ils pourraient peut-être empêcher le désespoir de s'abattre sur eux. C'était troublant de voir Carlton dans cet état, lui qui avait toujours paru si fort, prêt à affronter n'importe quel problème. C'étaient ces qualités, se rappela-t-elle, qui l'avaient incitée à se confier à lui, dès le premier soir – la situation catastrophique du lodge, sa difficulté à s'adapter à sa condition de femme de chasseur... Et sa réponse résonnait encore dans sa mémoire.

— Tout finit toujours par s'arranger, avait-il affirmé d'un ton confiant. Vous n'y croyez plus, et puis, soudain, quand vous vous y attendez le moins, il se passe quelque chose, et tout va de nouveau pour le mieux.

Elle faillit lui rappeler ces paroles, le mettre au défi de se conformer à sa propre philosophie. Mais en le regardant, elle comprit que c'était inutile.

L'expression de Carlton était celle d'un homme qui a cessé de croire aux contes de fées.

14

Leonard attendait devant l'arche d'entrée, appuyé contre l'une des défenses, quand ils arrivèrent sur le parking. À leur vue, il se redressa en sursaut et se précipita vers le Land Rover. Tandis qu'elle coupait le contact, il ouvrit la portière d'un geste brutal.

— Que se passe-t-il ? Où étiez-vous ?

Mara le dévisagea en silence pendant un moment.

— N'avez-vous pas reçu un message de la mission ?

— Si, répondit-il d'un ton impatient. Mais il disait simplement que vous deviez vous rendre là-bas de toute urgence, sans autre explication.

En disant ces mots, il inspecta du regard l'arrière du véhicule. Ses yeux passèrent de Kefa au traqueur, et s'agrandirent d'inquiétude.

— Où est Lillian ?

Mara se tourna vers Carlton, attendant sa réponse. Mais il se borna à hausser les épaules, le regard perdu dans le vide.

— Elle a eu un accident, expliqua Mara. Elle va s'en sortir, mais elle a été blessée.

Leonard la regarda d'un air hébété.

— Que voulez-vous dire ? Où est-elle ?
— À l'hôpital de la mission.

Carlton s'agita sur son siège et s'éclaircit la gorge.

— La bonne nouvelle, c'est qu'elle ne s'est pas tuée. Elle aurait pu, déclara-t-il d'une voix éteinte. La mauvaise, c'est qu'elle ne pourra pas terminer le film.

Leonard tressaillit violemment sous l'effet du choc. Il ouvrit la bouche, mais aucun mot n'en sortit.

Par-dessus son épaule, Mara aperçut Peter. À son expression, elle comprit qu'il avait entendu cet échange. Il les rejoignit et s'enquit, plissant les yeux d'un air inquiet :

— Est-elle vraiment hors de danger ?
— Oui, répondit Mara. Elle est en de bonnes mains. Il y a un excellent médecin à la mission.
— Que faisait-elle, toute seule sur ces routes qu'elle ne connaît pas ? reprit Peter.
— Elle est allée à Kikuyu pour se saouler, répondit Carlton sans détour. Et le résultat, c'est qu'elle a eu un accident. Par conséquent, ajouta-t-il à l'adresse de Leonard, l'assurance ne paiera pas. C'est fini, poursuivit-il avec un long soupir. Tout est fichu.

Leonard fit le tour du véhicule et se pencha par la vitre pour apostropher son frère.

— Comment ça, fichu ? Il ne nous reste plus que quelques scènes à tourner !

Carlton écarta les mains dans un geste d'impuissance.

— Oui, mais ce sont des scènes où la présence de Lillian est indispensable, n'est-ce pas ? Et on ne peut pas les supprimer.

— Non, répondit Leonard en secouant la tête. Mais il doit bien exister une solution !

Carlton laissa échapper un rire morne.

— Nous pourrions demander aux missionnaires de faire une fausse déclaration, de dire qu'elle était sobre au moment de l'accident. Mais à mon avis, il y a peu de chances qu'ils acceptent !

Leonard s'écarta brusquement de la voiture, les mains crispées le long de ses flancs. Puis il leur tourna le dos et s'accroupit sur les talons, la tête entre les mains.

Mara se tourna vers Peter, et vit ses propres émotions se refléter dans ses yeux : le mélange de stupeur et d'inquiétude, auquel s'ajoutait un profond désarroi à l'idée que le temps précieux qu'il leur restait à passer ensemble allait être abrégé.

Dans le silence tendu, les petits bruits prirent une sonorité accrue – le cliquetis lointain des casseroles s'entrechoquant dans la cuisine, le crissement du revêtement de vinyle pendant que Carlton se tournait pesamment sur son siège, le bourdonnement d'une mouche coincée derrière le pare-soleil. Finalement, Kefa ouvrit sa portière et descendit. Les autres l'imitèrent, et restèrent plantés là, silencieux et moroses.

Soudain, Leonard se redressa et se retourna. Mara le contempla, effarée. Alors qu'elle s'attendait à lui voir une mine abattue, il y avait dans ses yeux une étrange lueur de conviction, presque d'enthousiasme.

— J'ai une idée, annonça-t-il en regardant à tour de rôle Mara et Peter. Je veux vous parler à tous deux. En privé.

D'un pas vif, il les entraîna vers le fond du jardin, où les arbres se massaient contre la clôture, en une muraille sombre et impénétrable.

— Vous n'êtes pas obligée d'accepter, déclara-t-il à Mara, en guise de préambule.

Elle déglutit, envahie par une subite appréhension.

— Je vous demande de remplacer Lillian. De tenir de nouveau le rôle de Maggie.

Elle fronça les sourcils, perplexe. Si la solution était aussi simple, pourquoi Carlton se serait-il laissé aller à un tel désespoir ?

— Ma foi, si cela peut vous rendre service, je le ferai, bien sûr..., répondit-elle d'un ton circonspect.

Sa voix mourut quand elle vit les yeux de Peter s'agrandir de surprise et ses traits se figer.

— La seule chose, c'est que..., ajouta Leonard, avant de s'interrompre, comme s'il cherchait ses mots.

Au bout d'un instant, il parut renoncer et reprit :

— Les scènes en question comportent une scène d'amour. Je les garde toujours pour la fin, cela leur donne plus d'intensité.

Mara le regarda fixement sans rien dire, en prenant peu à peu conscience de ce qu'impliquait la requête du metteur en scène.

— Vous pouvez tout bonnement refuser, s'empressa d'ajouter Leonard, ses yeux passant rapidement de Peter à elle. Je le comprendrais, je vous l'assure.

Après un bref silence chargé de tension, il poursuivit :

— On devrait pouvoir filmer cette scène de façon à ne pas montrer le visage de Maggie. Ou bien à ne le montrer que dans l'ombre.

Il reprit sa respiration, puis ajouta, le débit précipité :

— Mara, vous avez passé suffisamment de temps avec nous pour comprendre le principe. Nous filmerons la scène plan par plan. Ensuite, ce ne sera qu'une question de montage. À l'écran, on aura l'impression que Maggie et Luke font l'amour. Mais dans la réalité... ce sera différent. Toutefois – il s'interrompit une nouvelle fois, le regard incertain –, ils s'embrasseront. Ils se toucheront. Tout cela se produira pour de bon.

Mara hocha la tête sans répondre, puis baissa les yeux vers le sol pour dissimuler son trouble. Elle sentit le regard de Peter rivé sur elle, et se demanda ce qu'elle y lirait si elle relevait la tête. Sans doute était-il tiraillé par des émotions contradictoires, tout comme elle...

— Il n'y aura personne dans cette hutte, à part vous deux et moi, reprit Leonard. Nous avons déjà mis en place l'éclairage, donc la présence de Brendan ne sera pas nécessaire. Nous tournerons des plans muets, et je serai derrière la caméra. Donc, même les membres de l'équipe ne sauront rien de ce qui s'y passera. Par la suite, quand ils verront le film, ils penseront que nous avons tourné les scènes supplémentaires à L.A. Le personnel du lodge croira qu'il s'agit de prises d'essai, comme les autres fois. Personne ne saura que ce n'est pas Lillian qui apparaît dans ces scènes. Et c'est précisément notre but, au fond : trouver un moyen de dissimuler son accident tout en terminant quand même le film.

Il attendit que Mara ait relevé les yeux pour continuer. Une agitation fébrile semblait s'être emparée de lui, et ses gestes étaient encore plus tendus que d'habitude.

— En fait, je commence à penser que ce sera même plus intéressant que si nous filmions ça à la manière habituelle. Le public verra la scène à travers un rideau d'herbe. Ce qui sera en adéquation totale avec le thème même du film – le mensonge, les secrets... Qu'en pensez-vous ? demanda-t-il abruptement, s'adressant à Peter.

L'acteur resta un long moment silencieux.

— Je devrais pouvoir accepter sans problème, répondit-il enfin. C'est mon boulot, ça n'a rien de nouveau pour moi. Mais Mara n'est pas actrice, et cela change tout, pour elle comme pour moi.

— Pas forcément, rétorqua Leonard. Parfois l'on a affaire à des acteurs inexpérimentés, d'autres fois à des vieux de la vieille. Mais ils font tous le même métier. Et Mara a déjà tenu le rôle de Maggie. Là, elle franchirait simplement une étape supplémentaire.

Peter acquiesça lentement, et la regarda. Il se posait visiblement la même question qu'elle.

Seraient-ils capables de se comporter comme s'ils étaient amants, sans que cela devienne vrai ?

Ils s'embrasseront. Ils se toucheront. Tout cela se produira pour de bon...

Elle se rappela ce qu'avait dit le metteur en scène. La scène serait filmée plan par plan, chaque instant distinct du suivant...

— Prenez le temps de réfléchir, reprit Leonard. Je ne veux pas vous bousculer.

Tout en parlant, il enfonça ses mains dans ses poches comme pour contenir leur impatience.

Mara s'éloigna de quelques pas, s'enfonçant derrière une bougainvillée, hors de vue des deux hommes. Elle contempla la terre s'étendant au-delà de la propriété, où deux garçonnets surveillaient un troupeau de chèvres brunes et blanches, et essaya de réfléchir calmement, de peser le pour et le contre. D'un côté, l'avenir du chef-d'œuvre de Leonard, le film pour lequel chacun s'était donné tant de peine. La carrière de Lillian, celle de Leonard et de Carlton. De Rudi, qui rêvait d'abandonner définitivement son taxi. Et le sauvetage de Raven Hills, la demeure ancestrale des Miller.

Sur l'autre plateau de la balance, il y avait toutes les raisons pour lesquelles elle devait refuser cette proposition. Elle essaya de les définir, mais ses pensées étaient confuses. À la place des mots, ce furent des visages qui lui vinrent à l'esprit : John, Matilda, Paula et ses enfants. Et Peter. Elle s'efforça de trouver en quoi chacun d'eux devait influer sur sa décision. Mais le visage qui s'imposait à elle, occultant les autres et exigeant son attention, c'était le sien.

Un visage radieux et plein de force, les yeux brillants, les lèvres esquissant un sourire.

À pas lents, elle revint vers Peter et Leonard.

— Avez-vous pris une décision ? s'enquit aussitôt le metteur en scène.

La question parut demeurer en suspension dans l'air. Mara rencontra le regard de Peter, et se sentit soudain plus sûre de ce qu'elle s'apprêtait à dire. Et ce fut d'une voix calme et claire qu'elle répondit :

— Je veux bien.

Je veux être auprès de Luke.

Peter la dévisagea intensément, ses yeux pareils à des puits sombres, profonds et calmes. Il inspira lentement et dit :

— Moi aussi.

De soulagement, Leonard ferma les yeux. Puis il sourit, l'air brusquement rajeuni.

— Commençons tout de suite, dans ce cas. Je suis prêt.

**

La robe était longue et rouge, faite d'une étoffe fine, pareille à de la soie. Elle bruissa doucement quand Mara la fit passer par-dessus sa tête. Il n'y avait aucun effluve du parfum de Lillian sur le tissu : le costume venait tout juste d'être sorti de son emballage ; des feuilles de papier de soie froissées jonchaient le sol de terre battue, ainsi qu'une étiquette portant un nom manuscrit, « Maggie ». Mara avait du mal à enfiler la robe ; il y avait moins d'une heure qu'elle s'était douchée, mais elle était déjà moite de sueur et le tissu adhérait à sa peau. Elle finit néanmoins par réussir à l'ajuster. Elle lui allait parfaitement, comme si elle avait été confectionnée tout spécialement pour elle.

Elle était seule dans la hutte de chaume, pieds nus sur une natte en sisal. La pièce était plongée dans la pénombre – Leonard avait refermé la porte en partant, et il n'y avait qu'une petite fenêtre – mais elle constata cependant qu'une bonne partie du matériel était déjà installée : un projecteur fixé à une poutre du toit, le trépied de la caméra replié sur le sol à côté d'un large panneau à la surface argentée, le réflecteur qui servait à diriger la lumière vers les acteurs. Les parois de la hutte auraient normalement dû laisser filtrer des rais de lumière, mais Brendan les avait recouvertes de plastique noir, à l'extérieur, afin d'obtenir un effet de nuit en plein jour.

Mara tendit l'oreille, guettant un bruit de pas, mais tout était calme. Elle avait le sentiment qu'elle aurait pu rester ici éternellement, prisonnière d'un royaume souterrain où le temps s'était arrêté. Leonard s'était retiré pour lui permettre de se changer, sans préciser si elle devrait sortir quand elle serait prête, ou si elle devait attendre son retour. Hésitante, elle baissa les yeux sur sa robe. La soie d'un rouge profond moulait sensuellement la ligne de ses hanches et de ses cuisses, le décolleté plongeant mettait sa poitrine en valeur, et les bretelles étroites dénudaient ses épaules. C'était une robe plus audacieuse que toutes celles que Mara avait pu voir sur ses clientes du lodge – plus voyante encore que le fourreau argenté de Matilda. Aux yeux de Mara, rien n'aurait pu être plus déplacé dans cette hutte primitive qu'une femme habillée de la sorte. Mais Leonard avait déclaré que c'était cela, le cinéma : faire se rencontrer les extrêmes pour créer quelque chose d'inédit. Et c'était justifié par le scénario, avait-il expliqué : Maggie et Luke décident de revêtir leurs plus beaux atours pour leur dernière soirée ensemble, avant le retour à Zanzibar. C'est un moment qu'ils veulent garder à jamais en mémoire. Ils s'en vont tous deux, Maggie dans sa robe rouge, Luke en smoking, pieds nus à travers la brousse (le sol ayant été préalablement débarrassé des épines et des insectes par les boys). Une coupe de champagne à la main, ils regardent le soleil se coucher.

Puis ils pénètrent dans la hutte de chaume, à l'abri des regards...

Mara pivota lentement sur elle-même, pour scruter le fond de la hutte. On y avait installé un lit à l'africaine, un simple cadre de bois tapissé de peaux de vaches, sur lesquelles on avait jeté une peau de léopard et quelques kitenge. Une unique fleur d'hibiscus était posée au centre, d'un rouge aussi vibrant que celui de sa robe. Mara contempla les pétales arrondis au bord légèrement froncé, les minuscules grains de pollen jaune. La fleur avait l'air vulnérable, seule sur la somptueuse fourrure noir et or. Et pourtant, elle donnait l'impression de se trouver exactement à sa place. Mara y reconnut la touche habile de Rudi. Ce décor était sa création.

Elle avait le sentiment de nager en pleine irréalité. Rien de tout cela ne pouvait être vrai : elle, dans ce lieu, parée comme une déesse de l'écran, attendant que Peter vienne la retrouver. La conduise vers le lit, et s'y étende avec elle...

Elle serra les poings, enfonçant ses ongles dans la chair de ses paumes. Puis elle ferma les yeux.

Ce ne sera pas nous. Seulement Maggie et Luke, se rappela-t-elle.

Ce ne sera pas vrai. C'est pour cela que nous pouvons le faire.

**

Elle sursauta lorsque la porte s'ouvrit en grinçant, puis étouffa une exclamation de surprise. Au lieu de la maigre silhouette de Leonard dans sa salopette rouge, elle découvrit un homme en habit sombre. Elle mit quelques secondes avant de se rendre compte qu'il s'agissait de Peter. Jusqu'à présent, elle l'avait toujours vu porter des tenues tropicales de couleur claire, ou des vêtements de brousse kaki ; dans ce smoking noir et cette chemise si blanche qu'elle paraissait presque phosphorescente dans la pénombre de la hutte, il était d'une beauté encore plus saisissante que de coutume.

Brusquement, elle s'aperçut qu'il la contemplait fixement lui aussi.

— Vous... Vous ne vous ressemblez plus, murmura-t-il.

— Vous non plus.

Ils restèrent immobiles, la gêne grandissant entre eux. Mara tripota nerveusement les coutures de sa jupe. Pour éviter le regard de Peter, elle posa les yeux sur la bouteille de champagne qu'il tenait dans une main. Entre les doigts de l'autre, il enserrait deux hauts verres à pied. Suivant son regard, Peter brandit la bouteille, pour lui montrer qu'elle n'était qu'à moitié pleine.

— Nous avons bu le reste dehors, expliqua-t-il.

Elle le regarda, perplexe. Fugitivement, elle s'imagina qu'il avait bu du champagne avec Leonard pendant qu'elle s'habillait.

— En contemplant le coucher de soleil, ajouta-t-il. Vous et moi, près du point d'eau.

Elle hocha la tête, se souvenant que Leonard lui avait expliqué que les scènes ne seraient pas tournées dans l'ordre chronologique.

— Est-ce que cela nous a plu ?

— Beaucoup. Même si nous avons été importunés par les moustiques.

Ils éclatèrent tous les deux de rire, et Mara sentit qu'elle commençait à se détendre. Les commentaires de Peter lui avaient rappelé qu'ils n'étaient pas dans le monde réel, mais dans une sorte de pays des merveilles où il était possible de boire la seconde moitié d'une bouteille de champagne avant la première.

Un lieu où la réalité n'avait plus cours.

Posant la bouteille et les flûtes, Peter promena les yeux autour de lui.

— Ça sent le foin, ici. Cela me rappelle l'été où j'ai travaillé dans une ferme, à soulever d'énormes bottes.

— C'est un travail pénible, répondit Mara, saisissant avec gratitude l'occasion de mettre fin à ce silence tendu. C'était l'une des seules périodes de l'année où j'étais contente de rester à la maison pour aider ma mère.

Peter lui posa d'autres questions sur sa vie à la ferme, et ils ne s'arrêtèrent plus de bavarder, même quand Leonard entra dans la hutte et commença à installer le matériel. Ils le regardèrent se démener pour monter la caméra sur le trépied, en se battant maladroitement contre les taquets de fixation. Il refusa l'aide de Peter, mais continua à jeter à la ronde des regards éperdus, comme s'il espérait voir surgir un technicien. Quand il eut enfin réussi à mettre la caméra solidement en place, il entreprit de régler l'éclairage. Il alluma d'abord le projecteur accroché au plafond, dirigeant vers le lit une lueur bleutée ; puis un second, placé à l'extérieur de la fenêtre, qui projeta un large faisceau de lumière argentée à travers la pièce.

— Voilà pour le clair de lune, déclara-t-il d'un ton satisfait, avant de se tourner vers Mara et Peter. Bien. Vous vous souvenez de la scène au bord du lac ? Nous allons nous y prendre de la même manière. Les scènes que nous allons tourner sont des souvenirs, des flash-back. Ça veut dire que je n'ai pas à me préoccuper des détails et à vous indiquer point par point ce que vous devez faire. Alors, oubliez-moi. Vous avez lu le scénario, Peter. Contentez-vous de jouer la scène, je m'arrangerai pour le reste.

Mara regarda Peter, et comprit à son expression qu'il s'était attendu à autre chose. La méthode conseillée par le metteur en scène leur rendait la tâche plus facile d'une certaine manière, et plus difficile de l'autre. Plus risquée, car plus vraie.

Il lui rendit son regard, et elle sut que l'instant était décisif. Ils pouvaient encore reculer, battre en retraite vers un terrain plus sûr. Il leur suffisait de dire à Leonard qu'ils voulaient qu'il les dirige dans chacun de leurs gestes, qu'il les manipule comme des marionnettes.

Le silence se prolongea. Ses yeux dans les yeux de Peter, Mara se remémora tout ce qui s'était passé entre eux – les conversations, les instants partagés, chacune des étapes qui les avaient conduits jusqu'ici. Elle sentit que les mêmes pensées traversaient l'esprit de Peter.

Impossible de dire qui fut le premier des deux à se décider, et s'il l'indiqua par un hochement de tête, un frémissement des lèvres ou de la main – mais, tout à coup, ils se dirigèrent côte à côte vers le lit. Mara se concentra sur le contact du sisal sous ses pieds nus, puis sur celui, plus doux, de la terre battue, en essayant de respirer moins vite et de calmer les battements affolés de son cœur.

— Maggie, gardez le dos tourné à la caméra, dit la voix de Leonard. Et, tous les deux, évitez de parler, dans la mesure du possible. De cette manière, nous n'aurons pas à doubler Maggie sur la bande-son.

Il se pencha et colla son œil au viseur. Le seul signe trahissant sa tension fut le sifflotement dissonant qui s'échappa de ses lèvres. Au bout d'un moment, il s'arrêta, et pinça les lèvres en une moue de concentration. Dans le silence, on entendit des perroquets passer au-dessus de la hutte en poussant des cris perçants.

— Bien, Luke, dit-il enfin. Dès que vous serez prêt...

Mara avait l'impression d'être une nageuse au bord du plongeoir, chaque fibre de son corps tendue, dans l'attente. Elle sentit Peter s'approcher, l'espace entre eux se réduire, mais le temps paraissait s'étirer interminablement, comme dans un rêve. Puis, quand elle se crut sur le point de défaillir, ses bras se refermèrent sur elle, robustes et sûrs, l'attirant à lui.

Quand leurs corps se rejoignirent, elle appuya la tête contre sa poitrine et ferma les yeux, respirant son odeur de cannelle, la chaleur de son corps. Elle sentit ses lèvres lui effleurer la joue, doucement, comme pour goûter sa peau. Puis il posa une main sur sa nuque, enroulant ses doigts dans sa chevelure. Lentement, ses lèvres glissèrent à la rencontre des siennes, les pressèrent avec une infinie douceur.

Au bout d'un long moment, il s'écarta. En ouvrant les paupières, elle plongea ses yeux dans les siens – sombres et comme agrandis, étincelant dans la lumière bleu argent.

Il retira sa veste et se retourna pour la poser sur le lit. Mais alors il suspendit son geste, et regarda la fleur placée en son centre. Délicatement, il la prit au creux de sa paume et la montra à Mara, comme pour lui faire partager sa beauté, avant de la reposer dans l'angle de la couche. Il déboutonna sa chemise, ôta ses boutons de manchette. Puis il s'approcha d'elle, la prit dans ses bras, et l'embrassa de nouveau. Enserrant ses épaules nues entre ses mains, il l'étendit doucement sur le lit. Ensuite, se couchant sur elle, il enfouit sa tête dans sa chevelure.

Elle referma les yeux de nouveau, savourant son contact, son goût, son odeur. Rien n'existait plus que les sensations qu'elle éprouvait : les kitenge froissés sous elle, le visage de Peter au-dessus du sien ; la mèche sur le front de Peter qui lui caressait la tempe. La soie rouge enroulée autour de ses jambes. Le contact rêche des peaux de vaches.

La chaleur des projecteurs, dans l'atmosphère confinée de la hutte. Leur lueur bleuâtre jouant sur leur peau luisante de sueur. Ses cheveux répandus en boucles moites sur la peau de léopard.

Les lèvres de Peter descendant le long de son cou, effleurant ses seins.

Puis ses doigts relevant sa jupe, lentement, précautionneusement. Remontant de la cheville jusqu'au mollet, poursuivant jusqu'au genou – sans aller plus loin.

Elle avait obscurément conscience des limites de ce qui leur était autorisé. Elle sentit qu'ils les auraient bientôt atteintes, que Peter ne tarderait pas à battre en retraite, et chaque partie de son être eut envie de se rebeller. Sa peau s'électrisait au contact de ses doigts, déclenchant en elle une souffrance insupportable et délicieuse à la fois, comme l'afflux de sang chaud dans des membres engourdis de froid. À mesure que le dégel se propageait dans son corps, une énergie nouvelle courut dans ses veines. Elle promena ses doigts sur les courbes robustes des épaules de Peter, puis plaqua ses mains sur son torse, palpant la toison douce, les muscles durs.

Elle remonta jusqu'à son visage, le caressa lentement, et sentit une vague de joie déferler en elle. Elle s'écarta un peu pour sonder le regard de Peter. Il rencontra le sien, franc et ouvert. Elle n'y décela pas l'ombre d'un doute, aucune méfiance, aucune retenue.

Il la saisit par les épaules et l'attira contre lui. Elle l'enlaça, et ils se serrèrent étroitement l'un contre l'autre, comme si rien au monde ne pourrait jamais les obliger à se séparer.

15

Un feu brûlait dans un grand brasero installé au milieu de la pelouse. Des flammes orangées léchaient la nuit, projetant des étincelles qui dansaient dans les tourbillons d'air chaud. Des tables avaient été disposées en cercle autour du feu, chacune d'elles éclairée par une lampe-tempête placée en son centre. Déjà, les nappes blanches étaient parsemées de cadavres d'insectes ailés qui s'étaient aventurés trop près de leur verre brûlant. À côté des lanternes, il y avait des tortillons verts anti-moustiques, et des vases de fleurs rouge et or rutilant comme des braises dans la demi-obscurité.

Debout dans l'ombre, à l'extrémité de la véranda, Mara regardait les boys sortir les chaises et les ranger autour des tables. Elle portait sa longue robe d'hôtesse, dans laquelle elle avait l'impression de flotter, et dont l'étoffe lui paraissait à présent grossière et rêche, comparée à la robe du soir de Maggie.

Cette robe rouge qu'elle tenait dans ses bras, soigneusement pliée, prête à être restituée à Rudi. Une légère odeur de menthe d'eau s'élevait des taches de boue sur l'ourlet. Elle les respira avec délices, revivant la scène près du point d'eau, ces instants où, comme dans un rêve, elle avait marché au côté de Luke tandis que le soleil descendait peu à peu vers l'horizon, en jetant dans le ciel des lueurs d'incendie.

Ils s'étaient promenés lentement le long du rivage, obéissant aux directives de Leonard. Mara évoluait dans une espèce de brouillard, seulement consciente de la présence de Luke près d'elle. Tout son être était tendu, guettant le moment où elle sentirait le contact de sa main, de son épaule, du tissu de sa chemise même...

Elle porta la robe à son visage. Derrière l'odeur de la boue, elle décela le bouquet fruité du champagne. En esprit, elle se repassa la séquence où Luke ouvrait la bouteille – les yeux tournés non pas vers le bouchon mais le visage de Maggie. Elle le revit faire sauter le bouchon, et les oiseaux s'envolant des joncs, effrayés par ce bruit de détonation. Le bouchon décrivant une longue courbe dans le ciel et retombant avec un léger clapotis dans l'eau teintée d'or. La mousse blanche jaillissant du goulot, ruisselant sur la main de Luke et éclaboussant sa robe. Leur rire résonnant dans l'air, insouciant et gai.

Le roulement d'un tambour fit soudain irruption dans ses pensées. Près du feu, elle aperçut l'un des boys penché sur un tam-tam en peau de chèvre, martelant le cuir du plat de ses paumes, les doigts écartés. Tandis qu'elle observait ses gestes fluides, elle vit des silhouettes émerger de l'ombre et prendre place aux tables : Brendan, les deux Nick et Rudi. Ils portaient leur plus belle tenue de soirée et leurs visages étaient visiblement rasés de frais. Des verres en cristal à facettes scintillaient dans leurs mains, emplis de liquides aux couleurs de pierres précieuses, or, jaune et rouge foncé. Daudi et le ranger les rejoignirent, de même qu'un Carlton tout sourire, brandissant chacun une chope de bière locale pâle couronnée de mousse.

Mara ne chercha pas Peter des yeux ; son absence était aussi perceptible que le battement du tambour. Elle se le représenta dans sa case, se dépouillant du costume de Luke pour revêtir ses propres habits. Elle se demanda si, comme elle, il avait été tenté de le garder. Une partie d'elle-même souhaitait désespérément retarder le moment où elle devrait se séparer définitivement de Maggie ; mais une autre partie avait le sentiment que sa robe d'hôtesse la protégerait à la façon d'une armure, en lui rappelant qui elle était, ici, dans le monde réel.

Toutefois, cela n'avait pas suffi. Malgré la tenue familière, Mara avait l'impression d'être une autre. Son corps était animé d'une étrange vigueur. Elle se sentait pleine de courage et de témérité – et en même temps, vulnérable et sensible, comme si elle venait de renaître dans un corps neuf et parfait, mais dont elle n'avait pas encore éprouvé la résistance.

Elle se retourna pour voir s'approcher Leonard, une coupe de champagne dans chaque main. Il portait toujours sa salopette, avec le scénario coincé sous la bavette, mais avait échangé ses bottines boueuses contre des pantoufles. Mara devina qu'il s'était rendu droit au bar, en rentrant du tournage : il avait le visage empourpré et la démarche quelque peu titubante. Et, comme son frère, il avait la mine radieuse.

— Je n'arrive pas à croire que c'est fini. Terminé !

Posant les verres sur une table proche, il extirpa le scénario de sa salopette et, le brandissant sous les yeux de Mara, le feuilleta rapidement. Chaque scène était biffée d'un énorme trait rouge.

— C'est toujours un grand moment quand le script a cet aspect-là ! dit-il en souriant. J'ai hâte de voir les rushes. Vous êtes une actrice-née, vous savez. Je l'ai dit dès le début, mais aujourd'hui, c'était encore plus...

Sa voix s'éteignit quand il croisa le regard de Mara. Puis il hocha lentement la tête, comme s'il admettait pour la première fois ce qu'il avait déjà compris tout au fond de lui : ce qu'il avait filmé dans la hutte n'avait rien à voir avec un jeu d'acteur, amateur ou professionnel. Ce n'était pas de la comédie. C'était vrai.

Mara se borna à le regarder en silence. Elle ne ressentait pas le besoin de répondre. À quoi bon reconnaître une évidence ?

Sans la quitter des yeux, Leonard s'empara d'une coupe et but à longs traits. Quand il reposa le verre, l'incertitude se peignit sur ses traits – une timidité contrastant singulièrement avec son assurance coutumière. Cela lui donnait l'air plus doux, se dit Mara, plus humain. Il devenait possible de l'imaginer en train de faire ses courses, ou tenant un petit enfant par la main.

Au bout d'un long moment de silence, il sourit de nouveau.

— Les scènes que nous avons tournées aujourd'hui sont mieux que bonnes, vous savez. Elles feront date dans l'histoire du cinéma. Comme je ne pouvais pas montrer votre visage, j'ai dû recourir à des procédés totalement inhabituels. Les critiques vont se pâmer, et les étudiants en cinéma rédigeront des mémoires à ce sujet, exulta-t-il, le regard brillant d'excitation. À vous et à Peter, dit-il, en levant de nouveau sa coupe. À nous tous.

Mara prit le second verre et répondit à ce toast. À l'instant où elle le portait à ses lèvres, elle aperçut, par-dessus l'épaule de Leonard, Peter traversant la pelouse. Ses doigts se crispèrent sur le pied de cristal. En le voyant ainsi, non plus dans le personnage de Luke, mais comme un individu réel, elle se sentit brusquement assaillie par le doute. Un souvenir traversa son esprit : le jour de la visite de Bina, quand elle avait regardé Lillian en train d'embrasser Peter près du point d'eau, leur passion avait paru tellement authentique... Peut-être ce qui était arrivé aujourd'hui n'était-il rien de plus. Peut-être y avait-elle attaché beaucoup plus d'importance que lui...

Peter s'était immobilisé et scrutait l'assemblée du regard ; de toute évidence, il cherchait quelqu'un. Quand il découvrit Mara, son visage s'éclaira d'un large sourire. À cette vue, elle sentit la joie l'envahir, balayant le doute. Lentement, elle but une gorgée de champagne, puis, léchant sur ses lèvres la saveur sucrée, elle lui rendit son sourire.

Il s'avança vers elle, et ce fut à peine si elle eut conscience que Leonard s'esquivait en murmurant une excuse. Elle ne voyait que Peter, vêtu de son costume de lin, la cravate déjà desserrée, les cheveux brossés vers l'arrière. Elle décela en lui un rien de nervosité, qui le faisait paraître plus jeune – comme s'il était redevenu le surfeur de Bondi Beach, à peine sorti de l'adolescence. Quand il fut tout près, il promena son regard sur elle, s'arrêtant sur la robe rouge coincée sous son bras avant de se poser sur son visage. Mais à cet instant, l'aide-cuisinier s'approcha, tenant un plateau chargé de deux bols en émail remplis de ragoût fumant.

— Le dîner est servi, annonça-t-il de sa voix chantante.

— Merci, répondit Mara avec un petit signe de tête.

Elle était un peu surprise de voir la nourriture présentée dans cette vaisselle ordinaire – celle qu'utilisaient les villageoises – et non dans la porcelaine d'Alice. Mais les préoccupations de cet ordre lui paraissaient en ce moment bien lointaines, et dénuées d'importance.

— Je suis prêt, déclara Peter. Je meurs de faim.

Mara ne pouvait détacher les yeux de ses lèvres, traçant du regard l'arc parfait de sa bouche.

— Nous ferions mieux d'aller nous asseoir, répondit-elle.

Les phrases qu'ils échangeaient ressemblaient à des messages codés, remplaçant les mots encore inexprimés.

Elle le conduisit vers la table où étaient assis Leonard et Carlton, contemplant d'un air indécis les grands bols placés devant eux.

— Il n'y a pas de couverts. Ni d'assiettes, s'étonna le metteur en scène.

Mara inspecta le contenu des trois récipients. L'un contenait de l'*ugali*, une épaisse bouillie de farine de maïs. Le deuxième, du ragoût de viande ; et le troisième, une sauce vert foncé qui ressemblait à une soupe d'épinards sauvages.

— C'est de la cuisine udogo, expliqua Mara. La tribu locale.

Elle s'étonna passagèrement que Menelik ait choisi des plats aussi simples pour le dernier repas de l'équipe. Puis elle comprit que c'était parfaitement adapté. Le film était enfin achevé, après tant de travail et de difficultés, et tout le monde était d'humeur joyeuse. Il était tard, ce qui contribuait encore à détendre l'atmosphère. Quoi de plus naturel que de manger avec la main, en piochant dans la gamelle commune ? Elle constata ensuite que le cercle de tables était plus large qu'il ne le fallait pour le nombre habituel de convives. Làbas, près du feu, elle aperçut les machinistes somaliens en compagnie de Brendan et de Bwana Stimu. Tomba et Daudi étaient en pleine conversation avec Jamie, tandis que le ranger écoutait sans rien dire. Et il restait encore des places pour les boys et Kefa. Comme tous les plats avaient été apportés en même temps, Menelik allait lui aussi pouvoir se joindre à eux. Chacun des employés du lodge prendrait part à ce dernier dîner.

— On mange avec les doigts, reprit-elle. Comme ceci.

Elle avait parlé plus fort qu'elle ne le voulait, et elle vit les convives des autres tables se lever pour suivre la démonstration.

À l'aide de la main droite, elle prit un petit tas de bouillie de maïs chaude, et en fit une boulette dans laquelle elle enfonça le pouce pour former un creux. Puis elle la trempa dans le *mboga* et la porta à sa bouche – se rappelant trop tard qu'il fallait imprimer un petit mouvement de torsion au poignet pour rompre les tendres tiges d'épinard sauvage. Baissant la tête en hâte, elle tenta de happer le tout, mais sentit les feuilles dégouliner sur son menton. Elle éprouva un instant de gêne, puis haussa les épaules en riant. Ce geste parut trouver un écho auprès des dîneurs. Dans la seconde qui suivit, les mains se tendirent hardiment vers les bols, et l'atmosphère se mit à bourdonner de bavardages enjoués.

En s'adossant à son siège, Mara rencontra le regard chaleureux de Peter, et se demanda s'il était conscient du changement qui s'était produit en elle. Il y avait peu de temps encore, être le centre de l'attention générale l'aurait atrocement embarrassée, et la moindre maladresse l'aurait mortifiée. Ce soir, elle se sentait détendue, affranchie de toute peur.

L'appétit brusquement réveillé, elle avança la main vers la marmite. Peter l'imita, sa tête tout près de la sienne. Ensemble, ils plongèrent les doigts dans la bouillie de maïs, se frôlant presque. Pour Mara, chaque sensation semblait nouvelle et inattendue – l'ugali si doux et si tiède, la sauce si onctueuse, le ragoût si riche et épicé.

Au bout d'un instant, elle se rendit compte que les battements de tambour avaient cessé, et qu'ils avaient été remplacés par la musique d'un disque, sur le gramophone du salon – les accents mélodieux de *A Swingin' Safari*.

Leonard se tourna vers elle.

— C'est excellent, dit-il en se léchant les lèvres. Vous nous avez vraiment gâtés. Nous n'allons plus avoir envie de rentrer chez nous !

La main de Mara hésita à mi-chemin de sa bouche. Elle acquiesça en silence, les paroles du metteur en scène résonnant dans sa tête. Il avait employé le passé, comme si leur séjour ici, et la présence de Peter, appartenait déjà à une époque révolue. Une douleur sourde se propagea en elle, lui coupant l'appétit. Elle joua avec la boulette d'ugali, la faisant rouler entre ses doigts. Puis elle essaya de se distraire en observant Carlton. Le front plissé par la concentration, il enfourna une grosse bouchée de viande en sauce et se mit à la mastiquer, les joues comiquement gonflées. Sans doute rattrapait-il ainsi tous les jours où le stress l'avait empêché de savourer ses repas. Après avoir englouti plusieurs autres bouchées, il se tourna vers Mara, une boulette dégoulinante à la main.

— J'ai une surprise pour vous, déclara-t-il. Maintenant que le film est dans la boîte, je peux me permettre de dépenser un peu d'argent.

Elle le regarda, perplexe. Quelques jours plus tôt, il lui avait réglé le solde des frais d'hébergement, ainsi que les redevances destinées au village, plus une grosse prime, son « cachet d'actrice », avait-il dit. Sur le moment, elle avait eu l'impression qu'il se délestait de ses dernières ressources.

Avec un grand sourire, le producteur reprit :

— Quand je montrerai les rushes à L.A., tout le monde va nous appeler. Ils vont tous ouvrir leurs portefeuilles, en nous suppliant de les laisser participer à la production. Ce qui veut dire que je peux repousser le paiement de certaines factures pour vous venir en aide. Ces gars resteront ici un mois de plus à mes frais, ajouta-t-il en montrant les machinistes, et ils travailleront pour vous. Ils pourront finir la piscine, et construire un observatoire digne de ce nom, là où vous avez installé les fauteuils. De cette manière, quand les touristes afflueront, vous serez parée.

Mara fronça les sourcils, intriguée.

— Le Raynor Lodge va devenir une destination très courue, affirma Carlton. Un peu comme le Fairmont, à San Francisco.

Il arqua les sourcils d'un air interrogateur, mais elle secoua la tête.

— Je n'en ai jamais entendu parler.

— C'est là que Hitchcock a tourné certaines scènes de *Sueurs froides*. Depuis, il affiche tous les jours complet. Les propriétaires ont dû amasser une fortune.

— Il a raison, renchérit Leonard. Les gens adorent visiter les lieux de tournage des films célèbres. Quand ils verront Lillian Lane assise là, ajouta-t-il en indiquant la véranda, en train de boire l'apéritif avec Peter Heath face au soleil couchant, ils accourront en masse pour les imiter.

— Et ce ne seront pas des chasseurs, intervint Carlton. Simplement des touristes – des familles, des jeunes mariés en voyage de noces.

Il adressa à Mara un sourire bienveillant, teinté de fierté. Elle comprit qu'il lui offrait une solution à tous les problèmes dont elle lui avait fait part le premier soir. Pendant un instant, elle imagina que l'avenir serait effectivement aussi simple que cela : tous les visiteurs allaient partir, John rentrerait du Selous, les expéditions de chasse céderaient la place aux safaris-photos. Et ils vivraient heureux jusqu'à la fin de leurs jours. Mais alors même qu'elle s'efforçait d'évoquer cette vision idyllique, elle s'en sentait bizarrement éloignée, comme si elle vivait désormais dans un univers différent.

— Et bien entendu, reprit Leonard, nous vanterons cet endroit à toutes nos connaissances : la nourriture, le service, le cadre. Surtout la nourriture ! s'écria-t-il, avant de se tourner vers Peter. Vous aussi, n'est-ce pas ? Les gens prêtent toujours attention à ce que disent les acteurs, ajouta-t-il, une note de regret dans la voix. Ils les connaissent, contrairement à nous, humbles artisans.

— Je répandrai la bonne nouvelle dès mon retour, répondit Peter.

Sa voix sonnait faux, se dit Mara, les mains crispées sur les genoux. Si seulement ils pouvaient se retrouver seuls tous les deux, pour se remémorer les événements du jour – regarder en arrière, au lieu d'être propulsés vers le futur...

— Je vous enverrai des photos de plateau, ajouta Carlton, afin que vous les ajoutiez à votre collection. Et nous en prendrons d'autres ce soir. Des clichés de l'équipe avec les membres du personnel, et aussi de Peter, évidemment.

— Nous devrions vous laisser quelques accessoires, suggéra Leonard. Une copie du scénario, des costumes..., ajouta-t-il en désignant la robe de Maggie, petit tas de soie rouge au bout de la table.

— Et en plus, annonça Carlton, marquant une pause pour s'assurer que Mara l'écoutait, vous pourrez garder le générateur et les deux gros projos. Vous pourrez ainsi illuminer le point d'eau, termina-t-il, avec un ample geste de la main, tel un prestidigitateur à la fin de son numéro.

Mara hocha lentement la tête. C'était le rêve de John – trouver un moyen d'éclairer la mare, pour que les clients puissent observer les animaux même par les nuits sans lune. Mais le générateur était tout neuf, et les projecteurs devaient coûter très cher...

— Vous m'avez déjà trop payée, protesta-t-elle.

— Ce n'est rien, comparé à ce que vous, vous avez fait. Ce que vous avez fait tous les deux, ajouta-t-il, en les regardant à tour de rôle, Peter et elle.

Ce que vous avez fait tous les deux.

Un silence soudain s'abattit sur la table, et ces mots restèrent en suspension dans l'air, qui se chargea soudain d'électricité. Mara scruta le visage de Carlton, essayant de savoir s'il comprenait ce qui s'était réellement passé entre l'acteur et elle. Et s'il le savait, pourquoi lui parlait-il de son avenir ici, comme si rien pour elle n'avait changé ? Peut-être essayait-il de lui transmettre un message, en faisant miroiter des lendemains pleins de promesses...

Portant son regard vers Peter, elle vit le pli crispé de sa bouche, son regard perdu. On avait l'impression que, sans les indications d'un metteur en scène, il ne savait plus que faire, qui être. Elle ressentit un brusque élan vers lui, et regretta de ne pouvoir lui insuffler un peu de cette énergie nouvelle qui l'animait. Tout au long de ces semaines, il l'avait rassurée par son calme et sa stabilité. Maintenant, elle le sentait, c'était lui qui avait besoin de son soutien. Elle devait se montrer forte et lucide.

— J'ai été très heureuse de le faire, répondit-elle, s'adressant à Carlton, mais les yeux fixés sur Peter. Ce fut une expérience que je n'oublierai jamais.

Un sourire adoucit les traits de Peter, et il rétorqua :
— Moi non plus.

Après le dîner, on procéda à la séance photo. Leonard demanda à chaque membre de l'équipe de poser à tour de rôle, avec ses outils de travail : Brendan avec un projecteur ; Jamie avec son casque et son enregistreur ; Bwana Perche avec son micro ; et Nick berçant la grosse caméra noire entre ses bras comme un bébé.

À chaque fois, il demandait à Peter de venir se placer à côté du technicien. Et, sans manifester la moindre trace d'impatience, celui-ci se pliait de bon gré à ses directives, posant la main sur l'épaule de l'homme et souriant au moment voulu. À ce spectacle, Mara sentit son chagrin se raviver. Il croyait sans doute lui rendre service, l'aider à assurer l'avenir du lodge. Elle le regarda sourire à l'objectif, le cœur empli de désespoir. N'y avait-il donc aucun moyen d'échapper à ces pensées ? Elle aurait aimé se retrouver seule avec lui, sans parler, ni penser, ni faire de projets, seulement se perdre dans la contemplation de la douce lumière de la lampe à pétrole et la beauté du ciel nocturne...

— C'est à vous, Mara, appela Leonard, la tirant en sursaut de sa rêverie. Venez ici, près de Peter. Et rappelez-vous bien que, cette fois, vous n'êtes pas Maggie au côté de Luke, mais la Memsahib du Raynor Lodge en compagnie du célèbre acteur Peter Heath.

Il leur demanda de se tenir si près l'un de l'autre que leurs hanches et leurs épaules se touchaient. Mara sentit tout son corps se tendre vers celui de Peter, sa chair et son sang gardant encore le souvenir de la liberté qui leur avait été accordée dans la hutte.

— Passez votre bras autour de ses épaules, indiqua le metteur en scène à Peter. Rapprochez vos visages, presque joue contre joue. Je vais cadrer en plan serré. À présent, souriez...

Une seconde après, c'était fini. Peter retira son bras, leurs visages s'éloignèrent l'un de l'autre. Puis Leonard fit venir Kefa et lui demanda de se placer à côté d'elle.

— Ça fera une très bonne photo. Vous deux dans vos uniformes, avec Peter Heath...

L'obturateur cliqueta, et il fit avancer la pellicule. Ensuite, pointant le doigt vers Mara, il lui dit :

— Vous pouvez partir à présent. Qu'on fasse venir le cuisinier.

Avant de s'éloigner, Mara respira l'odeur de Peter, s'en emplissant les poumons comme si elle pouvait l'y garder à jamais. Puis, lentement, elle regagna sa place. À chaque pas, elle sentait grandir la distance entre son corps et le sien, et elle eut l'impression qu'on lui arrachait l'âme. Elle parvint cependant à afficher son sourire aimable d'hôtesse en passant devant ses pensionnaires. Et soudain, elle n'y tint plus. Se frayant un passage entre les tables, elle s'enfuit en trébuchant, loin de cette oasis de lumière, pour chercher refuge dans l'obscurité.

**

La branche tordue du vieux figuier semblait se tendre vers elle, lui offrant sa protection. Elle s'y accouda et contempla les ténèbres en dessous d'elle. La lune était seulement à moitié pleine, mais le ciel était dégagé, et sa pâle clarté baignait le paysage. Son regard se porta au-delà de l'étendue grise de la prairie, trouée par le cercle plus sombre du point d'eau, vers l'affleurement rocheux. Par habitude, elle en retraça le contour, en songeant, comme toujours, qu'il était impossible d'y voir un lion lorsqu'on connaissait son autre nom. Mais ce soir, cette idée semblait renfermer pour elle un sens particulier. Cela signifiait, en fin de compte, que la réalité n'était pas immuable; elle pouvait changer, selon la manière dont on l'abordait. Et en ce cas, se dit-elle, peut-être n'était-il pas toujours possible de distinguer le vrai du faux, le bien du mal. Ou la frontière entre la vérité et le mensonge.

Peut-être tout n'était-il qu'une question de choix, de point de vue.

Tout ce que vous désiriez pouvait alors devenir vôtre...

Mara ferma les yeux. L'air nocturne était empli du parfum des frangipaniers et de l'odeur boisée de la savane qui s'étendait autour d'elle, dense et sombre. Elle imagina des pas silencieux, le bruit imperceptible de pattes de velours. Des yeux jaunes l'épiant avec attention. Elle savait qu'il était dangereux de venir ici sans aucune arme, pas même un bâton, et sans torche électrique. Mais cela lui importait peu. Elle se sentait pleine d'audace, comme si la nouvelle énergie qui circulait dans ses veines la rendait invincible.

Elle l'entendit arriver – le bruit de ses pas, les brindilles craquant sous ses bottes, le bruissement des feuilles qu'il écartait de la main. Elle entrevit brièvement la lueur d'une torche, avant qu'il ne l'éteigne. Puis il fut à côté d'elle, forme noire dans l'ombre qu'éclairait par endroits un rayon de lune.

— Je pensais bien vous trouver ici, dit-il.

— J'avais besoin de m'éloigner de tous ces gens. Mais pas de vous...

Elle vit un sourire apparaître au coin de sa bouche, pour s'évanouir aussitôt.

— Je n'ai pas envie de partir demain, déclara-t-il, comme s'ils avaient longuement discuté de son départ, et que cette phrase concluait le débat.

Mara acquiesça en silence. Ici, sur ce promontoire rocheux, enveloppés de ténèbres, ils étaient comme coupés du monde, et il devenait presque possible d'imaginer qu'ils pourraient rester éternellement dans ce lieu hors du temps, et échapper ainsi à ce qui les attendait. La pensée traversa l'esprit de Mara, s'y attarda un instant, telle une vision.

Une image s'imposa à elle – le souvenir d'une pauvre hutte en bois, avec un toit de tôle, au bord d'un lac. Elle vit la fumée montant du feu, une paire de kitenge assortis flottant au vent, suspendus à une corde et une guitare, appuyée contre l'un des montants de la porte…

Quand elle prit la parole, son cœur se mit à battre plus vite.

— Un jour, où nous étions partis en safari, John et moi, très loin d'ici, nous avons rencontré un couple d'Allemands au beau milieu de nulle part. Ils buvaient du thé, assis devant une hutte. Ce n'étaient pas des missionnaires, ni des zoologistes, seulement des gens qui vivaient là sans rien faire. Dans la ville voisine, l'homme qui nous avait vendu de l'essence nous avait raconté qu'ils s'étaient installés là-bas pour être seuls tous les deux. Ils avaient renoncé à leur ancienne existence.

Ils s'étaient enfuis ensemble. C'étaient les termes utilisés par le commerçant. Mais Mara refusait de les employer, car ils semblaient suggérer la panique et la lâcheté. Une forme d'abdication.

— Leurs vêtements étaient en loques, poursuivit-elle, et ils n'avaient que deux tasses. Nous avons dû aller chercher les nôtres dans le Land Rover pour prendre le thé avec eux.

— De quoi vivaient-ils ? demanda Peter.

— Ils mangeaient les légumes de leur potager. Ils avaient planté toutes sortes de choses. Des papayers, des haricots, des patates douces, des arachides... J'aime bien faire pousser des arachides, ajouta-t-elle en souriant. J'adore bêcher la terre et découvrir toutes ces coques accrochées aux racines. On a l'impression d'assister à un miracle.

— J'aimerais me lancer dans la culture des ananas, répondit Peter. J'ai entendu dire que si l'on coupe le plumet de feuilles, il suffit de le piquer en terre pour qu'il donne naissance à un nouveau plant.

— C'est vrai. Et c'est pareil pour le papayer. On coupe une branche et on la replante. Ici, tout ne demande qu'à pousser – à la saison des pluies, en tout cas...

— J'aimerais que nous puissions faire comme eux, reprit Peter à voix basse. Nous enfuir ensemble, loin de tout.

Mara perçut une vive douleur dans sa voix, comme s'il était déchiré entre ce monde et celui qu'il avait laissé derrière lui. Une image lui vint à l'esprit – la photo où on le voyait avec sa famille. Les visages heureux et innocents des enfants. Le bras de Peter sur l'épaule de sa femme. Elle prit une longue inspiration, et ses mains serrèrent plus fort la branche.

— Vous savez que c'est impossible.

Elle avait parlé d'une voix faible, à peine un murmure. Mais dès qu'elle eut prononcé ces mots, elle prit conscience de la vérité qu'ils renfermaient. La solution de ce problème complexe avait lentement mûri en elle, et elle venait enfin de lui apparaître, avec clarté et certitude.

Peter hocha la tête, les yeux emplis de souffrance.

Elle inspira de nouveau. Maintenant, c'était le visage de John qui lui apparaissait. Non pas l'homme distant, courroucé, abattu, de ces derniers mois, mais celui qui l'avait accueillie avec tant de joie à son arrivée ici. Celui qui lui avait baigné le visage avec tant de douceur quand elle avait eu la malaria, et lui avait patiemment appris tant de choses sur la vie dans ce pays. Celui qui, devant la grotte, lui avait fait promettre qu'elle ne le quitterait jamais. Elle avait le sentiment que la terre qui avait été témoin de ce serment l'observait en ce moment même.

— Même si vous étiez libre, je ne pourrais pas vous suivre.

— Je sais, répondit Peter.

Son ton avait quelque chose d'irrévocable qui transperça le cœur de Mara. Elle fut tentée de retirer tout ce qu'elle venait de dire, tentée d'affirmer qu'il devait exister une autre solution. Mais elle se mordit la lèvre, ravalant les mots. Elle resta un long moment silencieuse, de crainte de ne pouvoir se maîtriser. Quand elle parla, ce fut d'une voix légère, comme si elle était soulagée d'un énorme fardeau.

— Si seulement nous nous étions rencontrés à un autre moment, dans un autre lieu. Quand nous étions plus jeunes...

— À Bondi Beach, compléta Peter, sur le même ton. Je vous imagine très bien : le nez rougi par un coup de soleil, une serviette sur les épaules, arborant votre nouveau Bikini...

— Je ne portais pas de Bikini, répliqua Mara, mais un de ces affreux maillots avec une petite jupette. Et de toute façon, je ne suis jamais allée à Bondi. Je vivais en Tasmanie, vous vous rappelez ? Mais, même si j'avais été là-bas, vous ne m'auriez sans doute pas remarquée.

— Vous avez raison, acquiesça-t-il. J'ai toujours préféré les blondes.

Il accompagna cette déclaration d'un sourire pour lui montrer qu'il plaisantait, et ses dents blanches brillèrent dans l'obscurité.

Elle rit, et voulut lui lancer une petite bourrade. Mais quand sa main rencontra l'épaule de Peter, il se tourna vers elle. Et s'immobilisa, plongeant ses yeux dans les siens. Elle lui rendit son regard, le cœur battant à tout rompre, et retira sa main. Le corps de Peter semblait l'attirer comme un aimant, mais elle résista de toutes ses forces, s'accrochant à la branche des deux mains, comme à une planche de salut.

Dans le silence tendu qui s'ensuivit, les bruits de la nuit leur parvinrent avec plus d'intensité – le crissement des insectes, les appels des oiseaux de nuit, les hurlements lointains des singes au cœur de la forêt.

— Je ne vous écrirai pas, reprit Peter, rompant le silence. Je serais obligé d'écrire le genre de lettres que n'importe qui pourrait lire, même si je sais que vous seriez la seule à le faire. Une lettre banalement amicale. Et je ne le veux pas. Je veux que vous vous souveniez de nous tels que nous étions aujourd'hui.

Il se tourna vers la hutte de paille, dont on distinguait à peine la forme obscure parmi celles des arbres et des rochers.

— Moi aussi, répondit Mara.

Elle garderait le souvenir de leur amour enfoui dans son cœur, comme une graine, lisse et parfaite, à l'intérieur d'un fruit. Bien cachée, en sécurité.

— Nous ne devons rien espérer de plus, ajouta-t-elle.

Sa voix était empreinte d'une conviction qui la surprit elle-même. Elle eut l'impression d'être guidée par une sagesse intérieure, qui mettait dans sa bouche des mots qu'elle n'avait pas vraiment envie de prononcer, mais qu'elle savait justes.

— Nous risquerions de gâcher notre vie à douter, à attendre, à espérer sans cesse. Et nous finirions par nous haïr.

Elle fit face à Peter, mue par un brusque sentiment d'urgence – il était de la plus haute importance qu'ils se comprennent parfaitement, que tout soit bien clair entre eux deux.

— Nous devons nous jurer tout de suite que nous ne nous reverrons jamais. C'est le seul moyen de préserver ce que nous avons.

— Nous ne nous reverrons jamais, répéta Peter.

Sa voix se brisa, et il ajouta :

— Mais ici et maintenant, je t'aime. Je n'y peux rien. Je t'aime.

Mara vit briller des larmes dans ses yeux.

— Moi aussi, je t'aime, souffla-t-elle. Tout au fond de moi, je t'aimerai toujours.

— Je ne voulais pas que cela arrive, reprit Peter. J'aurais dû savoir depuis le début que ce serait différent de travailler avec toi, parce que tu n'es pas une actrice. Qu'il n'y aurait pas cette barrière...

Il s'interrompit une seconde et secoua la tête.

— Mais pas seulement à cause de ça. À cause de toi, de ce que tu es. Je n'avais jamais rencontré quelqu'un comme toi, Mara. J'aime tout en toi.

Un long silence succéda à cette déclaration. Mara sentit une tristesse infinie la submerger. Quand elle parla, ce fut d'une voix ténue, prête à se briser.

— Je ne sais pas comment je survivrai sans toi.

— Tu y arriveras, répondit Peter, en la regardant au fond des yeux. Tu es plus forte que tu ne le penses. Je l'ai pressenti dès le début, je le vois en ce moment même. Tu es quelqu'un de fort.

Mara but ses paroles, pour les garder à jamais en elle, telle une source d'énergie à laquelle elle pourrait venir s'abreuver en cas de besoin.

Soudain, un faisceau de lumière apparut au-dessus du point d'eau. La nappe noire et liquide se transforma en un miroir étincelant, sa surface ondulant légèrement sous la brise nocturne. Les joncs, éclairés latéralement, projetaient de longues ombres sur les berges boueuses. Tout le paysage prit une couleur argentée, fantasmatique.

Des applaudissements leur parvinrent du lodge. Puis, un instant plus tard, un deuxième projecteur s'alluma, captant dans son faisceau deux zèbres en train de s'abreuver, leurs robes noir et blanc se détachant avec netteté sur le fond argent. Alarmés, ils relevèrent la tête pendant quelques secondes, avant de se remettre à boire. Sur la berge opposée, un hippopotame se déplaça de sa démarche dandinante. Une gazelle arriva ensuite, délicate et timorée, et se mit à lécher une roche saline, en agitant la tête de façon rythmique.

— Ils n'ont pas l'air apeurés, murmura Peter.
— Ils croient que c'est le clair de lune.

Ils demeurèrent là pendant un long moment, à observer les animaux surgissant dans la lumière des projecteurs, puis s'évanouissant dans l'ombre, tels des acteurs disparaissant dans la coulisse après avoir joué leurs scènes. Ils n'auraient su dire combien de temps s'écoula ainsi, si ce furent des minutes ou bien des heures. Puis, en suivant du regard un cob[11] qui pénétrait dans le halo lumineux, elle prit conscience qu'il se passait quelque chose dans l'ombre, juste derrière lui. D'énormes masses grises s'étaient mises en mouvement, comme si une partie du paysage s'était soudain animée. À mesure qu'elles émergeaient de l'obscurité, elles prirent plus de consistance et leurs formes se précisèrent. Mara se tendit sous l'effet de la surprise en distinguant les trompes oscillantes, les pattes rondes et massives, les petites queues, les défenses luisantes. Elle n'avait jamais vu d'éléphants aussi près du lodge. La logique lui disait que la saison sèche touchait à sa fin et que

---

11. Cob : antilope des marais. (*N.d.T.*)

l'eau se faisait rare. Mais en observant les mères et les petits s'avancer dans la mare pour s'y désaltérer et jouer ensemble, tandis que les vieux mâles, sur la berge, secouaient leurs lourdes têtes, comme ébahis par ce spectacle, elle voulut croire que la présence du troupeau en ce lieu avait un sens particulier. Que c'était un signe d'espoir.

Elle se tourna vers Peter, pour lui faire partager son émotion. Quand leurs regards se rencontrèrent, un courant d'affection passa entre eux, si chaleureux, si intense, qu'elle eut aussitôt la conviction que tout irait pour le mieux. La graine survivrait dans leurs cœurs, telle une manne inépuisable d'où ils tireraient leur force, tout au long des années à venir.

16

Immobile au milieu de la grande salle, Mara promenait lentement les yeux autour d'elle. La collection de vaisselle ancienne d'Alice avait retrouvé sa place habituelle, sur les étagères du buffet. Les premières éditions des romans de Hemingway et les biographies de chasseurs célèbres apportées par Rudi avaient été ôtées de la bibliothèque, et les classiques reliés en cuir s'alignaient de nouveau sur les rayonnages. Le tabouret en peau de zèbre avait disparu, ainsi que tous les autres accessoires du film. Elle pourrait informer Carlton que tout avait été remis en ordre. Et pourtant, elle se sentait perplexe. L'atmosphère de la pièce lui semblait différente, comme si elle avait subi une transformation indéfinissable. Peut-être était-ce simplement le fait de savoir que tous ces objets avaient été temporairement déplacés. L'emprise du passé s'était relâchée; le lodge n'était plus figé dans le temps. D'autres changements pourraient survenir.

Elle parcourut du regard le dos des livres familiers, pour s'arrêter sur une édition usagée des *Contes* de Grimm. Tandis qu'elle regardait le titre imprimé en lettres d'or, des mots se formèrent dans son esprit.

Il était une fois, dans les Terres de chasse…

Elle ferma les yeux, envahie de regret. Leur histoire, à Peter et elle, ne se terminerait pas comme un conte de fées. Aujourd'hui, au milieu de l'après-midi, ils se diraient adieu à jamais. Ils s'étaient mutuellement promis de ne pas céder à la nostalgie, et d'essayer de trouver le bonheur, chacun de son côté, dans son propre monde. Cependant, l'optimisme qu'elle avait ressenti la nuit dernière, en voyant les éléphants autour du point d'eau, s'était déjà dissipé. L'avenir lui apparaissait comme une montagne sombre et menaçante se dressant devant elle. À la seule idée d'en entamer l'ascension, elle se sentait épuisée d'avance.

Tournant le dos à la bibliothèque, elle se dirigea vers la fenêtre. À l'autre bout de la pelouse, elle aperçut l'extrémité de la perche, avec son micro recouvert de peluche. En se penchant davantage, elle vit quatre personnes regroupées en dessous : Leonard, Tomba, Jamie… et Peter. Ils étaient en train d'enregistrer des répliques que le cinéaste avait écrites au cours de la nuit, pour compléter certaines des scènes où Lillian aurait dû figurer.

Mara regarda Peter consulter brièvement le texte, puis lever le visage en direction du micro. Il remua les lèvres, en faisant des gestes, comme si la caméra était également présente. Il se tut et regarda Leonard, attendant sa réaction. Le metteur en scène leva les deux pouces en signe d'approbation, et Peter tourna alors la tête en direction du lodge.

C'est moi qu'il cherche...

Elle s'accrocha à cette pensée, la serra contre son cœur, comme quelque chose de chaud et de vivant. Elle se disposait à se déplacer jusqu'à une fenêtre d'où il pourrait la voir quand elle entendit un bruit dans le couloir : des pas légers et vifs claquant sur le parquet ciré. Un instant plus tard, la porte de la salle à manger s'ouvrit, livrant passage à Helen. Celle-ci était, comme toujours, vêtue avec élégance, les cheveux soigneusement tirés vers l'arrière, dégageant son visage. Mais lorsqu'elle s'avança dans la pièce, Mara remarqua un détail nouveau dans son apparence : Helen portait du rouge à lèvres, un rouge orangé profond qui s'harmonisait à la couleur de ses cheveux.

— Ah ! vous êtes là ! s'exclama Helen en souriant. C'est l'aide-cuisinier qui m'a fait entrer. J'espère que je ne vous dérange pas...

Elle hésita et parut perdre son assurance.

— Bien sûr que non, répondit Mara. Comment allez-vous ? Et comment va Lillian ? s'enquit-elle, soulagée de pouvoir se distraire de ses pensées.

— Elle va beaucoup mieux, mais elle a hâte de récupérer ses affaires. J'aurais bien envoyé Joseph, mais je préfère me charger moi-même de cette responsabilité...

— Je crois que Kefa a déjà commencé à faire les bagages. Je vais vous conduire jusqu'à la chambre de Lillian, proposa Mara, en la précédant sur la véranda.

En arrivant devant le rondavel, elles entendirent Kefa s'affairer à l'intérieur. Helen s'empressa d'aller l'aider, mais Mara demeura sur le seuil. La case de

Peter, un peu plus bas sur le chemin, attirait irrésistiblement son regard. Elle se demanda s'il avait déjà fait ses bagages, lui aussi, et l'imagina en train de plier les vêtements qui lui étaient devenus si familiers. De ranger la lotion après-rasage à la cannelle dans sa trousse de toilette. De glisser la photo de famille entre les couches de vêtements, puis de fourrer le tout dans son sac marin, et de resserrer le cordon de fermeture.

Elle reporta son attention sur la chambre de Lillian, au moment précis où Kefa en émergeait, portant deux des valises rouges de l'actrice. Peu après, Helen apparut à son tour, clignant des yeux dans la lumière éclatante du soleil. Dans ses bras, elle tenait les carnets à dessins de Lillian et la photo encadrée.

— Lillian m'a parlé du portrait d'un certain Theo, en me recommandant d'en prendre particulièrement soin. Mais je n'ai trouvé que ça, ajouta-t-elle, brandissant la photo du berger allemand hirsute.

— C'est Theo, expliqua Mara. Il lui tient lieu de famille, semble-t-il.

Les yeux mouchetés de vert de la femme du médecin s'étrécirent sous l'effet de l'incrédulité et de la pitié.

— Pauvre fille…, murmura-t-elle. En tout cas, elle sera contente de retrouver son matériel à dessin, poursuivit-elle en regardant les carnets. Croyez-le si vous voulez, elle s'ennuie déjà. Elle a commencé à faire des portraits des filles au dos de vieux diagrammes de nutrition. Elle dessine plutôt bien, mais elle n'a pas la moindre idée de la façon dont le corps humain est bâti. J'ai dû lui montrer le traité d'anatomie de Tony.

Mara en eut le souffle coupé. C'était une chose de penser que des critiques sincères ne pourraient qu'être bénéfiques à Lillian, c'en était une autre d'imaginer sa réaction.

— Elle a été fascinée, poursuivit Helen. Tony aura de la chance si elle le lui rend !

— Alors… tout va bien ? reprit Mara, en arquant les sourcils d'un air incrédule.

— Oh oui. Elle dort bien, mange bien. Les filles l'adorent. Dès qu'elle ira mieux, elle leur fera répéter leurs leçons.

— Pas de problème pour la nourriture ?

— Aucun problème. Je prépare de grandes potées de viande et de légumes. Comme ça, on lui apporte tout dans un bol, c'est plus facile pour le service.

— Et elle n'a pas exigé que chaque aliment lui soit servi séparément ? demanda Mara, dissimulant un sourire à grand-peine.

— Ma foi, la première fois que les filles lui ont apporté son repas, Lillian a effectivement fait une allusion en ce sens. Mais Hilary lui a expliqué que chacun devait manger ce qu'on lui donnait et s'en montrer reconnaissant, et le chapitre a été clos. Tony pense que Lillian devrait rester encore une semaine au moins, et peut-être plus, pour se rétablir complètement, ajouta-t-elle en se penchant vers Mara comme pour lui confier un secret. J'espère qu'elle le fera. Nous sommes très heureux de l'avoir près de nous.

En l'écoutant, Mara comprit qu'elle avait eu raison de penser que l'actrice trouverait dans cet humble hôpital un sanctuaire où apaiser son âme. Elle l'imagina entourée des fillettes, écoutant, les yeux fermés, leur babil enfantin, tandis que l'une d'elles lui brossait les cheveux…

— Merci de veiller sur elle.

— Cela me fait plaisir d'avoir une invitée à la maison, pour changer. Il faudra venir nous voir, dès que vous pourrez souffler un peu, après le départ de vos pensionnaires, dit Helen en accompagnant ces mots d'un sourire empreint de sympathie. Je parie que vous avez hâte de les voir partir. D'après ce que m'a raconté Lillian, ces dernières semaines ont été assez mouvementées. Et vous devez évidemment attendre le retour de John avec impatience…

Une boule dans la gorge, Mara ne put qu'acquiescer de la tête, et se surprit tout à coup à regretter de ne pouvoir, comme Lillian, trouver refuge dans le monde de Helen, si paisible et si sûr. À cet instant précis, Kefa reparut, brandissant le sombrero rose de Lillian et le flacon de parfum.

— Il ne reste plus que ça, annonça-t-il.

Helen prit le chapeau en disant :

— Le parfum est pour vous, Mara. Lillian m'a demandé de vous le laisser en souvenir.

En prenant le flacon, Mara posa son regard sur le bouchon en verre givré représentant un couple de colombes. Elle se remémora l'instant où elle l'avait vu pour la première fois, quand l'actrice avait défait ses valises, et combien elle avait trouvé cela romantique – les deux becs se touchant comme pour un baiser. Ce symbole d'amour l'avait attristée à l'époque, en lui rappelant sa propre infortune. Jamais elle n'aurait pu imaginer ce que les semaines suivantes allaient lui apporter.

Et maintenant, en contemplant de nouveau la petite sculpture de verre, elle remarqua un détail qui lui avait échappé jusqu'alors. Les ailes des oiseaux étaient déployées. Les colombes n'étaient pas perchées sur une branche, elles se croisaient en plein vol. Quelques secondes plus tard, elles se sépareraient et poursuivraient leur route, chacune de son côté. Mais l'instant précieux de ce baiser avait été immortalisé dans le verre, et cette pensée était étrangement réconfortante, se dit Mara en portant le flacon à ses narines. Même sans en ôter le bouchon, elle sentait le parfum, doux et voluptueux.

— C'est un très joli flacon, déclara Helen.

— Oui, c'est vrai, répondit Mara.

Kefa apporta la dernière valise. Coinçant la plus petite sous son bras, il ramassa les deux autres, et demanda à Helen :

— Voulez-vous que j'aille les mettre dans votre voiture ?

— Oui, merci, dit-elle en inclinant la tête. Vous avez de la chance d'avoir un boy si serviable, commenta-t-elle à l'adresse de Mara.

— Un boy…, répéta machinalement celle-ci.

Comme chaque fois, ce nom lui parut bizarre, inapproprié pour un homme dans la quarantaine, père de cinq enfants. Mais aujourd'hui, en songeant que pendant ces deux semaines, il avait assumé à sa place, et avec quelle compétence, la direction du lodge, elle le trouva encore plus injuste.

— Ce n'est pas un boy, s'entendit-elle déclarer. C'est le gérant.

— Je suis désolée, dit Helen à Kefa. J'ai dû mal comprendre ce que m'a dit l'aide-cuisinier. Mais j'aurais dû deviner, en voyant votre uniforme, ajouta-t-elle, son regard passant de la robe de Mara à la chemise de l'Africain.

— Je vous en prie, ne vous excusez pas, répondit poliment Kefa.

Il baissa la tête un bref instant. Quand il la releva, Mara crut voir briller des larmes dans ses yeux sombres.

Les neveux de Kefa chargeaient les bagages à l'arrière des Land Rover zébrés. Le véhicule que Lillian avait écrasé contre un arbre offrait un bien triste spectacle : le pare-chocs endommagé avait été enlevé, de même que les garde-boue, et l'un des phares était cassé. Selon la description imagée de Dudu, le Land Rover « marchait encore, mais il n'avait plus qu'un œil ».

Comme engourdie, Mara regardait la pile de bagages se réduire peu à peu. Bientôt, les deux Land Rover partiraient. Peter ne serait à bord d'aucun d'eux : pour retarder le plus possible son départ, il avait décidé de prendre l'avion en fin de journée, avec Leonard et Carlton. Mais elle savait bien que, une fois que l'équipe serait partie, le moment de leur séparation ne serait plus très loin. La cérémonie officielle des adieux avait déjà eu lieu. Tout le personnel du lodge s'était réuni avec l'équipe sur la pelouse, devant la salle à manger, pour échanger des phrases amicales, teintées d'humour et de tristesse. Mara avait été frappée par la différence qu'avait présentée cette scène avec celle qui s'était déroulée au même endroit le jour où leurs visiteurs étaient arrivés.

Elle prit soudain conscience de la présence derrière elle du sculpteur du village, signalée par une odeur astringente de sève. Quand elle se retourna, il entama la longue formule rituelle de salutations, s'enquérant de l'état de sa maison, de son travail, de sa nourriture et de sa santé.

— *Nzuri tu*, répondit-elle invariablement. Tout va bien.

Tout va bien. Tout va bien.

Ces mots lui faisaient l'effet d'une incantation, et elle fut prise de l'espoir fou, insensé, que, si elle les prononçait suffisamment de fois, ils auraient le pouvoir d'empêcher l'inévitable. De transformer l'impossible en réalité.

— Je n'ai pas dormi, je n'ai fait que travailler, poursuivit le sculpteur. J'ai fabriqué des souvenirs spéciaux, expliqua-t-il, montrant des dents bordées de noir, comme s'il avait mâché du charbon de bois. Tout le monde les aime. Il ne m'en reste que quelques-uns.

Plongeant la main dans son panier, il en sortit un objet pour le lui montrer. C'était l'une de ces plaques de bois sculpté, comme elle en avait déjà vu un certain nombre. Mais celle-ci portait l'inscription RAYNOR LODGE et, en dessous, étaient gravées deux têtes vues de profil. L'artisan les avait reproduites avec le même talent qu'il mettait à représenter les animaux sauvages, et elles étaient facilement reconnaissables : les portraits de Lillian Lane et de Peter Heath.

Du bout des doigts, Mara retraça le contour du visage de l'homme, avec l'impression de caresser une effigie gravée sur une pierre tombale, une image d'un être cher, perdu à jamais.

— C'est très beau, dit-elle d'une voix faible, en rendant la plaque au sculpteur.

Puis elle regarda droit devant elle, tentant d'effacer l'image de son esprit.

Elle s'aperçut alors que les voyageurs avaient commencé à se regrouper. Près de l'arcade, Rudi, Brendan, les deux Nick, le ranger et Jamie bavardaient en riant et en fumant des cigarettes. Soudain, des acclamations fusèrent. Comme elle se retournait pour en chercher la cause, elle vit Tomba accourir, haletant de fatigue et serrant un baluchon contre sa poitrine. Il était vêtu avec une élégance inhabituelle : il portait un pantalon neuf et sa chemise de cow-boy semblait lavée et repassée de frais. Avec un large sourire, il jeta son baluchon à l'arrière d'un des Land Rover, et Mara se rappela alors avoir entendu dire que Daudi s'était engagé à présenter le protégé de Jamie à des cinéastes animaliers de Dar es-Salaam. Quand le regard de Tomba croisa le sien, il sourit de nouveau ; il émanait de lui une excitation quasi palpable. Elle répondit par un sourire incertain, en se disant qu'elle ferait bien d'aller s'informer de ses projets. Mais à peine avait-elle fait un pas dans sa direction qu'elle vit Daudi s'avancer vers elle, accompagné d'un des boys portant sur sa tête une valise en carton, au flanc de laquelle était collée une grande étiquette portant l'inscription: *Gouvernement de Tanzanie, ministère de l'Information.*

Daudi s'arrêta devant elle, dans son éternel costume marron, ses souliers brillant comme des miroirs pointant sous le bas de son pantalon.

— Tout s'est passé pour le mieux, déclara-t-il. Ce film sera bénéfique pour la Tanzanie. Les gens se souviendront de nous. Kabeya sera content. Le président aussi. Vous avez bien rempli votre rôle.

— Merci, répondit Mara en inclinant la tête. J'ai apprécié l'aide que vous nous avez apportée. Et je sais que Leonard et Carlton vous en sont également reconnaissants.

C'était vrai. Pendant le tournage, Daudi avait toujours été prompt à leur proposer son assistance, que ce soit pour servir d'intermédiaire auprès des villageois, ou pour aider Kefa à rappeler les Somalis à la discipline. La seule fois où un différend l'avait opposé à Leonard, c'était lorsque le metteur en scène avait voulu tourner un plan où l'on voyait de jeunes bergers. Daudi avait insisté pour qu'on leur donne des vêtements, en soutenant qu'on ne devait pas montrer au reste du monde des Tanzaniens à demi nus, sales et déguenillés.

— Votre mari sera très satisfait, reprit Daudi, en montrant le lodge derrière lui. Vos affaires vont prospérer à partir de maintenant. Mais ce qu'il vous faut, c'est un associé tanzanien, un Africain. C'est la voie de l'avenir.

— Merci pour ce conseil, acquiesça Mara. Je vous souhaite un bon voyage.

Daudi lui serra la main avec chaleur, puis commença à se diriger vers les Land Rover.

— Attendez! cria-t-elle.

Il se retourna, haussant les sourcils d'un air interrogateur.

— Veillez sur Tomba, voulez-vous ? S'il ne trouve pas de travail, renvoyez-le ici. Je vous rembourserai les frais.

Daudi sourit et secoua la tête.

— Ce n'est pas un enfant, mais un homme adulte.

En atteignant les véhicules, il chassa de la main les boys occupés à récolter leurs pourboires.

— Vous avez été payés, ça suffit. Ne mendiez pas. Où est votre fierté ?

Il tourna vers Mara un regard attristé. Elle lui sourit, saisie d'un brusque élan d'affection envers cet homme qui s'attachait obstinément à sa vision du progrès, sans se laisser décourager par l'ampleur de la tâche.

Quand Daudi fut installé, les chauffeurs démarrèrent, et les Land Rover s'éloignèrent, l'un derrière l'autre. Les petits boys coururent derrière eux, les plantes pâles de leurs pieds nus apparaissant brièvement, par intervalles, avant de marteler de nouveau la terre durcie. Mara agita la main jusqu'à ce que les deux voitures aient disparu, ne laissant derrière elles qu'un épais nuage de poussière.

Le café de Menelik était fort et sucré. Assis tous les quatre – Leonard, Carlton, Peter et Mara – dans la salle à manger, ils dégustaient le breuvage noir et fumant dans de minuscules bols en terre cuite.

Peter avait revêtu la chemise bleue qu'il portait le jour de son arrivée. Mara contempla pensivement la fine toile de lin, déjà froissée sous l'effet de la chaleur, se rappelant leur première rencontre, quand elle l'avait pris pour un membre de l'équipe technique et l'avait prié de choisir une autre chambre. Cet épisode lui paraissait déjà bien lointain, et pourtant il ne remontait qu'à un peu plus de deux semaines. Seize jours. Si peu de temps, et pourtant, cela avait suffi à tout changer.

Peter leva la tête, son regard cherchant le sien. Il ne parla pas – le temps des déclarations était passé, et ils s'étaient dit tout ce qu'ils avaient à se dire. Mais un courant passa entre eux deux, intense et chaleureux.

Menelik avait disposé un brûle-parfum près de la porte, et une odeur d'encens flottait dans l'air. Ajoutée au calme inhabituel qui régnait dans la pièce, elle donnait l'impression qu'une sorte de rituel s'y déroulait, une cérémonie très ancienne, chargée d'un sens profond. Seules les voix des boys, au loin, bavardant tandis qu'ils nettoyaient les cases, rappelaient à Mara la normalité quotidienne. Elle les imagina balayant le sol de la chambre de Peter, défaisant son lit, faisant disparaître les dernières traces de sa présence en ce lieu...

Carlton s'agita sur son siège et regarda sa montre.

— Croyez-vous qu'il viendra ?

— Mais oui, répondit Mara. La mission nous a informés que le vol était confirmé. L'avion devrait arriver d'une minute à l'autre.

Dans le silence, un papillon de nuit heurta la vitre de ses ailes. Quelques minutes s'écoulèrent, une éternité.

Et puis, enfin, le faible bourdonnement d'un moteur d'avion s'infiltra dans la tranquillité ambiante, à peine audible au début, puis de plus en plus fort, tel un essaim d'abeilles furieuses s'abattant sur eux.

Tout le monde se leva, dans un raclement de chaises. Les voyageurs ramassèrent leurs appareils photo, leurs bouteilles d'eau et leurs vestes. Leurs bagages attendaient déjà sur le terrain d'atterrissage, sous la surveillance de jeunes gens du village, qui étaient également chargés de chasser les animaux de la piste à l'approche de l'avion. Mara s'approcha du bar et prit le fusil et le ceinturon à cartouchière qu'elle y avait déposés.

— Alors, c'est vous le ranger, à présent, plaisanta Peter.

— Ne vous inquiétez pas, répondit-elle en souriant. Je saurai vous protéger.

Elle écouta sa propre voix, étonnée de la trouver si normale.

— Allons-y, en ce cas, déclara Carlton, d'un timbre trop enjoué, trop éclatant, comme les couleurs de sa chemise tropicale.

Plus un mot ne fut prononcé, après cela. L'air était engorgé d'une multitude de sons. Les bruits de pas semblaient s'accumuler sur le sol, trop nombreux, emplissant tout l'espace. Le temps s'étirait, informe, comme dans un rêve.

Et puis, soudain, ils se retrouvèrent dehors, Carlton en tête de leur procession silencieuse, suivi de Leonard et de Peter. Mara fermait la marche, courbée sous le poids du fusil à son épaule. Elle regardait les pieds de Peter, devant elle, se soulevant à tour de rôle, montrant les semelles crantées de ses chaussures de marche. Elle accorda ses pas aux siens, avançant au même rythme, sentant, à quelque distance derrière elle, la présence de Menelik et de Kefa, eux-mêmes suivis par les boys et l'aide-cuisinier.

Ils passèrent sous l'arche d'ivoire patiné, s'engagèrent sur le chemin bordé d'arbres. Bientôt, ils arrivèrent à l'endroit d'où partait le sentier menant au promontoire rocheux. Mara vit Peter ralentir en atteignant l'embranchement, comme si, l'espace d'un instant, il envisageait de changer de direction. Mais il reprit sa marche.

En émergeant des arbres, ils débouchèrent sur la plaine, et s'immobilisèrent tous comme un seul homme, levant les yeux au ciel. L'avion était en vue, oiseau sombre dans le ciel bleu, grossissant de seconde en seconde.

Déjà, les jeunes gens du village couraient le long de la piste, agitant leurs bâtons de berger. Des oies s'envolèrent devant eux, et des animaux en train de paître – de petites gazelles et un couple de dik-diks[12] – s'enfuirent à grands bonds, paniqués, en décochant des ruades insensées.

L'avion décrivit un cercle au-dessus du lodge, en volant de plus en plus bas. C'était un appareil que Mara n'avait encore jamais vu, peint de zébrures noires et blanches, comme les Land Rover du Manyala. Tout en se dirigeant vers la piste, elle regarda le pilote effectuer une descente impeccable, puis atterrir adroitement, les deux roues de

---

12. Dik-dik : antilope naine d'Afrique de l'Est, d'une taille de 30 à 40 centimètres pour un poids de 3 à 5 kilogrammes. (*N.d.T.*)

l'engin touchant le sol simultanément, les ailes oscillant à peine.

L'avion s'immobilisa, les hélices vrombissant toujours, brassant l'air avec force. En se portant à la rencontre du pilote, Mara reçut en plein visage une volée d'herbes sèches et de feuilles mortes ; elle plissa les yeux et tourna à demi la tête pour se protéger de cette grêle cinglante. Pendant qu'elle attendait l'arrêt des hélices, la porte de la cabine s'ouvrit et le pilote descendit, agitant un plan.

— C'est bien ici, le Raynor Lodge ? hurla-t-il par-dessus le rugissement du moteur.

En la voyant acquiescer, il prit un air soulagé.

— Je suis nouveau dans le coin, expliqua-t-il avec un fort accent sud-africain. Nous devons repartir tout de suite, ajouta-t-il en pointant un doigt vers le cadran de sa grosse montre en or.

Mara secoua la tête, consternée, en comprenant ce qu'impliquait cette déclaration : un départ précipité, dans un vacarme tel qu'il leur serait impossible d'échanger un mot d'adieu...

— J'ai un horaire à respecter, vociféra le pilote. Désolé.

Mara le dévisagea en silence pendant un instant, puis fit signe aux boys d'apporter les bagages.

Se tournant vers Leonard, Carlton et Peter, le pilote les héla d'un geste impatient.

— Allez ! On embarque !

Les deux frères se ruèrent vers l'appareil, mais Peter resta en arrière.

— Si jamais vous passez par L.A., cria Carlton en arrivant à la hauteur de Mara, venez nous voir.

— Bonne chance pour tout ! ajouta Leonard.

Ils lui serrèrent la main – un geste qui paraissait bizarrement solennel et incongru, sur cette plaine battue par un vent furieux, qui leur jetait de la poussière au visage et tiraillait leurs vêtements. Puis, après avoir échangé des saluts de la main et des sourires avec Kefa, Menelik et les boys, ils s'engouffrèrent dans l'appareil, en courbant instinctivement la tête sous le rugissement des hélices.

Mara se retourna en sentant Peter derrière elle, et le fixa intensément, ses cheveux lui fouettaient les joues. Le vent plaquait la chevelure de Peter en arrière, donnant à son visage un aspect nu et vulnérable.

Elle le regarda au fond des yeux, et sentit une vague de souffrance monter en elle. D'un moment à l'autre, elle en était persuadée, la houle déferlerait, la submergerait. Elle croisa les bras autour de son torse, comme pour en contenir le flux.

À travers un voile de larmes, elle vit la main de Peter se tendre vers elle, et sentit sa propre main se porter à sa rencontre. Puis il y eut la chaleur de sa peau sur la sienne, leurs doigts se nouant, leurs chairs se pressant l'une contre l'autre.

Pendant un long moment, leurs deux mains s'unirent, s'agrippant avec force, comme pour se fondre l'une à l'autre.

Puis Peter s'écarta, et elle resta là, la main pendant dans le vide. Arrachant son regard au sien, il lui tourna le dos et s'élança vers l'avion, son appareil photo lui battant la cuisse, sa chemise claquant au vent.

Au moment de poser le pied sur la passerelle, il marqua une pause imperceptible et la regarda par-dessus son épaule. Puis il disparut, englouti par l'appareil, son visage réduit à une forme floue derrière le hublot poussiéreux.

Le pilote referma la porte de la cabine, avec un claquement si sonore qu'il couvrit le bruit du moteur, et salua Mara d'un geste avant de s'installer aux commandes.

L'avion démarra, lentement d'abord, puis il prit de la vitesse et s'élança en cahotant sur la piste inégale. Les villageois se mirent à crier et à agiter les bras, mais Mara demeura figée sur place, silencieuse. Un cri de douleur s'éleva en elle tandis qu'elle suivait des yeux l'avion qui avait décollé, à présent, et montait, montait toujours plus haut, jusqu'à n'être plus, à nouveau, qu'un gros oiseau sombre se découpant contre le ciel.

Elle accompagna du regard sa trajectoire, au-dessus des plaines, vers l'escarpement... Elle prit vaguement conscience que les autres commençaient à s'éloigner, les boys bavardant avec animation, leurs voix couvertes par celle plus grave d'un adulte. Mais elle demeura là, pétrifiée, comme si, en s'abstenant de tout mouvement, elle pouvait arrêter le temps.

Finalement, l'avion ne fut plus qu'un point minuscule, et disparut à l'horizon.

— Ils sont partis.

La voix, douce et profonde, résonna à ses oreilles, accompagnée d'un bruit de pas, d'un froissement d'étoffe. Elle respira une faible odeur d'encens.

Le vieil homme vint se poster devant elle, silhouette mince et droite se détachant avec netteté sur le paysage désolé. Le vent soulevait sa tunique blanche, et le soleil miroitait sur la croix copte accrochée à la cordelette autour de son cou.

Il fixa Mara bien en face, d'un regard impassible et intense. Quand leurs yeux se rencontrèrent, Mara perçut la force qui émanait de lui, à travers la brume de douleur qui l'enveloppait, et s'imagina fugacement qu'il savait tout d'elle. À l'instar d'un prophète, il avait le pouvoir de donner une forme à l'invisible, et il comprenait tout ce qu'elle ressentait. Une onde de soulagement la traversa, les larmes montèrent à ses yeux, puis débordèrent, ruisselant le long de ses joues.

Menelik n'esquissa pas le moindre geste. Il ne parut pas davantage éprouver le besoin de poser de questions ou de lui offrir des paroles de consolation, mais se contenta de rester là, à la regarder pleurer. Il se dégageait de lui une paix profonde qui, petit à petit, se communiqua à elle, lui apportant le réconfort.

Quand les larmes de Mara se tarirent, le vieillard indiqua le lodge d'un mouvement de tête.

— Il est temps de rentrer, dit-il.

Son regard était bienveillant, mais son ton ferme. Il s'éloigna, se retournant au bout de quelques pas, pour s'assurer qu'elle le suivait.

Remontant la courroie du fusil sur son épaule, elle se mit en marche, réglant son pas sur le sien, comme entraînée dans son sillage.

Ils cheminèrent sans rien dire, le bruit de leurs pas et les cris des oiseaux aquatiques troublant seuls le silence. Bientôt, ils parvinrent à l'endroit où le chemin s'enfonçait entre les arbres. Menelik tourna la tête et regarda Mara. L'ombre d'un sourire passa sur son visage. Quand il parla, ce fut d'une voix forte et assurée.

— *Kesho ni siku nyngine*.

Demain sera un nouveau jour.

17

Debout au bord de l'excavation, Mara regardait les deux machinistes soulever des pelletées de terre rouge. Les hommes travaillaient dur, dénudés jusqu'à la taille, leurs épaules luisantes de sueur. Le terrassement était pratiquement terminé : les parois du trou étaient hautes et lisses, les angles bien droits. Bientôt, on pourrait couler le béton. Mara tenta de s'imaginer une piscine peinte en bleu, remplie d'eau à ras bord. Mais cette image lui semblait irréelle, comme si elle faisait partie d'un rêve dont elle ne tarderait pas à se réveiller. Tournant le dos aux ouvriers, elle jeta un regard autour d'elle, recensant machinalement tous les signes qui démontraient qu'une nouvelle ère avait commencé pour le Raynor Lodge. En dix jours seulement, on avait construit toute une série de bancs et de tables en bois local, et ajouté une extension à la cabine de douche. Là-bas, par-dessus le mur entourant la cour, elle distinguait le toit du poulailler, considérablement agrandi. Des coups de marteau lui parvenaient de l'autre côté du bâtiment, où l'on était en train de construire la plateforme d'observation. Et les boys préposés à l'entretien des cases, aidés par quelques nouveaux employés, s'activaient à préparer les chambres pour leurs nouveaux pensionnaires – un groupe de touristes en voyage organisé, détournés par Carlton lors de son passage à Dar es-Salaam. Ils seraient bientôt là.

Et John aussi.

Un peu plus tôt dans la journée, Kefa avait reçu un message radio – l'appareil avait enfin été réparé. Le Bwana se trouvait à Kisaki, avait-il rapporté à Mara. Il quittait le Selous pour rentrer directement à la maison. Il laisserait son Land Rover à Kikuyu pour le faire réviser. Sa femme devait venir le chercher à l'hôtel, demain, à onze heures.

Mara sentit son estomac se nouer à la perspective de ces retrouvailles avec son mari. Elle tenta de penser uniquement à la joie et à la stupéfaction qu'il éprouverait en découvrant ce qui s'était passé en son absence. Et à son soulagement en apprenant que l'avenir du lodge semblait désormais assuré. Mais même l'évocation de ces scénarios optimistes ne l'empêchait pas d'être torturée par le doute.

Comment pourrait-elle faire comme si rien n'avait changé, quand elle se retrouverait face à John ? Et, même si elle y parvenait, il verrait certainement – ou il sentirait – qu'il était arrivé quelque chose. Tôt ou tard, elle serait obligée de lui expliquer. Mais que lui dirait-elle ? Qu'elle était tombée amoureuse d'un autre ? Qu'elle l'avait embrassé, qu'elle avait serré son corps entre ses bras ? La vérité était bien plus complexe. Peter et elle avaient seulement simulé l'amour devant la caméra de Leonard. Et le parcours qui les avait menés jusque-là n'avait rien eu de prémédité : à chaque étape, ils avaient simplement répondu à ce qu'on attendait d'eux – aider Leonard et Carlton à sauver le film, protéger Lillian, renflouer le Raynor Lodge. Ils n'avaient rien fait de mal.

Pourtant... Il s'était passé entre eux quelque chose de fort et de profond. Mara sentait encore autour d'elle l'aura de cette émotion, l'enveloppant comme la chaleur du soleil. Elle recula de quelques pas pour aller s'adosser au tronc d'un jacaranda, appuyant sa tête contre le tronc lisse. Tandis qu'elle contemplait le ciel à travers les feuilles duveteuses, une image de Peter surgit à son esprit, nette et précise. Elle vit le modelé de ses traits. La mèche lui tombant sur le front. Ses yeux bleu-vert.

Elle vit sa bouche former les mots qu'elle gardait gravés dans son âme.

Vous êtes éblouissante.
Je t'aime. Je n'y peux rien. Je t'aime.

Elle croisa ses bras sur sa poitrine, la douleur de la séparation lui revenant en plein cœur – la poussière soulevée par l'avion, le bruit du moteur étouffant leurs mots d'adieu, leur dernier contact cruellement abrégé.

Elle ferma les yeux. Peter devait être rentré chez lui, à présent, auprès de ses enfants. Et de Paula. Une vision du couple réuni commença à se dérouler dans son esprit, avec une insoutenable précision. Elle s'obligea à la faire disparaître. La vie de Peter ne la regardait pas. Elle ne le reverrait plus. Leur histoire était terminée. Son avenir était ici, au lodge, au côté de John.

Elle secoua la tête, accablée. Elle se sentait épuisée par les pensées et les émotions qui la submergeaient, tous ces tourbillons de désarroi, ces énormes vagues de désespoir. Une profonde fatigue s'était infiltrée jusque dans ses os. Elle avait envie d'aller se coucher, même si l'on n'était pas encore à la mi-journée.

Lentement, elle prit conscience de pas qui s'approchaient. Elle se redressa à l'instant même où Kefa apparaissait en face d'elle. Il lui sourit et fit un geste en direction de la salle à manger.

— Menelik vous a servi du café. J'ai mis le registre des réservations sur la table.

— Merci, répondit Mara.

Elle se rappelait à présent qu'elle avait accepté de jeter un œil au registre pour aider Kefa à calculer la quantité de vivres qui leur serait nécessaire.

— Je vais aller inspecter leur travail, reprit Kefa en montrant les ouvriers, qui avaient posé leurs pelles et buvaient à tour de rôle à une gourde. Et ensuite, je vous rejoindrai.

— Très bien, dit Mara, d'une voix qui sonnait faux à ses propres oreilles.

Kefa se retourna et lui lança un regard scrutateur.

— Ne vous inquiétez pas. Tout sera prêt pour le retour du Bwana.

— Je sais. Je ne m'inquiète pas.

Le silence retomba entre eux, se prolongea. Mara lut l'incertitude dans les yeux de Kefa. Elle savait que le retour de John l'angoissait lui aussi. Depuis qu'il avait été promu gérant du lodge, il semblait ravi d'exercer sa toute nouvelle autorité, et les responsabilités supplémentaires qu'elle impliquait. Mais dans très peu de temps, Mara ne serait plus la Bwana Memsahib. Et qu'adviendrait-il alors ?

— Le café attend, déclara-t-il, retrouvant son air affable. Il va refroidir.

Le registre des réservations était un simple agenda relié en toile, avec une page pour chaque jour. John en achetait un au début de chaque année, au magasin de Bina. En le prenant dans ses mains, Mara éprouva la rugosité de la couverture, rongée par les termites. La sensation lui parut exagérée, comme si elle avait perdu tout repère, toute notion de la réalité. Tout lui semblait soit trop éloigné, comme l'idée de la piscine enfin achevée, soit trop proche et trop oppressant, comme l'odeur du café de Menelik, dans la tasse près de son coude. Le cuisinier l'avait servi à la mode éthiopienne, en y plongeant une branche de rue. D'habitude, Mara appréciait ce mariage insolite entre le goût puissant du café et celui de l'herbe amère, mais aujourd'hui, son seul arôme lui retournait l'estomac.

Repoussant la tasse, elle ouvrit le livre, feuilletant rapidement les pages presque vides des six premiers mois pour en arriver à celle où elle avait noté la réservation effectuée par Carlton. Là, un trait rouge en diagonale indiquait que tout le lodge avait été réservé, pour des jours et des jours d'affilée... Elle savait que les renseignements qu'elle cherchait se trouvaient plus loin. Mais elle se surprit à s'arrêter à chacune des pages barrées de rouge, comme si elle pouvait ainsi revivre la journée qui s'y rapportait.

Arrivée au dernier jour du séjour de l'équipe, la date à laquelle Peter s'était envolé, elle se contraignit à tourner les pages, à retracer jour après jour le voyage qu'elle avait dû accomplir, s'éloignant toujours un peu plus de Peter pour en arriver à l'instant présent – la veille du retour de John. Tous ces longs jours et ces longues nuits emplis de joie, de chagrin et de regret mêlés.

Soudain, elle s'arrêta, la main suspendue au-dessus du cahier. Relevant lentement les yeux, elle rencontra le regard de verre de la tête de buffle, le trophée le plus prisé de Raynor. Mais ce fut à peine si elle remarqua sa présence. Une pensée venait de naître en elle, et s'efforçait avec insistance de s'insinuer dans son esprit, tel un oiseau tapant du bec contre une vitre. Ce n'était pas la première fois, mais jusque-là, elle avait toujours réussi à la repousser, en l'imputant au stress ou au surmenage. À présent, toutefois, elle ne pouvait plus se dérober. Toutes ces pages tournées avaient une autre signification, et elle le savait. Au cours de la période qui venait de s'écouler, elle aurait dû avoir ses règles. Jamais auparavant elle n'avait eu plus de trois ou quatre jours de retard. Et là, cela devait faire près de deux semaines. Elle avait même l'impression qu'une transformation s'était opérée dans son corps. Elle éprouvait une sensation de lourdeur, d'étrange plénitude...

Elle baissa la tête et enfouit son visage entre ses mains, repensant à la nuit qui avait précédé le départ de John pour Dar es-Salaam. La rencontre brève et sans chaleur de leurs deux corps. Elle se rappela comment ils s'étaient détournés l'un de l'autre aussitôt après, roulant sur le côté, feignant le sommeil. Alors qu'ils venaient de créer une nouvelle vie. Un bébé qui était le sien et celui de John.

Elle tenta de s'imaginer en mère, un bébé enveloppé d'un châle entre les bras, et John auprès d'elle, en père heureux et fier. Elle tenta de se représenter un jeune garçon grimpant aux arbres du jardin, ou une fille – que son père chérirait comme la prunelle de ses yeux...

Nos rêves se réalisent.

Elle prononça ces mots en elle-même.

Le lodge était sauvé. Un bébé s'annonçait.

Elle aurait dû se réjouir.

Mais les mots semblaient dénués de signification ; quand elle s'efforçait d'en saisir le sens, ils s'envolaient hors de sa portée, comme du duvet de chardon emporté par le vent.

La salle à manger de l'hôtel sentait la bière rance, la fumée de cigarette et la friture. Mara s'assit près d'une fenêtre ouverte et tourna le visage de côté pour respirer l'air de l'extérieur. Presque immédiatement, un jeune serveur se dressa devant elle, un large sourire aux lèvres.

— Bonjour, Memsahib. Souhaitez-vous prendre le petit déjeuner ?

Il parlait un anglais soigné, articulant chaque mot avec précision.

— Non, merci. Seulement un soda au citron vert, s'il vous plaît.

— Préférez-vous que je vous serve le repas de midi ? Ce sera avec le plus grand plaisir.

Mara arqua les sourcils, surprise par tant de sollicitude. Le personnel de l'établissement était d'ordinaire moins empressé à prendre les commandes, même aux heures des repas.

— Non, merci, répéta-t-elle. Mais mon mari doit me rejoindre, et il voudra peut-être manger. Je ne sais pas exactement quand il va arriver, ajouta-t-elle, avec un regard en direction de la porte.

— Je vous en prie, reposez-vous en l'attendant, Memsahib, dit le serveur en inclinant courtoisement la tête. Je vais vous chercher le soda le plus froid que nous ayons au réfrigérateur.

Toujours aussi intriguée, Mara le regarda se diriger en hâte vers le bar, puis elle se tourna de nouveau vers la fenêtre. Celle-ci ouvrait sur une cour pavée dont l'un des côtés s'ornait d'une plate-bande de cactus. Un poulet grattait la terre parmi les succulentes aux feuilles étonnamment vertes et charnues, comme si elles s'alimentaient à quelque source secrète. Le mur du fond était percé d'une grille à travers laquelle on apercevait une partie de la rue. Mara scruta du regard la chaussée, pour éviter de penser à ce qu'elle devrait dire à John quand il serait là. Elle avait passé la moitié de la nuit à essayer de décider par quoi commencer, et dans quel ordre procéder. À l'aube, elle s'était de nouveau penchée sur ce dilemme, sans parvenir à une conclusion. Elle regarda un vieux lépreux accroupi dans l'ombre, une sébile à la main. Puis elle observa des jeunes gens assis sur des bicyclettes à l'arrêt, en train de bavarder avec une vendeuse de bananes vêtue d'un caftan coloré avec un turban assorti. Elle n'est pas d'ici, se dit Mara ; sa stature est trop corpulente et sa peau trop claire...

Brusquement, son regard se figea. De l'autre côté de la rue, elle avait aperçu un Européen habillé de kaki. Il lui tournait le dos et portait un chapeau dissimulant ses cheveux. Cependant, Mara le reconnut instantanément. Elle se leva à demi. Maintenant, elle distinguait le Land Rover, garé non loin de là. Un garçonnet – qui avait sans doute été chargé de surveiller le véhicule – était assis sur le capot boueux. Elle reporta son attention sur John et le vit lever le bras pour regarder sa montre. Jetant un bref regard à la pendule accrochée au-dessus du bar, elle constata qu'il n'était pas tout à fait onze heures, et hocha la tête pour elle-même. On pouvait faire confiance à John pour arriver à l'heure exacte, et pas une minute avant, après un voyage qu'il avait dû entamer à la première lueur de l'aube, et tous ces kilomètres parcourus...

Plusieurs minutes s'écoulèrent avant qu'il fasse son entrée dans la salle à manger. Il était passé par les toilettes : en contraste avec ses vêtements tachés et froissés, son visage paraissait propre et frais, et ses cheveux soigneusement peignés étaient encore humides. Mara se leva pour l'accueillir, en faisant de son mieux pour lui offrir un sourire de bienvenue, mais il garda une mine contrainte. Mara sentit grandir en elle la tension nerveuse. Il lui vint à l'esprit que John était peut-être arrivé à

Kikuyu assez tôt pour avoir le temps d'effectuer quelques courses. Et quelqu'un avait pu lui parler de l'équipe de tournage qui s'était installée au lodge, lui apprendre que sa femme avait servi de doublure à l'actrice... Mais, d'un autre côté, peut-être était-il simplement épuisé, après cinq semaines à pied dans la brousse, et de longues heures de conduite.

Il se pencha pour l'embrasser rapidement sur la joue, ses lèvres sèches effleurant à peine sa peau. Quand il s'écarta, elle perçut l'odeur du savon par-dessus des relents de vieille sueur et de pétrole.

— Désolé, je suis crasseux, dit-il en s'asseyant en face d'elle. J'ai mis mes clients dans le train à Morogoro et je suis venu directement ici, en traversant les steppes masai.

— C'est un long trajet, répondit Mara, en se demandant si sa voix sonnait aussi faux aux oreilles de John qu'aux siennes.

Il posa les clés du Land Rover sur la table et parut les contempler un long moment. Puis il releva les yeux et regarda Mara bien en face.

— Je n'avais aucune raison de passer par Dar pour voir notre agent. J'ai décidé de fermer le lodge.

Mara le regarda fixement, bouche bée. Dans le silence, on entendit grincer les pales du ventilateur au plafond.

— Ça ne marchera jamais, je m'en rends compte à présent, poursuivit John. Croire que les gens puissent venir ici rien que pour observer les animaux était illusoire, déclara-t-il d'un ton catégorique. Et j'ai décidé de ne plus emmener de clients à la chasse. J'ai eu tout le temps de réfléchir, Mara, ajouta-t-il en baissant les yeux sur ses mains posées sur la table. Les gens avec qui j'ai fait ce safari n'étaient pas des chasseurs. En cinq semaines, je n'ai pas tiré un seul coup de feu.

— Qu'allaient-ils faire dans le Selous, alors ? demanda Mara, davantage pour combler le silence que par réelle curiosité.

— C'étaient des zoologistes. Ils effectuaient un inventaire de la faune dans une zone déterminée. Il y avait des spécialistes des éléphants parmi eux. Je les ai aidés à suivre un troupeau pendant deux semaines d'affilée. Un soir, ils m'ont demandé combien d'éléphants j'avais tués au cours de ma vie. Sais-tu ce que j'ai répondu ?

Mara secoua la tête.

— J'ai vérifié dans mon calepin. Deux cent soixante-sept, dit John en plantant son regard dans le sien. Cette nuit-là, j'ai pris une résolution. Je n'abattrai plus jamais d'éléphants. Je sais que je l'avais déjà dit. Mais cette fois, je ne reviendrai pas sur ma décision.

Mara acquiesça muettement. Elle savait que ces mots auraient dû la rendre heureuse. Des mots qu'elle avait ardemment souhaité entendre, il n'y avait pas si longtemps. Mais aujourd'hui, ils lui semblaient vides de sens, sans rapport avec sa vie, avec leur couple...

— J'ai un plan tout tracé, reprit John. Il y avait un ranger de l'Office de la chasse avec nous. Il m'a dit qu'ils cherchaient des gens pour collaborer au programme d'éradication de la tsé-tsé. Mettre au point des méthodes pour exterminer les mouches, ajouta-t-il, un sourire ironique retroussant ses lèvres. Je voyagerai beaucoup. Tu t'installeras à Arusha.

— Arusha, répéta-t-elle, pour cacher son désarroi.

— Tu t'y plairas, affirma John. Il y a des boutiques, beaucoup d'Européens. Un club très agréable.

Mara prit un dessous de verre en papier et entreprit de le déchiqueter. C'était, elle le savait, le moment ou jamais d'annoncer à John qu'elle était enceinte. Un bébé ferait partie de cette nouvelle vie qu'il lui décrivait. Mais les mots qu'elle aurait dû dire refusèrent de se former. Puis le serveur arriva avec le soda qu'elle avait commandé. Il le déposa devant elle, sur un nouveau dessous de verre, et John lui demanda de lui apporter la même chose.

— Oui, Bwana, répondit le jeune homme, qui resta planté devant Mara, comme s'il attendait d'autres instructions.

— Merci, ce sera tout, dit-elle.

— Memsahib, dit-il en se penchant vers elle, je suis un bon serveur. Je peux aussi faire la vaisselle. Et la lessive. J'aimerais travailler pour vous, ajouta-t-il en se redressant avec un sourire engageant.

— Mais tu as déjà un emploi, répondit-elle d'un ton léger, comme s'il n'y avait pas lieu de prendre cette demande au sérieux.

— Je veux travailler au Raynor Lodge, insista le garçon. Mon cousin vient juste d'y être embauché.

Du coin de l'œil, elle vit John froncer les sourcils, manifestement déconcerté par ces propos. Cela n'avait rien de surprenant : quand il était parti vers le Selous, le personnel du lodge, pourtant bien réduit, n'était même pas payé régulièrement.

Mara prit un regard lointain, dans l'espoir de décourager le serveur. Par-dessus l'épaule du jeune homme, elle vit le nouveau directeur de l'établissement, M. Abassi, sortir des cuisines. Il était vêtu avec élégance, sa chemise blanche bien repassée ressortant de façon éclatante contre sa peau sombre, et arborait un air affairé. Mara ne savait pas s'il considérait le Raynor Lodge comme un concurrent, ou comme un allié dans le développement de l'industrie touristique locale. Néanmoins, en rencontrant son regard, Abassi agita la main et se dirigea droit vers leur table. Le serveur s'éclipsa en hâte.

Abassi salua John en premier et lui demanda comment s'était passé son safari. Mara écouta anxieusement, craignant qu'il ne fasse allusion aux événements survenus durant l'absence de John. Elle préférait qu'on lui laisse la possibilité de tout lui expliquer elle-même. Mais elle s'inquiétait à tort, car John s'enquit aussitôt après de la santé de la femme de l'hôtelier et de ses enfants.

Finalement, ces échanges de politesses prirent fin, et Abassi reporta son attention sur elle.

— Vous pourrez dire à Kefa que sa commande est presque prête. Mais nous n'avons pas assez de whisky ni de gin. Nous attendons une livraison dans la semaine.

Mara se contenta de hocher la tête, sans oser regarder John. Dans toute l'histoire du lodge, les Tanzaniens n'avaient jamais été autorisés à se charger de l'approvisionnement. Et maintenant, l'homme que John connaissait comme un simple boy commandait de l'alcool.

— Je ne comprends pas, dit-il calmement.

Mara déglutit avec force, sans répondre.

— Que se passe-t-il?

Abassi, qui avait manifestement perçu la tension entre eux, les contemplait avec un vif intérêt. Le serveur, qui apportait le soda de John, s'attarda lui aussi pour observer la scène.

— Il faut que je te parle, dit Mara. Mais pas ici.

Ils vidèrent leurs verres à la hâte, en évitant de se regarder, puis se levèrent et sortirent de la salle.

Chacun au volant de sa voiture, ils se rendirent chez Wallimohammed. Dès qu'ils furent garés dans la cour, John prit son sac à dos et son fusil dans son Land Rover et les transféra dans celui de Mara. Ils n'échangèrent pas un mot durant ce temps ; de toute évidence, le lieu n'était pas plus approprié que l'hôtel pour une conversation privée. De temps à autre, leurs regards se croisaient, mais rien qu'un bref instant. Mara fut soulagée quand un mécanicien apparut, s'essuyant les mains sur un chiffon graisseux. John le conduisit jusqu'à son véhicule, tout en lui parlant à toute vitesse en swahili. Après avoir soulevé le capot, ils se penchèrent tous deux sur le moteur.

Pour échapper à la chaleur étouffante, Mara se réfugia sous l'ombre clairsemée d'un acacia chétif. Elle se sentait de nouveau fatiguée, et découragée par l'épreuve à venir. Pour se distraire de ces pensées, elle se remémora sa dernière visite ici, et l'horreur mêlée de respect qu'elle avait ressentie en voyant les vestiges du hangar et les tumulus funéraires érigés par les éléphants. Elle se demanda si les spécialistes dont John lui avait parlé avaient déjà eu connaissance de faits semblables. Peut-être avaient-ils eux aussi des histoires extraordinaires à raconter...

Cherchant un autre sujet pour occuper son esprit, elle repensa à sa récente visite à la mission, quand elle était allée faire ses adieux à Lillian. À son arrivée, elle avait trouvé l'actrice en compagnie de Helen et de ses filles. La conversation avait été assez limitée ; Lillian lui avait fait part de son impatience de retrouver son chien, de sa gratitude envers la famille Hemden et de la tristesse qu'elle éprouvait à les quitter. Mara s'était attardée un peu, guettant, avec un mélange d'espoir et de crainte, l'occasion de rester seule avec Lillian. Peut-être parleraient-elles alors de Peter... Mais cette opportunité ne s'était jamais présentée.

Le capot se rabattit bruyamment, ramenant l'attention de Mara vers John. Il se dirigeait déjà vers le Land Rover, en lui faisant signe de le rejoindre. Sans l'attendre, il ouvrit la portière et s'installa au volant. Mara ralentit le pas. C'était toujours lui qui conduisait, quand ils étaient ensemble. Après tout, il était beaucoup plus expérimenté qu'elle dans ce domaine, et le véhicule lui appartenait. Mais, tandis qu'elle contournait le Land Rover pour gagner le siège du passager, elle eut l'impression d'être brusquement dépouillée de toute la force et de tout le courage qui l'avaient habitée durant son absence.

Mara regarda les derniers bâtiments de Kikuyu défiler derrière la vitre ; bientôt, le Land Rover traversa une vaste étendue boisée d'acacias et de buissons épineux, avec çà et là une case de terre et son petit potager.

John lui lança un regard oblique. Il attendait visiblement qu'elle se mette à parler, maintenant qu'ils étaient seuls, dans l'intimité de leur véhicule.

Elle passa anxieusement sa langue sur ses lèvres. Elle avait le sentiment que ce n'était toujours pas le cadre approprié pour ce qu'elle avait à lui dire.

— Attendons encore un peu, suggéra-t-elle. Nous pourrions nous arrêter sur notre lieu de pique-nique.

John se rembrunit, puis haussa les épaules.

— Très bien, si tu préfères procéder ainsi.

Elle perçut son impatience, mais feignit de l'ignorer, et répondit, avec un enjouement forcé :

— Il y a des siècles que nous n'y sommes pas allés.

C'était vrai. Il y avait eu un temps – quand ils rêvaient encore à un avenir commun – où ils faisaient toujours halte à cet endroit en revenant de Kikuyu, pour s'offrir un petit répit avant de retrouver le lodge et les corvées perpétuelles qui les y attendaient. Ils transportaient leur pique-nique jusqu'à leur coin de prédilection, à quelque distance de la route. Et là, depuis une clairière herbue entourée de hautes colonnes rocheuses, ils pouvaient contempler le Raynor Lodge, tout au fond de la plaine. Le bâtiment principal et les dépendances, les jardins et les sentiers, leur apparaissaient à échelle réduite, comme un village miniature. Ils avaient l'impression de voir leur vie sous une perspective différente, toutes les imperfections effacées par les effets atténuants de la distance.

Mara prit une profonde inspiration pour se calmer quand le Land Rover s'engagea sur la piste rocailleuse. Peut-être, se dit-elle, la magie du lieu opérerait-elle encore aujourd'hui ? D'une façon ou d'une autre, elle trouverait les mots justes, et le courage de les dire. Et la voie à suivre leur apparaîtrait alors clairement.

Elle suivit John le long du sentier étroit serpentant entre les arbustes épineux, la chaleur de midi pesait sur sa tête nue. Il avançait de son pas habituel, mesuré mais résolu, évitant adroitement les branches griffues qui lui barraient le passage. D'une main, il tenait son fusil, dont le canon huilé étincelait au soleil, attirant le regard de Mara. Elle savait qu'il était obligé de l'emporter, même s'ils ne s'éloignaient du Land Rover que de quelques mètres : aucune personne sensée ne laisserait une arme à feu, et surtout pas un Magnum 375 chargé, à bord d'un véhicule non surveillé. Néanmoins, cette arme lui parut lourde d'un sens particulier, après la déclaration que John venait de faire – son intention de renoncer à jamais à la chasse.

Le chant des tisserins construisant leurs nids accompagnait le bruit régulier de leurs pas. Durant ce bref trajet, ils observèrent le même silence que dans la voiture. Émergeant du maquis, ils longèrent la piste à peine visible tracée par les animaux, qui menait à un ravin aux parois escarpées, puis décrivait une courbe pour finir en cul-de-sac. C'était dans ce renfoncement qu'ils avaient coutume de s'abriter, les jours de grand vent. Mais aujourd'hui, l'air était calme, et ils se dirigèrent vers leur coin préféré, une sorte de banc de pierre naturel au bord du précipice, dominant la vallée.

Ils s'y assirent côte à côte, en laissant un petit espace entre eux. Puis ils regardèrent en direction de leur maison. D'ici, elle paraissait inchangée. Un bouquet d'arbres à fièvre dissimulait la plate-forme d'observation, et la hutte de chaume se fondait dans le paysage. Rien n'indiquait que l'établissement que John avait décidé de fermer était devenu un commerce florissant.

Mara ouvrit la bouche, comme si elle s'apprêtait à parler, mais aucun mot ne lui vint. Elle essaya de penser au bébé, d'imaginer sa forme minuscule tout au fond d'elle. Elle se dit que cette naissance annoncée les rapprocherait forcément, John et elle. Elle eut beau s'efforcer d'y croire, elle se surprit à songer à Peter. Elle l'avait perdu à jamais, elle le savait, pourtant il était présent dans chacune de ses pensées, chacun de ses souffles. Elle ne voyait pas comment il lui serait possible de continuer à vivre avec John, encore moins de redevenir amoureuse de lui. Ni comment leur mariage pourrait survivre à ses aveux. Elle envisagea de ne pas parler de Peter, de taire son secret comme John avait tu le sien. Non. Elle connaissait les effets d'un tel silence, la façon dont tous les mots non dits s'amoncelaient peu à peu, dressant un mur indestructible. Elle songea à lui révéler qu'elle connaissait son aventure avec Matilda. Mais cela n'adoucirait pas en lui la jalousie, ni le sentiment de rejet. Enfin, elle pensa remettre l'explication à plus tard, après la naissance du bébé, peut-être. Mais Carlton avait promis de donner une projection du film à Kikuyu, et – même si elle croyait Leonard, quand il affirmait que personne ne la reconnaîtrait à l'écran – elle ne s'imaginait pas en train de le regarder, assise à côté de John... Non, il valait mieux tout lui raconter maintenant, malgré sa conviction que jamais son mari ne pourrait comprendre ou accepter ce qui s'était passé.

Elle regarda fixement le lointain sans rien dire, en proie à une panique croissante. Elle n'avait plus le choix, plus le temps. Des yeux, elle suivit un aigle qui décrivait dans le ciel un cercle lent, ses ailes aux plumes fauves largement déployées. Elle l'imagina fondant sur elle, la happant dans ses serres et l'emportant loin de sa vie...

Soudain, elle sentit la main de John sur son bras. Elle comprit aussitôt le sens de ce geste : cela voulait dire que ses oreilles de chasseur, son instinct aiguisé par l'expérience, avaient décelé quelque chose d'insolite. Jetant un regard de côté, elle vit qu'il observait l'entrée du ravin.

Deux défenses d'un blanc jaunâtre ne tardèrent pas à apparaître, suivies d'une trompe grise, gracieusement incurvée. Puis, petit à petit, le reste de l'animal devint visible – la large tête aux yeux minuscules, les énormes pattes à la démarche pourtant gracieuse, le poitrail massif, les oreilles qui avaient la forme d'une carte de l'Afrique.

— Elle ne s'occupe pas de nous, murmura John.

Mais il demeura cependant totalement immobile, et Mara l'imita.

L'éléphante broutait nonchalamment tout en continuant d'avancer. De temps à autre, elle balayait le sol de sa trompe. Mara devina qu'elle avait flairé leur trace : elle suivait le chemin qu'ils avaient emprunté.

La forme gigantesque passa à quelques mètres d'eux – si près que Mara perçut le frottement de ses pattes l'une contre l'autre. L'animal dominait les arbustes de toute sa hauteur – une créature d'une infinie puissance, d'une infinie majesté, dont la face creusée de sillons profonds suggérait une sagesse remontant au commencement des temps.

Mara observa John du coin de l'œil. Elle lut sur son visage une admiration semblable à la sienne. Ils échangèrent un bref regard émerveillé. On pouvait presque croire qu'il existait un lien entre l'apparition en ce lieu du magnifique animal, et le serment que John s'était fait à lui-même. Mara se sentit submergée par un brusque élan d'affection.

Puis l'éléphante s'arrêta et se retourna. Les immenses oreilles aux bords déchiquetés se dressèrent en signe d'avertissement, ou de contrariété. John se tendit aussitôt. D'un geste presque imperceptible de la tête, il commanda à Mara de le suivre, puis, d'un même mouvement fluide, il ramassa son fusil, se leva et se mit lentement en marche. Mara l'imita. Elle savait qu'au fond du cul-de-sac se trouvait un sentier menant au sommet des rochers, trop étroit et trop raide pour un éléphant.

John continua d'avancer calmement mais pressa le pas. Tout à coup, il s'immobilisa. Par-dessus son épaule, Mara vit un éléphanteau émerger de la bouche du ravin, et se diriger vers sa mère.

John fit volte-face, empoigna Mara par le bras et la tira sur le côté. Mais les broussailles bordant le chemin ne leur laissaient guère de place.

Ils restèrent un instant hésitants, immobiles et tendus. L'éléphante avait le regard fixé sur son petit, derrière eux.

Mara entendit la voix de John dans sa tête, comme s'il lui soufflait ses pensées.

Nous nous trouvons entre la mère et son petit, et nous sommes acculés contre les rochers…

Le pachyderme leva la tête, et agita furieusement ses oreilles. Des barrissements courroucés déchirèrent le silence.

John saisit le bras de Mara, et ils battirent en retraite vers le banc de pierre, se rapprochant ainsi de l'éléphante, mais dégageant la voie entre son petit et elle.

Aussitôt, l'éléphanteau se mit à trottiner vers sa mère ; l'ayant rejointe, il se réfugia derrière elle. Mara relâcha lentement sa respiration. Mais quand elle se tourna vers John, pour partager avec lui son soulagement, un nouveau barrissement résonna dans l'air, et l'éléphante se rua sur eux.

— Cours ! cria John, tandis qu'il s'élançait à la rencontre de l'animal, en criant et en agitant son arme.

Elle recula en trébuchant et, paralysée d'effroi, vit que l'éléphante n'avait pas ralenti sa course.

— John ! Reviens ! hurla-t-elle.

Il changea de direction, tout en continuant à gesticuler frénétiquement. Il cherchait à détourner sur lui l'attention de l'éléphante, comprit-elle. À l'éloigner d'elle.

Il s'arrêta soudain et regarda son arme, le visage déformé par l'angoisse. Mara perçut son indécision – une émotion totalement étrangère au chasseur expérimenté qu'il était. Au bout de quelques secondes, il changea son fusil de position, l'élevant à la hauteur de sa taille. Puis il souleva la culasse et la rabattit d'un geste sec pour engager la cartouche dans le canon. Portant la lunette télescopique à son œil, il pointa l'arme sur l'énorme forme grise. Mais avant d'appuyer sur la détente, il pointa le canon vers le haut, bien au-dessus de la tête du pachyderme.

Une détonation retentit, se répercutant dans toute la vallée.

La tête massive se redressa, et la trompe cingla l'air tandis qu'un rugissement de fureur s'échappait de la gueule de l'animal.

Mara vit John recharger son fusil avec des gestes frénétiques. Mais elle savait qu'il était trop tard, désormais ; la bête était trop près pour qu'il puisse l'arrêter. Horrifiée, elle regarda l'éléphante foncer droit sur lui.

L'instant d'après, la puissante trompe s'abattit, s'enroulant autour du bras de John et le soulevant dans l'air. Le fusil s'envola, comme une brindille emportée par le vent. John hurla – un cri bref, étranglé. Puis il fut projeté au sol, son corps heurtant la terre avec un bruit mat.

Suffoquée, Mara contemplait la scène à travers un brouillard de terreur. Une partie d'elle-même voulait courir au secours de John. Mais l'autre partie était consciente qu'en agissant ainsi, elle ne ferait que se mettre également en danger, ainsi que le bébé. Leur bébé.

L'éléphante souleva un pied, et parut hésiter un instant, comme si elle pouvait encore se laisser fléchir. Puis elle le laissa retomber, piétinant la forme flasque étendue devant elle. Mara se détourna, appuyant son visage contre la muraille de pierre. Elle haletait, en proie à des sanglots convulsifs, les jambes et les bras privés de force. De petits fragments de roche se détachèrent tandis qu'elle cherchait en vain une prise sur la paroi abrupte.

Elle entendit l'éléphante approcher, sentit vibrer le sol derrière elle. Désespérément, elle scruta les rochers qui se dressaient devant elle, mais il n'y avait aucune issue. Alors, un calme étrange s'empara d'elle, et elle sut qu'elle allait mourir.

Elle se retourna pour faire face à l'animal, le dos pressé contre la paroi, le cœur battant à tout rompre. De petits détails captèrent son attention – la couleur du ciel, les aspérités de la pierre contre sa colonne vertébrale, les mouvements ondulants de la peau du pachyderme lancé à plein galop. Elle eut l'impression de se dissocier de son corps, pour observer avec détachement l'avidité avec laquelle il engrangeait ces sensations, s'en repaissait une dernière fois, avant le néant...

Elle prit conscience peu à peu que l'éléphante, bien qu'elle continuât à avancer vers elle, avait ralenti le pas. Mais ses oreilles étaient toujours déployées, balayant l'air de leurs bords déchiquetés. Mara demeura immobile, le regard fixe, à mesure que se réduisait l'espace entre elle et les pointes des énormes défenses. Elle joignit les mains sur son ventre, espérant encore, confusément, pouvoir protéger la vie qui avait germé en elle.

À quelques pas d'elle, le pachyderme s'arrêta. Il leva la trompe et l'agita en direction de Mara. Le bout plus clair de l'organe, percé de narines jumelles, explora l'air, tout près de son visage, mais sans jamais le toucher. Puis il descendit vers ses seins, et s'arrêta au-dessus de son ventre.

Mara leva les yeux et rencontra ceux de l'animal, enfouis sous des replis de peau, et pourvus de longs cils droits. Ils étaient humides et luisants, et elle vit s'y refléter la lumière.

Et puis, subitement, ils se détournèrent.

La tête grise et la trompe se mirent à osciller tandis que les pattes colossales opéraient un demi-tour.

L'éléphante battait en retraite.

Mara laissa retomber sa tête contre le rocher et, respirant à peine, regarda le petit rejoindre sa mère. Puis les deux éléphants s'éloignèrent vers l'entrée du ravin.

À pas lents, Mara s'avança vers le corps de John. Quand elle fut tout près, ses yeux parcoururent rapidement la forme inanimée, se détournant en sursaut de ce qui restait de son corps, broyé et ensanglanté, pour se fixer sur son visage. Il était intact, et son expression ne trahissait ni peur ni douleur. Les lèvres étaient étroitement serrées, les yeux clos. On aurait pu le croire endormi, n'était le mince filet de sang rouge vif s'écoulant du coin de sa bouche.

Elle s'agenouilla près de lui et tendit une main tremblante vers sa joue, encore tiède et douce au toucher. Il avait l'air si jeune ; ç'aurait pu être un adolescent étendu là – celui qui avait été désigné pour jouer le rôle de la victime dans un jeu de guerre puéril. Bientôt, il sourirait, se redresserait et repartirait en courant vers une autre aventure.

Un faible gémissement monta de la gorge de Mara. Elle secoua la tête, comme pour nier ce qui se trouvait devant elle. Elle essaya de fermer les yeux, mais les images de l'attaque lui revinrent alors, dans tous leurs détails, repassant en boucle dans son esprit, pour aboutir inexorablement au même dénouement cauchemardesque.

Des larmes lui emplirent les yeux, ruisselèrent sur ses joues. Elle contempla le corps de John à travers ce voile qui lui brouillait la vue, l'empêchant miséricordieusement de distinguer le liquide pourpre suintant de la poitrine défoncée.

Des pensées prirent forme dans sa tête, simples et précises comme les extraits d'un bulletin d'information.

Il aurait pu abattre l'éléphante, au lieu d'essayer de l'effrayer. Il l'a attirée loin de moi. Il n'a pensé qu'à me sauver.

Elle savait que ces phrases n'avaient pas fini de résonner dans sa tête, qu'elles la hanteraient pendant des années, éternellement peut-être. Et avec elles reviendraient les souvenirs, tout ce qu'elle avait partagé avec John, et qui était désormais perdu. Elle repenserait à tout ce qui ne pourrait plus jamais être réparé entre eux. À toutes les choses qui resteraient informulées.

L'une d'elles, plus particulièrement…

Se penchant vers John, elle approcha sa tête de la sienne, avec le sentiment qu'il subsistait peut-être en lui une étincelle de conscience, ou que son âme s'attardait encore dans les parages et qu'elle pouvait l'entendre.

— John, je suis enceinte. De toi.

Elle fixa ces yeux qui ne s'ouvriraient plus, se rappelant comment ils s'accordaient au bleu du firmament, certains jours, quand ils étaient clairs et lumineux. Mais aussi comment, trop souvent, ils étaient obscurcis de chagrin, tel un ciel chargé de pluie.

Tout était fini à présent.

Elle contempla son visage, inventoriant tous les petits détails qu'elle connaissait si bien. Les lèvres, légèrement desséchées après toutes ces semaines en plein air ; les cicatrices remontant à l'enfance, ces petites entailles qui n'avaient pas été recousues et s'étaient élargies en se refermant ; l'épaisse chevelure blonde. Elle enferma ces images tout au fond d'elle-même. Malgré le choc et la douleur, elle était consciente qu'un jour arriverait où un enfant se tiendrait près d'elle pour écouter le récit de la mort de son père. C'était son devoir envers John, et envers cet enfant, de fixer pour toujours ce moment dans sa mémoire.

Voici ton père. Tu étais présent à l'instant de sa mort. C'est tout ce que tu connaîtras jamais de lui.

C'est alors qu'un léger bruissement attira son attention. Levant les yeux, elle vit un vautour se poser sur le tronc d'un arbre mort, non loin de là, et replier soigneusement ses ailes aux bords échancrés. Elle fixa le grand oiseau – ultime preuve que la mort avait accompli son œuvre. Et soudain, la fureur déferla en elle. Elle ramassa une pierre et la lança en direction du charognard. Le projectile rebondit sur le bois blanchi par le soleil, et le vautour s'envola, planant brièvement au-dessus d'elle avant de revenir se percher au même endroit.

— Va-t'en ! hurla-t-elle.

Les mots se répercutèrent à travers la vallée, comme l'avait fait la détonation, avant de revenir sonner à ses oreilles.

Va-t'en. Va-t'en.

Mais l'oiseau demeura à sa place, les épiant de son regard vorace, le bec recourbé, prêt à frapper. Un instant après, elle en entendit arriver un autre. Puis un troisième.

Mara prit conscience qu'elle devrait bien finir par regagner le Land Rover et abandonner John ici. Elle ne pourrait jamais le porter jusqu'au véhicule, il était trop lourd. Elle décida de lui recouvrir le visage à l'aide de pierres, pour empêcher les rapaces de s'attaquer à ses yeux. Elle reviendrait ensuite avec des hommes du village – le porteur de fusil de John, et tous ceux qui se porteraient volontaires. Elle ne transporterait pas John au commissariat de Kikuyu, ainsi que la loi le prescrivait. Elle le ramènerait au lodge, dans le lieu qu'il chérissait. Dans son foyer.

Mais dans l'immédiat, elle se refusait à amorcer le geste décisif. Il lui semblait presque que, si elle restait ici, pour chasser les nuées de mouches et repousser les vautours, elle pourrait forcer le temps à s'arrêter. Dans l'espace ainsi créé, entre le passé et ce qui était à venir, elle rassemblerait ses forces.

Tu es forte. Plus forte que tu ne le crois.

Les mots de Peter lui revinrent en mémoire. Elle les saisit au vol, un à un, et les serra contre sa poitrine pour s'en faire un bouclier.

18

Les Tanzaniens commencèrent à arriver avant l'aube, émergeant tels des spectres de l'obscurité pour entrer dans le cercle de lumière entourant le lodge. Assise à côté du cercueil posé sur une table au milieu de la véranda, Mara se disposait à accueillir les visiteurs. Elle se sentait encore fragile, la souffrance à vif, mais la présence de Kefa et Menelik, postés de part et d'autre de sa chaise, comme s'ils montaient la garde, lui était d'un grand réconfort. Ils l'avaient accompagnée dans chacune des démarches qu'elle avait dû accomplir durant les dernières vingt-quatre heures – commander le cercueil chez le charpentier sikh à Kikuyu, puis faire venir le Dr Hemden de la mission pour qu'il signe le certificat de décès. Ils s'étaient même chargés de laver le corps et de le préparer en vue de l'enterrement. Mara avait projeté de le faire elle-même, et, munie de serviettes et d'une cuvette d'eau, s'était rendue au chevet de John. Rassemblant ses forces pour trouver le courage de soulever la couverture, ôter les derniers lambeaux de la chemise et exposer les horribles blessures qu'ils recouvraient, elle était restée là, paralysée de crainte, pendant un temps infini. Puis elle avait senti la main de Menelik sur son bras, fraîche et ferme. Doucement, il avait ôté la serviette de ses doigts tremblants.

— *Si kazi yako*, avait-il déclaré d'un ton autoritaire, comme un père s'adressant à son enfant. Ce n'est pas à vous de vous en occuper.

Mara baissa les yeux vers le cercueil. Le visage de John se trouvait dans l'ombre, mais le reste de son corps, enveloppé dans un châle éthiopien blanc brodé de noir, flamboyait presque dans la faible lumière du demi-jour. Il émanait de la forme ensevelie dans ce linceul le calme profond, quasi palpable, qui était celui de la mort.

Un à un, les visiteurs défilèrent devant elle, lui murmurant des condoléances auxquelles elle répondait par un signe de tête. Elle reconnut un bon nombre d'entre eux comme des habitants du village voisin. Certains avaient délaissé leur tenue de tous les jours, une chemise et un short, pour le pagne ou le kitenge traditionnels ; plusieurs s'étaient peint d'argile le visage et le corps. D'autres avaient sorti costumes et chemises pour l'occasion. Ils formaient une foule hétéroclite, tel un rassemblement d'élèves d'écoles différentes. Il y avait aussi un groupe d'hommes qu'elle n'avait jamais vus, aux vêtements couverts de poussière, un bâton de voyageur en travers de leurs épaules.

— Ils ont marché toute la nuit, commenta Kefa.

Mara sourit pour montrer combien elle était sensible à cette marque d'attention. Elle était heureuse que tant de gens soient venus rendre un dernier hommage à John. Bien sûr, elle avait conscience que certains n'étaient venus que par politesse, ou même par simple curiosité. Mais elle savait que beaucoup connaissaient John de longue date ; ils l'avaient côtoyé dans sa jeunesse, l'avaient vu mûrir et devenir finalement le Bwana du Raynor Lodge. Ils avaient obéi à ses ordres – souvent brusques – et avaient reçu de l'argent de ses mains. Mais ils avaient aussi parcouru la brousse à ses côtés, partagé avec lui nourriture et anecdotes autour du feu de camp, affronté avec lui les dangers de la chasse. Selon le système de relations compliqué qui avait cours dans ce pays, ils comptaient probablement parmi les plus proches amis de John.

En arrivant devant le cercueil, chacun des nouveaux arrivants marquait un temps d'arrêt pour contempler le visage de John et son corps dans le cocon blanc. De temps à autre, l'un d'eux se penchait pour ajouter quelque chose – une petite bourse en cuir, une fiole d'huile – à la collection d'objets disparates placés aux pieds du mort. Le porteur de fusil avait été le premier à accomplir ce geste, en apportant une timbale en émail, une cuillère et une fourchette provenant du nécessaire de camping de John.

— *Vifaa vya safari*, avait-il expliqué à Mara. Il en aura besoin pour son safari.

Menelik avait offert de l'encens, dispersant les petits fragments de résine odorante dans les plis du châle. Et c'était Kefa qui avait demandé à Mara quel objet elle souhaitait déposer dans le cercueil. Elle avait choisi le livre préféré de John, *Les Mines du roi Salomon*. En contemplant le mince volume usagé aux pieds de son mari, elle se rappela l'avoir ouvert et avoir lu le nom, John Sutherland, tracé d'une main enfantine sur la page de titre. Une boule se forma dans sa gorge en songeant à son enfance solitaire dans une pension d'Angleterre, au sentiment d'abandon qu'il avait dû éprouver... Relevant la tête, elle porta son regard vers le mur de la salle à manger, orné des trophées de Bill Raynor et de tant d'autres souvenirs. Elle éprouva un élan de gratitude envers le vieux chasseur pour l'affection qu'il avait prodiguée à son jeune apprenti, quand John avait finalement réussi à s'échapper pour revenir chez lui, en Afrique.

Elle abaissa de nouveau les yeux vers le livre tandis que les gens continuaient à défiler devant elle. Une pensée soudaine traversa son esprit : il y avait autre chose qu'elle voulait mettre dans le cercueil, un objet lié à leur histoire. Murmurant une excuse, elle se leva, rentra dans le bâtiment et se rendit dans la salle à manger. Là, sur la tablette de la cheminée, elle vit le bloc de pierre brute qu'ils avaient trouvé, John et elle, lors d'une balade sur l'escarpement, au cours de leur première année de mariage. C'était sa couleur, d'un vert laiteux, qui avait attiré le regard de Mara, et elle l'avait montré à John. Quand il l'avait ramassé pour le regarder de plus près, ils s'étaient aperçus que la roche contenait des inclusions d'un beau rouge clair.

— Des rubis, avait expliqué John. J'ai entendu dire qu'on en trouvait par ici.

En l'examinant attentivement à la lumière du soleil, ils avaient constaté que la plus grosse des gemmes était fracturée.

— Ça n'a aucune valeur, avait déclaré John.
— Mais si, avait-elle rétorqué. C'est très beau.
— Alors, il va falloir la rapporter à la maison ? avait-il demandé en souriant.

Sans attendre sa réponse, il avait déposé la pierre dans son sac à dos. De retour au lodge, ils l'avaient placée sur la cheminée – leur seul ajout aux possessions des Raynor. Parfois, des pensionnaires leur demandaient ce que c'était.

— C'est le trésor de Mara, répondait John. Ça vaut une fortune.

Serrant précieusement la pierre entre ses mains, Mara traversa la salle à manger. Dans le salon, elle s'arrêta soudain, face à une grande photo encadrée que Kefa avait récemment accrochée au mur.

On y voyait Lillian Lane et Peter Heath posant sous une paire de défenses entrecroisées – l'entrée du Raynor Lodge.

Les doigts crispés autour de la pierre rugueuse, elle contempla le visage de Peter, et le désir de sa présence rassurante la submergea avec tant de force qu'elle en eut le souffle coupé. Mais elle n'en ressentit aucune culpabilité. C'était comme si elle était coupée en deux, et que ses deux moitiés vivaient dans des univers parallèles, sans jamais se rencontrer. Penser à Peter ne l'empêchait pas de pleurer John sincèrement.

Elle demeura un instant immobile, terrassée par l'émotion. Puis elle se força à reprendre ses esprits. Peter et John étaient partis tous les deux. Elle était seule, et elle allait devoir faire de son mieux pour survivre sans eux.

Prenant une profonde inspiration, elle redressa les épaules et regagna la véranda.

Elle se pencha sur le cercueil, ses cheveux lui tombant sur le visage, et déposa doucement la pierre, non pas aux pieds de John, avec les autres offrandes, mais contre sa poitrine, à gauche, tout près du cœur.

Le soleil matinal miroitait sur le bois poli du cercueil posé à côté de la fosse sur une paillasse couverte de feuilles de bananier. Non loin de là se dressaient les deux cairns marquant les tombes des Raynor : celle d'Alice, avec sa simple planche d'ébène, et celle de Bill, avec sa plaque de bronze gravée. Debout près du cercueil, Mara contemplait intensément la plaine et le point d'eau, comme pour s'imprégner du calme et de la sérénité de ce paysage.

Derrière elle, elle entendait le bruit de la foule en train de se rassembler pour la cérémonie : des voix feutrées, de petites quintes de toux, des pleurs de bébé. Aux villageois qui s'étaient réunis au lodge, et avaient ensuite suivi son Land Rover jusqu'ici, étaient venues se joindre d'autres personnes. Bien qu'elle leur tournât le dos, Mara n'avait aucun mal à se représenter leurs visages sombres. Bina, dans un simple sari de couleur pastel, était accompagnée de son minuscule mari et de plusieurs membres de sa famille. La mission était représentée par un groupe d'employés et la famille Hemden au complet ; les fillettes se pelotonnaient contre leur mère, silencieuses et inquiètes.

De nombreux habitants de Kikuyu étaient également présents, y compris une délégation d'officiels, Abassi et quelques-uns des employés de l'hôtel, ainsi que Wallimohammed. Il y avait aussi un trio d'hommes blancs d'âge mûr, que l'on pouvait identifier sans peine comme des chasseurs professionnels. Peut-être, se dit-elle, allaient-ils exprimer le désir d'apposer sur la tombe une plaque portant la devise de leur association. *Nec timor nec temeritas*. Que diraient-ils s'ils apprenaient que ce n'étaient ni la peur ni la témérité qui avaient causé la perte de John, mais la volonté de tenir son serment ?

À cet instant, une main se posa sur l'épaule de Mara.

— Il est temps de commencer.

Mara se retourna face à l'assemblée, et le pasteur de Kikuyu se détacha de la foule. Il entama la lecture d'un psaume, récitant chaque verset d'abord en anglais puis en swahili. Il dit ensuite une courte prière, referma son livre et le rangea sous son bras. Les gens se tournèrent alors vers le cercueil, puisque l'on devait logiquement procéder maintenant à l'inhumation elle-même. Des murmures de surprise s'élevèrent quand, au lieu de cela, Mara adressa un signe de tête au porteur de fusil. Le vieil homme s'avança, l'air imposant, avec sa silhouette haute et décharnée toute vêtue de kaki. Celui qu'on avait surnommé le Chroniqueur des safaris leva une main et la pointa vers l'horizon, comme s'il s'adressait à l'homme qui avait rejoint le royaume de l'au-delà. Puis, d'une voix incroyablement haut perchée, et cependant claire et sincère, il entama le récit de la vie de John.

Ce fut seulement après que les derniers mots se furent dissipés dans l'air immobile que les porteurs soulevèrent le cercueil de son lit de feuilles, pour le porter jusqu'à la fosse. Quand ils commencèrent à le descendre, au moyen d'épaisses cordes de sisal, les femmes africaines se mirent à gémir et à sangloter. L'émotion gagna la foule, les pleurs se firent de plus en plus bruyants et affligés. Ce n'était pas seulement sur la mort de John qu'ils se lamentaient, comprit Mara, mais sur tous les chagrins de la vie, toutes les peines subies, sur le vide laissé par ce qui n'avait jamais été et ne serait jamais. Elle laissa cette douleur universelle l'envahir et se mêler à la sienne, emplissant son âme d'une étrange paix.

Les tables de la salle à manger étaient jonchées de tasses, de soucoupes et de verres vides, au milieu desquels l'on voyait, tels d'immenses vaisseaux sur une mer encombrée de petites embarcations, sept grands plats en argent ciselé contenant les restes des confiseries et des mets épicés apportés par Bina. Des guêpes s'y étaient posées, se gorgeant de sucre.

Le dernier des invités venait tout juste de partir, et les boys s'activaient déjà à tout ranger. Mara alla se joindre à eux. Mais quand elle commença à empiler les tasses, ils levèrent sur elle des regards anxieux.

— Vous êtes fatiguée, Memsahib, dit le plus âgé des deux. Vous devriez vous reposer.

Mara sourit, touchée par leur sollicitude. Mais elle ne put s'empêcher de penser qu'ils cherchaient aussi à préserver leurs rôles. Ils ne voulaient pas que Kefa voie la Memsahib occupée à les aider. Elle se dirigea vers le salon et s'assit dans l'un des fauteuils en rotin. Appuyant sa tête contre le coussin, elle ferma les yeux. Si exténuée qu'elle fût, elle se sentait incapable de dormir. L'adrénaline sécrétée par son corps pour lui permettre de résister à ces épreuves – l'enterrement, et la réception qui avait suivi – courait encore dans ses veines. Des bribes des conversations auxquelles elle avait pris part tournaient en rond dans sa tête.

— Alors, vous allez rentrer en Australie, dans votre famille, avait dit Bina, comme si c'était la seule issue possible pour une jeune veuve. Vous me manquerez beaucoup.

— Venez vous installer chez nous, à la mission, avait proposé Helen, comme si Mara n'était plus chez elle au lodge maintenant que John avait disparu.

— Il est encore trop tôt pour prendre des décisions quelles qu'elles soient, l'avait mise en garde le Dr Hemden.

Mara avait pris conscience que chacun observait ses réactions. Tous étaient persuadés de comprendre la situation où elle se trouvait, alors qu'ils ignoraient l'essentiel – la réalité sur laquelle était axé tout le reste, le secret qui n'appartenait qu'à elle.

Lovée dans son fauteuil, elle se représenta la matrice au centre de son corps. Certaines femmes, elle le savait, mettaient des mois à s'apercevoir qu'elles étaient enceintes. Mais pour elle, cette grossesse ne faisait aucun doute. Elle la sentait dans son cœur, dans sa chair, dans son sang. Elle imaginait le bébé grandissant en elle – ce bébé qui allait faire d'elle quelqu'un d'autre. Une mère…

Une odeur de café frais parvint à ses narines, et elle ouvrit les yeux. Menelik tirait une petite table vers elle, pour y déposer la tasse qu'il tenait à la main. Mara la regarda en silence pendant un instant.

— Je suis désolée, je ne peux pas boire de café, dit-elle enfin.

— Bien sûr, déclara le cuisinier d'un ton compréhensif. Cela vous tiendrait éveillée, et il vaudrait mieux que vous dormiez un peu.

— Ce n'est pas pour cela, répondit-elle en secouant la tête. Je n'en aime plus l'odeur, ni le goût.

L'incompréhension se peignit sur le visage du vieillard.

— C'est parce que j'attends un bébé. Le bébé de John, ajouta-t-elle en le regardant dans les yeux.

Menelik la contempla, tout en hochant lentement la tête. Puis un grand sourire éclaira ses traits.

— C'est une bonne nouvelle, vraiment ! Quand un homme meurt sans descendance, sa vie est finie. Mais s'il a planté sa semence, il subsistera. Et son épouse ne sera pas seule.

Mara lui sourit, se pénétrant du sens de ces paroles.

Son épouse ne sera pas seule.

Un silence chaleureux descendit entre eux. De la salle à manger leur parvenait le tintement des couverts que l'on rangeait, puis la voix de Kefa, réprimandant gentiment l'un des jeunes boys. Un instant plus tard, il entra dans le salon et, les voyant ainsi face à face, battit vivement en retraite.

— Excusez-moi.

— Non, entre, dit Mara. Asseyez-vous, je vous en prie, ajouta-t-elle en montrant les fauteuils voisins. Tous les deux.

Les deux hommes échangèrent des regards anxieux et s'installèrent gauchement sur les sièges.

— Je veux vous informer que je ne quitterai pas le Raynor Lodge, déclara-t-elle. Tout continuera comme avant.

Kefa ferma brièvement les yeux, trahissant un profond soulagement.

— Mais seulement si vous restez à vos postes, poursuivit-elle. Je vais avoir besoin de votre aide. Je suis enceinte, expliqua-t-elle à l'intention de Kefa. Je vais avoir un bébé de John.

Il ouvrit de grands yeux, comme si le sens de ces mots lui échappait.

— Mais vous devrez aller dans la maison de votre mère pour donner naissance à votre premier enfant.

— Mon enfant naîtra ici, en Tanzanie, répliqua-t-elle fermement. Dans la maison de John.

Menelik inclina pensivement la tête.

— Dans ce cas, dit-il au bout d'un moment, j'emploierai l'expression de Bwana Carlton. Il va falloir recourir au plan B.

— Au plan B ? répéta-t-elle.

— C'est très simple. Vous devez demander à votre mère de venir ici.

— C'est impossible, répondit Mara, en laissant échapper un petit rire.

— Vous m'avez dit que vous aviez une famille nombreuse, insista Menelik, déconcerté par ce refus. Beaucoup de frères. Un homme peut se charger des travaux ménagers à sa place, si nécessaire.

Mara acquiesça lentement. C'était vrai. Sans femme dans la maisonnée, les repas cuisinés avec soin seraient remplacés par des barbecues et des platées d'œufs au bacon, mais personne ne mourrait de faim. Et même si la maison devenait un taudis, et que le linge sale s'entassait dans la buanderie, il ne s'ensuivrait pas de dégâts durables. Le prix du voyage ne poserait pas non plus de problème : la ferme avait beaucoup prospéré ces dernières années.

— C'est un long voyage, objecta-t-elle néanmoins.

— Des étrangers viennent ici rien que pour s'amuser, répondit Kefa, balayant cet argument d'un geste. Et une femme sur le point de devenir grand-mère ne ferait pas le voyage ?

Mara regarda ses mains. Une vision se forma dans son esprit, se précisant peu à peu. Elle vit Lorna flânant dans le jardin, cueillant des fleurs, s'asseyant à la table de la cuisine pour échanger des recettes avec Menelik, ou même partant en promenade jusqu'au rocher du Lion. Vivant enfin le genre d'aventure dont elle n'avait rêvé que pour sa fille. Quand Mara releva les yeux, ils brillaient de larmes.

— Je vais lui écrire. Peut-être viendra-t-elle.

— Elle viendra, affirma Menelik, comme si cette venue était aussi inéluctable que celle du matin après la nuit.

Mara sourit en regardant les deux hommes tour à tour. Quelle chance elle avait de les avoir auprès d'elle, eux et tous ceux qui faisaient partie de sa vie ici ! Elle songea à Bina, qui serait tellement heureuse d'apprendre la nouvelle. À Helen, qui pourrait lui donner des conseils avisés ; et aux fillettes, qui allaient sûrement adorer le bébé.

Elle avait perdu John, et Peter ne pourrait jamais lui appartenir. Mais elle n'était pas seule au monde.

19

Des branches d'oranger en fleur s'érigeaient telles des lances par-dessus les aloès aux feuilles acérées, au flanc du coteau rocailleux. Assise entre deux filaos courbés par le vent, Mara contemplait son jardin. Elle sentait derrière elle, comme une présence tutélaire, les énormes rochers de granite de Whaler's Lookout qui la protégeaient du vent fort soufflant du sud.

Se penchant davantage sur sa chaise, elle porta son regard vers la petite maison de bois au pied de la colline, admirant sa forme simple, élégante, et la symétrie des fenêtres à petits carreaux encadrant la porte. Ses yeux effleurèrent la solide cheminée de pierre avant de se poser sur les taches de rouille déparant le toit de tôle, du côté tourné vers la mer. Et sur la gouttière pendante, à l'extérieur de la cuisine. Elle sourit tristement en elle-même. Quand elle avait emménagé dans le bungalow, six mois plus tôt, elle ne se rendait pas compte de tous les travaux qu'il faudrait effectuer pour le remettre en état. Ses frères s'étaient offerts à venir examiner la propriété avant la signature de l'acte, mais elle avait décliné cette proposition.

Elle avait déjà décidé d'acheter la maison, sans tenir compte d'aucun avis.

Sa résolution avait été prise dès l'instant où, par-delà l'écriteau *À vendre* accroché sur la véranda, elle avait vu le jardin grimpant jusqu'en haut de la colline. Une jungle de sisals, de figuiers de Barbarie, de bougainvillées et d'aloès, plantée là depuis des générations et prospérant dans le sol pierreux. En gravissant la pente, ce premier matin, Mara s'était immédiatement sentie chez elle, dans ce lieu qui lui rappelait l'Afrique.

Changeant une nouvelle fois de position, elle regarda le village, tout en bas, et, plus loin encore, le rivage. Ce paysage lui était profondément familier. D'où elle se trouvait, elle apercevait la prairie qui avait été jadis le terrain de camping de sa troupe de guides – et qui abritait tant de souvenirs de son enfance insouciante. C'était aujourd'hui une réserve littorale ; les vieux pins avaient été remplacés par des essences indigènes, mais les rochers et les dunes étaient restés tels qu'elle se les rappelait. Le village de Bicheno avait passablement changé depuis cette époque : il comptait davantage de commerces et d'entreprises, et l'on avait ouvert une nouvelle subdivision administrative. Mais il avait gardé son authenticité. Mara parcourut des yeux les toits disséminés par grappes tout le long de la côte, puis le croissant blanc de la plage. Les bateaux des pêcheurs de langoustes, avec leurs coques aux couleurs vives, étaient ancrés dans la baie. Et là-bas, dans le lointain, Diamond Island, ourlée de rochers tapissés de lichen orange, se détachait sur le bleu turquoise de la mer. Mara sourit, de ravissement cette fois. Ce paysage était si beau ! Et maintenant que ce petit bout de coteau lui appartenait, elle avait vraiment l'impression d'en faire partie intégrante.

Le soleil était bas dans le ciel, à présent, et elle frissonna, croisant les bras autour de son corps. Elle ne portait qu'un jean et une chemise légère. La journée avait été chaude et ensoleillée, mais un vent du soir, d'une froideur hivernale, soufflait maintenant de la mer.

Elle s'apprêtait à redescendre la colline lorsqu'elle entendit un bruit de moteur. Inspectant la route qui passait devant sa maison, elle vit une voiture approcher – un véhicule rutilant, visiblement neuf. Avant même d'avoir reconnu la plaque du loueur, elle devina qu'il devait appartenir à un touriste venu du continent. Ils aimaient rouler lentement, à l'instar de celui-ci, pour repérer les propriétés à vendre. Quand la voiture s'arrêta devant sa bicoque, Mara se recroquevilla sur son siège, se dissimulant derrière une cordyline. Elle imagina les touristes échangeant des commentaires sur l'aspect délabré du bâtiment et le jardin à l'état de jungle. Ils supposaient sans doute que l'endroit était à l'abandon, et qu'ils pourraient l'acquérir pour une bouchée de pain. Mais ils arrivaient trop tard, songea-t-elle avec satisfaction. Cette demeure était à elle, et elle ne s'en séparerait pour rien au monde.

**

Juchée sur sa vieille bicyclette à la chaîne grinçante, Mara descendait la route menant au village. Elle inspira une grande bouffée d'air frais, et l'odeur des herbes aromatiques, dans le panier fixé à l'avant du guidon, lui emplit les narines. Elle venait de remplir un gros sac d'herbes variées et de légumes verts pour l'apporter au restaurant où elle travaillait – une partie de sa toute première récolte. Sitôt installée dans sa maison, elle avait entrepris de planter un potager, choisissant, au pied de la colline, une bande de terre fertile qu'elle avait entourée d'une solide clôture pour la protéger des bandicoots[13] et des possums. Puis elle avait semé les graines, avec l'espoir de pouvoir revendre sa production aux commerçants du village. Tout en pédalant, elle contempla de nouveau son panier. Les épinards et la roquette abondaient en cette saison, mais les herbes – menthe, persil, sauge et thym – commençaient à se faire rares. Elle espérait que Chantal, propriétaire et chef cuisinier du restaurant, ne serait pas déçue. Et si c'était le cas, son employeuse n'hésiterait pas à le lui dire franchement. Il n'y avait que trois mois que Chantal l'avait embauchée comme serveuse, pour seconder sa fille adolescente, mais une amitié sincère s'était déjà nouée entre elles.

Après le grand virage en courbe que décrivait la route à l'entrée du village, Mara passa devant l'hôtel en ruine occupant une extrémité de la baie. Les ailes abritant les chambres étaient obscures et vides ;

---

13. Bandicoot : petit marsupial appartenant à la faune endémique de l'Australie. (*N.d.T.*)

les hôtels n'attiraient plus personne, les touristes préférant de loin les locations meublées, les chambres chez l'habitant et les auberges de jeunesse. Mais le bar était assidûment fréquenté par la population locale. Derrière les fenêtres d'où se diffusait une lumière jaune, Mara se représenta la salle bondée de pêcheurs au visage rougeaud, l'air vibrant de voix et de la chaleur des feux de bois.

Quand elle passa devant le terrain de boules abandonné, l'odeur musquée de l'eucalyptus en train de brûler flotta jusqu'à elle, et elle repensa tout à coup au Raynor Lodge, où la fumée des feux saluait la naissance du jour et s'élevait de nouveau à la tombée du soir. La nostalgie l'envahit. Comme elle aurait aimé revoir ce lieu qu'elle avait quitté douze ans plus tôt ! Ou, simplement, rencontrer quelqu'un qui comprendrait ce que le lodge représentait pour elle, et pourquoi elle lui était tellement attachée. Son fils Jesse partageait avec elle de nombreux souvenirs, mais il s'était marié récemment et avait trouvé un emploi à Melbourne. Sarah et lui avaient invité Mara à les rejoindre là-bas – ils lui avaient même trouvé une petite maison à Carlton, non loin de chez eux. Mara avait été tentée d'accepter, car Jesse et elle avaient toujours été si proches qu'elle s'imaginait mal comment elle pourrait vivre séparée de lui. Mais elle savait que le moment était venu pour elle de s'effacer et de le laisser prendre son envol.

Il y avait eu un temps où elle aurait pu évoquer ses réminiscences du Raynor Lodge en compagnie de sa propre mère. Elles auraient pu parler, comme elles l'avaient fait tant de fois, du long voyage que

Lorna avait accompli pour assister à la naissance de son petit-fils. Et du sentiment d'étrangeté, de gêne même, qu'elles avaient éprouvé en se retrouvant seules toutes les deux, avec cette longue et complexe histoire familiale entre elles. Elles souriaient toujours en se rappelant qu'elles n'avaient guère eu le temps de s'appesantir là-dessus, car Lorna avait à peine commencé à défaire sa valise que Mara avait perdu les eaux – deux semaines avant la date prévue pour l'accouchement.

Ses pensées se reportèrent à ce jour mémorable. Dès que les contractions avaient commencé, elles s'étaient mises en route vers l'hôpital de la mission, dans le Land Rover tout neuf conduit par Kefa. Les contractions s'étaient rapprochées et, à mi-trajet, il était devenu évident que la naissance était imminente. Kefa avait alors rangé la voiture sur le côté de la route, et avait aidé Mara à descendre de son siège pour gagner l'arrière du véhicule. Puis il avait relevé les banquettes pour lui laisser davantage de place et avait étendu un kitenge sur le plancher.

— Vous savez ce qu'il faut faire, avait-il dit à Lorna, avant de se retirer à distance respectueuse.

Les yeux de Lorna s'étaient agrandis de frayeur, mais son ton n'avait rien perdu de son calme.

— Je sais ce qu'il faut faire, avait-elle répété, comme pour s'en convaincre. J'ai donné naissance à sept enfants. Je sais ce qu'il faut faire…

Mara, perdue dans un brouillard de douleur, n'avait eu que vaguement conscience de la présence de sa mère à côté d'elle, mesurant le temps qui s'écoulait entre les contractions et lui conseillant de respirer plus fort. Mais entre deux vagues de souffrance, elle avait senti la main de Lorna lui caresser les cheveux, et entendu sa voix ferme et rassurante. Cette torture lui paraissait aussi cruelle qu'inutile. Et puis, tout à coup, elle avait ressenti le besoin de pousser. Et, à peine quelques minutes après, lui avait-il semblé, Lorna avait guidé le petit corps vers le jour avant de le poser sur le ventre nu de Mara.

— C'est un garçon, avait-elle annoncé. Un beau petit garçon.

Pendant un long moment, Mara avait été incapable de détacher ses yeux du bébé, contemplant avec émerveillement les mains minuscules, les pieds roses, les cheveux clairs plaqués sur le crâne lisse. Mais, quand les premiers cris de l'enfant avaient empli l'air, elle avait relevé la tête et rencontré le regard de Lorna. En cet instant, elle avait senti un lien fort et profond se nouer entre elles, les unissant également au bébé, à cette nouvelle personne qui était une partie d'elles deux, et en même temps un être unique et entièrement distinct.

— Il est absolument parfait, s'était-elle extasiée en caressant les doigts repliés.

— Toi aussi, tu étais un bébé parfait, avait répondu Lorna.

La voix de Kefa s'était alors fait entendre.

— Tout va bien ?

Mara avait souri, posant sa joue contre la petite tête duveteuse, et, levant vers Lorna des yeux embués de larmes, elle avait murmuré :

— Dis-lui que tout va bien, oui. Tout va pour le mieux.

Puis elle s'était tournée pour contempler le ciel par la portière arrière du Land Rover, qui était restée grande ouverte. Et elle avait senti le regret se mêler à la joie déferlant en elle.

Voici ton fils, John. Ton petit garçon.

Durant tout le reste de son séjour au Raynor Lodge, Lorna s'était montrée insouciante et gaie. Pas une seule fois, elle ne s'était plainte d'être fatiguée ou d'avoir la migraine ; elle semblait métamorphosée par cette double expérience – avoir mis son petit-fils au monde, et s'être évadée des limites étroites de son univers quotidien. Elle consacrait ses journées à expliquer à Mara les soins à donner au bébé, ou à aider Menelik à la cuisine. Elle accompagnait aussi Dudu dans le shamba pour cueillir des légumes, et composait des bouquets de fleurs coupées pour les chambres des pensionnaires. Pendant que Mara se reposait et s'occupait du bébé, elle endossait le rôle d'hôtesse et bavardait avec les clients au retour de leurs balades dans la brousse.

Cette visite s'était hélas ! terminée bien trop vite. En faisant ses adieux à sa mère, Mara avait promis de lui écrire toutes les semaines – promesse qu'elle avait tenue pendant de nombreuses années, rédigeant de longues missives où elle racontait en détail tous les événements de la vie de Jesse, qui grandissait entouré de l'affection des employés du lodge et des villageois. Chaque étape qu'il franchissait, chaque accident ou maladie, chaque petite victoire, était consigné sur le fin papier bleu des aérogrammes qu'elle expédiait à l'autre bout du monde.

Lorna avait exprimé le souhait de revenir en Tanzanie, mais ce vœu ne s'était jamais réalisé. Au lieu de cela, bien des années plus tard, c'étaient Mara et Jesse qui l'avaient rejointe en Tasmanie. Là, elles avaient pu enfin évoquer leurs souvenirs face à face, et en emmagasiner de nouveaux. Mais cette époque était révolue. Lorna était morte l'année précédente, quelques semaines seulement après le père de Mara, comme si, finalement, elle n'avait pas eu d'autre choix que de suivre son époux où qu'il allât. Mara était heureuse que Jesse ait pu passer tant de temps auprès de ses parents au soir de leur vie. Le garçon était même parvenu à trouver une place dans le cœur de son grand-père. C'était l'une des conséquences les plus positives d'une décision qui avait été si difficile à prendre : quitter la Tanzanie et le Raynor Lodge.

Mara se rappelait clairement le jour où elle avait fait ce choix. Jesse était sur le point de partir pour le collège de Rift Valley, au Kenya, où il effectuerait son premier trimestre d'internat. Mara avait déjà réglé les frais de scolarité. Elle avait réussi à le garder près d'elle pendant ses études primaires, en l'inscrivant à des cours par correspondance, comme les Hemden l'avaient fait pour leurs filles. Mais quand il avait atteint l'âge de douze ans, elle avait dû se résoudre à l'envoyer au pensionnat. Elle s'était rendue au magasin de Bina pour acheter la malle en fer-blanc où elle rangerait toutes les possessions de son fils. Tandis qu'elle peignait son nom sur le couvercle, en essayant de réprimer le tremblement de sa main, elle avait essayé de se raisonner. Après tout, ce n'était pas comme si elle l'expédiait en Angleterre. Le Kenya, c'était encore l'Afrique, et cette école dispensait une excellente éducation. Mais tous ces arguments lui étaient dictés uniquement par son cerveau ; son cœur, lui, demeurait vide et silencieux. Elle avait eu du mal à garder sa détermination jusqu'au bout, et emballer les affaires de Jesse s'était révélé une tâche presque au-dessus de ses forces ; à plusieurs reprises, elle s'était retrouvée pétrifiée devant un tiroir ouvert, en respirant les odeurs si familières de cuir, de crayons et de la colle qu'il utilisait pour assembler ses maquettes d'avions.

Et le jour était finalement arrivé d'accompagner son fils à l'aéroport d'Arusha. La malle en fer-blanc avait été chargée à l'arrière du Land Rover, et le personnel s'était rassemblé sur le parking pour dire au revoir à Jesse. Au dernier moment, le jeune garçon s'était agrippé aux défenses de l'arche d'entrée, refusant de lâcher prise. Après avoir vainement argumenté, puis imploré, Mara avait été obligée de l'en arracher de force, saisissant ses bras, encore si maigres et déliés, pour l'entraîner vers le véhicule. Le visage de Jesse, si franc et animé d'habitude, était fermé et tendu. Avec ses cheveux blonds et ses yeux bleus, il était le vivant portrait de John tel que Mara l'imaginait au même âge. Elle avait cherché tour à tour le regard de Menelik et celui de Kefa. Ils ne trahissaient aucune émotion – ils avaient veillé à ne pas influencer sa décision. Elle avait reporté son attention sur Jesse, et observé en silence la petite silhouette qui s'éloignait d'elle à pas lents. Ses grosses chaussures toutes neuves, raclant la terre desséchée, paraissaient incongrues sur ses pieds habitués à courir nus dans la brousse.

Brusquement, Mara n'avait pu en supporter davantage. Elle s'était ruée vers le Land Rover, avait ouvert la portière, et avait extrait la malle pour la déposer sur le sol. Jesse s'était retourné vers elle, avec une expression qui resterait à jamais gravée dans son cœur.

— Je ne veux pas te quitter, avait-il déclaré. Jamais de ma vie.

— Je ne veux pas que tu partes, avait-elle répondu en l'attirant contre elle, envahie d'un profond soulagement.

Mais cela avait impliqué de retourner en Tasmanie. Elle devait songer à l'avenir de Jesse, et savait qu'il était indispensable de lui donner une bonne éducation, et de ne pas le garder en vase clos, afin qu'il puisse plus tard bâtir sa vie selon ses propres choix. Elle avait vendu le lodge à Abassi, l'hôtelier de Kikuyu, en posant comme conditions que Kefa devrait être associé à l'entreprise, et que Menelik, qui allait prendre sa retraite, soit autorisé à garder son logement dans les communs.

Bien sûr, il avait fallu, en fin de compte, que Jesse la quitte. Il était adulte à présent, il devait tracer son chemin dans le monde. Et il y réussissait brillamment, se dit-elle avec orgueil. C'était un jeune homme dont n'importe quelle mère – ou n'importe quel père – aurait été fière.

Mais son fils lui manquait tellement qu'elle ressentait la solitude jusque dans ses os.

Elle s'efforça de chasser ces idées moroses. Il y avait quelques minutes seulement, se rappela-t-elle, elle avait éprouvé un réel bonheur en contemplant sa nouvelle maison, son jardin, le village. L'avenir lui paraissait radieux. Et il l'était. Si elle s'y efforçait vraiment, elle finirait par apprendre à vivre seule sans souffrir de la solitude. Elle parviendrait à se cuisiner des repas, et à prendre plaisir à les déguster, avec la radio pour seule compagnie. Il le faudrait bien. Elle n'avait pas d'autre choix.

Debout sur les pédales, elle parcourut les derniers mètres qui la séparaient du restaurant, au sommet de la côte. Bientôt, la solide façade de la ferme de style géorgien apparut devant elle. Le tableau noir portant l'inscription *Cuisine française* avait déjà été installé sur le trottoir.

Après avoir déposé sa bicyclette derrière les buissons de géraniums, Mara prit le temps de redresser sa jupe noire et d'ajuster sa blouse blanche, et vérifia qu'aucune mèche ne s'était échappée de son chignon. Puis elle détacha son panier et se dirigea vers l'entrée de l'établissement.

La porte grinça bruyamment quand elle l'ouvrit. Elle avait conseillé à Chantal de graisser les charnières, mais celle-ci avait rétorqué qu'elle préférait être avertie lorsque quelqu'un entrait. À l'arrivée de Mara, elle posa son coutelas et la regarda par-delà le large comptoir séparant la cuisine de la salle.

— Bonsoir ! lança-t-elle d'une voix enjouée.

La cuisinière semblait d'humeur détendue ce soir, constata Mara. De la musique résonnait déjà en sourdine dans la salle – le CD de Nina Simone que Chantal préférait entre tous. Un verre de vin rouge était posé à proximité de la planche à découper. Et il faisait chaud dans la pièce, signe qu'elle avait réussi à allumer le poêle à bois réfractaire.

Quand Mara déposa son panier sur le comptoir, Chantal la remercia d'un signe de tête, puis se remit à sa tâche. En observant ses mouvements rapides et adroits, Mara revit Menelik maniant son précieux couteau à lame damassée, dans la cuisine du lodge. Elle se détourna hâtivement et se mit en devoir de dresser les tables. Elle reconnaissait les prémices d'un de ces accès de nostalgie qui la prenaient parfois – comme si l'odeur du feu de bois avait fait resurgir le passé, et qu'il tentât de s'imposer à elle, en lui apparaissant partout où elle posait les yeux.

— Un peu de vin ? proposa Chantal.

Lorsque Mara se pencha par-dessus le comptoir pour prendre le verre qu'elle lui tendait, son employeuse lui lança un regard scrutateur.

— Tu as mangé ? s'enquit-elle.

— Oui, un sandwich, répondit Mara.

— Ce n'est pas assez, dit Chantal, l'air réprobateur mais la voix emplie de sollicitude.

Elle paraissait deviner l'état d'esprit de Mara, la plupart du temps. Sans doute était-ce parce que la Française, comme elle, gardait le souvenir d'une autre vie dans un autre pays. Elle avait quitté Paris quinze ans auparavant, après son divorce. Sa patrie lui manquait, mais elle ne voulait pas y retourner, pas plus que Mara ne désirait retourner en Tanzanie. Ce chapitre de leur vie était clos, elles en étaient toutes deux convenues. Mais elles avaient également reconnu que, parfois, ce qu'elles avaient laissé derrière elles leur paraissait plus présent, plus réel, que leur existence actuelle.

Les premiers clients arrivèrent, et Mara les conduisit à la table la plus proche du poêle. Ils étaient trois – deux femmes et un homme, tous présentant un léger excès de poids et vêtus de vêtements confortables et pratiques. Les cheveux de l'homme étaient gris, et l'une des femmes avait les épaules voûtées; elle se déplaçait d'un pas précautionneux, comme si elle craignait de trébucher. Quand ils s'installèrent à la table, en déposant soigneusement les sacs à main sur la chaise vacante et les étuis à lunettes sur la table, Mara fut en mesure de les observer de plus près: leurs traits étaient ceux de personnes sur le point de passer de l'âge mûr à la vieillesse.

Ce fut seulement un peu plus tard, en scrutant leurs visages avec attention tandis qu'elle leur décrivait le menu, qu'elle se rendit compte qu'ils n'avaient probablement pas dépassé les abords de la soixantaine – et avaient donc à peine dix ans de plus qu'elle. Elle en reçut un tel choc qu'elle se mit à bafouiller en leur annonçant le nom du poisson du jour. Ils paraissaient tellement plus âgés qu'elle n'avait elle-même l'impression de l'être! Elle comprit soudain pourquoi, après qu'elle eut vendu sa demeure de Hobart, qu'elle avait si longtemps partagée avec Jesse, les gens lui avaient conseillé avec insistance d'acheter une maison ne demandant pas beaucoup d'entretien, de plain-pied et d'accès facile. En songeant au choix qu'elle avait fait, elle ne put s'empêcher de sourire. Une bicoque en bois à la peinture écaillée, dont la terrasse s'affaissait et dont les gouttières étaient tellement rouillées qu'elles semaient à tous vents des fragments de métal. C'était un endroit pour quelqu'un qui avait des projets d'avenir, et Mara trouva cette pensée encourageante. Elle s'éloigna de la table, les épaules bien droites, la tête haute, imaginant de nouveau Menelik, non plus dans sa cuisine, mais face à elle dans la plaine, sa tunique agitée par le vent.

Demain sera un nouveau jour.

Pendant qu'elle transmettait la commande à Chantal, Lucie apparut sur le seuil de la porte menant aux appartements privés. Elle portait une jupe courte, des bas et des bottes lui arrivant au genou. Son maquillage était un peu trop lourd, mais adroitement appliqué, et elle avait lissé ses cheveux qui retombaient sur ses épaules en un carré bien net.

— Tu es sublime, la complimenta Mara.

— Merci, répondit la jeune fille en souriant. Je vais dîner au self-service avec Andrew.

— J'espère que tu n'as pas trop faim, rétorqua Mara d'un ton amusé.

— Je sais, la nourriture est exécrable, dit Lucie avec une moue désabusée. Mais je veux profiter au maximum de mon soir de congé. Comment les trouves-tu ? reprit-elle en tournant la tête pour lui faire admirer ses boucles d'oreilles.

— Parfaites, déclara Mara, non sans une petite bouffée de fierté.

La jeune fille lui demandait son avis sur sa tenue, à elle, une femme plus âgée que sa propre mère ! Lucie la considérait comme une sorte d'experte dans le domaine de la mode et de l'élégance – tout ça parce qu'elle lui avait raconté un soir qu'elle avait fréquenté des célébrités quand elle dirigeait un lodge en Tanzanie. Bien sûr, la jeune fille n'avait jamais entendu parler de Lillian Lane ni de Peter Heath, pas plus que des frères Miller : le film qu'ils avaient tourné ensemble, malgré toutes les récompenses qui lui avaient été décernées à l'époque, était aujourd'hui tombé dans l'oubli. Néanmoins, elle s'était montrée vivement impressionnée.

Lucie passa la courroie de son sac sur son épaule et se disposa à partir. Mais soudain, elle se retourna vers Mara, l'air vaguement préoccupé.

— J'oubliais… Il y avait un couple d'Américains ici hier soir. L'homme a commandé la « crêpe Mara », et il m'a demandé pourquoi on lui avait donné ce nom.

Mara hocha la tête. Chantal avait créé ce plat à son intention, pour son repas d'anniversaire, et l'avait par la suite ajouté à la carte. D'autres clients s'étaient déjà enquis de l'origine de cette appellation.

— Quand je lui ai expliqué que c'était le prénom de l'autre serveuse, il a paru réellement… je ne sais pas, disons, intéressé, poursuivit Lucie. Et il a dit qu'il croyait te connaître, parce que c'est un prénom inhabituel. Il voulait savoir à quoi tu ressemblais.

— Que lui as-tu dit ? demanda Mara, arquant les sourcils d'un air surpris.

Lucie haussa les épaules.

— Que tu avais des cheveux longs qui commençaient à grisonner légèrement. Des yeux bruns. Que tu étais grande... Ne t'inquiète pas. Je ne lui ai rien dit d'autre, parce que je commençais à me demander ce qu'il te voulait. Mais il avait l'air sympa.

Mara secoua la tête, intriguée. Qui pouvait être cet homme ? Quelqu'un de Hobart, sans doute. Ou peut-être un ancien camarade d'école. La Tasmanie était une toute petite île...

Mais il était américain, se rappela-t-elle. Saisie d'une soudaine appréhension, elle déposa la corbeille de pain qu'elle tenait à la main sur la table la plus proche.

— Comment était-il ? reprit-elle, consciente de la tension qui transparaissait dans sa voix.

— Comme toi, répondit la jeune fille en lui lançant un regard circonspect. Ni vieux ni jeune. Je n'ai pas fait vraiment attention à lui. Je regardais surtout la femme qui l'accompagnait, tellement elle était belle, avec ses longs cheveux roux et bouclés et ses yeux d'un bleu incroyable !

— Oh, après tout, soupira Mara en s'efforçant de prendre un air dégagé, ça n'a aucune importance.

Lucie parut soulagée et se détourna pour inspecter son maquillage dans le petit miroir accroché au-dessus de la caisse.

Mara regarda ses mains, qu'elle avait nouées avec tant de force que leurs jointures en étaient blanches. Les pensées tournoyaient dans sa tête. Un Américain de son âge. Posant des questions sur elle. Accompagné d'une belle femme aux cheveux roux et aux yeux bleus. Cela paraissait impossible, et pourtant... De qui d'autre pouvait-il s'agir ?

Peter.

Une vision surgit à son esprit. Elle le revit dans sa vieille chemise bleue, le visage éclairé de profil, un sourire décontracté aux lèvres. Vingt-cinq ans s'étaient écoulés, et pourtant l'image lui apparaissait avec tant de clarté que c'était comme s'ils s'étaient dit adieu seulement la veille.

Elle prit une profonde inspiration, s'exhortant au calme.

Peter.

Et Paula.

Que faisaient-ils ici ?

Cela n'avait rien de surprenant, se raisonna-t-elle. Peter était australien, il voulait probablement faire connaître son pays natal à sa femme. Elle l'imagina retournant à Sidney, montrant à Paula la maison de Bondi Beach où il avait grandi, les endroits où il pratiquait le surf... Sans doute, à l'instar de nombreux touristes, avaient-ils décidé d'en profiter pour visiter la Tasmanie. Peter lui avait autrefois avoué qu'il n'avait jamais franchi le détroit de Bass.

Puis une autre idée lui vint : peut-être était-il ici à titre professionnel ? Pour jouer dans un film ? Elle n'avait pas suivi sa carrière. Au cours des années qu'elle avait passées au lodge, après la mort de John, des visiteurs avaient parfois essayé d'entamer une conversation sur le célèbre acteur. De temps à autre, quelqu'un lui parlait du nouveau film qu'il était en train de tourner. Mais à chaque fois, Mara s'était empressée de changer de sujet. Et à son retour en Tasmanie, elle s'était interdit de consulter les magazines ou les revues de cinéma, et même de lire les pages loisirs des journaux du week-end. Durant les deux dernières décennies, c'était à peine si elle avait entrevu une photo de lui. Elle n'était jamais allée voir un de ses films. Elle ne l'aurait pas supporté. Et elle aurait eu le sentiment de faire quelque chose de mal – de tenter de se l'approprier par un moyen détourné.

Lucie se tourna de nouveau vers elle, et l'anxiété reparut sur ses traits.

— Il y a juste une chose... Je crois avoir mentionné que tu serais ici ce soir. J'espère que ça ne t'ennuie pas.

Mara réprima un sursaut et fit de son mieux pour sourire.

— Bien sûr que non. Je ne me connais aucun ennemi !

— N'en parle pas à maman, tu veux bien ? reprit Lucie, avec un regard inquiet en direction de la cuisine. Elle dirait que ce n'est pas un comportement très professionnel.

— Ne te tracasse pas pour ça, la rassura Mara.

Elle reprit la corbeille de pain, baissant la tête pour dissimuler son désarroi.

— Bon, à tout à l'heure, lança la jeune fille à sa mère par-dessus le comptoir.

Quand la porte se referma en grinçant, Mara tourna vivement les talons pour se diriger vers la table de service à l'angle de la salle. C'était là qu'on rangeait les carafes et les verres propres, mais aussi la caisse, les carnets de commandes et la vieille machine dont elles se servaient pour enregistrer les paiements par carte de crédit. On y trouvait également une pique en métal sur laquelle on embrochait les additions, une fois réglées. Mara les examina rapidement, et eut vite fait de trouver ce qu'elle cherchait : la troisième en partant du haut, comportant une crêpe Mara et une bouteille de vin tasmanien millésimé. Détachant la feuille, elle parcourut la liste des plats, curieuse de savoir ce qu'ils avaient mangé, lui et sa femme, puis elle regarda le montant de l'addition. Elle ouvrit ensuite la caisse et feuilleta les reçus jusqu'à ce qu'elle eût mis la main sur celui qui portait la somme correspondante. Le nom du détenteur de la carte figurait dans l'angle supérieur gauche. Elle serra plus fort le papier, fixant les caractères d'imprimerie. *Peter M. Heath*. Elle déglutit avec difficulté avant de contempler la signature. C'était un gribouillis à peine lisible, mais on discernait toutefois un P au début du prénom, et le H était encore plus distinct.

Au moment où elle remettait la facturette en place, la porte d'entrée s'ouvrit. Mara se figea un instant, tout le corps tendu, puis se retourna lentement.

Un jeune couple de Japonais se tenait à l'entrée de la salle, souriant timidement. Mara reprit ses esprits et, s'emparant de deux menus, leur indiqua une table. À leur expression, elle devina qu'ils ne parlaient pas, ou très peu, anglais, et fut soulagée de voir la jeune femme sortir un dictionnaire anglais-japonais. Après leur avoir décrit les plats du jour en termes simplifiés, elle les laissa à leur lecture, et retourna vers la petite table. Elle regarda sans la voir la surface polie, marquée d'éraflures plus pâles, ne pensant qu'à une chose : Peter était venu ici. Pas plus tard qu'hier, il s'était tenu à l'endroit exact où elle se trouvait. Et elle n'en avait rien su. Cela lui paraissait presque anormal. Elle aurait dû être capable de détecter sa présence, de sentir qu'il l'avait rejointe…

Les questions tournoyaient dans sa tête. Allait-il revenir au restaurant, dans l'intention de la voir ? Ou était-il déjà reparti plus loin ? Elle regrettait de ne pas avoir demandé à Lucie de lui fournir davantage de détails. Qu'entendait-elle exactement en affirmant qu'il avait paru intéressé ? Quel ton avait-il employé ? Qu'avait-elle lu dans son regard ? Elle tenta de se dire qu'il n'avait peut-être interrogé la jeune fille que par désœuvrement, par simple curiosité. Que la possibilité de la revoir à Bicheno n'avait représenté pour lui qu'un point d'intérêt mineur dans ce voyage.

Vingt-cinq ans, c'était bien long.

Les entrées de la première table étaient prêtes ; Mara les prit sur le comptoir et les apporta à ses clients, rapidement, sans leur laisser le temps d'essayer d'entamer une conversation avec elle.

Puis elle alla prendre la commande du couple de Japonais. Malgré le trouble qui régnait dans son esprit, elle fut impressionnée de constater qu'ils avaient réussi à déchiffrer le menu ; elle n'aurait pas besoin, ce soir, d'imiter le canard, le poulet ou la vache.

Dès qu'elle eut transmis la commande à Chantal, elle se rendit à l'autre bout de la salle et ouvrit la porte donnant sur le jardin. Une fois dehors, elle se précipita vers le petit édifice bâti à l'écart du restaurant et qui abritait les toilettes. D'ordinaire, elle aimait flâner dans le sentier bordé de laurier et de lavande, lever la tête pour contempler le ciel nocturne, mais ce soir, elle garda les yeux fixés droit devant elle. Dans les toilettes des femmes, elle se pencha au-dessus du lavabo et s'aspergea le visage d'eau froide pour apaiser ses joues brûlantes. Puis, se redressant, elle se regarda dans le miroir piqueté de moisissure. Même dans la faible lumière de l'ampoule pendue au plafond, elle apercevait sur son visage les signes de l'âge. Sa peau avait un aspect fané. Il y avait de petites rides au coin de ses yeux, et autour de sa bouche. Mais ses joues étaient encore pleines et lisses. Et il n'y avait que quelques fils d'argent dans sa chevelure sombre. Elle ferma à demi les yeux, et le reflet se brouilla. L'image dans le miroir redevint celle de la Mara d'autrefois, jeune et belle...

Se penchant de nouveau, elle but au robinet, puis s'essuya la bouche du dos de la main. Après avoir remis de l'ordre dans ses cheveux, elle remonta le sentier en hâte pour regagner son poste.

Elle se glissa par la porte latérale sans attirer l'attention, et regarda le comptoir. À son grand soulagement, il ne s'y trouvait aucun plat en attente. Elle se dirigeait vers la table de service pour y prendre une carafe d'eau, quand, à mi-chemin, elle s'arrêta net. Une silhouette venait d'apparaître à l'entrée de la salle. Elle se pétrifia, le cœur battant à tout rompre. Elle reconnaissait cette silhouette, ce maintien…

C'était lui, elle le sut aussitôt.

Quand elle se tourna vers lui, elle eut l'impression de se retrouver dans un film au ralenti ; le temps sembla s'étirer, ses mouvements devenir laborieux. Puis son regard rencontra le sien, quand il s'avança dans la lumière.

Elle eut l'impression qu'une force magnétique l'attirait vers lui. Rapidement, elle franchit la distance qui les séparait, et s'arrêta à quelques pas, pour scruter son visage avec attention. Comme elle, il avait un peu vieilli – ses tempes grisonnaient, et des rides de rire s'étaient imprimées de manière indélébile sur sa peau – mais, derrière ces changements superficiels, il était resté le même. Il était toujours vêtu de la même manière décontractée que dans son souvenir, et ses cheveux lui tombaient toujours sur le front…

Un silence compact parut se refermer sur eux. Le bruit des casseroles s'entrechoquant dans la cuisine se fit plus lointain ; la voix de Nina Simone, accompagnée par un accordéon, flottait autour d'eux, mais c'était comme si elle leur parvenait d'un univers parallèle, une autre sphère d'existence. Il n'y avait plus rien de vrai, plus rien de réel, sinon cette vérité, cette réalité qui se faisait lentement jour dans leur esprit : après tout ce temps, ils se retrouvaient enfin face à face.

— Sortons, dit Peter, d'une voix sourde et cependant distincte.

Comme elle ne bougeait pas, il lui effleura le bras.

— Je t'en prie, rien qu'un instant.

La porte s'ouvrit en gémissant, crevant la bulle de silence qui les enveloppait. Et d'autres sons s'engouffrèrent dans la brèche, emplissant l'air – le bourdonnement des conversations, les bruits dans la cuisine, la musique. Et puis Mara se retrouva dehors, traversant un petit patio à la suite de Peter, pour se diriger vers le myrte.

— Excuse-moi de te surprendre ainsi, dit Peter.

Sa voix était exactement celle de son souvenir. Elle ouvrit la bouche sans pouvoir articuler un mot.

— Mais je... Il fallait que je te voie, ajouta-t-il.

Elle le dévisagea longuement, ne parvenant toujours pas à croire que c'était bien lui. Puis elle secoua la tête, les pensées en déroute.

— Comment as-tu su que j'étais revenue à Bicheno ?

— Je l'ignorais jusqu'à hier soir. Je fais le tour de l'île, avec Melanie, ma fille.

— Melanie, répéta Mara.

Elle faillit rire d'elle-même, en prenant conscience que l'image qu'elle se faisait de Paula n'avait pas subi les atteintes du temps. Elle s'imaginait que l'épouse de Peter pourrait encore fasciner une jeune fille comme Lucie, alors que, bien sûr, elle avait vieilli, tout comme elle-même. Et la fille de Peter devait avoir à présent une trentaine d'années.

— C'était encore une fillette, à l'époque...

— Oui, dit Peter, en souriant, ses yeux plantés droit dans les siens.

Brusquement, Mara eut l'impression que les années s'évaporaient d'un coup, que le temps était aboli. Ils étaient de nouveau au lodge, en train de choisir des statuettes d'animaux pour les enfants.

Puis l'illusion se dissipa, et Mara reprit sa respiration.

— Qu'est-ce qui t'amène en Tasmanie ?

La question paraissait insipide, dénuée de chaleur, même à ses propres oreilles.

Peter répondit d'un ton tout aussi détaché, désinvolte presque, comme s'il calquait son attitude sur la sienne.

— Nous étions à Sidney, et nous avions un peu de temps devant nous. Comme je n'étais jamais venu ici, je me suis dit que c'était l'occasion rêvée...

Il s'interrompit et baissa les yeux.

— À dire vrai, je voulais voir la région où tu es née. Je me rappelais t'avoir entendue parler de cet endroit où tu campais, une petite ville sur la côte avec un nom français. Bicheno. Je voulais voir l'île aux pingouins. Alors, nous sommes venus, ajouta-t-il en relevant la tête, pour lui lancer un regard d'excuse. Je croyais que tu étais toujours en Afrique, avec John.

Elle le regarda, incapable de trouver ses mots. Ce qu'elle avait à lui dire était tellement énorme, tellement différent de ce qu'il s'attendait à entendre...

— M'autorises-tu à te rendre visite à ton domicile ? demanda Peter de but en blanc, le ton pressant.

Il la contempla longuement, comme s'il enregistrait chaque détail de son apparence. Sous son regard scrutateur, elle leva machinalement une main pour repousser ses cheveux en arrière – une habitude remontant à l'époque où elle les laissait flotter librement.

— Je sais que nous avions juré de ne jamais nous revoir, reprit Peter. Mais, maintenant que je t'ai retrouvée, je ne peux pas me contenter de te dire bonjour et de reprendre ma route. Je ne veux pas perturber ta vie ni celle de ta famille. Je souhaite simplement te voir, te parler...

Mara hocha lentement la tête tandis qu'un courant d'excitation se diffusait en elle.

— J'habite au coin de la route, une petite cabane à flanc de colline, en dessous du gros rocher.

— Je sais où c'est, répondit-il avec un petit sourire.

— C'est toi qui es passé cet après-midi, dit-elle, repensant à la voiture de location qui s'était arrêtée devant la maison.

— Oui. Le quincaillier m'a donné ton adresse. Je lui ai expliqué que nous étions de vieux amis.

Mara détourna les yeux pour cacher son désarroi. De vieux amis. N'étaient-ils rien de plus ? Seulement de vieux amis, qui se retrouvaient enfin, après une longue séparation...

— J'ai pensé qu'il était préférable que je vienne d'abord te voir ici, pour te demander l'autorisation de te rendre visite, poursuivit Peter. De vous rendre visite, à John et toi. Je voulais m'assurer que tu n'y voyais pas d'inconvénient.

De nouveau, Mara le regarda sans rien dire, répétant ces mots en elle-même. John et toi. Des mots qu'elle n'avait plus entendu prononcer depuis bien longtemps. Elle se mordit la lèvre, cherchant la formulation la plus appropriée. Puis la phrase jaillit de sa bouche, sèche et brutale.

— John est mort.

Les yeux de Peter s'agrandirent sous l'effet du choc. Il remua les lèvres, peinant visiblement à trouver ses mots.

— Je suis vraiment désolé. Quand cela est-il arrivé ?

Elle secoua la tête. Ce n'était ni l'heure ni le lieu de lui raconter ce qui s'était passé, comment et quand…

Peter n'insista pas. Il se contenta de la regarder, ses yeux reflétant un chagrin comparable au sien, comme s'il comprenait exactement ce qu'elle ressentait. Puis il lui effleura l'épaule de sa main lourde et chaude.

À cet instant, la porte du restaurant s'ouvrit derrière eux, et la main de Peter retomba quand Mara se retourna. L'homme aux cheveux gris se tenait sur le seuil, brandissant une bouteille de vin.

— Vous serait-il possible de déboucher ceci ? s'enquit-il en les dévisageant avec curiosité.

Quand son regard se posa sur Peter, il prit un air intrigué ; manifestement, il se rappelait l'avoir déjà vu quelque part, sans pouvoir le situer exactement.

— Excusez-moi. J'arrive tout de suite, répondit Mara.

En regardant dans la salle, elle vit Chantal déposer des assiettes sur le comptoir.

— Je dois rentrer, dit-elle à Peter, avec un geste d'impuissance.

Au même moment, une demi-douzaine de personnes apparurent au bout de l'allée, se dirigeant vers l'entrée.

— Pourrai-je te voir demain ? demanda Peter.

Rassemblant ses esprits, Mara se força à sourire.

— Venez donc déjeuner tous les deux, Melanie et toi. Je serais ravie de faire sa connaissance. Et d'avoir des nouvelles de toute ta famille, dit-elle avec un enjouement qui sonnait faux.

Puis, avec un petit signe de la main, elle s'éloigna en direction de la porte.

— Mara…

Au son de sa voix, elle s'arrêta et tourna la tête. Mais au même moment, les nouveaux arrivants débouchèrent dans le patio, dissimulant Peter à sa vue. Quand elle les eut fait entrer, il avait disparu. À l'endroit où il s'était tenu, il n'y avait plus que la silhouette haute et sombre du myrte.

Chantal se laissa aller contre le dossier de son siège, enserrant son ballon de cognac entre ses mains. Elle n'avait pas encore ôté son tablier, constellé de taches de sauces de couleurs variées.

Malgré son immobilité, on sentait l'énergie vibrer en elle – contrecoup de l'activité intense de ces dernières heures.

En portant son verre à ses lèvres, Mara s'aperçut que sa main tremblait légèrement, et serra le pied mince avec plus de force. Elle n'avait pas parlé à Chantal de la visite de Peter : même si elle brûlait d'envie de se confier à son amie, ses sentiments étaient trop confus, trop embrouillés pour qu'elle puisse mettre des mots dessus. Avec une feinte décontraction, elle promena son regard sur la salle, sur les tables dépouillées de leurs nappes, dissimulant derrière un masque impassible les pensées et les questions qui se bousculaient dans sa tête.

Demain, Peter viendrait la voir, en compagnie de sa fille Melanie, une adulte à présent. La présence de celle-ci s'expliquait aisément : Peter, se rappelait-elle, lui avait autrefois confié que Paula détestait les voyages. Elle sirota lentement le cognac, et la sensation de brûlure sur ses lèvres la détourna un bref instant de ses pensées. Mais bien vite, elle se reprit à imaginer la façon dont se déroulerait la visite de Peter, et toutes les choses qu'elle allait découvrir à son sujet : s'il fabriquait toujours des meubles pendant ses loisirs, s'il avait réussi à persuader Paula d'aller se promener avec lui dans le bush...

S'il avait été heureux, durant toutes ces années.

Chantal s'agita sur sa chaise, puis se leva en disant :

— Je vais chercher du café.

Tandis qu'elle s'éloignait, Mara fixa rêveusement le liquide doré dans son verre, et son esprit se laissa de nouveau entraîner vers le passé.

Un souvenir lui revint brusquement avec force.

Elle était assise dans une salle de cinéma obscure, havre de paix et d'intimité dans ce chaos qu'était le centre de Dar es-Salaam. Des rangées de fauteuils vides s'étendaient autour d'elle. Les seuls autres spectateurs de cette séance en matinée étaient un groupe d'Indiens, et l'odeur des samosas frits se mêlait dans l'air à celle du tabac froid.

Mara s'agrippa aux accoudoirs quand le générique de début défila sur l'écran. Le film s'ouvrit sur des images de Zanzibar – ses bâtiments délabrés, ses ruelles étroites. Puis Lillian et Peter apparurent, portant des tenues élégantes que Mara ne leur avait jamais vues. Ainsi reproduits sur pellicule, ils lui semblèrent lointains, irréels. Aussi étrangers pour elle que n'importe quelle vedette de Hollywood. Elle regarda distraitement la première moitié du film, noyée dans un tourbillon de mouvement et de couleurs, guettant ce qui allait suivre…

Et, enfin, elle vit Maggie et Luke dans le décor familier du Raynor Lodge. Gravissant, côte à côte, le coteau brûlé de soleil. Faisant des ricochets sur le lac aux flamants. Et, finalement, pénétrant dans la hutte de chaume. Se tenant face à face, dans la clarté lunaire qui faisait briller leurs yeux. S'enlaçant. Leurs lèvres se touchant, tendrement d'abord, puis avec plus de passion.

Les yeux de Mara se remplirent de larmes et les images se mirent à danser devant elle. Dans l'obscurité propice, elle laissa libre cours à ses pleurs, qui ruisselèrent le long de ses joues. Elle revécut tout ce qu'ils avaient partagé – le rire, la chaleur, l'émerveillement. Et la douleur de reconnaître qu'ils ne pourraient jamais vivre ensemble. La souffrance infinie au moment des adieux, quand l'avion s'était envolé...

Lorsque le film s'acheva, elle resta assise, et, s'efforçant de retrouver son sang-froid, regarda les noms défiler sur l'écran. *Peter Heath* en premier, et ces deux mots imprimés lui parurent trop simples et trop banals pour lui appartenir. Puis *Lillian Lane*, suivi de *Leonard Miller* et *Carlton Miller* côte à côte dans le même cadre. La longue liste des techniciens de l'équipe principale, et, enfin, les noms de tous ceux qui avaient participé au tournage au Raynor Lodge. *Daudi Njoma* et *Kefa Nichema. Tomba « Bwana Perche » Milenge. Menelik Abdissa* figurait en bonne place, en tant que « responsable de la restauration pour la deuxième équipe ». Et finalement, son nom à elle, *Mara Sutherland, doublure de Mlle Lane.*

D'autres noms encore, puis cette phrase, tout à la fin du générique : *Entièrement tourné en décors naturels, Tanzanie, Afrique de l'Est.*

La musique se tut et l'écran redevint noir. Fixant l'obscurité, Mara eut l'impression que sa vie elle aussi s'était arrêtée. Il lui paraissait impossible de ressortir dans le soleil pour continuer ses courses. Elle se cramponna au dossier du fauteuil devant elle et posa la tête sur ses bras, étalant les larmes sur ses joues.

Immobile, elle laissa les images du film remonter à sa mémoire. Cela faisait plus d'un an que l'équipe – et Peter – était repartie. Dans l'intervalle, il y avait eu la mort de John, et tout ce qu'elle impliquait. La naissance de Jesse. Ses retrouvailles avec Lorna. Et le succès croissant du lodge. Tant de choses s'étaient produites, et pourtant les souvenirs qui l'assaillaient en ce moment même étaient aussi forts que s'ils dataient seulement d'hier. Elle se réjouit d'avoir pu voir le film seule une première fois. Bientôt, il serait projeté à Kikuyu, et elle irait là-bas avec tous les employés du lodge. Comme Leonard l'avait promis, tous les plans où elle apparaissait, y compris ceux qui avaient été tournés dans la hutte, avaient été raccordés de manière indécelable aux séquences interprétées par Lillian. Nul ne pourrait jamais deviner la vérité – à condition que Mara ne trahisse aucune émotion.

Relevant la tête, elle contempla les rideaux rouges qui recouvraient maintenant l'écran. Comme elle aurait aimé pouvoir rester ici, dans cette obscurité tranquille, échapper à la réalité du monde extérieur...

Pour la millième fois, elle se demanda si elle aurait préféré ne jamais rencontrer Peter, ne jamais tomber amoureuse de lui ? Ces souvenirs précieux justifiaient-ils la souffrance d'avoir dû renoncer à lui ? Ou le profond et douloureux désir qu'elle éprouvait encore pour lui. La confusion que cet amour avait semée dans ses sentiments à l'égard de John ? Justifiaient-ils le tourment qu'elle devait endurer aujourd'hui ?

Elle savait que oui. Ils lui conféraient une force secrète, qu'elle sentait bouillonner tout au fond d'elle. Quoi que l'avenir lui réserve, cet amour était une graine dont elle se sustenterait. Une graine dormante…

Mara reposa brusquement son verre, s'éclaboussant les doigts de cognac. Puis elle regarda la nappe blanche, et tout son corps se raidit. Elle comprit soudain ce qu'avait fait Peter en venant ici. Il avait arraché le voile dont elle avait soigneusement recouvert le passé. Et la lumière se déversait maintenant à flots, ramenant la graine à la vie.

Quand Chantal reparut, portant la cafetière, Mara se redressa d'un bond, repoussant violemment sa chaise.

— Qu'y a-t-il ? demanda son amie en lui lançant un regard surpris.

— Je dois partir.

— Tu ne te sens pas bien ? reprit Chantal, visiblement inquiète.

— Si, si, répondit Mara en hochant la tête.

— Tu m'expliqueras plus tard ?

— Promis, répondit Mara, en se dirigeant vers la porte.

**

Elle traversa les rues désertes, pédalant au milieu de la chaussée et zigzaguant pour éviter les nids-de-poule. Il ne lui fallut pas longtemps pour arriver à la villa de style colonial offrant des chambres d'hôte. Elle scruta le petit parking au bout de l'allée, mais il était vide. Elle se rendit ensuite jusqu'à la résidence de tourisme récemment construite, mais là non plus, elle ne vit aucune trace de la voiture de location. Pas plus que devant le motel. Transpirant malgré le froid nocturne, elle repartit en direction de l'hôtel. De loin, elle vit que le bar était encore ouvert : des silhouettes s'agitaient en silence derrière les fenêtres, comme les personnages d'un théâtre d'ombres. La plupart des véhicules garés devant l'établissement étaient des tout-terrain et de vieux breaks mangés de rouille appartenant aux pêcheurs. Il y avait aussi un camping-car immatriculé dans le Queensland, et une Jeep militaire. Et c'était tout.

Mara reprit le chemin de sa maison. Elle n'avait plus nulle part où chercher. Elle devrait se résoudre à attendre le matin – et la visite de Peter. Peut-être était-ce mieux ainsi. Qu'auraient-ils pensé, lui et Mélanie, en la voyant surgir à cette heure tardive ? Quelle explication aurait-elle pu leur donner ? Mais, tout en pédalant, plus lentement à présent, elle lutta contre une panique grandissante. Et si Peter changeait d'avis, et qu'il ne vienne pas demain matin ?

Si elle ne le revoyait jamais ?

Quand elle eut franchi le dernier virage, ses mains se crispèrent sur le guidon. Devant elle, elle apercevait la forme obscure d'une voiture garée devant sa maison. Elle n'hésita qu'un bref instant avant de se remettre à pédaler de toutes ses forces. Déboulant en trombe dans l'allée, elle continua jusqu'au perron. Là, elle sauta à bas de sa bicyclette, la laissant choir sur le sol.

Elle ouvrit la porte en toute hâte et passa la tête à l'intérieur pour inspecter le séjour. Le clair de lune pénétrait par les fenêtres latérales, baignant la pièce, et elle vit au premier coup d'œil que celle-ci était déserte. Elle se rua ensuite dans le jardin à l'arrière de la maison, et balaya du regard le versant de la colline. La jungle qui le recouvrait paraissait ciselée dans l'argent ; les feuilles recourbées de l'aloès, avec leurs bords ourlés d'épines et leurs pointes en vrille, ressemblaient à l'œuvre d'un orfèvre. Il n'y avait pas le moindre souffle de vent, et tout était immobile. Pas un bruit, sauf le cri d'un podarge[14] gris et le murmure lointain de l'océan.

Mara scruta une nouvelle fois le coteau avant de regagner sa maison. Traversant la galerie couverte qui protégeait l'entrée des intempéries, elle s'avança sur la terrasse.

Peter était là, lui tournant le dos, en train de contempler la mer. Au bruit de ses pas, il fit volte-face, et son regard s'illumina.

— Mara.

Elle s'immobilisa et ouvrit la bouche pour parler, mais ne put que le dévisager en silence. Maintenant qu'elle l'avait retrouvé, elle ne savait que lui dire. Tout ce à quoi elle pouvait penser, c'était qu'il appartenait toujours à une autre.

— Nous nous étions juré de ne plus nous revoir, déclara-t-elle enfin. Et nous avons tenu parole, pendant toutes ces années. Mais maintenant tu

---

14. Podarge : oiseau nocturne endémique de la Nouvelle-Guinée et de l'Australie. (*N.d.T.*)

es ici..., ajouta-t-elle en secouant la tête, l'air désemparé.

Peter leva les mains comme pour l'empêcher d'en dire plus.

— Paula est morte il y a deux ans, d'un cancer.

Il y eut un court silence, dense et profond. Puis il reprit, à voix basse mais distincte :

— Elle était bien déterminée à le vaincre, et nous pensions tous qu'elle y parviendrait. Mais il a fini par l'emporter... Je suis seul à présent.

Sa voix se brisa, et une lueur de douleur passa dans ses yeux.

Le cœur de Mara se serra de compassion. Elle comprit que, quels qu'aient été leurs problèmes conjugaux, Paula restait pour lui la mère de ses enfants, et ils avaient parcouru un long chemin ensemble. Le chagrin et la solitude de Peter étaient presque palpables. Ravalant la boule qui lui obstruait la gorge, Mara murmura :

— Je suis seule, moi aussi.

Elle regarda Peter dans les yeux, déchirée par des émotions conflictuelles. Le choc que lui avait causé l'annonce de la mort de Paula, et la peine qu'elle éprouvait pour Peter. Mais un autre sentiment grandissait en elle, à mesure qu'une idée se faisait jour dans sa tête : il n'y avait désormais plus personne entre eux deux.

Brièvement, elle entrevit une lueur d'espoir, et une bouffée de joie monta en elle.

Puis les doutes l'assaillirent de nouveau. Arriveraient-ils jamais à laisser leur passé derrière eux et à se retrouver pour de bon ? Et, même s'ils y réussissaient, leur amour ressusciterait-il ? Ils n'étaient plus les mêmes qu'autrefois, ni l'un ni l'autre...

Elle vit le même désarroi se refléter dans les yeux de Peter. Mais elle y lut également quelque chose d'autre, une résolution ardente. Il avait eu le temps, se rappela-t-elle, d'accepter cette nouvelle réalité.

Elle se détourna et porta son regard au loin, vers les bateaux ancrés dans la baie, comme pour s'imprégner de leur calme, de leur stabilité face aux vagues perpétuelles.

Soudain, un grattement se fit entendre sur le toit. Elle se retourna, et vit que Peter avait levé les yeux vers la gouttière.

— Qu'est-ce que c'est ? demanda-t-il.

La silhouette hirsute d'un phalanger renard[15] apparut au bord du toit. Au son de la voix de Peter, il s'immobilisa et le fixa de son unique œil jaune.

Malgré son trouble, Mara ne put s'empêcher de sourire.

— C'est Matata, mon locataire, expliqua-t-elle. Son nom signifie « problème », en swahili.

— Je n'en avais pas vu depuis mon enfance, dit Peter en s'approchant de l'animal.

Elle perçut l'enthousiasme dans sa voix, et l'air de réel intérêt qui était apparu sur son visage, lui donnant l'air plus jeune – et beaucoup plus familier. Elle sentit aussitôt se dissiper la tension et l'incertitude qui l'habitaient.

— Il a mangé tous les bourgeons de mon cerisier, reprit-elle. Mes voisins me conseillent de le

---

15. Phalanger renard : petit marsupial arboricole très répandu en Australie, où il est considéré comme un nuisible.

capturer et de le transporter loin d'ici, mais je ne peux pas m'y résoudre. Ça me paraît injuste. Il habite ici depuis bien plus longtemps que moi, et en plus, il est borgne.

— Depuis combien de temps vis-tu ici ? demanda Peter.

— Huit mois.

— C'est un endroit magnifique, déclara-t-il, ouvrant les mains en un large geste qui englobait le jardin et le bâtiment.

— Oui, je l'adore, répondit Mara. Mais la maison a grand besoin de réparations, ajouta-t-elle en regardant la façade.

En guise de réponse, Peter lui montra la balustrade, et elle vit qu'une parcelle de la surface rongée par les intempéries avait été découpée, révélant l'intérieur jaune d'or de la poutre. C'est alors qu'elle remarqua qu'il tenait un petit canif à la main.

— C'est du pin de la Baltique, expliqua-t-il, en détachant une nouvelle lamelle. À l'intérieur, le bois est aussi sain qu'au moment de la construction. Il y a quelques travaux à faire, mais après, tu auras une ravissante petite demeure.

— Il va falloir que je trouve un charpentier.

Leurs regards se croisèrent. Peter laissa le silence se prolonger un instant, puis il reprit la parole.

— Ma foi, je cherche du travail. Mais je ne suis pas un vrai professionnel.

Repoussant une mèche qui s'était détachée de son chignon, elle leva son visage vers lui.

— Ce n'est pas nécessaire, répondit-elle. Il suffit de faire semblant, et cela ne tardera pas à devenir réel.

Elle accompagna ces mots d'un sourire. Elle sentait en elle la présence de la jeune femme en longue robe rouge, aux cheveux flottant sur les épaules, telle une lourde mantille brune, sans la moindre touche de gris. Le cœur débordant d'amour, le corps tout vibrant de désir.

Et soudain, elle sut, avec une certitude absolue, que ce qui jadis était devenu réel l'était encore aujourd'hui. En contemplant le visage de Peter, elle sentit des larmes de gratitude monter à ses yeux. Le destin avait accompli un miracle inespéré. Quel que soit le nombre de jours, de semaines, de mois ou d'années qu'il leur restait à passer ensemble, chacun de ces moments serait pour eux un cadeau du ciel.

Leur histoire, commencée il y a si longtemps, en un lieu si éloigné, s'était interrompue trop vite. Mais aujourd'hui, en un autre temps, dans un autre pays, un nouveau chapitre s'ouvrait.

Katherine Scholes est née en Tanzanie, en Afrique de l'Est, d'un père médecin missionnaire, et d'une mère artiste. Elle garde de bons souvenirs de ses longs voyages en compagnie de ses parents et de ses trois frères et sœur, à bord d'un Land Rover transformé en dispensaire ambulant. L'année de ses dix ans, toute la famille quitta la Tanzanie, d'abord pour l'Angleterre, puis pour la Tasmanie, où elle s'installa définitivement. Devenue adulte, Katherine partit pour Melbourne avec son mari cinéaste. Ils collaborèrent pendant de nombreuses années à l'écriture de romans et à la réalisation de films. Aujourd'hui, ils ont regagné la Tasmanie, où ils vivent au bord de la mer avec leurs deux fils. Katherine est l'auteur de trois best-sellers internationaux : *La Reine des pluies*, *La Dame au sari bleu* et *La Femme du marin*.

Remerciements

L'auteur tient à remercier les personnes suivantes pour leur précieuse contribution : Ali Watts, directeur éditorial, Roger Scholes, conseiller éditorial, Belinda Byrne, éditrice, Fiona Inglis, agent littéraire, Debra Billson, pour la maquette couverture et Anne-Marie Reeves, pour la maquette intérieure. Ainsi que Christine Steffen-Reimann chez Droemer Knaut, son éditeur allemand, Françoise Triffaux chez Belfond, son éditeur en France, Kate Cooper de Curtis Brown, à Londres, et Anoukh Foerg de l'agence Hoffman.

Merci à ceux qui m'ont aidée si généreusement dans mes recherches – souvent en me faisant partager leurs expériences personnelles – et ont lu les différentes versions du manuscrit en cours d'élaboration : Clare, Elizabeth, Hilary et Robin Smith.

Merci également à mes autres lecteurs et conseillers, Penelope McKay, Anna Jones, Andrew et Vanessa Smith, Hamish Maxwell-Stewart, Caroline et John Ball, Jane Ormonde.

Enfin, tous mes remerciements à Christiane Pastula du Cyrano Restaurant, à Jonathan et Linden Scholes, et, bien entendu, aux « Curry Girls ».

Achevé d'imprimer par GGP Media GmbH, Pößneck
en novembre 2009
pour le compte de France Loisirs,
Paris

N° d'éditeur : 57625
Dépôt légal : août 2009

Imprimé en Allemagne

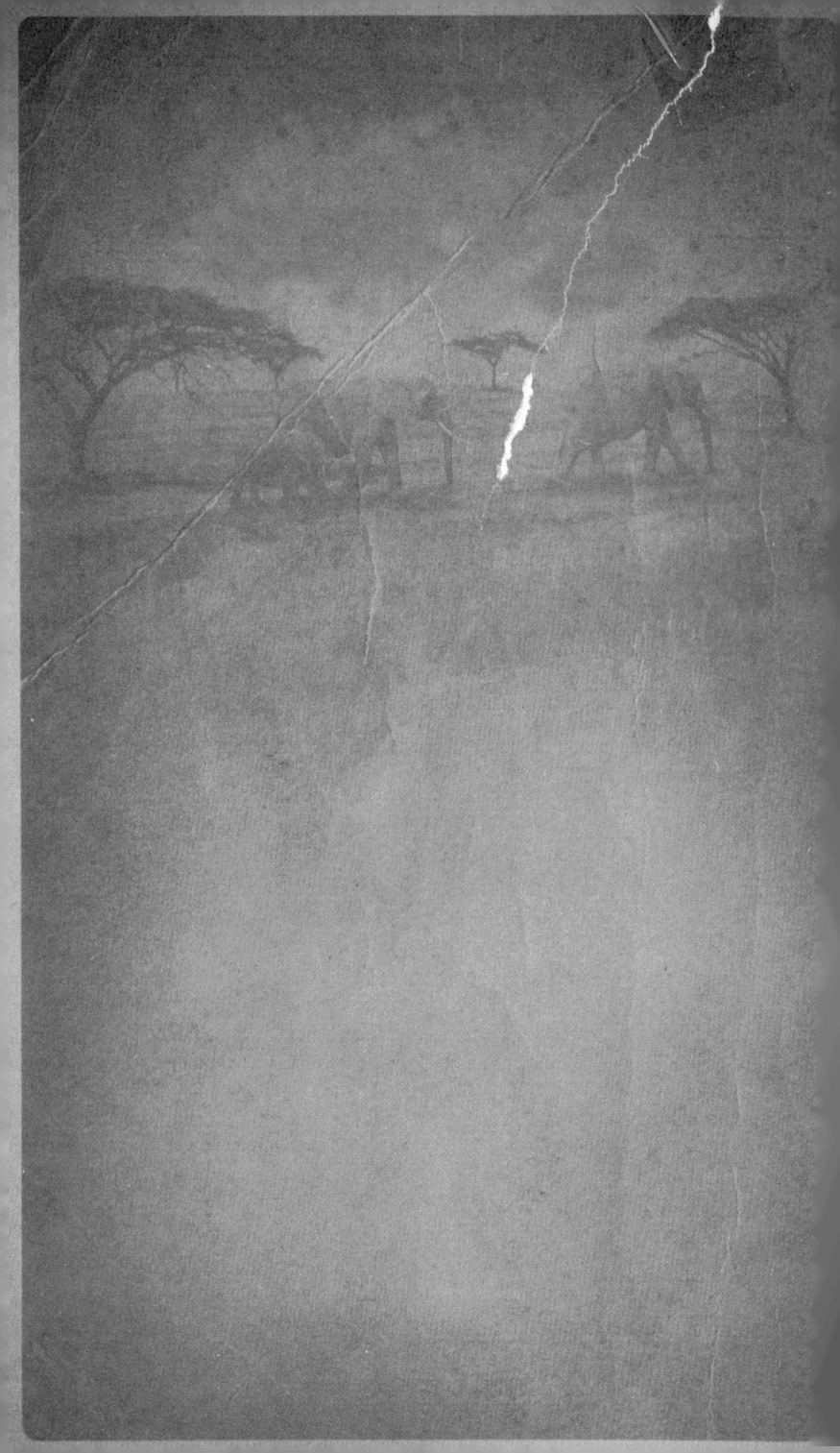